SV

Andere Räume, andere Träume

Daniyal Mueenuddin

Aus dem
amerikanischen Englisch
von Brigitte Heinrich

Suhrkamp

Titel der 2009 im Verlag
W. W. Norton & Company, New York,
erschienenen Originalausgabe:
In Other Rooms, Other Wonders

Kalligraphie auf Seite 7 von Saberah Malik

Druck: Pustet, Regensburg
Printed in Germany
Erste Auflage 2010
ISBN 978-3-518-42141-3

1 2 3 4 5 6 – 15 14 13 12 11 10

Andere Räume, andere Träume

Für meine Mutter

ہر قتل دی اے جڑ
زن زمین زر

Drei Dinge, für die wir töten –
Land, Frauen und Gold.
Sprichwort aus dem Punjab

Nawabdin Elektriker

Sein Geschäft florierte dank einer besonderen Geschicklichkeit, einer Methode, das Elektrizitätswerk zu betrügen, indem er die Drehzahl des Stromzählers drosselte, und das so geschickt, daß seine Kunden bis auf den Hundert-Rupien-Schein genau festlegen konnten, wieviel sie jeden Monat sparen wollten. In dieser pakistanischen Wüste hinter Multan, wo die Rohrbrunnen Tag und Nacht liefen, stellte Nawabs Entdeckung sogar den Stein des Weisen in den Schatten. Manche glaubten, er benutze Magnete, andere sprachen von Schweröl oder Porzellanscherben oder einer Substanz, die er aus Bienenwaben gewann. Skeptiker sprachen von einer Abmachung mit den Stromablesern. Auf jeden Fall garantierte ihm dieser Trick Beschäftigung, sowohl auf der Farm seines Patrons K.K. Harouni als auch anderswo.

Die Farm erstreckte sich entlang einer schmalen und mit Schlaglöchern übersäten Straße, die Farm und Markt verband, gebaut in den 1970er Jahren, als Harouni in der Verwaltung in Lahore noch Einfluß gehabt hatte. Lederbraune oder salinenweiße Wüste schlängelte sich zwischen Zuckerrohr- und Baumwollfelder, Mangoplantagen, Klee und Weizen, die täglich mit Hilfe der Rohrbrunnen gewässert wurden, die Nawabdin Elektriker wartete. Zu Beginn seiner morgendlichen Route, wenn er zu einer defekten Pumpe gerufen wurde, holperten Nawab und sein Fahrrad mit wippenden Antennen und schwankenden Plastikblumen dahin. Seine Werkzeuge, darunter insbesondere ein drei Pfund schwerer Schlosserhammer, schlugen in einer speckigen Ledertasche gegeneinander, die vom Lenker hing. Die Farmarbeiter und der zuständige Verwalter warteten in der Kühle der Banyanbäume, die vor Jahren als Schattenspender um jeden Brunnen gepflanzt worden waren. »Kein Tee, kein Tee«, wehrte er ab und wedelte die dampfende Tasse beiseite.

Den baumelnden Hammer in der Hand wie ein Wilder seine Axt, betrat Nawab den ölverschmierten Raum, der die Pumpe und den Elektromotor beherbergte. Stille. Er hockte sich auf die Fersen. Die Männer drängten sich an der Tür, bis er rief, daß er Licht brauche. Er näherte sich dem anstößigen Objekt argwöhnisch, doch mit wachsendem Unmut, umrundete es, stieß ein wenig daran herum, begann, sich daran zu schaffen zu machen, machte sich damit vertraut, trank daneben Tee und fing schließlich an, es auseinanderzunehmen. Mit seinem langen, stumpfen Schraubenzieher, der genügend Hebelkraft bot, um damit Steinplatten hochzuwuchten, öffnete er krachend die Abdeckung, die das Allerheiligste der Maschine barg. Eine Schraube löste sich und flog ins Dunkel. Er nahm den Schlosserhammer und führte einen geschickten Schlag aus. Dieser Eingriff mißlang. Nachdenklich trug er einem der Farmarbeiter auf, ein ordentliches Stück dickes Leder zu finden und von einem nahen Baum klebrigen Mangosaft abzuzapfen. So ging es den ganzen Tag bis in den Nachmittag hinein, daß Nawab erst dies ausprobierte und dann das, die Leitungen erwärmte, sie kühlte, Drähte miteinander verband, Schalter und Sicherungen überlistete. Trotzdem nahmen die Pumpen, ein Triumph seines Talents zu primitiver Improvisation, den Betrieb wieder auf.

Unglücklicher- oder glücklicherweise hatte Nawab früh im Leben eine sanfte Frau von unübertroffener Fruchtbarkeit geheiratet, die er anbetete und die ihm im Abstand von wenn auch nicht weniger, so doch nicht viel mehr als neun Monaten, ein Kind nach dem anderen gebar. Und alles Töchter, Mal für Mal, bis endlich der ersehnte Sohn kam, so daß sich Nawab mit einem kompletten Satz von zwölf Töchtern, vom Kleinkind bis zur Elfjährigen, und einem Einzelstück versehen fand. Wäre er Gouverneur des Punjab gewesen, hätte ihre Aussteuer ihn an den Bettelstab gebracht. Für einen Elektriker und Mechaniker, egal wie geschickt, schien es unmöglich, sie alle zu verheiraten. Kein Geldverleiher von Verstand würde, egal zu welchem Zinssatz, eine ausreichende Summe vorschießen, um das Notwendige zu erstehen: für jede Tochter Betten, eine Anrichte, Truhen, elektrische Ventilatoren, Geschirr, sechs Garnituren Kleidung für den Bräutigam, sechs für die Braut, möglicherweise einen Fernseher und so weiter und so weiter.

Ein anderer Mann hätte vielleicht die Hände gerungen – nicht so Nawab. Die Töchter wirkten als Ansporn für sein Genie, und jeden Morgen betrachtete er im Spiegel zufrieden das Gesicht eines Kriegers, der sich anschickt, in die Schlacht zu ziehen. Nawab wußte natürlich, daß er seine Einkommensquellen mehren mußte – das Gehalt, das er von K. K. Harouni für die Wartung der Pumpen bekam, reichte hinten und vorne nicht. Er richtete eine kleine, aus einem Raum bestehende Mehlmühle ein, die mit einem ausrangierten Elektromotor betrieben wurde – den er selbst für defekt erklärt hatte. Er versuchte sich am Rand eines der Felder seines Herrn mit einem kleinen Teich an einer Fischzucht. Er kaufte schadhafte Radios, reparierte sie und verkaufte sie weiter. Wenn er darum gebeten wurde, schreckte er nicht einmal davor zurück, Uhren zu reparieren, obwohl dieses Unternehmen besonders schlecht lief und ihm in Wirklichkeit mehr Groll als Geld eintrug, denn keine Uhr, die er auseinandernahm, zeigte je wieder die richtige Zeit.

K. K. Harouni fuhr selten zu seinen Farmen, er lebte hauptsächlich in Lahore. Wann immer der alte Mann zu Besuch kam, plazierte sich Nawab Tag und Nacht an der Tür, die vom Aufenthaltsbereich der Bediensteten zu dem von einer Mauer umschlossenen Hain mit alten Banyanbäumen führte, in dem das alte Farmgebäude stand. Grauhaarig, die seltsame Fliegerbrille verbogen und verschmiert, kümmerte sich Nawab im Haushalt um die Elektrogeräte, Klimaanlage, Warmwasserboiler, Kühlschränke und Wasserpumpen, wie ein Ingenieur, der sich in einem Sturm auf dem Atlantik um den Kessel eines sinkenden Dampfschiffs kümmert. Durch seine übermenschlichen Anstrengungen schaffte er es beinahe, für K. K. Harouni denselben Kokon aus funktionstüchtiger Mechanik intakt zu halten – gekühlt und gebadet, beleuchtet und gefüttert zu werden –, der dem Grundbesitzer in Lahore zur Verfügung stand.

Harouni machte natürlich die Bekanntschaft dieses allgegenwärtigen Mannes, der ihn nicht nur auf seinen Inspektionstouren begleitete, sondern morgens und abends auf dem Bett seines Herrn stehend angetroffen werden konnte, wo er den elektrischen Anschluß für das Licht neu verkabelte, oder im Bad, wo er am Warmwasserboiler herumwerkelte. Schließlich, eines Abends zur Teezeit, den psychologisch richtigen Moment abpassend, bat Nawab darum, etwas sagen zu dürfen. Der Landbesitzer, der sich vor einem knisternden Rosenholzfeuer fröhlich die Nägel feilte, sagte, er solle loslegen.

»Sir, wie Sie wissen, erstreckt sich Ihr Land von hier bis zum Indus, und auf diesem Land gibt es beachtliche siebzehn Rohrbrunnen, und um diese siebzehn Rohrbrunnen zu warten, gibt es nur einen einzigen Mann, mich, Ihren Diener. In Ihrem Dienst habe ich mir diese grauen Haare verdient« – hier beugte er den Kopf, um das Grau zu zeigen –, »und jetzt kann ich meine Pflichten nicht mehr so erfüllen, wie ich es sollte. Genug, Sir, genug. Ich bitte Sie, verzeihen Sie mir meine Schwäche. Besser ein dunkles Haus und stolzer Hunger im Verborgenen als Schande am hellichten Tag. Entlassen Sie mich, ich bitte Sie, ich flehe Sie an.«

Der alte Mann, an diese Art von Reden durchaus gewöhnt, auch wenn sie meist nicht so blumig ausfielen, feilte weiter an seinen Nägeln und wartete, bis der Unsinn aufhörte.

»Was ist los, Nawabdin?«

»Los, Sir? Oh, was könnte in Ihren Diensten los sein. Ich habe in all meinen Jahren Ihr Salz gegessen. Doch, Sir, heutzutage auf dem Fahrrad, mit meinen alten Beinen und mit den vielen Verletzungen, die ich mir zugezogen habe, als schweres Gerät auf mich fiel – ich kann nicht mehr länger wie ein Bräutigam mit dem Fahrrad von Farm zu Farm fahren, wie ich es früher konnte, als ich das große Glück hatte, in Ihren Dienst zu treten. Ich bitte Sie, Sir, lassen Sie mich gehen.«

»Und was ist die Lösung?« fragte Harouni, der begriff, daß sie zum springenden Punkt vorgedrungen waren. Ihm war es eigentlich einerlei, so oder so, außer daß die Sache an seine Bequemlichkeit rührte – eine Angelegenheit von großer Bedeutung für ihn.

»Nun, Sir, wenn ich ein Motorrad hätte, dann könnte ich irgendwie herumhinken, wenigstens so lange, bis ich einen jüngeren Mann ausgebildet hätte.«

Die Ernte in diesem Jahr war gut gewesen, Harouni saß gutgelaunt vor dem Feuer, und so erhielt Nawab, sehr zur Empörung der leitenden Angestellten der Farm, ein brandneues Motorrad, eine 70er Honda. Er schaffte es sogar, einen Zuschuß zum Benzin herauszuschlagen.

Das Motorrad erhöhte sein Ansehen, verlieh ihm Gewicht, so daß die Leute anfingen, ihn »Onkel« zu nennen und ihn in vielen Dingen, von denen er absolut nichts verstand, um seine Meinung zu fragen. Er konnte nun in einem weiteren Umkreis herumfahren und sein Geschäft gehörig ausbauen. Das beste war, daß er nun jede Nacht mit seiner Frau verbringen konnte, die nicht auf der Farm wohnen wollte, sondern in der Nähe ihrer Familie in Firoza, wo sie zumindest die beiden ältesten Töchter unterrichten lassen konnten. Eine lange, gerade Straße zog sich von der Pumpstation des Kanals in der Nähe von Firoza bis zum Indus, mitten durch K.K. Harounis Land. Die Straße folgte der Trasse einer alten Hauptstraße, die gebaut worden war, als das Land noch Teil eines Fürstenstaats gewesen war. Ungefähr hundertfünfzig Jahre früher war einer der Fürsten diese Strecke entlanggeritten, um in dem entlegenen Distrikt einer Hochzeit oder einem Begräbnis beizuwohnen, ihm war heiß geworden, und er hatte befohlen, Rosenholzbäume zu pflanzen, die den Passanten Schatten spenden sollten. Innerhalb weniger Stunden vergaß er, daß er diesen Befehl erteilt hatte, und ein paar Dutzend Jahre später war er selbst an der Reihe, vergessen zu werden, doch diese Bäume standen immer noch, riesengroß inzwischen, und manche von ihnen ragten, abgestorben und ohne Rinde, weiß und blattlos in den Himmel. Auf dieser Straße flog Nawab auf seiner neuen Maschine dahin, und von jedem Knauf und jeder Strebe hingen Taschen und Lappen, so daß das Motorrad, wenn es eine Bodenwelle überfuhr, mit einer Unzahl verkümmerter kleiner Flügel zu flattern schien; er strahlte, mit einem Grinsen im Gesicht und Ohren, die es beinahe fortgeblasen hätte, von der Geschwindigkeit, wenn er es an irgendeiner Pumpe, die repariert werden mußte, ausrollen ließ.

Aus der Luft betrachtet, hätte sich Nawabs Tag so willkürlich ausgenommen wie der eines Schmetterlings – morgens zum Haus des obersten Verwalters, wo er eilfertig seine Aufwartung machte, dann zu dem einen oder anderen Rohrbrunnen entsandt, wo er auf den ungeteerten Feldwegen unterwegs den Staub aufwirbelte, eine Kugel aus Geräuschen, die unter den Rosenholzbäumen dahinsauste, in Richtung Firoza, wo er durch die Stadt schlenderte, sich zu dem einen oder anderen Privatinteresse verdrückte, um einen Handel perfekt zu machen, die reif werdenden frühen Honigmelonen aus dem Gemüsegarten seines Cousins zu verhökern oder schon vor dem Schlüpfen seine Hälfte einer Hühnerschar abzuzählen, dann wieder zurück nach Dunyapur, und wieder los. Übereinandergelegt, hätten die Karten jener Tage einen Wirrwarr ergeben; doch jeden Morgen startete er vom selben Ort, wenn die Sonne aufging, und kehrte jeden Abend dorthin zurück, müde dann, melancholischer, und stellte das Motorrad ab und schob es über die hölzerne Türschwelle in den Hof, während der Motor abkühlend tickte. Nawab bockte das Motorrad jeden Abend auf seinem Ständer auf und wartete, daß seine Mädchen, alle miteinander, zu ihm kamen, ihn umringten, auf ihn draufsprangen. Sein Gesicht trug in diesen Augenblicken oft den gleichen Ausdruck, einen Ausdruck kindlich unschuldiger Freude, der sich merkwürdig und sogar traurig von der Schwere seines Gesichts mit seinen Falten und Bartstoppeln abhob. Er hob dann die Nase und schnüffelte, um eventuell herauszufinden, was seine Frau zum Abendessen gekocht hatte; dann ging er zu ihr, traf sie immer in derselben Haltung an, in der sie ihm einen Tee kochte und dem Feuer in dem kleinen Herd Luft zufächelte.

»Hallo, mein Liebes, mein Küken«, sagte er zärtlich eines Abends, als er die dunkle Hütte betrat, die als Küche diente und deren Lehmmauern schwarz waren vor Ruß. »Was hast du für mich im Topf?« Er hob den Deckel des großen Topfes, der neben dem Wasserkessel auf dem gestampften Boden stand, und fing an, mit einem Holzlöffel darin herumzurühren.

»Raus! Raus!« sagte sie, nahm den Löffel, tauchte ihn in das Curry und gab ihm zu kosten. Er machte gehorsam den Mund auf, wie ein Junge, der seine Medizin einnimmt. Seine Frau hatte einen geschmeidigen, kräftigen Körper, obwohl sie dreizehn Kinder geboren hatte, und unter ihrem engen Überkleid zeichnete sich ihr Rückgrat ab. Ihr langes, männliches Gesicht strahlte noch immer von innen heraus, was ihr eine reife Okkerfarbe verlieh. Auch jetzt noch, da ihr Haar dünner und grau geworden war, trug sie es in einem langen Pferdeschwanz, der ihr bis zur Taille reichte, wie eine junge Frau aus dem Dorf. Obwohl ihr dieser Stil nicht stand, sah Nawab in ihr immer noch das Mädchen, das er vor zwanzig Jahren geheiratet hatte. Er stand unter der Tür und sah seinen Töchtern beim Himmel-und-Hölle-Spiel zu, und als seine Frau an ihm vorbeiging, streckte er den Hintern vor, damit sie ihn streifte, wenn sie sich an ihm vorbeizwängte.

Nawab aß zuerst, dann die Mädchen und schließlich seine Frau. Er saß draußen in dem kleinen Hof, rülpste und rauchte eine Zigarette und blickte zu der Mondsichel auf, die gerade am Horizont aufging. Ich frage mich, woraus der Mond gemacht ist? dachte er, ohne sich anzustrengen. Er erinnerte sich, daß er Radio gehört hatte, als die Amerikaner darüber sprachen, daß sie darauf herumspaziert waren. Seine Gedanken schweiften hierhin und dorthin. Um ihn herum hatten die Bewohner des Dörfchens ebenfalls ihr Abendessen beendet, und der Rauch der Dungfeuer hing über den dunkler werdenden Dächern, ein strenger, würziger Geruch wie grober Tabak. Nawabs Haus verfügte über allerlei raffinierte Vorrichtungen, fließendes Wasser in allen drei Zimmern, eine Röhre, die nachts kühle Luft in die Zimmer ließ, und sogar einen Schwarzweißfernseher, auf den seine Frau ein geblümtes Deckchen gelegt hatte, das sie selbst bestickt hatte. Nawab hatte einen Mechanismus konstruiert, mit dem die Antenne auf dem Dach vom Innern des Hauses aus gedreht werden konnte, um den Empfang zu verbessern. Die Kinder saßen drinnen und sahen bei dröhnender Lautstärke fern. Seine Frau kam heraus und setzte sich sittsam zu seinen Füßen auf das *charpoy*, eine aus Schnüren gefertigte Liege.

»Ich habe etwas in der Tasche – möchtest du wissen, was?« Er schaute sie mit einem angedeuteten neckischen Lächeln an.

»Ich kenne dieses Spiel«, sagte sie, streckte die Hand aus und rückte die Brille in seinem Gesicht zurecht. »Warum sitzt deine Brille immer schief? Ich glaube, ein Ohr ist höher als das andere.«

»Komm schon, wenn du es findest, kannst du es haben.«

Nach einem Blick, ob die Kinder auch alle vom Fernsehen abgelenkt waren, kniete sie sich neben ihn und begann, seine Taschen abzuklopfen. »Tiefer … tiefer …«, sagte er. In der Tasche der ölverschmierten Weste, die er unter seiner *kurta* trug, fand sie eine zusammengefaltete Zeitung, die braune Rohzuckerbrocken enthielt.

»Ich habe noch viel mehr«, sagte er. »Schau dir das an. Nicht der Mist, den du auf dem Basar bekommst. Die Dashtis haben mir fünf Kilo davon gegeben, weil ich ihre Zuckerrohrpresse repariert habe. Ich werde sie morgen verkaufen. Komm, mach uns ein paar *parathas*. Für uns alle. Bitte, ja?«

»Ich habe das Feuer ausgehen lassen.«

»Dann zünd es wieder an. Oder besser, setz dich hierher, ich werde es anzünden.«

»Du schaffst nie, es anzuzünden, ich werde es sowieso machen müssen«, sagte sie und stand auf.

Die kleineren Kinder umringten sie, als sie das *ghee* rochen, das auf dem Grill erwärmt wurde, und sahen zu, wie der braune Zucker schmolz, und schließlich kamen sogar die älteren Mädchen heran, auch wenn sie hochnäsig an der Seite stehenblieben.

Nawab, der, auf den Fersen kauernd, ins Feuer blies, deutete in ihre Richtung. »Kommt schon, ihr Prinzessinnen, keine von euren Tricks. Ich weiß, daß ihr etwas davon haben wollt.«

Sie fingen an zu essen und gossen den kristallisierten braunen Sirup über die gerösteten Brotstücke, und nach einer Weile ging Nawab zu seinem Motorrad und zog einen weiteres großes Stück Zucker aus der Satteltasche und forderte seine Mädchen auf, mit ihm um die Wette zu essen.

Eines Abends, ein paar Wochen nach dem kleinen Zuckerfest seiner Familie, saß Nawab mit dem Wachmann zusammen, der in Dunyapur die Lager im Auge behielt. Ein Banyanbaum, der erst dreißig Jahre zuvor neben dem Dreschplatz gepflanzt worden war, hatte eine vierzig oder fünfzig Meter hohe Laubkrone ausgebildet, und die Männer, die in den Lagern arbeiteten, ließen ihm alle besondere Pflege angedeihen und wässerten ihn aus Konservendosen. Der alte Wachmann saß unter diesem Baum, und Nawab und andere jüngere Männer setzten sich in der Dämmerung zu ihm, zogen ihn auf, versuchten, seinen Jähzorn zu provozieren, und scherzten untereinander. Sie lauschten den Geschichten des alten Mannes aus einer Zeit, als nur Pfade durch diese Flußgegend geführt hatten und die Stämme zum Zeitvertreib Vieh gestohlen und einander häufig umgebracht hatten dabei, um es spannender zu machen.

Obwohl inzwischen Frühlingswetter herrschte, ließ der Wachmann immer noch in einer Blechschüssel ein Feuer brennen, um sich die Füße zu wärmen und der kleinen Gruppe, die sich dort versammelte, einen Mittelpunkt zu geben. Der Strom war ausgefallen, wie so oft, und der Vollmond, der am Horizont aufstieg, tauchte die Szenerie in ein indirektes Licht, das von den weißgekalkten Wänden zurückgeworfen wurde und um die herumstehenden Maschinen, die Pflüge und Pflanzmaschinen, die schweren und leichten Eggen, schwache Schatten warf.

»Jetzt komm schon, alter Mann«, sagte Nawab zu dem Wachmann. »Ich fessle dich und schließe dich in einem Lager ein, damit es wie ein Überfall aussieht, und dann fülle ich an der Zapfsäule meinen Tank.«

»Da ist nichts für mich drin«, sagte der Wachmann. »Geh, ich glaube, ich höre deine Frau nach dir rufen.«

»Ich verstehe, mein Herr, Sie wollen allein sein.«

Nawab sprang auf und schüttelte dem Wachmann die Hand, machte eine kleine Verbeugung und berührte dabei respektvoll sein Knie; ein immer wiederkehrender Scherz, der schon seit zehn Jahren an dem Wachmann abprallte.

»Sei vorsichtig, Junge«, sagte der Wachmann, stand auf und lehnte sich auf seinen Bambusstab mit der stählernen Spitze. Nawab trat schwungvoll den Ständer seines Motorrads um, schaltete mit einer fließenden Bewegung die Scheinwerfer ein und schoß durch das Tor des Dreschgeländes auf die kilometerlange Zufahrt, die aus dem Farmgelände hinausführte. Ihm war kalt, und das gefiel ihm, denn er wußte, zu Hause würde das Zimmer überheizt sein, da das zweirippige Heizgerät dank des abgezapften Stroms den ganzen Winter über Tag und Nacht lief. Als er auf die schwarze Hauptstraße einbog, beschleunigte er, lieferte sich ein Wettrennen mit dem schwächlichen Scheinwerfer, als rase er im Licht einer beweglichen Lampe dahin. Ziegenmelker, die sich auf der Straße niedergelassen hatten, um Motten zu jagen, schossen zurück ins Dunkel, gerieten dabei beinahe unter seine Räder. Nawab spannte die Arme an und kämpfte mit dem Motorrad, während er über Schlaglöcher raste und, auf den Fußrasten stehend, die Geschwindigkeit genoß, und aus den tieferliegenden Feldern, wo das Zuckerrohr kräftig gewässert worden war, stieg Nebel auf, und kühle Luft umfing ihn. Am Kanal wurde er langsamer und hörte, wie das Wasser über das Wehr strömte.

Ein Mann trat hinter einer der Säulen hervor und schwenkte das Licht einer Taschenlampe über den Boden und bedeutete Nawab, anzuhalten.

»Bruder«, sagte der Mann über den Lärm des laufenden Motors hinweg, »nimm mich mit in die Stadt. Ich habe dort ein Geschäft zu erledigen und bin spät dran.«

Merkwürdiges Geschäft um diese Zeit, dachte Nawab, und das Rücklicht des Motorrads warf um sie herum einen rötlichen Schein auf den Boden. Sie waren weit von jeder Siedlung entfernt. Eine Meile vor ihnen kauerte das Dörfchen Dashtian an der Straße – davor nichts. Er blickte in das Gesicht des Mannes.

»Woher kommst du?« Der Mann erwiderte seinen Blick mit angespannter Miene und daher übertrieben, doch ohne mit der Wimper zu zucken.

»Aus Kashmor. Bitte, du bist seit über einer Stunde der erste Mensch, der vorbeikommt. Ich bin den ganzen Tag lang gelaufen.«

Kashmor, dachte Nawab. Von dem armen Land jenseits des Flusses. Jedes Jahr kamen diese Stämme, um in Dunyapur und auf den anderen Farmen Mangos zu pflücken, sie arbeiteten für einen Hungerlohn und wurden fortgeschickt, sobald die Ernte auslief. Dann gaben die Männer ein Fest, ein ärmliches Fest zum Ende der Saison, und hundert oder mehr von ihnen legten zusammen, um einen Büffel zu kaufen. Nawab war mehrere Male dabeigewesen und behandelt worden, als sei es eine Ehre für sie, wenn er mit ihnen zusammensaß und gesalzenen, mit winzigen Fleischstückchen gesprenkelten Reis aß.

Er grinste den Mann an und wies mit dem Kinn auf den Sitz hinter sich. »Also gut, sitz auf.«

Rücksicht nehmend auf das Gewicht hinter sich, das ein Fahren auf dem von Furchen durchzogenen Pfad entlang des Kanals erschwerte, setzte Nawab seine Fahrt unter den Rosenholzbäumen fort.

Nach einer halben Meile rief er Nawab ins Ohr: »Stop!«

»Was ist los?« Nawab konnte ihn über dem brausenden Fahrtwind nicht hören.

Der Mann stieß ihm etwas Hartes zwischen die Rippen.

»Ich habe eine Pistole, ich werde dich erschießen.«

Von Panik erfüllt, kam Nawab schleudernd zum Halt, sprang seitwärts ab und stieß das Motorrad von sich, so daß es umkippte und der Räuber zu Boden stürzte. Der Vergaserschwimmer klemmte, und der Motor drehte mit hin- und herschlagendem Rad eine Weile hoch, bis das Schwimmergehäuse leergelaufen war, dann fing er an zu stottern und erstarb.

»Was machst du da?« stammelte Nawab.

»Ich erschieße dich, wenn du nicht verschwindest«, sagte der Räuber, auf ein Knie gestützt, die Pistole im Anschlag.

Sie standen unsichtbar in der unvermittelt wolligen Dunkelheit, neben dem umgefallenen Motorrad, aus dem streng riechendes Benzin in den Staub zu ihren Füßen sickerte. Das Wasser, das im Kanal neben ihnen durch das Schilf floß, machte beim Dahinwirbeln leise gurgelnde Geräusche. Als seine Augen sich an die Dunkelheit gewöhnt hatten, sah Nawab, daß der Mann an einer Schnittwunde an der Hand sog, in der anderen hielt er die Pistole.

Als der Mann neben das Motorrad trat, um es aufzurichten, ging Nawab zu ihm und berührte ihn an der Schulter.

»Ich habe dir gesagt, daß ich dich erschieße.«

Nawab legte in einer Demutsgeste die Hände aneinander. »Ich bitte dich, ich habe kleine Töchter, dreizehn Kinder. Ich versichere dir, dreizehn. Ich habe versucht, dir zu helfen. Ich fahre dich nach Firoza, und ich sage niemandem etwas. Nimm nicht das Motorrad, es ist mein tägliches Brot. Ich bin ein Mann wie du, arm wie du.«

»Halt den Mund.«

Ohne nachzudenken, stürzte sich Nawab auf die Pistole, griff jedoch daneben.

Der Mann ließ das Motorrad fallen, trat einen Schritt zurück und schoß ihm in den Unterleib.

Nawab stürzte zu Boden, beide Hände auf die schmerzende

Stelle gepreßt, vollkommen überrascht, schockiert, als hätte der Mann ihm grundlos eine Ohrfeige verpaßt.

Der Mann zerrte das Motorrad von dem gefallenen Körper weg, richtete es auf, saß auf und versuchte zu starten. Der Motor war abgesoffen, und da er kein Motorrad besaß, wußte er nicht, was zu tun war. Er gab Vollgas, was die Sache verschlimmerte. Beim Geräusch des Schusses hatten die Hunde in Dashtian angeschlagen, ein ungleichmäßiges Geräusch in dem leichten Wind.

Auf dem Boden liegend, dachte Nawab zunächst, der Mann habe ihn getötet. Der bleiche, mondhelle Himmel kippte, durch das Geäst eines Rosenholzbaums gesehen, vor und zurück, wie in einer Schale hin und her schwappendes Wasser. Er war so gestürzt, daß das eine Bein angewinkelt unter ihm lag, und jetzt streckte er es aus. Seine Hand wurde klebrig, als er damit die Wunde betastete. »O Gott, o Mutter, o Gott«, stöhnte er, nicht sehr laut, in einem Singsang. Er schaute auf den Mann, der mit dem Rücken zu ihm, verletzlich, keine zwei Meter von ihm entfernt wie ein Wilder auf den Anlasser trat. Nawab konnte ihn nicht entkommen lassen. Das Motorrad gehörte ihm.

Er stand wieder auf und stolperte auf das Motorrad zu, packte den Dieb, stürzte sich auf ihn und drückte ihn zu Boden. Der Mann rollte herum, trat Nawab und stand auf.

Die Pistole am gestreckten Arm von sich weg haltend, schoß er noch fünf Mal, eins zwei drei vier fünf, während Nawab ihm ungläubig ins Gesicht schaute und in der Pistolenmündung die Stichflammen sah. Der Mann hatte noch nie eine Waffe benutzt, nur ein einziges Mal diese nichtregistrierte Pistole abgefeuert, um sie auszuprobieren, als er sie einem Schmuggler abkaufte. Er ertrug es nicht, auf Oberkörper oder Kopf zu zielen, sondern schoß in Unterleib und Beine. Die letzten zwei Kugeln trafen komplett daneben und ließen den Schmutz von der Straße auffliegen. Wieder richtete der Räuber das Motorrad auf, schob es keuchend zehn Meter weiter und versuchte dann erneut, es zu starten. Von Dashtian her kam auf der Straße rasch eine Taschenlampe näher. Der Mann ließ das Motorrad fallen und rannte in den kleinen Schilfbestand neben dem Wasserlauf.

Nawab lag auf der Straße, er wollte sich nicht bewegen. Als er das erste Mal getroffen worden war, hatte es weniger weh getan, als daß es ihm einen Stich versetzt hatte, doch jetzt nahm der Schmerz zu. Das Blut in seiner Hose fühlte sich warm an.

Alles wirkte sehr friedlich. In der Ferne bellten weiter die Hunde, und überall um ihn herum zirpten Zikaden, so viele, daß sie einen sanften Chor bildeten. In einer Mangoplantage jenseits des Kanals begannen ein paar Krähen zu krächzen, und er fragte sich, warum sie das nachts taten. Vielleicht eine Schlange auf dem Baum, im Nest. Frischer Fisch von den Frühjahrsüberschwemmungen am Indus war gerade auf den Markt gekommen, und er dachte immer wieder daran, daß er für das Abendessen welchen hatte kaufen wollen, vielleicht am nächsten Abend. Als der Schmerz sich verschlimmerte, kam ihm das in den Sinn, der Geruch von gebratenem Fisch.

Aus dem Dorf kamen keuchend zwei Männer angerannt.

»O Gott, sie haben ihn umgebracht. Wer ist es?«

Der andere Mann kniete sich neben den Körper. »Es ist Nawab, der Elektriker, aus Dunyapur.«

»Ich bin nicht tot«, sagte Nawab mit Nachdruck, ohne den Kopf zu heben. »Der Dreckskerl ist gleich dort im Schilf.«

Einer der Männer hatte eine einläufige Schrotflinte bei sich. Er trat vor und zielte auf die Mitte des Schilfstandes, er schoß, lud nach und schoß erneut. Nichts rührte sich zwischen den grünen, blättrigen Stengeln, die kopfhoch standen und von fedrigen Samenständen überragt wurden.

»Er ist weg«, sagte der Mann, der bei Nawab saß und seinen Arm hielt.

Der Mann mit der Schrotflinte lud noch einmal nach und

ging mit angelegter Flinte vorsichtig weiter. Etwas rührte sich, und er feuerte. Der Räuber fiel vornüber auf unbewachsenen Boden. Er rief »Mutter, hilf mir«, und erhob sich auf die Knie, die Hände an die Taille gelegt. Der Bewaffnete trat auf ihn zu, schlug ihm einmal den Flintenkolben über den Rücken und zerrte ihn am Kragen grob auf die Straße. Als er das blutige Hemd anhob, sah er, daß der Räuber ein halbes Dutzend Schrotkugeln in den Bauch bekommen hatte, böse schwarze Löcher, aus denen im Schein der Taschenlampe Blut quoll. Der Räuber spuckte in einem fort aus, ohne Kraft.

Der andere Dorfbewohner, der zugesehen hatte, startete das Motorrad, indem er es mit eingelegtem Gang die Straße entlangschob, bis der Motor ansprang. Mit dem Ruf, daß er eine Transportmöglichkeit beschaffen werde, raste er davon, und Nawab fiel unangenehm auf, daß er in der Eile schaltete, ohne die Kupplung zu betätigen.

»Möchtest du eine Zigarette, Onkel?« fragte der Dorfbewohner Nawab und bot ihm die Packung an.

Nawab rollte den Kopf hin und her. »Verdammt, schau mich an.«

Die Scheinwerfer eines Pick-ups tauchten bei der Pumpstation auf und hüpften wild über die Straße. Der Fahrer und die beiden anderen hoben Nawab und den Räuber auf die Ladefläche und fuhren sie nach Firoza in eine kleine Privatklinik, die von einem schlichten Apotheker geführt wurde, der dennoch, wegen seines umstandslosen und sicheren Auftretens und wegen des Erfolgs, mit dem er unter Einsatz der immer gleichen paar Medikamente die häufigsten Krankheiten heilte, eine riesige Kundschaft hatte.

In der Klinik roch es nach Desinfektionsmitteln und Körperflüssigkeiten, ein schwerer, süßlicher Geruch. Vier Betten standen in einem Raum, der von einer Neonleuchte schwach erhellt wurde. Als sie ihn hineintrugen, sah Nawab, angespannt und auf der Hut, auf einem zerknitterten Laken Blut, einen rostigen Fleck. Der Apotheker, der über seiner Klinik wohnte, war in ein Lendentuch und ein Unterhemd gekleidet heruntergekommen. Er wirkte vollkommen ruhig und sogar verärgert, weil man ihn gestört hatte.

»Legt sie auf diese zwei Betten.«

»*As-salaam uleikum*, Doktor Sahib«, sagte Nawab, der das Gefühl hatte, als spräche er zu jemandem in weiter Ferne. Der Apotheker schien ein unendlich ernster und wichtiger Mann zu sein, und Nawab wandte sich förmlich an ihn.

»Was ist passiert, Nawab?«

»Er hat versucht, mein Motorrad zu stehlen, aber ich habe ihn nicht gelassen.«

Der Apotheker zog Nawabs *shalvar* herunter, nahm einen Lappen und wusch das Blut ab, dann tastete er ziemlich grob an ihm herum, während Nawab sich an den Kanten des Bettes festklammerte und sich zwang, nicht aufzuschreien. »Du wirst leben«, sagte er. »Du bist ein glücklicher Mann. Die Kugeln trafen alle weit unten.«

»Wurde ich dort ...?«

Der Apotheker tupfte mit dem Lappen. »Nicht einmal das, Gott sei Dank.«

Der Räuber mußte in die Lunge getroffen worden sein, da er laufend Blut ausatmete.

»Es wird nicht nötig sein, den da zur Polizei zu bringen«, sagte der Apotheker. »Er ist ein toter Mann.«

»Bitte«, bettelte der Räuber und versuchte, sich aufzusetzen. »Habt Gnade, rettet mich. Auch ich bin ein Mensch.«

Der Apotheker ging in das nebenan liegende Büro und schrieb die Namen einiger Medikamente auf einen Block und schickte die beiden Dorfbewohner zu einem Apotheker in der Nachbarstraße.

»Sag ihm, es ist für Nawabdin Elektriker. Sag ihm, ich sorge dafür, daß er sein Geld bekommt.«

Nawab sah zum ersten Mal zu dem Räuber hinüber. Auf seinem Kopfkissen war Blut, und er schniefte ständig, als müßte er sich die Nase putzen. Sein dünner, sehr langer Hals hing schief auf den Schultern, wie ausgerenkt. Er war älter, als Nawab ursprünglich angenommen hatte, kein Junge, dunkelhäutig, mit eingesunkenen Augen und gelben, vorstehenden Raucherzähnen, die jedesmal sichtbar wurden, wenn er nach Luft schnappte.

»Ich habe dir Unrecht getan«, sagte der Räuber schwach. »Ich weiß das. Du kennst nicht mein Leben, genauso wenig wie ich deines kenne. Nicht einmal ich selbst weiß, was mich hierhergeführt hat. Vielleicht bist du ein armer Mann, aber ich bin viel ärmer als du. Meine Mutter ist alt und blind in den Slums außerhalb von Multan. Sag ihnen, sie sollen mich heilen, bitte sie darum, dann tun sie es.« Er fing an zu weinen, ohne die Tränen abzuwischen, die in seinem dunklen Gesicht Spuren hinterließen.

»Geh zum Teufel«, sagte Nawab und wandte sich ab. »Männer wie du verstehen sich darauf, Geständnisse abzulegen. Meine Kinder wären auf der Straße betteln gegangen.«

Der Räuber lag schwer atmend da, und seine Finger, die am Körper lagen, zuckten. Der Apotheker schien irgendwo hingegangen zu sein und sie allein gelassen zu haben.

»Sie haben gerade gesagt, daß ich sterbe. Verzeih mir, was ich getan habe. Ich bin mit Tritten und Schlägen aufgewachsen, und nie gab es genug zu essen. Ich habe nie etwas Eigenes besessen, kein Land, kein Haus, keine Frau, kein Geld, niemals, nichts. Ich habe jahrelang auf dem Bahnsteig in Multan geschlafen. Der Segen meiner Mutter liegt auf dir. Gib mir deinen Segen, laß mich nicht sterben, ohne daß mir verziehen wurde.«

Er fing noch stärker an zu schniefen und zu husten, dann bekam er einen Schluckauf.

Jetzt empfand Nawab den Geruch der Desinfektionsmittel als stark und gut. Der Fußboden schien zu glänzen. Die Welt um ihn herum weitete sich.

»Niemals. Ich werde dir nicht verzeihen. Du hattest dein Leben, ich hatte meins. Jedesmal habe ich auf dieser Straße die richtige Abzweigung genommen und du die falsche. Schau dich jetzt an, mit Blutblasen in den Mundwinkeln. Glaubst du, das ist kein Urteil? Meine Frau und meine Kinder hätten auf der Straße betteln gehen müssen, und du hättest mein Motorrad verkauft, um für sechs verlorene Kartenspiele und ein paar Flaschen giftigen schwarzgebrannten Fusel zu bezahlen. Wenn du nicht hier lägest, wärst du bereits in einer der Spielhöllen am Fluß.«

Der Mann sagte: »Bitte, bitte, bitte«, jedesmal leiser, und dann starrte er zur Decke. »Das ist nicht wahr«, flüsterte er. Ein paar Minuten später krampfte er und starb. Der Apotheker, der inzwischen hereingekommen war und Nawabs Wunden säuberte, tat nichts, um ihm zu helfen.

Und doch blieben Nawabs Gedanken daran hängen, er besah sich die Worte des Mannes und seinen Tod wie ein Vogel, der um einen glitzernden Gegenstand herumhüpft, im Begriff, darauf herumzuhacken. Und dann ließ er es sein. Er dachte an das gerettete Motorrad und an die Ehre, es gerettet zu haben. Er wuchs. Sechs Schüsse, sechs Münzen, die geworfen worden waren, sechs Möglichkeiten, und nicht einer hatte ihn getötet, nicht ihn, Nawabdin Elektriker.

Saleema

Saleema wurde in den Jhulan-Clan hineingeboren, Erpresser und Schmuggler, mit der Teilung des Landes muslimische Flüchtlinge aus dem Nordwesten von Delhi. Sie hatten Glück, die neue Grenze lag nur fünfzig oder sechzig Kilometer entfernt, und von ihren Diebestouren her wußten sie, wie man sich ungesehen an Kanälen und Gleisen vorwärtsbewegte. Am Rande der Wüste Cholistan überquerten sie die Grenze nach Pakistan, und in der vierten Nacht erreichten sie ein Hindu-Dorf, das mit Ausnahme ein paar alter Frauen von allen verlassen worden war. Sie jagten sie davon und nahmen die Häuser in Besitz, fanden Töpfe und Pfannen, Eimer, sogar Wachhunde, die sich an sie gewöhnten.

Zwanzig Jahre später, während Saleemas Kindheit, wurde das Dorf allmählich von den Slums geschluckt, die eine nahe gelegene Provinzstadt namens Kotla Sardar ausspie. Ihr Vater wurde heroinsüchtig und starb daran, ihre Mutter prostituierte sich für Geld und Gefälligkeiten, und sie selbst wurde mit vierzehn das Spielzeug des Sohnes eines kleinen Landbesitzers. Dann tauchte ein Freier auf, der auf Urlaub von seinem Job in der Stadt durch das Dorf stolzierte und sie mit sich nach Lahore nahm. Er sah so schlank und städtisch aus und erwies sich nach kurzer Zeit als nicht nur schwach, sondern verderbt. Diese Erfahrungen hatten ihre harte Schale nicht geknackt, sondern hatten sie einfühlsam werden lassen, skrupellos – und romantisch.

Eines Morgens lag sie auf dem Bett in dem engen Dienstbotenquartier in Lahore, wo sie und ihr Ehemann lebten. Er war für den Tag weggegangen, um sich ziellos in den Straßen herumzutreiben, unerwünscht am Rand der Menge in irgendeiner Teebude. Obwohl er sofort gewußt hatte, daß sie in dem Haus, in dem sie als Dienstmädchen arbeitete, mit Hassan dem Koch schlief, tat sie beim ersten Mal, als er den Mund aufmachte, als wollte sie ihm eine Ohrfeige verpassen, und stieß ihn aus dem Zimmer; und am nächsten Tag steckte er gierig die paar Rupien ein, die sie ihm gab – um ein paar Tütchen Aufputschpillen zu kaufen, wegen seiner Amphetamin-Abhängigkeit.

Sie zupfte am gesplitterten Lack auf ihrem langen, schlanken Zeh und tat sich selbst leid. Ihr ovales Gesicht, länger als breit, mit tiefliegenden Augen, wies eine Eleganz auf, die sich von ihrem unbekümmerten, fröhlichen Wesen abhob. Mit vierundzwanzig hatte dieses harte Leben sie noch nicht gezeichnet, und wenn sie lächelte, ließen ihre Grübchen sie sogar noch jünger erscheinen, fast wie ein Mädchen; sie hatte noch immer etwas von der Ernsthaftigkeit eines Mädchens. Es stimmte, der Koch, Hassan, hatte alles von ihr bekommen, wie immer hatte sie es zu schnell gegeben. Bisher war sie als Dienstmädchen in drei Häusern gewesen, da ihr Ehemann seine Arbeit als Bürobote verloren hatte, und in jedem hatte sie für den Koch die Beine breitgemacht. Erst seit einem Monat war sie hier, in Gulfishan, auf dem Anwesen des Landbesitzers K.K. Harouni, und schon hatte sie mit Hassan geschlafen. Köche verlockten sie, als Herren über die Küche, wo sie beim Duft von Brühe und garendem Blattgemüse und Saucen gerne saß. Und sie hatte Pflichten in der Küche, sie bereitete die *chapatis* zu, so dünn und leicht, daß sie beinahe an die Decke entschwebten. Sie hatte die Hände. Mr. Harouni hatte sie eines Tages beim Mittagessen ins Eßzimmer gerufen und gesagt, mit seinen siebzig Jahren habe er noch nie bessere gegessen, und sie war errötet und hatte auf ihre nackten Füße gesehen. Und dann die

Leckereien, die Hassan ihr zusteckte – die besten Stücke, die eigentlich hätten auf den Tisch kommen sollen, ausländische Leckereien, Pistazieneis und süße Kuchenstücke, gebackene Tomaten mit Käsefüllung, Kartoffelrösti. Dinge, um die sie ihn bat, dörfliches Essen, Curry mit Mark und Möhren-*halva*. Der ganze Haushalt, vom Sahib abwärts, hatte gegessen, worauf sie Lust hatte.

»Bitte mich darum, mein Kleines«, sagte Hassan morgens, wenn sie zusammengekauert neben ihm in der Küche ihren Tee trank. »Ich muß dich mästen, ich mag sie dick.«

»Red nicht so, ich stamme aus einer anständigen Familie.«

»Nun, was für eine Familie auch immer, womit soll ich das runde Bäuchlein heute stopfen?«

Und er fuhr mit seinem Fahrrad, auf das hinten ein großer Korb geschnallt war, schwankend davon zum Markt, mit auswärts gerichteten Knien in die Pedale tretend und so langsam, daß er zu Fuß beinahe schneller dort gewesen wäre.

Doch das hatte früh genug ein Ende gefunden. Warum sind Köche immer hinterhältig? Sie wußte, sie würde heute um die Mittagszeit wortlos in die Küche gehen und anfangen, die *chapatis* zuzubereiten, und Hassan würde am Herd stehen, mit den Topfdeckeln klappern und sie keines Blickes würdigen. Sie hatte nichts getan, sie hatte der Schlampe von Aufwischerin, die ständig in der Küche herumlungerte, gesagt, sie solle sich anderswohin verziehen, und er war in die Luft gegangen. Hassan regierte über die heiße, verdreckte Küche. Er kochte das Essen sowohl für den Tisch des Herrn als auch für sämtliche Bediensteten, mehr als ein Dutzend. Tagelang war dann das Essen der Dienerschaft ungenießbar – entsprechend Hassans Politik der kollektiven Bestrafung. Einmal, als der Hauptbuchhalter einen recht milden Kommentar zu Hassans sorglosem Umgang mit überhöhten Rechnungen abgegeben hatte, hatten sie eine Woche und länger nur noch wäßrige Linsen gegessen, bis der Buchhalter klein beigegeben hatte. »Nun, *irgendwo* muß ich schließlich sparen«, bemerkte Hassan gern und schüttelte seinen graumelierten Kopf. Wie dem auch sei, Saleema wußte, daß er mit ihr fertig war, daß er sich gelegentlich von seiner netten Seite zeigen und versuchen würde, sie zu vögeln, aus Grausamkeit ebensosehr wie aus anderen Gründen, etwa zum Beweis, daß er es konnte – doch die sorglosen Tage waren vorüber, nun hatte sie niemanden, der seine schützende Hand über sie hielt. In diesem Haushalt galt ein Mann, der zehn Jahre im Dienst stand, als neuer Diener. Hassan war seit über fünfzig Jahren da, Rafik, der Kammerdiener des Herrn, ebenso. Sogar der namenlose jüngere Gärtner schon seit vier oder fünf. Mit einer Dienstzeit von weniger als einem Monat zählte Saleema nicht. Sie hatte keinen Förderer. Sie war zur Probe eingestellt worden, als Dienerin der ältesten Tochter des Herrn, Begum Kamila, die in New York lebte und in diesem Frühjahr gekommen war, um ihren Vater zu besuchen. Kamila, hochmütig und stolz, erlaubte keine Vertraulichkeiten.

Als nächstes warf Saleema ihre Netze nach einem der Fahrer aus – vergebliche Hoffnung! –, einem massigen Mann mit Hängeschnurrbart, der nicht einmal das Wort an sie richtete. Die beiden Fahrer teilten sich eine Unterkunft, einen Raum neben der kühlen, dunklen Garage, in der zwei alternde Mercedes standen, die selten gefahren wurden, da der alte Mann selten ausging. Tag und Nacht, ununterbrochen, hielten die Fahrer ein Kartenspiel in Gang, mit den Gecken aus dem nahen Slum, den Jungen, die dort den Ton angaben. Sie schlenderte an der Tür vorbei, wo sie auf ein paar zusammengeschobenen Betten herumlagen. Nachts tranken sie manchmal Bier und versteckten die Flaschen auf dem Fußboden.

Als sie an einem windigen Frühlingsmorgen zum zweiten

Mal an ihrem Zimmer vorbeiging, pfiff einer der Männer in dem Zimmer.

»Scher dich zum Teufel«, sagte sie.

Das machte es nur noch schlimmer.

»Gib uns was von der schwarzen Mango. Ist eine neue Sorte!«

»Nein, sie ist zart wie Eiscreme, ich schwöre bei Gott, mir schmilzt die Zunge.«

»Du kannst deinen Meßstab abwischen, wenn du das Öl kontrolliert hast!«

Einer von ihnen gab vor, sie zu verteidigen. »Wie kannst du es wagen, so etwas zu sagen!«

Sie ging zur Latrine, unterdrückte die Tränen. Nicht einmal dafür hatte sie einen Ort, wo sie allein sein konnte, sie benutzte dieselbe Toilette wie die Männer. Das dunkle Gelaß stank, in den Ecken krochen Kakerlaken. Sie schloß die Holztür des Abteils hinter sich, lehnte Gesicht und Arme gegen die abblätternde weißgekalkte Wand und fing leise an zu weinen.

»Was ist los, Mädchen?«

Jemand mußte in der Dusche sein, neben der Toilette. Gewöhnlich machte sie sich bemerkbar, ehe sie eintrat.

»Wer zum Teufel ist es?«

»Bleib drinnen, meine Kleider hängen an der Wand. Ich bin gerade fertig geworden.«

Sie erkannte die Stimme von Rafik, dem Kammerdiener.

»Du kannst dich auch zum Teufel scheren. Ich bin fertig mit euch Wichsern.«

»Ist schon gut, beruhige dich, ich gehe gleich.« Sein dünner Arm griff nach den Kleidern, die an der Wand hinter der Tür an einem Nagel hingen. Sie hörte, wie er sich anzog und hinausging und die Tür sachte hinter sich zuzog.

Sie hockte in der Dunkelheit, zog ihren *shalvar* herunter und versuchte zu pinkeln. Nichts kam. Seine Stimme war sanft gewesen. Drei Lichtbalken zeichneten sich in der Luft über ihrem Kopf ab, von tanzenden Staubkörnern durchsetzt, und das erfüllte sie mit Hoffnung. In einem Monat war Sommer, der kalte Winter war vorbei. Sie liebte die Hitze, die dicke Nachtluft und den Geruch nach Wasser und Staub, die kühle Dusche, die über ihre Brüste sprühte, Wasser, das von den bepelzten Wänden des dumpfen Raumes spritzte; und ihren Körper, wenn sie abends herauskam und ihr Haar trocknete, den Kopf seitlich geneigt, das Ohr an der Schulter, und es zu voller Länge auskämmte.

Rafik saß im Hof der Dienerschaft auf einem der schmutzigen weißen Metallstühle, rauchte eine Hookah und sah sie nicht an, als sie sich dicht neben seinen Knien auf einen niedrigen hölzernen Hocker setzte.

Er umfaßte das Mundstück der Hookah mit rauhen, wettergegerbten Händen, einen schweren Achatring auf dem Zeigefinger. Sie hatte Rafik noch nie zuvor genau angesehen. Er trug saubere, schlichte Kleidung, eine wollene Weste aus den Bergen – und sprach mit dem undeutlichen, gutturalen Akzent der Salt Range, obwohl er seit über fünfzig Jahren in Lahore diente. Seine polierten schwarzen Schuhe hatten Risse über den Zehen. Er sprach die täglichen fünf Gebete, der einzige Diener, der das tat. Eine Woche zuvor hatte er sein Haar mit Henna rot gefärbt, um sich in dem herannahenden Sommer Kühlung zu verschaffen. Das Haar in der Mitte gescheitelt, von beinahe martialischem Aussehen, doch ohne jedes Machogehabe; eine schmale Bürste von einem Schnurrbart, die wulstigen Ohren eines alternden Mannes. Er mußte um die sechzig sein, hatte als Junge den Dienst angetreten, vor fünfzig Jahren. Er verbrachte mehr Zeit mit dem Herrn als irgend jemand sonst, weckte den alten Mann und brachte ihn zu Bett, servierte ihm den Tee, massierte ihm die Füße, zog ihn an, abends brachte er ihm einen Single-Whiskey. Jedermann in Alt-Lahore kannte Rafik, die Barone, die Landbesitzer, Magnaten und Politiker, die alten Drachen, die Gesellschaftsdamen von vor vierzig Jahren.

Sie erlaubte sich noch ein paar Tränen – sie konnte weinen, wann immer sie wollte –, und dachte über ihre Lage nach, allein, der Ehemann auf Drogen, dieser vertrocknete Stecken, der sie aus dem Dorf weggeholt hatte, während sie geglaubt hatte, er werde sie retten. Sie war noch immer ein Mädchen, nicht nur damals, auch heute noch. Sie weinte heftiger und wischte sich mit einem Zipfel ihrer *dupatta* die Augen ab.

Rafiks Mund arbeitete, sein geduldiges, resigniertes Gesicht verzerrte sich. Er nahm einen langen Zug aus der Hookah, dikker Tabakrauch hing in der Luft.

Sie waren allein, sie konnte Hassan hören, der in der Küche das Mittagessen zubereitete und irgend etwas zerstampfte. Die Fahrer hockten in ihrer Unterkunft und spielten Karten, die Gärtner kümmerten sich um ihre Pflanzen, das Putzpersonal war im Haus und wischte die Toiletten oder die Fußböden oder fegte die Blätter von der langen, von Bäumen überschatteten Auffahrt an der Vorderseite des Hauses.

»Ich weiß, was ihr alle denkt«, begann sie. »Ihr denkt, ich sei eine Schlampe, ihr denkt, ich vergifte meinen Mann. Seinetwegen bin ich allein, und ihr alle macht mit mir, was ihr wollt. Ich versuche auch, hier zu leben, mußt du wissen. Ich bin kein Dummkopf. Auch ich komme von irgendwoher!« Die Worte strömten klar, gleichmäßig, wütend, vollkommen ungeplant aus ihr heraus.

Er sagte nichts, rauchte, die Augen mit den schweren Lidern halb geschlossen.

Nach einer Weile stand sie auf und wollte gehen.

»Bleib einen Augenblick, Mädchen. Ich bringe dir einen Tee.«

Er machte Anstalten, aufzustehen, und legte den Bambusgriff der Hookah beiseite.

»Einverstanden, Onkel. Aber laß mich ihn holen.« Sein Angebot bedeutete viel für sie.

Sie betrat kühn die Küche, schöpfte aus einem Kessel, der von morgens bis abends hinten auf dem Herd vor sich hin simmerte, Tee in zwei angeschlagene Tassen – das Geschirr für die Dienerschaft. Hassan ignorierte sie.

Sie trug die Tassen herbei und reichte eine davon Rafik, und als sie sich auf eine Bank setzte, hoffte sie, daß jemand kommen und sie zusammen sehen würde.

Sie hob den heißen Tee an ihre Lippen und sah ihn an.

Er goß den Tee in die Untertasse und blies die Sahne beiseite, dann nippte er daran. »Das ist gut, nicht wahr?« sagte er.

Sie wollte es unterdrücken, denn es schien zu schnell nach den Tränen, doch ein Lächeln überkam sie, stieg in ihr hoch. Sie strahlte, und ihr mädchenhaftes und dennoch wissendes Gesicht leuchtete auf und veränderte sich.

»Worüber lachst du?«

»Nichts. Du siehst aus wie mein Onkel, außer daß er riesig war und fett, und du bist dünn. Er hat immer auf seinen Tee geblasen und dann daran genippt, und hat irgendwie düster und wichtig ausgesehen, so wie du.«

»Düster?« Er sagte es auf komischste Weise, überrascht.

Ich kann ihn kriegen, dachte sie, und das jagte einen glücklichen Schauder durch ihren Körper.

»Ich mache nur einen Scherz mit dir. Du bist ganz anders als mein Onkel. Ist das besser?«

Er lächelte, nicht wie ein Erwachsener, sondern wie ein Kind, er lächelte mit den Augen und mit dem Mund und den Falten, die sich in sein Gesicht gegraben hatten, fröhlich. Sie bemerkte es und dachte: »Er lächelt mit allem, was er hat, genau wie ich.«

»Du machst dich über mich lustig. Schon gut, mach weiter, ich bin ein alter Mann. Es ist an der Zeit für mich, ein Dummkopf zu sein.«

Sie überlegte, ob sie ihm widersprechen sollte und sagen, daß er niemals ein Dummkopf sein könnte – hielt sich aber zurück. Statt dessen sagte sie: »Nun, egal wie spät es ist, ich glaube nicht, daß die Dummheit eine Uhr trägt.«

»Du bist voller Rätsel, kleines Mädchen.«

»Kleines Mädchen.« Sie trank ihren Tee aus und nahm ihre und auch seine Tasse mit in die Küche und wusch sie sorgfältig ab. Als sie wieder herauskam und an ihm vorbeiging, sagte sie: »Danke, Onkel, ich fühle mich besser, seit ich mit dir gesprochen habe.«

In ihrem Zimmer saß sie mit gekreuzten Beinen auf dem Bett, schloß die Augen, lehnte sich an die Wand und dachte: *Schließlich, warum nicht? Warum sollte ich es nicht tun?*

Saleema ging Rafik in den nächsten Tagen aus dem Weg, beobachtete ihn, ohne jedoch die Vertraulichkeit ihrer einzigen Unterhaltung auszunutzen. Sie war noch nie diskret gewesen, und obwohl ihr Verhalten ihr kaum bewußt war, schien es ihr neue Möglichkeiten einer Beziehung zu eröffnen, die sich nicht durch Zurückhaltung definierte – worauf sie sich verstand –, sondern durch Zartgefühl. Dann kam ihr das Schicksal zu Hilfe. Jedes Jahr fuhr K.K. Harouni zur Weizenernte für eine Woche auf seine Farm in Dunyapur am Ufer des Indus. In diesem Jahr begleitete ihn seine Tochter, Begum Kamila, und so war auch Saleema mit von der Partie.

Am frühen Morgen des Abreisetages standen die beiden Wagen vor dem Haus, der eine im Säulengang für den Sahib und Kamila und der andere für die Bediensteten. Die Fahrer polierten die Wagen, während sie warteten, und beugten sich zum Putzen über die Windschutzscheiben, Experten. Saleema hatte ihre Kleider zu einem Bündel verschnürt. Am Tag zuvor hatte sie sich ein Paar neue Sandalen gekauft, und jetzt schnitten ihr die roten Plastikriemen in die Füße. Als der Herr aus dem Haus kam, auf Rafiks Arm gestützt, sprangen alle eilig aus ihrer hockenden Haltung auf. Er stieg in den Wagen, rief Shah Sahib, den Hauptbuchhalter, zu sich, sprach durch das geöffnete Seitenfenster ein paar Worte mit ihm, und dann fuhr der Wagen an, passierte die Allee aus uralten Malabar-Lackbäumen und fuhr durch das Tor. Alle entspannten sich, Shah Sahib zündete sich eine Zigarette an, ließ ohne Interesse seinen Blick über die Szene schweifen und kehrte in sein Büro zurück.

»Los, los, macht voran«, sagte Samundar Khan der Fahrer zu den Gärtnern, die den Kofferraum des zweiten Wagens mit Lebensmitteln beluden.

Hassan saß vorne, mit einer Lammfellmütze, die an das Wagendach streifte, Rafik und Saleema hinten, ein Korb mit Proviant auf dem Sitz zwischen sich. Sie war noch nie zuvor in einem Privatwagen gefahren. Die Hände auf den Knien, saß sie da und schaute aus dem Fenster auf die alten Läden in der Mall, Tollington Market, wo Hassan mit dem Fahrrad hinfuhr, um Hühner und Fleisch zu kaufen, dann auf das Mausoleum des Datta Sahib.

Die Leute, die hereinschauen, werden sich fragen, wer ich bin, dachte sie.

Als sie über die Brücke über den Fluß Ravi fuhren, fragte sie, ob sie ihr Fenster öffnen dürfe, nicht so sehr, weil sie es wollte, als um sich bemerkbar zu machen. Hassan und Samundar Khan stritten darüber, ob die Fische im Fluß in den letzten Jahren größer oder kleiner geworden seien.

»In Gottes Namen«, sagte Hassan, »was weißt du schon darüber. Ich bin Koch, und ich koche schon länger Fisch, als du atmest. Hör auf mich, früher waren die Fische einmal halb so groß wie dieses Auto.«

»Für euch Alte war früher alles größer.«

Mit Hassan konnte das stundenlang so weitergehen. Saleema fragte wieder: »Kann ich bitte das Fenster öffnen?«

Sie steckten im Verkehr fest, der die Mautstelle passierte.

»Mach schon«, sagte Samundar Khan. »Die Luft ist umsonst.«

Sie konnte den Hebel nicht finden. Rafik beugte sich herüber und berührte den Knopf, und das Fenster glitt nach unten. Er deutete auf den Fluß. Die aufgehende Sonne warf einen breiten orangenen Streifen auf das schokoladenbraune Wasser. Fahrräder und Eselskarren und grell herausgeputzte Bedford-Laster strömten über die Brücke in die Stadt hinein und heraus. Er rollte die Augen in Richtung Samundar Khans und Hassans, die auf dem Vordersitz Unsinn verzapften. »Weisheit gegen Jugend«, wisperte er.

Saleema fuhr zurück in ihre Kindheit, durch Städte, die genauso aussahen wie die zu Hause, hundertfünfzig Kilometer weiter östlich; Reihen häßlicher Betongebäude, überfüllte Slums, Abwassertümpel, die unter eßbaren Wasserlilien erstickten, dann offenes Gelände, Haine mit blühenden Orangenbäumen, reife Senfpflanzen mit ihren gelben Blüten; doch sie fuhr in einem makellosen Wagen, nicht in einem dahinrumpelnden Bus, in dem die Luft stand von den Ausdünstungen der Menge. Am Abend zuvor hatte sie ihre Nägel frisch lakkiert; ihre Hand lag auf dem Fensterbrett, und die Frühlingsluft strich über ihre Finger. Sie fühlte sich hübsch. Sie fuhren durch Mangoplantagen, durch Felder mit erntereifem Weizen. Rafik saß da und betete einen Rosenkranz aus abgegriffenen Plastikperlen, sagte mit stumpfem Blick tonlos die neunundneunzig Namen Allahs auf und ließ die Landschaft an sich vorbeiziehen.

Sie bogen ab auf eine einspurige Straße, die zunächst über

öde Salzflächen, dann durch bewässerte Felder und schließlich in eine Obstplantage mit alten Mangobäumen führte.

»All dies gehört Mian Sahib«, sagte Rafik.

Sie fuhren über einen harten, unbefestigten, von Jasminsträuchern gesäumten Fahrweg, an einer Backsteinmauer entlang, die das Haus und viele Acres Land umschloß, und dann in eine Sackgasse hinein, die mit Rosenholzbäumen bepflanzt war. Zehn oder zwölf Männer saßen auf Bänken und Hockern – die leitenden Angestellten und andere Aufstiegswillige, die die Aufmerksamkeit des Landbesitzers auf sich ziehen wollten. Rafik stieg aus dem Wagen und umarmte sie einen nach dem anderen. Etliche von ihnen blickten zu Saleema herüber und grüßten: »*Salaam, Bibi jee.*«

Nachdem sie Tee getrunken hatten, sagte Rafik zu ihr: »Komm, ich zeige dir, wo Begum Kamilas Zimmer ist.«

Sie traten durch eine in die Mauer eingelassene, reichverzierte Holztür in einen üppigen Garten, der sich in der Ferne zwischen Banyan- und Rosenholzbäumen und offenen Rasenflächen verlor.

Sie hielt inne, beschattete mit der Hand ihre Augen und nahm den grünen Rasen in sich auf.

»Es gibt noch viel mehr zu sehen. Wenn du möchtest, zeige ich es dir später.«

Nachdem sie einen grasbewachsenen Hof überquert hatten, trat Rafik vor eine Tür, zog die Schuhe aus und klopfte.

»Herein«, rief Begum Kamila. Sie saß in einem Lehnsessel und las ein Buch. »Dann seid ihr also da, ja?«

Sie war offensichtlich einmal eine sehr schöne Frau gewesen. Sie trug Saris in leuchtenden Farben und färbte ihr langes Haar jettschwarz, und auf dem Mittelfinger trug sie einen riesigen, goldgefaßten Smaragd, den Saleema einmal neben der Badewanne liegen gesehen und lange Zeit in der Hand gehalten hatte, das Gewicht des Steins abwägend und seinen Wert abschätzend.

»Soll ich das Feuer anzünden, Begum Kalima?« fragte Rafik.

»Tu das, es wird die Feuchtigkeit wegnehmen. Ich denke, Daddy wird gleich zum Mittagessen rufen.«

Rafi kniete sich vor den Kamin und rollte Zeitungsseiten zusammen.

Kamilas Taschen waren auf einem langen Schreibtisch neben dem Fenster abgestellt worden, das auf einen weiteren Garten hinausging. Im Gras hatte man kalkweiße Linien gezogen für einen Tennisplatz und ein Netz aufgespannt. Saleema trug die Toilettenartikel ins Badezimmer und ordnete sie. Anders als in dem Haus in Lahore, wo die Türen mit Fingerabdrücken verschmiert waren und die Farbe in Streifen von den Wänden abblätterte, waren diese Zimmer frisch gestrichen. Die Teppiche waren hell und sauber, die Fliesenböden frisch gewischt, überall standen Vasen mit ungeschickt arrangierten Blumensträußen, Ringelblumen und Rosen.

Als sie in das dunkle, kalte Schlafzimmer zurückkam, sah Saleema, daß Rafik noch immer vor dem Kamin kniete, den Flammenschein orangen auf dem orangenen Gesicht.

»Ist Bibi weg?«

»Sie haben zum Mittagessen gerufen.«

»Darf ich mich setzen?«

Er rutschte zur Seite.

»Es ist erstaunlich. Mein Dorf würde in eine Ecke dieses Gartens passen, und wir waren dreißig Familien. Und es ist so sauber und komfortabel hier draußen, mitten im Nirgendwo.«

»Harouni Sahib ist ein Herr, und wir sind arme Leute. Und dann sind das die Spiele, die die Verwalter so treiben. Je besser Haus und Gärten aussehen, je bequemer er es hat, desto weniger kommt Mian Sahib den vielen Tricks auf die Schliche, zu denen sie auf den Farmen greifen. Ich weiß nicht, was sie damit bezwecken, sie stehlen Dünger und Wasser und fälschen die Bücher. In den alten Tagen hat das keiner gewagt. Mian Sahib hat diese Leute zu dem gemacht, was sie sind – die Väter haben sein Salz gegessen, und heute haben die Söhne das vergessen und essen alles andere.«

Das Feuer knisterte, das dürre Mangoholz brannte leicht.

Sie warf einen kleinen Zweig ins Feuer. »Wenigstens haben sie volle Bäuche.«

Am Morgen wusch sie Begum Kamilas Kleider, draußen am Wasserhahn neben dem unbenutzten Tennisplatz. Mit Schaum auf den Armen und Wasserspritzern des großen orangefarbenen Eimers auf ihrem Oberteil blickte sie hinauf in die windgepeitschten Bäume, zu den Vögeln. Sie war allein. Das durchhängende Tennisnetz und die seltsamen gekalkten Linien ließen den Rasen erwartungsvoll aussehen, bereit. Am Abend zuvor hatte sie rasch eine Schale Essen mit in ihr Zimmer genommen. Draußen beim Feuer hörte sie, wie die Männer einander Geschichten über rücksichtslose frühere Verwalter und langfingrige Bedienstete erzählten, die inzwischen tot waren, oder über Geschehnisse auf der Farm, Viehdiebstähle, Mitgift. Hassan und Rafik und sogar die Fahrer, die alle auch schon seit fünfzehn und mehr Jahren in Dienst standen, hatten hier alte Freunde.

Während sie in dem Eimer die Kleider durchwalkte und auswrang, war sie vielleicht glücklicher, als sie es je gewesen war. Die Aprilsonne schien kräftig, bereits morgens, und wurde von den weißgekalkten Mauern zurückgeworfen, die diesen hinteren Garten umgaben. Die Erde kühlte ihre nackten Fußsohlen. Ihre Gedanken duckten sich in Löcher und sprangen wieder heraus wie Mäuse. Ich werde ihm aus dem Weg gehen, dachte sie, und entschied sich für dieses Vorgehen, wohlwissend, daß sie Rafik beim Mittagessen begegnen würde, wenn nicht früher. Ihre Liebesaffären waren so eindeutig merkantile Transaktionen gewesen, daß sie nicht gelernt hatte, kokett zu sein. Doch jetzt erwachte das kleine, hoffnungsvolle Mädchen in ihr. Sie breitete die Kleider auf einer langen Hecke aus, die an den Tennisplatz grenzte, leuchtend rote und weiße und gelbe Flecken auf dem strotzenden Grün, und saß allein in der Sonne, bis es Zeit war für das Mittagessen, ungestört, bis auf einen Gärtner, der mit einer Blechkanne vorüberging und sich bückte, um die Topfpalmen zu wässern, die neben dem Haus standen.

Zum Mittagessen bereitete sie die *chapatis* zu – niemand im Dorf konnte das richtig. Hassan kam in die große heiße Küche, die mit taillenhohen, an der Wand entlang aufgestellten Kohleherden ausgestattet war, und hob die Deckel von den Saucentöpfen und Kasserollen, die der Farmkoch in Arbeit gehabt hatte – genug für mehrere Dutzend Menschen.

»He, Junge«, sagte er zu dem schlaksigen Farmkoch. »Ich habe noch nie von einem Hühnchen mit sechs Beinen gehört. Ich nehme an, du bist einer von denen, die, wenn sie eine Fliege kochen, die Brust für sich behalten. Du könntest sie wenigstens einmal an deinem Herrn und Meister vorbeitragen.«

Er kniff Saleema in den Arm, als sie dastand und die *chapatis* zwischen ihren Händen flachdrückte.

»Hier findet man das richtige Fleisch.«

Er lachte unfroh, ein langgezogenes Keuchen.

Der junge Koch wußte nicht, was er sagen sollte. Noch hatte er nichts beiseite geschafft, auch wenn er es sicherlich vorhatte.

Rafik stand neben einem anderen Diener, der das Essen in die Servierschüsseln schöpfte. Der Raum war hoch, in der Mitte stand ein langer Holztisch. In den alten Tagen, als der Herr mit Treibern und Führern wochenlang zu Jagdausflügen da gewesen war, war hier das Essen für eine große Anzahl Menschen zubereitet worden. Ventilatoren, die seit Jahren nicht mehr funktionierten, hingen an langen Rohren herab wie in einer Bahnhofshalle.

Saleema erstarrte, als Hassan sie kniff, und zog die Schultern hoch, hielt den Blick jedoch auf die Pfanne gerichtet.

Eine Hand auf Hassans Schulter, sagte Rafik: »Onkel, warum plagst du das arme Mädchen? Was hat sie dir getan?«

»Was sie mir *nicht* getan hat, solltest du besser fragen.« Dann, einen Augenblick später: »Zum Teufel damit, sie ist Jungfrau, seit sie über den Fluß gerudert ist, wie steht's damit? Onkel mich nicht, wenn du selbst mein Onkel bist.«

Er warf seine Schürze hin und sagte beim Verlassen der Küche zu dem Dorfkoch: »Behalte Kamila Bibi im Auge, junger Mann. Mian Sahib ist egal, was er ißt.«

Als Rafik an Saleema vorüberging, um ein Tablett mit Essen ins Wohnzimmer zu tragen, zeigte er ein komisch starres Gesicht und zwinkerte.

An diesem Abend schlug das Wetter um. Es war nicht die Regenzeit, doch kurz vor Einbruch der Dunkelheit hatte ein Nordwind eingesetzt, der über die Ebene fegte und die Äste der Rosenholzbäume umbog wie eine geschlossene Hand, die den Stamm hinauffährt, um die Blätter abzustreifen, und ein paar Krähen vor sich hertrieb, die auf und ab und hin und her flogen wie Fetzen schwarzer Baumwolle. Der Regen klatschte in vereinzelten großen Tropfen herab und schlug Pockennarben in den Staub, kalt, wie Regen ist, bevor er zu Hagel wird. Dann fiel er in Strömen. Rafik hatte um sieben die Drinks ins Wohnzimmer gebracht, wie er das jeden Tag tat. Das Essen wurde auf Kohlen warm gehalten; bis um halb neun die Glocke zum Abendessen läutete, gab es nichts mehr zu tun. Die anderen waren auf der Veranda im Quartier der Dienerschaft. Saleema lehnte an dem langen Tisch, und Rafik saß ihr gegenüber auf einem Hocker. Die trüben Glühbirnen mit den Blechschirmen, die von der Decke baumelten, verbreiteten ein gelbes Licht, das die Ecken des Raumes im Dunkeln ließ. Keinem von ihnen fiel etwas zu sagen ein, und Saleema wischte sich mit ihrer *dupatta* immer wieder über Augen und Gesicht, als wäre ihr heiß.

Als der Regen stärker wurde, sagte sie: »Komm, laß uns schauen, wie es herunterkommt.«

Sie gingen verlegen durch das leere Eßzimmer, das nach Staub und feuchtem Backstein roch, dann durch einen Arkadengang zur hinteren Veranda. Ein einzelner Banyanbaum stand dort in der Mitte des Rasens, und der Regen stürzte in Kaskaden zwischen seinen handtellergroßen Blättern hindurch. Saleema lehnte sich gegen eine Säule, und Rafik stand neben ihr, die Hände auf den Rücken gelegt.

»Gott vergib uns, das wird großen Schaden anrichten bei dem Stroh, das nicht abgedeckt wurde«, sagte er.

»Es wird sogar den Weizen legen, der noch nicht geschnitten ist. Schau, wie heftig es schüttet.«

Sie blickte zu ihm hinüber, auf sein ernstes, von Falten durchzogenes Gesicht, seine Bartstoppeln. Trotz des Regens umkreisten Motten die Lampen, die von der Decke hingen. Sie wippte immer wieder mit der Hüfte gegen die Säule. *Jetzt komm schon, komm schon*, dachte sie.

Schließlich sagte er: »Naja, wenigstens haben sie noch nicht angefangen, Baumwolle zu pflanzen.«

Sie drehte sich um, den Rücken an der Säule. »Rafik, wir kommen beide vom Dorf, wir wissen das alles.«

Er blickte rasch zu ihr hinüber. Sein Gesicht wirkte hart. Sie hatte ihn überrascht. Dann trat er auf sie zu.

Sie legte die Arme um ihn. »Du bist dünn«, sagte sie, als bäte sie ihn um etwas, »du solltest mehr essen«, und atmete aus. Das Wasser platschte in die Regenrohre. Er zog sie an sich und hielt sie fest, verschmolz mit ihr, sie war beinahe ebenso groß wie er, sein dünner Körper und der ihre, muskulös und jung. Er küßte sie auf den Hals, nicht wie ein Mann eine Frau küßt, sondern ungeschickt, als küsse er ein Baby. Sie hielt die Augen geöffnet, das Gesicht an seine Schulter gedrückt.

Der Strom fiel aus, mit einer Art Krachen, und die Nacht löschte das Haus und den regengetränkten Garten aus.

»Gehen wir, kleines Mädchen«, flüsterte er ihr ins Ohr. »Sie werden nach mir rufen.« In der Dunkelheit, während die anderen Bediensteten hin und her eilten, um Lampen und Kerzen zu holen, fiel es niemandem auf, als Saleema und Rafik in die Küche zurückkehrten.

Doch am anderen Morgen, als die Bediensteten ihre *parathas* aßen und Tee tranken, kam er zu ihr herüber und setzte sich wortlos neben sie, schlürfte seinen Tee und kaute hörbar wegen seiner falschen Zähne, mit mahlendem Mund. So erfuhren es alle. Danach nahm er seine Mahlzeiten neben ihr ein, und wenn sie keinen Pflichten nachzukommen hatten, gingen sie in den unbenutzten hinteren Garten und setzten sich hin und redeten. Doch sie liebten sich nicht, taten nie mehr, als Händchen zu halten.

Ende der Woche fuhren Harouni und sein Gefolge nach Lahore zurück, Rafik, Saleema und die anderen.

Die Bediensteten hatten ein Spiel, das sie gerne spielten, in das Rafik überraschenderweise nicht nur einwilligte, sondern dessen Anstifter er war. Oben in Rafiks heimatlichen Bergen gedieh überall Marihuana, an den Straßenrändern und am dichtesten am Rand der offenen Abwasserläufe, die durch die felsigen Kiefernwälder unterhalb der Dörfer flossen, wo die blühenden Pflanzen Ende des Sommers in Süße und Gestank mit dem Geruch des Abwassers wetteiferten. Haschischrauch hatte die spätnächtliche Luft in dem Teestand des kleinen Dorfes vernebelt, als er ein junger Mann gewesen war. Heute pflanzte Rafik jeden Frühling in einer Ecke des Gartens in Lahore eine Handvoll Samen, und im Herbst trocknete er die Pflanzen und zerstampfte die Blätter. Er spielte den anderen einen Streich, bereitete eine Paste namens *bhang* und gab sie heimlich dem einen oder anderen der Bediensteten ins Essen. Manchmal schmeckten sie es und hörten auf zu essen, häufig nicht.

Ein paar Wochen nach dem Besuch auf der Harouni-Farm in Dunyapur begann Rafik, mit Saleemas Hilfe heimlich eine Portion dieser Mixtur zuzubereiten. Kamila Bibi war nach New York zurückgekehrt, doch Saleema hatte man auf Grund von Rafiks Eingreifen behalten. Der Hauptbuchhalter, Shah Sahib, hatte vorgehabt, dem Herrn zu erzählen, das Mädchen sei »korrupt« und habe einen »bad character« – diese Worte hatte er auf englisch sagen wollen –, um sie hinauszuwerfen. Doch jetzt hielt er den Mund, da er Rafik nicht gegen sich aufbringen wollte. Und Rafik legte eines Abends ein Wort für sie ein, als der alte Mann zu Bett ging und Rafik ihm die Beine massierte.

»Ich bitte um Entschuldigung, Herr, es geht um das Mädchen, Saleema, die Begum Kamila gedient hat. Sie ist ein armes Ding, und ihr Mann ist krank, und sie macht sich in der Küche nützlich. Sie bereitet die *chapatis* zu. Wenn Sie ihr eine Stelle geben könnten, wäre das ein Segen.«

Dem alten Mann ging nicht nur jedes Interesse für die Angelegenheiten der Dienerschaft ab – er war sich nicht bewußt, daß sie jenseits seines Wirkungsbereichs überhaupt ein Leben hatten.

»Das ist in Ordnung.«

Jetzt beobachtete Saleema in Rafiks Unterkunft, wie er die getrockneten Blätter auf einer Elektroplatte kochte.

»He, Mädchen, mach die Tür zu, damit niemand etwas sieht.«

Sie setzte sich auf die Bettkante und baumelte mit den nackten Beinen, streifte die Sandalen ab, die neben der Tür zu Boden fielen. Rafik hockte da und rührte mit einem Holzlöffel in den

Blättern und spähte in den Kessel. Sie hatten sich noch immer nicht geliebt, doch inzwischen legte er sich nachmittags, während der Siesta der Dienerschaft, zu ihr, die Hand auf ihren Brüsten. Er machte keinen Versuch, ihre Beziehung zu verbergen, und sämtliche Bediensteten glaubten, daß sie miteinander schliefen. Sie umschlang ihn dann mit ihrem Körper und strich ihm im Schlaf über das dünner werdende, hennagefärbte Haar.

»Das ist eine komische Kocherei für einen alten Mann.«

»Du bist komisch, folgst wie ein kleines Schaf auf Schritt und Tritt einem alten Mann. Die meisten Schafhirten sind junge Burschen.«

»Bitte sag das nicht.« Noch nie in ihrem Leben hatte sie in so sanftem Ton gesprochen.

Er sah mit einem Lächeln in den Augen zu ihr auf und gestikulierte mit dem Löffel. »Sei vorsichtig, oder ich gebe dir davon zu kosten.«

»Nein, danke.«

»Nein, ich meine es ernst. Wenn Mian Sahib nach 'Pindi fährt, möchte ich, daß alle etwas davon nehmen. Ich werde auch davon nehmen.«

»Machst du Witze?«

»Es wird Spaß machen. Und wir werden zusammen sein. Du kannst mir vertrauen.«

Zwei Tage später flog K.K. Harouni nach Rawalpindi, um an einer Konferenz des Aufsichtsrats der Staatsbank teilzunehmen – eines der Ämter, die er immer noch innehatte, eine Sinekure – über die tatsächliche Politik wurde anderswo entschieden, und Harouni und weitere Eminenzen halfen ohne ihr Wissen mit, Manipulationen und die Selbstbereicherung anderer zu decken.

Shah Sahib, der seinen Herrn zum Flughafen begleitet hatte, stand in einem grauen Anzug mit sehr breiten Aufschlägen an die Motorhaube gelehnt neben Samundar Khan auf dem Parkplatz.

Ein Jet rollte heran, raste über die Startbahn und stieg dann elegant in den Dunst auf, Richtung Westen, nach Rawalpindi, und zog das Fahrgestell ein.

»Gehen wir«, sagte Shah Sahib.

Als sie durch das Flughafentor fuhren, fragte Samundar Khan: »Darf ich Sie nach Hause bringen?«

Shah Sahib warf ihm seitlich einen Blick zu. »Ich muß für meine Frau ein paar Dinge besorgen. *Dann* kannst du mich nach Hause bringen.«

»Gut, Shah Sahib ist aus dem Weg«, sagte Samundar Khan, als er die Küche betrat.

Hassan stand am Herd vor einem riesigen Topf mit siedendem Öl, er garte die *samosas*, die Rafik und Saleema an einem Tisch mit Fleisch und *bhang* füllten. Rafik hatte der Dienerschaft erzählt, er werde *samosas* ausgeben, um gute Nachrichten von Zuhause zu feiern, doch das durchschaute jeder. Die Fahrer und ihre Truppe waren vollzählig an Bord und hatten Samundar Khan vorgeschickt, damit sie einen gut gefüllten Teller abbekamen. Der alte Gärtner war ausgegangen, doch der jüngere hatte sich in die Fahrerunterkunft geschlichen, um mit von der Partie zu sein. Der älteste Aufwischer, ein dünner, nahezu kahler Mann mit einem demütigen, servilen Gesichtsausdruck, saß draußen im Hof und hoffte, eingeladen zu werden. Wann immer er es sich leisten konnte, kaufte er sich eine Stange Haschisch, um es nach getaner Arbeit zu Hause zu rauchen.

Das ganze *bhang* war aufgebraucht. Ein Berg *samosas* dampfte auf einer Platte.

»Gut, jetzt sind wir an der Reihe«, sagte Rafik.

Hassan wandte ihnen den Rücken zu und hob den Deckel von einem Saucentopf. »Ich nicht.«

Doch es endete damit, daß er etwas davon aß.

Saleema und Rafik saßen in Rafiks Zimmer und aßen *samosas*. Zuerst hatte sie abgelehnt, doch er drängte sie.

»Und jetzt?« fragte sie.

»Setz dich einfach hin und erzähl mir eine Geschichte. Erzähl mir davon, wie es war, als du ein Mädchen warst.«

Keiner von beiden hatte viel über die Vergangenheit oder sein Zuhause gesprochen. Sie wußte, daß er eine Frau und Kinder hatte, zwei Söhne, und daß er vor allem zurückschreckte, was ihn daran erinnerte.

»Was soll ich dir sagen? Ich bin mit Ohrfeigen und harten Worten aufgewachsen. Wir hatten nichts, wir waren arm. Mein Vater hat von einem Karren herunter Gemüse verkauft, aber als er anfing, Heroin zu rauchen, hat er alles verkauft, den Karren, sein Fahrrad, das Radio, sogar das Geschirr aus der Küche. Einmal hat mir ein Mann – ein Junge – eine kleine Armbanduhr geschenkt – er hatte sie aus Multan mitgebracht –, und mein Vater hat mich zu Boden gestoßen und sie mir vom Handgelenk gerissen.«

»Armes Mädchen, kleines Mädchen, wie konnte er das tun?« Er rollte sie auf das Bett und küßte sie auf den Hals, unter das Kinn. Er hielt einen Augenblick inne, stand auf und sperrte die Tür ab.

Das Schlimmste, weit schlimmere Dinge, erzählte sie ihm nicht. Nachts war ihr Vater in ihr Zimmer gekommen und hatte sie unter den Kleidern angefaßt.

Zum ersten Mal berührte Rafik sie zwischen den Beinen. Sie öffnete das Band ihres *shalvar*, dann setzte sie sich auf dem Bett auf und zog das Hemd aus. Ihre kleinen Brüste standen hervor, ihre Rippen.

Er machte das Licht aus, doch sie sagte: »Nein, ich möchte dich sehen.«

»Diesen alten Körper? Laß gut sein, da gibt es nichts zu sehen.«

»Für mich bist du nicht alt.«

Das *bhang* hatte zu wirken begonnen, und sie spürte die Größe des Zimmers, das Licht, den Kalender an der Wand, der ein Bild der Kaaba zeigte, das schwarze Tuch, das den Stein bedeckte, und die Menge, die ihn umrundete. Wie seltsam, sie hatte noch nie zuvor das Dach gesehen, aus Backsteinen und Metallstreben, das hochgelegene Fensterchen, um Luft hereinzulassen. Sie fühlte sich erregt, und doch wollte sie aufstehen, irgendwohin gehen. Sie zog ihm die Kleider aus, streifte seine braunen Socken ab. Beider Haut berührte sich. Sie stand auf und ging in die Ecke, wo sie sich absichtlich bückte, um ihr Hemd aufzuheben und ihn schauen zu lassen. In seinen Augen sah sie die Schönheit ihres jungen Körpers gespiegelt. Sie liebten sich, er kam beinahe sofort, dann lag er auf ihr.

»Bleib in mir«, sagte sie.

Ihre Gedanken rasten von Idee zu Idee. Oh, würde er sie doch heiraten, und sie wußte, er würde es nicht tun. So viele Männer hatten sie genommen; ihm hätte sie sich so viel reiner hingeben können.

»Nun mach das Licht aus«, sagte sie.

»Nein, laß uns hinausgehen. Laß uns in den Garten gehen und die Blumen anschauen.«

Im Garten hielt er sogar ihre Hand. »Hab keine Angst«, sagte er. »Wenn du komische Gedanken hast, denk daran, das ist das *bhang*. Sei glücklich.«

»Es ist warm«, sagte sie. Die Sonne brannte, der Staub auf den Rosen schien schwer, unter dem Banyanbaum wuchs kein Gras. Sie schleuderte ihre Schuhe von den Füßen und spürte die kühle Erde.

»Leg dich hierhin«, sagte sie, »neben mich, und halte mich fest.«

Und obwohl man sie hätte sehen können, tat er es.

Den ganzen Nachmittag über spazierten sie miteinander herum, sogar im Haus, und betrachteten die Bilder, die Möbel. Rafik wollte sich zu den Fahrern setzen, aber sie sagte nein, sie wollte mit ihm allein sein. Hassan lärmte in der Küche herum, er hatte zu viele *samosas* gegessen.

An diesem Abend sagte sie zu Rafik: »In einer halben Stunde bin ich wieder zurück.«

Sie ging in ihr eigenes Zimmer. Ihr Mann lag auf dem Bett, er hatte von seinen Pillen genommen, seine Finger zuckten.

»Schau«, sagte sie und baute sich vor ihm auf. »Du bist völlig verkommen. Du bist seit zwei Jahren völlig verkommen. Von jetzt an werde ich nie mehr in deinem Bett schlafen.«

Er fing an zu weinen, sein ausgemergeltes Gesicht, seine langen gelben Zähne. Das hatte sie nicht erwartet. Er schluchzte, echte Tränen. Sie setzte sich auf den kaputten Stuhl in der Ecke und betrachtete das Regal, auf dem sie ihre wenigen Habseligkeiten verwahrte, eine Metalldose mit Eyeliner, eine Blechschachtel, die Kamila weggeworfen hatte und die einmal Schokolade enthalten hatte.

»Werde ich weiter mein Geld bekommen?«

Sie stand wieder auf. »Ja, aber wenn du auch nur ein dummes Wort sagst, ist es aus.«

Sie nahm ein paar Kleider mit, und als sie sie in Rafiks Zimmer an einen Nagel hängte, sagte er nichts. Sie hielt ihn die ganze Nacht, sein Gesicht an ihrer Brust.

Nur einmal, als sie erwachte, dachte sie: Das war unser Hochzeitsmahl, gedopte *samosas*, und sie fühlte sich traurig und erschöpft und verängstigt.

Nun schlief sie jede Nacht in Rafiks Bett und überließ ihren Mann seiner Sucht. Herbst und Winter kamen, die Blätter fielen, nachts schliefen sie unter einem schweren Quilt, den die Leiter der Farm Rafik als Geschenk geschickt hatten. Sie schlief nackt, was ihm auch nach fünf Monaten noch unangenehm war. Rafik wachte auf, bevor es hell wurde, um seine Gebete zu sprechen, dann ging er in die Küche und trank mit Hassan Tee. Der Sahib wachte früh auf, und Rafik hatte bis weit in den Vormittag hinein Pflichten. Wenn er kam, um sie zu wecken, tat sie, als schliefe sie fest, das Gesicht unter dem Quilt vergraben – sie schlief immer mit bedecktem Kopf. Er brachte ihr eine Tasse Tee und Toast.

»Schlüpf zu mir herein«, sagte sie dann und rutschte im Bett zur Seite, eine warme Stelle hinterlassend, und manchmal tat er es. Ihr langes Haar hing herab, und sie bürstete es, während er ihr von den Gästen erzählte, die zum Bridge gekommen waren, oder von irgendeinem Zwist in der Küche. In der Morgensonne sitzend, eine altmodische Brille mit dicken Gläsern auf der Nase, las er die in Urdu erscheinende Zeitung *New Times*. Sie kaufte ihm eine warme wollene Mütze und wusch und flickte sorgfältig seine Kleider. Sie wollte, daß jeder sah, wie gut sie für ihn sorgte. Sie sagte: »Du trägst mich auf dem Rücken, und ich trage dich im Gesicht.« Ihr Gesicht war weicher geworden.

Ihre Periode blieb einmal aus, ein zweites Mal, aber sie erzählte Rafik nichts davon.

Eines Nachmittags hatten sie aufgehört, sich zu lieben, und unterhielten sich, ihr Gesicht lag an seiner Schulter.

Er streichelte ihren Bauch.

»Ich kann es dir genauso gut sagen. Siehst du, daß ich dicker werde? Ich bin schwanger.«

Er schob ihren Kopf zur Seite und setzte sich auf. »Das ist schlecht.«

»Wenn du das findest, gehe ich in mein Dorf und lasse es wegmachen.«

»Ich bin verheiratet. Ich habe einen Sohn in deinem Alter.«

Sie stand auf, zog sich an und ging hinaus, an der Tür wandte sie sich einen Augenblick um. »Ich werde nie vergessen, was du gesagt hast, als ich es dir erzählt habe.«

Wohin? Sie ging durch das Tor in Richtung Lawrence Gardens, ein paar Häuserblocks entfernt. Den Blick hoch hinauf in die wogenden Äste eines riesigen Malabar-Lackbaumes gerichtet, dachte sie: Gott, ich bin nichts, sieh, wie klein ich bin neben diesem Baum. Er muß Hunderte von Jahre alt sein. Aber ich werde das Baby nicht aufgeben. Ich will lieber das Baby als Rafik.

In dieser Nacht hatte sie keinen anderen Ort, an dem sie schlafen konnte, und kehrte deshalb in Rafiks Unterkunft zurück – sie konnte es nicht ertragen, mit ihrem Mann zusammen zu sein, der mehr und mehr von seinen Aufputschpillen zu sich nahm und die ganze Nacht aufblieb und Zigaretten rauchte.

»Verzeih mir«, sagte Rafik.

»Ich werde es bekommen, du kannst mich hierbehalten oder mich hinauswerfen. Auf jeden Fall werde ich es in meinem Dorf bekommen, hier gibt es keine Frauen, die mir helfen könnten.«

Am nächsten Tag ging er morgens zum Basar, und als sie zur Siesta in sein Zimmer kam, gab er ihr einen winzigen Anzug, blaue Strickhose, ein blaues Hemd, mit Handschuhen und einer Bommelmütze, die mit kleinen weißen Kaninchen bedruckt war.

Damit akzeptierte er ihren Zustand und strich mit den Händen über ihren wachsenden Bauch und redete mit dem Leben darin. Wenn es sich bewegte, führte sie seine Hand an die Stelle, um es ihm zu zeigen. Keiner der anderen Diener sagte offen etwas, obwohl beide es erwartet hatten; und natürlich hätte sie behaupten können, es sei das Kind ihres Ehemanns. Hassan gratulierte ihr einmal scherzhaft, doch sie reagierte so sanft, daß auch er verstummte.

Rafik erreichte, daß sie einen Monat weggehen konnte.

Bevor sie zu ihrem Dorf aufbrach, gab er ihr viel Geld, zehntausend Rupien, die er über die Jahre gespart hatte, obwohl er seiner Familie Unterhalt geschickt hatte.

»Das kann ich nicht annehmen.«

»Für mich, für unser Baby – falls du einen Arzt brauchst.«

Sie erreichte ihr Dorf in der Dämmerung, nahm vom Busbahnhof eine Rikscha. Das offene Feld vor dem Dorf war zu einem Sammelbecken für das Abwasser aus der Stadt geworden, das Wasser schwarz.

»Schau, Saleema ist gekommen«, sagten die Nachbarn, als sie mit zwei Plastiktüten voller Lebensmittel, Fleisch und Zucker, Tee, Möhren, Kartoffeln durch die schmale Gasse auf das Haus ihrer Mutter zuging. Der von einer Mauer umschlossene Hof hatte keine Tür, nur einen schmutzigen Jutefetzen aus zwei zusammengenähten Säcken. Kinder rannten hinter ihr her und spähten herein.

Ihre Mutter saß auf dem *charpoy* und schälte Kartoffeln, das lange dünne Haar zu einem Zopf geflochten und mit Henna rot gefärbt.

Sie stand nicht einmal auf, schälte weiter Kartoffeln.

»Ich bin wieder da.«

»Steckst du in Schwierigkeiten? Du bist schwanger.«

»Nein«, log sie.

»Ich habe eine Ziege gekauft von dem Geld, das du geschickt hast.«

»Das sehe ich.« Die Ziege, an einem Pfahl gebunden, knabberte an einer Handvoll Gras.

Der einzige Raum war beinahe völlig leer, es gab nicht einmal ein Radio.

Saleema, neben den kleinen Herd gekauert, bereitete auf einem Feuer aus Zweigen ein Curry.

Als sie zum Essen auf dem Bett saßen, fragte Saleema: »Wo ist mein Bruder?«

»Bholu kommt nicht oft hierher. Ich gebe ihm kein Geld.«

»Woher bekommst du Geld außer dem, das ich dir schikke?«

»Es ist nicht mehr einfach, das kann ich dir sagen. Eines Tages wirst du herausfinden, was es heißt, alt zu sein. Ich putze im Haus der Chaudreys, ich verkaufe die Milch von der Ziege.«

Am nächsten Tag erzählte sie ihrer Mutter von Rafik und dem Baby.

»Hat dein Mann dich hinausgeworfen?«

»Ihn habe ich schon vor langer Zeit vergessen.«

Sie wollte erklären, daß sie eine respektable Frau geworden sei, wußte jedoch, ihre Mutter würde das nie verstehen.

Ihre Mutter fand die Sache mit dem Geld heraus und beschwatzte sie Tag und Nacht. Saleema bewahrte das Geld in einem Beutel auf, den sie unter dem Hemd trug. Eines Nachts, spät wachte sie auf und stellte fest, daß ihre Mutter mit dünnen, geübten Händen verstohlen den Beutel aufknotete.

Als Saleema sich aufsetzte, sagte ihre Mutter zunächst: »Ich dachte, ich hätte einen Skorpion gesehen.« Dann: »Du schuldest es mir, du trächtige Hure, kommst nach deiner Hurerei mit einem dicken Bauch hierher. Dies ist kein Hotel.«

»Es ist nicht mein Geld. Ich habe das ganze Essen gekauft.«

»Sieht sehr wohl aus wie dein Geld.«

Ihre Mutter lag in ihrem Bett und hustete.

Die alte Hebamme aus dem Dorf mit den schmutzigen Händen und dem gierigen Herzen brachte das Baby zur Welt, einen winzigen Jungen.

Rafik gewann sofort eine Beziehung zu seinem Sohn. Er war in Lahore gewesen, als seine anderen Kinder, gezeugt während zehntägiger Urlaube, geboren wurden und aufwuchsen. Er nannte das Kind Allah Baksh, Gottesgeschenk.

Saleema saß im Zimmer an die Wand gelehnt, während Rafik mit dem kleinen Baby spielte, das mit seiner winzigen Hand seinen Finger festhielt. Er klatschte und machte leise summende Geräusche, bis das Baby lachte und seine zahnlosen roten Kiefer zeigte.

»Seine Zähne sind wie deine. Außerdem denkt ihr ähnlich.« Sie sah, daß Rafik wirklich wie das Baby dachte, er saß den ganzen Nachmittag da und spielte mit ihm, ging auf es ein und betrachtete die Welt mit seinen Augen, bis es müde wurde. Wenn sie ihre Bluse aufknöpfte, um das Baby zu stillen, schaute Rafik verlegen weg und zündete sich zur Ablenkung eine Hookah an, während das Kind schmatzte und saugte, der winzige Hals sich bewegte.

Glückliche Monate vergingen, dann ein Jahr, Saleema wurde rundlicher, ihre merkwürdige, langgesichtige Schönheit war auf dem Höhepunkt, ihre Brüste milchschwer.

Rafik saß eines Morgens im Schneidersitz auf dem Rasen und hielt das Baby. Er hörte, wie die Fliegengittertür, die zu Harounis Zimmer führte, geöffnet wurde, und der Herr trat heraus. Rafik stand eilig auf.

»*Salaam*, Sir.«

»Hallo, Rafik.« Er war guter Laune. »Ist das Saleemas Baby?«

Der Herr berührte das Baby mit der flachen Hand. Das Baby, das geschlafen hatte, schmatzte mit den Lippen. Rafik zog es immer zu warm an, ein gestrickter Strampelanzug, eine weiche Mütze.

»Ich muß sagen, er ist dir wie aus dem Gesicht geschnitten«, sagte Harouni scherzhaft.

Auf Rafiks Gesicht erschien unwillkürlich ein breites Lächeln. »Was soll ich sagen, Hazoor, das Leben geht seltsame Wege. Dies alles sind die Wohltaten von Euer Ehren.«

Harouni brüllte vor Lachen. »Es gibt Wohltaten, die solltest du nicht mir zuschreiben.«

Das sanfte Gesicht des alten Dieners lief rot an.

Ein Brief kam von Rafiks Frau. Er behielt ihn den ganzen Tag in der Tasche, und abends zeigte er ihn Saleema. Sie begann buchstäblich zu zittern, setzte sich mit gesenktem Kopf auf das Bett.

»Wirst du ihn mir vorlesen?«

»In Ordnung.« Der Dorf-*maulvi* hatte Rafik als Junge Lesen beigebracht, damit er den Koran rezitieren konnte.

Er nahm seine lädierte Brille aus einem Etui in seiner Brusttasche und fing an.

As-Salaam Uleikum,
Ich schreibe dir, weil du so viele Monate nicht mehr zu Hause warst, mehr als achtzehn Monate, und Deine Söhne und ich auch vermissen Dich und sprechen abends von dir. Der alte Büffel ist gestorben, aber der jüngere hatte zwei Kälber, beide weiblich, und so werden wir eine Menge Milch haben, auch wenn wir für kurze Zeit keine haben. Khalid möchte nach Lahore kommen und dort einen Job suchen, vielleicht kannst Du mit Gottes Hilfe einen Job für ihn finden. Der Laden Deines Bruders wurde ausgeraubt, aber sie haben kein Geld gefunden, und jetzt will er zwei Marlas *Land kaufen, damit er kein Bargeld hat, was besser ist. Das Land liegt auf der anderen Seite von Afzals Stück. Alles andere ist in Ordnung.*
Bitte, lieber Mann, komm nach Hause, wenn Mian Sahib Dich entbehren kann. Wir alle grüßen hochachtungsvoll.

Als er das *salaam* las, hatte Rafik gehaucht: »*Va leikum assalaam.*«

Sie hatte den Brief, der von einem Nachbarn geschrieben worden war, mit einem X unterzeichnet.

»Schau«, sagte Rafik, »sie hat auf das Papier geweint.«

»Oder es mit Wasser bespritzt. Was wirst du tun?«

»Ich werde gehen müssen.«

Sie drehte das Gesicht zur Wand und erstarrte, als er sie berührte.

»Habe ich dir Unrecht getan?«

»Nein«, sagte sie, »ich habe dir Unrecht getan.«

»Meine Frau ist sechzig Jahre alt, kleines Mädchen. Sie und ich sind seit beinahe fünfzig Jahren zusammen. Sie hat mir beigestanden, sie hat mir zwei Söhne geschenkt, sie hat mein Haus geführt, meine Ehre war in ihren Händen allzeit sicher.«

»Ehre.« Saleema begann zu weinen. »Das ist schlecht. Du hast genug von mir und von dieser Situation. Überlege, wie es sich für mich anfühlt.«

Er versuchte, sie zu beruhigen, doch sie konnte sehen, daß der Brief ihn, einen Mann von Prinzipien, erschüttert hatte. Das Baby und ihre Liebe hatten ihn sanfter und philosophischer werden lassen, mit einem weiterreichenden Blick auf das Leben, da er älter wurde – doch dieselbe Sanftmut würde ihn auf seine Pflicht verweisen, die immer auf seiten seiner Frau und seiner erwachsenen Söhnen liegen würde. Er würde sich selbst und damit auch sie bestrafen, weil er seine Frau nicht liebte und Saleema dafür so sehr und so körperlich.

Sie ließ sich von ihm eine Telefonnummer geben, ehe er fuhr, von einem Laden in der Nähe seines Hauses, und sie wollte sie jeden Abend benutzen, der Zettel brannte ihr in der Tasche; doch sie wagte es nie, was sollte sie sagen, wer, sollte sie sagen, sei am Telefon? Als er nach Lahore zurückkehrte, war er verändert. Er hatte seiner Frau von dem kleinen Allah Baksh erzählt.

Ein paar Tage später kamen Rafiks Sohn und seine Frau, um in Lahore mit im Haus zu wohnen. Saleema staubte gerade im

Wohnzimmer ab und sah zufällig aus dem Fenster, das nach vorne auf die Auffahrt hinausging, als sie ankamen. Sie hörte das harte Rattern einer Rikscha, und dann erschien eine alte Frau, geführt von einem jungen Mann mit glänzendem Haar und bestimmtem Auftreten. Sie wußte auf der Stelle, um wen es sich handeln mußte, ihr Ruin war in dieser armseligen Verkleidung gekommen. Panik ergriff sie, gemischt mit Eifersucht und einem merkwürdigen Stolz, der davon herrührte, daß sie auf deren Reise in beider Gedanken gewesen war, daß man Pläne gegen sie geschmiedet hatte. Sie beobachtete, wie sie über die Auffahrt gingen und durch den Durchgang in den Trakt der Dienerschaft. Plötzlich dachte sie an ihren Sohn, der bei Rafik war, und rannte durch das Haus nach hinten. Doch sie kam zu spät, die alte Frau war in der Unterkunft angekommen und hatte Rafik beim Spielen mit dem Baby angetroffen. Saleema ging an der offenen Tür vorbei, tat so, als hätte sie etwas zu erledigen, und rechnete mit Geschrei und Tränen. Die alte Frau, die auf dem Bett saß, sah mit wässrigen Augen zu ihr hin, in denen weder Vorwurf noch Abneigung lag, sondern einfach nur Zurückweisung. Sie wußte, wer dieses junge Mädchen war.

Rafik brachte das Kind in Saleemas Zimmer, wohin sie sich zurückgezogen hatte.

»Wenigstens der gehört mir«, flüsterte sie.

Als der erwachsene Sohn Saleema später an diesem Nachmittag im Gemeinschaftsraum der Bediensteten begegnete, sagte er »*Salaam*, Tantchen«, zu ihr.

Ich bin jünger als du, du Hinterwäldler, dachte sie giftig. Ihr wäre lieber gewesen, er hätte sie angegriffen, dann hätte sie reagieren können.

In jener Nacht saß sie bis Mitternacht in der Küche, das schlafende Baby im Arm, und sah den Kakerlaken zu, die über den verdreckten Fußboden huschten. Als sie schließlich in ihr eigenes Zimmer ging, stieß sie ihren Mann auf dem Bett grob zur Seite. Er war so dünn geworden, daß sein Gesicht aussah wie eine zerbrochene Blechlaterne, der Mund ein klaffender Schnitt und die Haut wie über Drähte gespannt.

»Rauch nicht«, befahl sie. »Und rühr mich nicht an, bleib an der Wand liegen.«

»Das alles ist mir schon vor langer Zeit vergegangen.« Er wußte, warum sie in sein Bett zurückgekehrt war.

Als sie dalag und an die Decke starrte, das Baby stillte, wenn es erwachte, spürte sie, wie ihre Liebe zu Rafik ihr die Brust zerriß und sie sich selbst entfremdete, wie sie zerbrach. Nun schlief sie wieder neben dem Mann, den sie verabscheute, während ihr Geliebter neben seiner alten Frau schlafen mußte, die ihn seit seiner Jugend kannte, die alles über ihn wußte. Wie sehr sie das Baby liebte, seine winzigen Füßchen und Händchen, seine zufriedenen Schmatzlaute und seine Wärme neben ihr.

Am nächsten Tag blieb sie bei geschlossener Tür in ihrem Zimmer. Als Rafik anklopfte, sagte sie: »Bitte geh, ich bitte dich. Du wirst mich nur verletzen. Sag ihnen, ich sei krank und laß mich in Ruhe.«

»*Bist* du krank?« erkundigte er sich besorgt.

»Was glaubst du?«

Sie hörte, wie seine gemessenen Schritte sich entfernten.

Sie dachte: Wenn er nur ein einziges Mal etwas Überstürztes oder auch nur Spontanes tun würde, etwas Überraschendes, ohne zu überlegen. Doch das würde nie der Fall sein. Sie dachte daran, wie langsam er sich ihr ergeben hatte.

Drei Tage vergingen. Sie und Rafik sprachen kaum miteinander, und wenn sie einander begegneten, erkannte sie an seinem niedergeschlagenen und gequälten Gesichtsausdruck, daß er sie ebenso vermißte wie sie ihn. Doch sie erkannte auch, wie entschlossen er sich von ihr abgewandt hatte. Lediglich ein Mal, als sie nachts allein in der Küche saßen, streckte er die Hand aus und berührte sie.

»Du weißt es, nicht wahr …«, sagte er.

Die Quelle in ihrem Innern rührte sich, sämtliche Sorgen ihres Lebens, die süße, dicke Flüssigkeit dort in der Dunkelheit, die immer auf dem Grund ihrer Gedanken lag, von wo sie das kühle Getränk nach oben holte und trank.

»Ich weiß.« Und sie wußten, daß sie ihm verzieh.

Sie hoffte noch immer. Die Ehefrau saß den ganzen Tag mit gekreuzten Beinen in Rafiks Zimmer auf dem Bett, bei geöffneter Tür, und ihre Blicke, die nicht auf die Vorübergehenden reagierten, waren schwer und in sich ruhend – Saleema mußte auf ihrem Weg zur Latrine zwangsläufig dort vorbei.

Eines Morgens hörte sie sehr früh, daß die Glocke des Herrn läutete, und danach Menschen, die durcheinanderhasteten. Sie stand auf und ging in die Küche.

Hassan sagte, sobald sie die Küche betrat: »Der alte Mann ist krank, sie bringen ihn ins Krankenhaus.«

Die anderen Bediensteten rannten in der Küche ziellos durcheinander, niemand sagte etwas. Der Haushalt ruhte auf Harounis Schultern, ihr Lebensunterhalt. Spätnachts starb er. Die Töchter waren gekommen, Kamila aus New York, ihre Schwester Sarwat aus Karachi. Sogar Rehana, die entfremdete mittlere Tochter, die in Paris lebte und seit Jahren nicht mehr nach Pakistan zurückgekehrt war, kam geflogen. Ein Leichentuch legte sich über das Haus. Schon lockerte sich das Band zwischen den Bediensteten.

Hassan verschwand in seinem Zimmer mit eingefallenem Gesicht.

Das Haus war voller Trauernder, der Gouverneur kam, Botschafter, pensionierte Generäle. Es gab nichts zu tun, es wurde kein Essen serviert.

Rafik suchte sie auf. Er kam in ihr Zimmer, wo sie auf dem Bett saß und über die Leere ihrer Zukunft nachdachte. Sogar das Kind war still geworden. Als Rafik kam, stand sie auf, und er lehnte sich an sie und schluchzte.

Sie konnte nicht verstehen, was er sagte, außer daß er wiederholte, daß er das Hemd des alten Mannes zugeknöpft habe an dem letzten Abend im Krankenhaus; aber er versprach sich immerzu. Er brachte den Satz nicht zu Ende, endlos wiederholte er die ersten Worte. Schließlich verstummte er mit verängstigtem Gesicht.

Das war das letzte Mal, daß sie ihn je umarmte. Nach einer Woche rief Sarwat alle Bediensteten ins Wohnzimmer. Sie saß dort, in einem Sari, mit eingefallenem Gesicht und Ringen unter den Augen, die Arme mit goldenen Armreifen behängt.

»Ich werde jetzt erklären, was mit euch geschieht. Mit Rafik und Hassan habe ich bereits gesprochen, ebenso mit den alten Fahrern. Diejenigen, die seit mehr als zehn Jahren hier in Dienst stehen, werden fünfzigtausend Rupien bekommen. Alle anderen werden für jedes Dienstjahr zweitausend Rupien bekommen. Falls ihr Empfehlungsschreiben braucht, bekommt ihr sie von mir. Ihr habt meinem Vater treu gedient, ich danke euch. Dieses Haus wird verkauft werden, doch bis es soweit ist, werdet ihr eure Löhne bekommen und könnt in euren Unterkünften bleiben.« Sie erhob sich, am Rand der Tränen, würdevoll. »Ich danke euch, auf Wiedersehen.«

Am Boden zerstört, gingen sie alle auseinander. Sie hatten es erwartet, doch nichtsdestotrotz gehofft, daß das Haus gehalten würde. Es mußte eine gewaltige Summe wert sein, mit seinen Gärten und der Lage im Herzen des alten britischen Lahore, wo die großen Häuser allmählich zerstört wurden, um häßlichen Apartments und Stadthäusern Platz zu machen. All dies fand ein Ende, die Häuser, in denen man Kutschen gehabt und bei Sonnenuntergang auf dem Rasen britischer Gesandter die Flagge eingeholt hatte. Vorbei, und sie, die Dienerschaft, würden niemals wieder eine Stelle wie diese finden, der Ernst des Hauses, die Freundlichkeit des Herrn, die riesigen feuchten Zimmer, der langsame, gutgeölte Trott, die Ordnung in der Unordnung.

Sie traf Hassan in der Küche, zum ersten Mal schwieg er.

»Was wird aus mir?« fragte sie. Irgend etwas mußte die Intimität, die sie mit ihm gehabt hatte, schließlich wert sein. Sie hatte mit ihm geschlafen, ihn in ihren Armen gehalten. Die nackte Tatsache, daß sie ihm ihren Körper gezeigt hatte, sich ihm hingegeben hatte, mußte zu etwas gut sein. Sie wünschte es sich und wußte, daß dem nicht so war. Mit Rafik war es anders gewesen, er hatte sie erhoben, aber Hassan hatte sie erniedrigt. Sie sah ihre Hoffnungen schwinden. Wieder wurde sie zu der befleckten Kreatur, die sich an Hassan heranschmiß für das Wenige, das er ihr gab.

»Du bist mit nichts gekommen, du gehst mit nichts. Wenigstens bist du für eine gewisse Zeit bezahlt und ernährt worden. Du hast anständige Kleidung und ein bißchen Geld.«

»Und was ist mit dir und Rafik?«

»Wir werden in das Haus in Islamabad gehen.«

»Und hat Rafik meinetwegen etwas zu den Herrinnen gesagt?«

»Nichts«, sagte Hassan grausam. »Kein Wort.« Er legte die Hände auf die Arbeitsfläche und sah ihr direkt ins Gesicht. »Es ist vorbei. Es hat nie eine Hoffnung gegeben. Ich habe mein Leben in dieser Küche verbracht. Schau mich an, ich bin alt. Rafik ist alt.«

Rafik hatte sich also von ihr losgesagt. Ende des Monats hatte sie eine neue Stelle gefunden, bei Freunden Harounis, die sie aufnahmen, weil sie aus seinem Haus kam.

Bevor sie ging, sagte sie eines Tages zu Rafik: »Komm heute Nacht zu mir in die Küche. Das bist du mir schuldig.«

Als sie kam, wartete er bereits auf sie, unter einer einzelnen Glühbirne. Er war gealtert, sein Gesicht schmal, die Schultern gebeugt. Am schlimmsten war der verängstigte Ausdruck in seinen Augen, als verstände er nicht, wo er sich befand. K.K. Harouni war sein Leben gewesen, sein Morgen und seine Nacht, seine Aufgabe, sein Wohlstand.

»Was wird aus dem Kind?« fragte sie. »Wirst du ihm helfen? Wenn er erwachsen wird, wirst du Arbeit für ihn finden?«

»Ich werde dann schon lange nicht mehr da sein, liebes Kind.«

»Sag, daß du mich einmal geliebt hast.«

»Natürlich habe ich das getan. Ich tue es noch. Ich habe dich sehr geliebt.«

Nach zwei Jahren war sie erledigt, begann Aufputschpillen zu nehmen, die sie einmal so sehr verabscheut hatte, verlor ihre Arbeit, ging zu Heroin über, ließ ihren Mann ohne ein Wort zurück. Sie wußte alles über dieses Leben von ihrem Mann und von ihrem Vater.

Der Mann, der die gewinnträchtige Ecke kontrollierte, wo sie als Bettlerin endete, nahm ihr den Großteil ihrer Einkünfte ab. Auf diese Weise entging sie der Prostitution. Sie wiegte ihren kleinen Jungen in den Armen und hielt ihn den Fenstern der Autos entgegen. Rafik schickte Geld, eine beträchtliche Summe, solange sie eine Adresse hatte. Und dann, nur zu bald, starb sie, und der Junge bettelte in den Straßen, einer der Spatzen von Lahore.

Versorge, versorge

Bei einem gesetzten Essen in Lahore während eines Winters in den späten 1970er Jahren war K.K. Harouni nun schon zum dritten Mal innerhalb einer Woche genötigt, eine Unterhaltung über ein Rolls-Royce Coupé über sich ergehen zu lassen, das kürzlich von einem der Waraiches importiert worden war, einer Familie, von der vor gerade einmal fünf Jahren noch nie jemand gehört hatte. Der Wagen war eine Spezialanfertigung aus London und hatte absurd viel gekostet, und seine Erwähnung führte unausweichlich zu einer Diskussion über die neuen Industriellen Pakistans, die zu jener Zeit die Bühne eroberten. Wie andere Angehörige der feudalen landbesitzenden Klasse begrüßte Harouni das Auftauchen dieser Leute mit einer Herablassung, die seinen Neid kaschierte. Er verfügte über Kapital, wie er ausführlich feststellte. Warum sollte er nicht ein wenig mitspielen, wie schwer konnte es sein?

In den folgenden Wochen liebäugelte Harouni mit dieser Idee, dann traf er seine Entscheidung und beschloß, keine halben Sachen zu machen. Er begann damit, ausgedehnte städtische Grundstücke zu verkaufen und mehr und mehr Geld in Fabriken zu investieren, in Deutschland Maschinen zu kaufen, Ingenieure anzuheuern, mit Bankiers zu konferieren. Von diesen Projekten in Anspruch genommen, verbrachte er immer weniger Zeit auf dem Anwesen der Familie im südlichen Punjab, statt dessen verließ er sich auf seinen Verwalter, den eindrucksvollen Chaudrey Nabi Baksh Jaglani. Groß und gebeugt, mit einer schweren, eckigen Brille, das Gesicht von tiefen Furchen der Selbstbeherrschung und Entschlossenheit durchzogen, gewann Chaudrey Sahib in Dunyapur, dem Ort am Indus, wo die Harouni-Farmen lagen, überragende Bedeutung.

Und so kam Chaudrey Jaglanis Stunde. Je mehr Geld Harouni in die Fabriken versenkte, desto weniger schienen sie, in einer verwirrenden Mischung aus Schulden und Defiziten, zu florieren, bis die Bankiers ihm schließlich rieten, sie zu schließen. Ein paar Monate nach diesem katastrophalen Ereignis bestellte Harouni Nabi Baksh Jaglani in sein Haus nach Lahore. Als der Verwalter der Farm das Arbeitszimmer des Grundbesitzers betrat, einen dunklen Raum mit einem berühmten Deckengemälde des bedeutenden Surrealisten Sadequain und, wenig passend, mit indischen Miniaturen und Tempelbronzen von Tänzerinnen und Hindugottheiten dekoriert, traf er den alten Mann und dessen Sekretär sitzend an. Jaglani blieb stehen.

»Komm schon, Chaudrey Sahib«, sagte sein Herr. »Nach all den Jahren kannst du dich setzen.«

Sie spielten diese Szene jedesmal durch, wenn Jaglani nach Lahore kam. Er fügte sich, setzte sich, aber nicht richtig wie der Sekretär Shah Sahib, sondern nur auf die Stuhlkante und hielt sich sehr gerade.

»Wie stehen die Dinge auf der Farm?« erkundigte sich der Grundbesitzer.

»Die Ernte ist gut, aber die Preise sind schlecht.«

»Wie sind die Preise für das Land?«

Jaglani hatte das erwartet und erkannte blitzschnell, wohin es führen würde. »Niedrig, die Käufer haben nichts von ihrem Land, deshalb zahlen sie nicht viel dafür. Die Khoslas haben vier Parzellen für sechzehnhundert pro Acre verkauft.« Was er nicht erwähnte, war, daß dieses Land weit abgelegen war vom Fluß, am Ende eines unzuverlässigen Kanals.

»Wir müssen auf jeden Fall verkaufen. Sorge dafür, daß Vollmachten ausgestellt werden, damit du die Übertragung in die Wege leiten kannst.«

Sie unterhielten sich ein paar Minuten über einen Mord, der von einem der Pächter begangen worden war, eine Sache wegen eines Mädchens. Jaglani hatte das Gespräch darauf gelenkt, um die Peinlichkeit zu überspielen, die sein Herr empfinden mußte, weil er sich gezwungen sah, Land zu verkaufen, das seit drei Generationen in seiner Familie war.

Als er auf die kühle weiße Veranda von Gulfishan, unter diesem Namen war das Anwesen in Lahore bekannt, hinaustrat, dachte Jaglani: *Schließlich ist eine Menge davon da. Er kann dreißig Jahre lang verkaufen und hat immer noch eine Farm.*

Der Chauffeur, Mustafa, stand neben dem Wagen. Als er Jaglani kommen sah, schnippte er seine Zigarette beiseite und ging um das Auto herum, um den Schlag zu öffnen. Mustafa, ein kleiner Mann mit einem angeschlagenen Zahn, einem kleinen, penibel gestutzten Schnurrbart und welligem Haar, hatte sich mit seiner Diskretion und seinen herausragenden Qualitäten als Lakai Jaglanis Vertrauen erworben. Obwohl sie sich auf den langen Fahrten nach Lahore offen und ungezwungen miteinander unterhielten, verstummte Mustafa in Gegenwart anderer mit versteinerter Miene, wie ein Chauffeur das tun sollte.

Als er in den Wagen stieg, sagte Jaglani: »Jetzt kommt das Spiel auf Touren.«

»Gute Neuigkeiten?« erkundigte sich Mustafa.

»Nicht schlecht, nicht allzu schlecht.«

Daran gewöhnt, über beinahe unbegrenzte Geldsummen zu verfügen, begann K.K. Harouni, Parzellen seines Landes zu verkaufen, mit dem ungeernteten Zuckerrohr noch darauf und den hundertjährigen Rosenholzbäumen an den Feldrändern als kostenloser Dreingabe. Jaglani erhielt in solchen Fällen ein kurzes Telegramm, BRAUCHE SOFORT FÜNFZIGTAUSEND, und verkaufte dann das Land zum halben Preis, die besten Stücke an sich selbst, wobei er die Namen seiner Bediensteten und Verwandten einsetzte. Er verkaufte an die anderen leitenden Angestellten, an seine Freunde, an politische Verbündete. Jeder bekam einen Anteil bei dieser rasanten Verteilung des Kuchens. Für jeden Verkauf nahm er eine Provision. Er wurde in einem fort mächtiger und reicher.

Harounis Kinder, die ihr Erbe dahinschmelzen sahen, sagten zu ihrem Vater: »Jaglani nimmt dich aus. Er ist ein Dieb. Du solltest deine Ausgaben kürzen. Wenn du schon verkaufen mußt, dann verkaufe in Gottes Namen zu einem vernünftigen Preis.«

»Wenn ich glauben müßte, daß Jaglani mich betrogen hätte«, sagte der Vater, »würde ich an gar nichts mehr glauben.«

Der alte Mann lebte in dem sentimentalen Glauben, die Menschen in Dunyapur, dem Dorf im Herzen der Harouni-Ländereien, verehrten seine Familie, die gerade mal seit hundert Jahren in der dortigen Erde wurzelte.

Obwohl er zu einem Betrüger großen Stils geworden war, hatte Jaglani nicht das Gefühl, K.K. Harouni die Gefolgschaft gekündigt zu haben, sondern war vielmehr der Meinung, daß er sich angesichts der Unfähigkeit seines Herrn und dessen mangelnder Kontrolle einen angemessenen Vorteil verschaffte; sich nicht von ihm lossagte, sondern lediglich ein unabhängigeres Vorgehen an den Tag legte. Er leitete die Farm weiterhin außerordentlich erfolgreich und profitabel und schickte weiterhin Geld nach Lahore, tatsächlich sogar einen größeren Anteil des Nettogewinns als früher, da er für sich neue Einkommensquellen aufgetan hatte. Als seine politischen Ambitionen wuchsen, zog er mit seiner Familie und seinem Hausstand aus dem Dorf in ein großes, aber schlichtes Haus in der Kleinstadt Firoza, dem Hauptort des Unterbezirks, um der Gerichtsbarkeit und der Verwaltung näher zu sein. Er behielt sein Haus in Dunyapur und verbrachte häufig die Nächte dort. Eine alte Putzfrau hielt das Haus sauber, und er aß das Essen, das in der *dera* zubereitet wurde, der Verwaltung der Harouni-Ländereien, wo viele Besucher, Käufer und Verkäufer, hinkamen und verpflegt und beherbergt wurden.

An einem Frühlingstag, als er Jaglani von Firoza nach Dunyapur fuhr, mitten durch sprießende grüne Zuckerrohrfelder, in denen Rebhühner und Wachteln riefen, bat Mustafa, der Fahrer, der Jaglanis gute Laune spürte, darum, sprechen zu dürfen.

»Ja, gut, rede«, sagte Jaglani, der wußte, daß der Fahrer diesen Moment gewählt hatte, um eine Bitte vorzutragen. Mustafa bat selten für sich selbst, sondern verwendete sich häufig für andere, die irgend etwas von seinem Herrn benötigten. Er ging behutsam vor, äußerte sein Anliegen nur im passenden Moment, wenn er wußte, daß Jaglani dafür zugänglich war; und Jaglani, der Mustafa oftmals seine eigenen Ideen vortrug, nahm diese kleine Manipulation nicht übel. Sein eigenes Fortkommen war auf einem Kalkül des Gebens und Nehmens aufgebaut. Mustafa achtete darauf, nur solche Ansuchen vorzutragen, die Jaglanis Interessen entgegenkamen oder ihnen jedenfalls nicht zuwiderliefen.

»Meine Schwester«, sagte Mustafa, »hat sich gerade aus Rawalpindi wieder hierher geflüchtet, sie hat ihren Mann dort zurückgelassen. Er arbeitet in 'Pindi als Bote in einer Bank. Sie waren so freundlich, ihm diese Stelle zu verschaffen. Sie konnte die Stadt nicht ertragen, den Schmutz, das schlechte Essen, das Fehlen von Freunden und Familie. Ihr Mann schickt ihr kein Geld, er möchte sie aushungern und so dazu zwingen, in sein Haus zurückzukehren. Sie haben immer wieder erwähnt, daß sie mit dem Essen, das für die Besucher zubereitet wird, nicht zufrieden sind. Viro, die bei ihnen putzt, wird langsam alt. Lassen Sie meine Schwester für Sie kochen und den Haushalt führen. Lassen Sie es sie ein, zwei Wochen probieren. Falls sie sich ungeschickt anstellt, schicken Sie sie bitte wieder fort. Bitte verzeihen Sie, daß ich Sie damit belästige.«

Mustafa schaffte es stets, in einer Weise um etwas zu bitten, die Jaglani erstrahlen ließ, indem er die Gelegenheit abpaßte, wenn sein Herr mit sich zufrieden war, mit der Arbeit oder mit der Politik, ebenden Moment, wenn der Tag am süßesten schien.

»Das ist in Ordnung«, sagte Jaglani knapp, der sein Vergnügen darüber, dem Wunsch seines Fahrers in dieser beinahe persönlichen Angelegenheit zu entsprechen, nicht zeigen wollte. »Sag den Buchhaltern, sie sollen sie auf die Lohnliste setzen und die alte Frau anderswohin versetzen.«

Am nächsten Abend kehrte Jaglani bei Einbruch der Dunkelheit nach Dunyapur zurück, nachdem er den Tag auf den Farmen verbracht hatte; die Zwillingsscheinwerfer des Jeeps bohrten sich durch die Nacht. Kleinbauern, die ihre Büffel vom Tränken im Kanal zurückbrachten, traten beiseite und grüßten, und die schweren Glocken, die den Tieren um den Hals hingen, ließen ein hohles, trauriges Läuten ertönen. Manchen waren alte Schuhe um den Hals gebunden, als Amulett gegen den bösen Blick. Nur Jaglanis Haus hatte Strom, und als sie auf der staubigen Hauptstraße durch das Dorf fuhren, leuchteten Laternen in den Fenstern, die nicht von Läden verschlossen waren, und Kochfeuer warfen ihr orangefarbenes Licht auf die Lehmmauern. Das Dorf roch nach Dung und Staub und Rauch und nach der Mangoblüte der Obstplantage, die es umgab.

Als Jaglani durch eine Seitentür sein Haus betrat, sah er in dem von einer einzelnen Glühbirne erleuchteten Hof eine Frau über den Herd gebeugt, die in geklärter Butter *parathas* zubereitete. Sie erwiderte seinen Blick und bedeckte dann ihren Kopf und wandte das Gesicht ab.

»*Salaam,* Chaudrey Sahib«, sagte sie.

»*Salaam,* Bibi.«

Er betrat das weißgekalkte Backsteinhaus, dessen Zimmer mit häßlichen geschnitzten Möbeln vollgestellt waren. In seinem Schlafzimmer legte er den Revolver ab, den er unter seiner *kurta* immer bei sich trug, und hängte ihn an einen Haken, dann wusch er sich an einem Waschbecken im Schlafzimmer Hände und Gesicht und sprach seine Gebete.

Als er in den Hof zurückkehrte, setzte er sich auf ein *charpoy* und legte die Füße hoch. Sie hatte bereits seine Hookah angezündet, und er fing an zu rauchen.

»Wie lange bist schon du schon wieder zurück in Dunyapur?« fragte er.

»Zwei Monate.«

»Wohnst du bei Mustafa?«

»Ja, er hat mich aufgenommen.«

»Wie heißt du?«

»Zainab.«

Als sie das Essen brachte, vier oder fünf kleine Currygerichte auf einem stählernen Tablett, die *parathas* in einem geflochtenen, mit einer Serviette bedeckten Weidenkörbchen, schaute er plötzlich zu ihr hoch, weil er herausfinden wollte, was für eine Art Frau sie wohl war.

Sie senkte langsam den Blick, wich seinem Blick aus. Sie hatte ein hartes, blasses Gesicht, kantig mit hohen Wangenknochen, beinahe schön, aber zu kräftig, und erinnerte ihn an eine Frau, die vor Jahren am Ufer des Indus gestellt worden war, eine Viehdiebin. Soweit bekannt war, hatte noch nie eine Frau Vieh gestohlen, und die Menschen kamen von weit her, um sie zu sehen, als sie trotzig in der *dera* auf einem *charpoy* saß und darauf wartete, der Polizei überstellt zu werden.

Als Jaglani mit dem Essen fertig war, schlüpfte Zainab davon. Das Essen hätte besser nicht sein können. Während er seine Hookah rauchte und dem zum Schlaf sich rüstenden Dorf lauschte, den wenigen letzten Stimmen, den Tieren, die sich zur Ruhe legten, beschloß er, sie zu behalten.

Ende März begann die Weizenernte, und Jaglani zog wie jedes Jahr ins Dorf, um das Wiegen der hereinkommenden Ernte zu überwachen. In diesem Jahr hatte er auf siebenhundert Acres Weizen angebaut, und nun heuerte er die Dorfbewohner an, ihn von Hand zu schneiden, sie arbeiteten sich auf den gelben Feldern vor und setzten die geschnittenen Bündel auf, wobei Frauen und Männer zusammenarbeiteten. Ihre Babys wurden in Tüchern gewiegt, die im Schatten zwischen den Bäumen gespannt waren, und die Traktoren zogen stählerne Wagen, die über die Ackerfurchen holperten und sich langsam mit den losen Ähren füllten, die die Männer darauf warfen. Die Dreschmaschinen liefen Tag und Nacht, angetrieben von Traktoren, die tuckerten, wenn sie nicht belastet wurden, und dröhnten, wenn sie eine schwere Ladung zu bewältigen hatten, wenn der auf dem Wagen stehende Mann ein großes Bündel in den Fülltrichter warf. Die Spreu, die auf der Seite herausgeblasen wurde, wuchs zu riesigen goldenen Haufen an, bis die Männer den Traktor schließlich abkoppelten und die Dreschmaschine an eine andere Stelle versetzten. Jaglani saß die meiste Zeit des Tages in der *dera* auf einem *charpoy* unter einem dicken Banyanbaum, rauchte eine Hookah und beobachtete die hereinkommenden Sackkarren. Zwei Männer zogen die Jutesäcke vom Karren und über eine hölzerne Rampe, indem jeder eine Seite packte, und zerrten sie zu der Waage mit den zwei Waagschalen, die von einem ausladenden Ast des Banyanbaums hing. Ein Buchhalter notierte das Gewicht eines jeden Sacks in eine Kladde, danach schütteten die beiden Männer den Weizen auf einen immer größer werdenden Haufen, auf den sie hinaufstiegen, so daß ihre nackten Füße sich in das heiße Korn gruben und sie bis zu den Knien einsanken, bis sie oben waren, um den Sack zu leeren.

Wieder einmal hatten weder Hagel noch Sturm die Ernte vernichtet, und das Ergebnis von Jaglanis Wirtschaften lag dort neben ihm und mehrte sich, golden. Diese Ernte bedeutete ihm mehr als irgendeine andere, mehr als die Mangos oder das Zuckerrohr oder die Baumwolle. Den Männern würde ein Teil ihres Lohns über das Jahr verteilt in Weizen ausbezahlt werden, das zogen sie vor und sagten, Geld könne man ausgeben, doch solange ihre Familien die monatliche Weizenration hätten, könnten sie nicht verhungern. Jeden Tag ließ Zainab um die Mittagszeit ein mit einem weißen Tuch bedecktes Tablett mit Essen zu ihm hinausbringen, und Jaglani speiste unter den luftigen Blättern des Banyanbaums, während die Männer weiterarbeiteten.

Eines Abends spät, als er müde aus der *dera* nach Hause kam, nachdem er den Nachmittag draußen am Fluß verbracht hatte, mit einem Traktor beschäftigt, der auf der Rückfahrt zur Farm mit einer Ladung Weizen in einer Sandbank steckengeblieben war, hatte sie ihm ein Glas Sorbet gebracht, wie sie es inzwischen immer tat, sobald er durch die Tür trat.

»Möchten Sie, daß ich Ihnen die Füße massiere?« fragte sie.

Auch dies wurde zu einem Teil ihrer Routine. Er lag dann im schattigen Hof seines Hauses auf dem *charpoy*, rauchte eine Hookah und stützte sich auf einen Ellbogen, während sie seine Beine und Füße massierte, geduldig, mit hennaroten Händen. Der Schal, mit dem sie ihren Kopf bedeckte, rutschte ihr dann auf die Schultern, und er bewunderte ihr geöltes und zu einem Zopf geflochtenes dichtes schwarzes Haar. Sie hatte starke Hände.

Es war unausweichlich, daß er eines Abends nach ihr griff und sie mit sich ins Haus nahm. Nun liebten sie sich häufig, bevor sie nach Hause ging, wenn er nicht zu müde war. Sie tat es klaglos und gab ihm, was immer er sich wünschte. Er hatte wenig Erfahrung mit Frauen, abgesehen von der Frau, mit der er im Alter von siebzehn Jahren verheiratet worden war. Ein- oder zweimal hatte er mit den Frauen von Landarbeitern aus dem Dorf geschlafen, wenn die Frauen sich ihm an den Hals geworfen hatten. Er gab dann dem Mann Arbeit, irgend etwas, das ebensogut dem einen wie dem anderen übertragen werden konnte, aber diese Frauen waren unsauber und grob, und als er einmal die Vierzig überschritten hatte, hörte er damit auf, ihnen nachzugeben. Von seiner Frau hatte er zwei Söhne, und er schlief weiterhin mit ihr, wenn er Entlastung brauchte, obwohl er sie nicht attraktiv fand, weder ihre langsame Intelligenz noch ihr Beschäftigtsein mit dem Haushalt in Firoza, wo es nach Essen roch. Zainab dagegen verstand es, ihm Vergnügen zu bereiten. Sie trug keinen Duft, badete aber jedesmal, bevor er nach Hause kam, und trug ansprechende Kleidung.

Als die Ernte beendet war, fand er immer noch einen Vorwand, jeden oder jeden zweiten Tag auf die Farm zu kommen. Er erledigte dann seine Geschäfte und ging später zu seinem Haus, wo Zainab ihm das Essen servierte, das sie frühzeitig gekocht hatte. Danach nahm er ein Bad, sie massierte und fütterte ihn, und dann liebten sie sich. Er sagte ihren Namen auf eine besondere Weise, indem er die erste Silbe kehlig betonte, und dies wurde zum Zeichen ihrer Nähe, auf die sie sonst nie Bezug nahmen. Im Schlafzimmer, bei gelöschtem Licht, küßte sie ihn wild und weich und brachte ihn allmählich durch ihr subtiles Vorgehen dazu, seine Hemmungen abzulegen. Sie hatte eine ganz bestimmte Art, mit dem Gesicht im Kissen auf dem Bett zu knien. Wenn er auf dem Farmgelände oder in der Stadt herumfuhr, erschien ihm stets dieses Bild, wie sie sich ihm so vertrauensvoll hingab.

Eines Abends zur Schlafenszeit stritten sie sich. Als sie ihm am nächsten Morgen den Tee brachte, faßte Jaglani sie um die Taille und zog sie neben sich, um sich mit ihr zu versöhnen. »Du bittest nie um etwas. Laß mich dir Geld geben. Du kannst dir Kleider davon kaufen.«

»Du kaufst mir Dinge, und später denkst du, du hättest mich gekauft. Ich stand nie zum Verkauf«, antwortete sie und stand auf.

»Halt«, rief er. Er sprach mit einer Stimme, wie er sie vielleicht einem Diener gegenüber angewandt hätte.

Sie verließ das Zimmer und schloß leise die Tür hinter sich.

An jenem Abend sprachen sie nicht darüber, doch er ließ auf dem Tisch neben dem Bett Geld liegen. Sie nahm es nicht in jener Nacht und auch nicht am nächsten Morgen. Er fuhr für einige Tage in die Stadt, und an dem Abend, als er auf die Farm zurückkehrte, fand er das Geld noch immer an derselben Stelle, wo er es hingelegt hatte.

Wann immer er sie sah, näherte sie sich ihm mit der gleichen Reserviertheit, die sie bei ihrer ersten Begegnung gezeigt hatte. Sie wandte sich förmlich an ihn, nannte ihn »Chaudrey Sahib«. Wenn er versuchte, sie zu küssen, wenn er in der Dämmerung zurückkam, waren ihre Lippen niemals hungrig. Nachdem sie sich geliebt hatten, streichelte er sie, strich mit den Händen über ihren schlanken Körper und sagte ihr, wieviel sie ihm bedeute. Er hatte noch nie zuvor zu einer Frau so etwas gesagt. Sie liebkoste ihn nicht, und er hatte das Gefühl, sie selbst sei nicht im Innersten berührt. Sie lag auf dem Rücken, während er sich an ihren Hals schmiegte und einen Arm über sie legte. Obwohl sie ihn massierte, für ihn kochte, sein Haus sauberhielt und mit ihm ins Bett ging, fand er nach zwei Monaten, daß sie ihm immer noch nicht nähergekommen war. Sie brauchte ihn, das wußte er, aber er hatte keine Ahnung, ob er ihr etwas bedeutete. Außer wenn sie sich liebten, wenn sie sich gehenließ und ein roter Fleck ihre erhitzten Wangen aufhellte, fand er in ihren Augen keine Reaktion, nur den Willen, ihm zu dienen. Er forschte in ihren Augen nach Verachtung, aber auch die fand er nicht. Er wollte mehr von ihr, wollte, daß sie die ganze Nacht mit ihm verbrachte.

»Warum macht es dir etwas aus?« fragte er. »Hast du Angst, die Dorfbewohner würden es herausfinden?«

Sie lachte freudlos. »Die Dorfbewohner! Sie wußten es schon nach der ersten Nacht. Sie lassen mich in Ruhe, weil sie Angst vor dir haben. Es ist nett, es ist der Beweis, wie sehr sie dich tatsächlich fürchten. Wenn du mich fallenließest, würden sie mich laut eine Hure nennen, wenn ich über die Straße gehe.«

»Warum bleibst du dann nicht über Nacht?«

»Dann *wäre* ich deine Hure. Jetzt halten wir wenigstens den Schein aufrecht. Laß es gut sein, ich habe bereits mehr gesagt, als ich wollte. Bitte.«

Im Juli setzte der Monsun ein, ein heftiger Monsun mit Regen und imposanten Wolken, die sich über der Wüstenebene auftürmten, die zum Ufer des Flusses hin abfiel. Es hatte den ganzen Tag und die ganze Nacht geregnet, und Jaglani kam auf die Farm, um das Abpumpen des Wassers aus den Baumwollfeldern zu beaufsichtigen. Wo die Felder tief lagen, stand die junge Baumwolle zehn Zentimeter tief unter Wasser. Die Mechaniker bauten die Turbinen der Rohrbrunnen aus und schlossen sie auf den Feldern an die Wellen der Traktoren an. Denn falls die Sonne auf die Pflanzen brannte, solange sie unter Wasser standen, würde die reflektierte Hitze sie eingehen lassen.

In jener Nacht klopfte spät der Wachmann aus der *dera* an Jaglanis Tür. Er stand rasch auf und nahm seinen Revolver.

»Sir, könnten wir den Jeep benutzen? Loharus Sohn ist von einer Schlange gebissen worden.«

Während er sich anzog, schickte Jaglani nach Mustafa und ging zum Haus von Loharu.

Er senkte den Kopf, um unter dem Türsturz des kleinen Eingangs einzutreten; seine Schritte in dem glitschigen Schlamm vorsichtig setzend, ging er auf die Familie zu, eine alte Frau und ihr Mann Loharu, der als Hilfsarbeiter auf der Farm arbeitete, seit er alt genug war, sich nützlich zu machen. Sie standen bei Laternenlicht in dem einzigen kleinen Raum, die Frau schluchzte leise und betupfte sich die Augen mit dem Schal, den sie sich über den Kopf gelegt hatte. Eine Gruppe von Dorfbewohnern stand herum, manche im Innern der Hütte, andere draußen. Als Jaglani eintrat, murmelten sie: »Chaudrey Sahib.« Sogar in seiner Trauer nahm der Vater automatisch eine unterwürfige Haltung an, nahm Jaglanis Hand und streckte die Hand aus, um sein Knie zu berühren.

Der Junge lag in einer Ecke auf einem *charpoy*, sehr dünn, ihm wuchs gerade erst sein erster Schnurrbart. Obwohl er noch am Leben war, war sein Körper weich geworden und hatte alle Spannung verloren. Ein wenig weißer Schaum hatte sich in den Mundwinkeln angesammelt. Jaglani wußte, bald wäre er tot, ebenso wie die Dorfbewohner es wußten, die derlei schon früher gesehen hatten. Lediglich die Eltern weigerten sich, zu akzeptieren, daß ihr Sohn bald nicht mehr sein würde. Sie hörten den Jeep über die verschlammte Dorfstraße herankommen, Wasser spritzte, er heulte im ersten Gang. Niemand machte Anstalten, den Jungen aufzuheben, und ein paar Minuten später starb er, zusammengekauert, mit rasselndem Atem, und erschlaffte dann.

Die Mutter fiel über die Leiche und sagte leise: »Nein, nein, nein, nein, nein.«

Jaglani ging nach draußen. »Was ist passiert?« fragte er.

»Eine Kobra ist durchs Fenster gekommen, das Wasser muß ihr Loch aufgefüllt haben. Die Hand des Jungen hing über den Rand des *charpoy*, und die Schlange erwischte die Hand.«

»Haben sie die Schlange getötet?«

Ein Mann ging ins Haus und brachte die Kobra heraus, schwarz, anderthalb Meter lang, wie ein Schlauch über dem Stock baumelnd, auf dem sie getragen wurde. Sie rutschte in den Schlamm, es machte ein leise platschendes Geräusch.

Wieder zu Hause, merkte Jaglani, daß er nicht schlafen konnte, daß ihn nach etwas verlangte, Tee oder etwas zu essen. Er hatte den Jungen nicht gekannt, auch wenn er ihn hin und wieder gesehen hatte. Der Vater arbeitete schon seit zwanzig Jahren auf der Farm, seit seiner Kindheit. Jetzt war er ein Mann mit groben Gesichtszügen und mehrere Tage alten ergrauenden Bartstoppeln, beinahe zahnlos, ziemlich blöde, was den anderen Männern Anlaß gab, freundschaftliche Witze über ihn zu reißen.

Jaglani drückte auf den Klingelknopf, der draußen in der *dera* läutete, wo der Wachmann es hören konnte.

»Mir ist nicht gut«, sagte er zu dem Wachmann. »Ruf Zainab und sage ihr, sie soll mir einen Tee machen. Ich habe Fieber.«

»Soll ich Mustafa losschicken, damit er Medikamente holt?«

»Nein, morgen früh fahre ich zurück nach Firoza. Nur Tee.«

Zainab betrat das Zimmer, mit leisem Schritt wie immer. »Es tut mir leid, daß es dir nicht gutgeht.«

»Komm her«, sagte Jaglani. Er packte sie am Handgelenk und zog sie auf das Bett hinunter. Sie widersetzte sich nicht, sondern nahm statt dessen ihre *kurta* und zog sie sich mit einer fließenden Bewegung über den Kopf. Als sie ins Bett kam, schüttelte sie ihre Schuhe ab.

Als er sich auf sie wälzte, blickte er suchend in ihr Gesicht.

»Ich brauche dich hier im Haus, wann immer ich hier bin.« Er sah ihr direkt in die Augen.

»Ich habe dir gesagt, das werde ich nicht tun. Ich werde weggehen.«

»Wohin kannst du gehen?«

»Mein Mann hat schon dreimal geschrieben. Er sagt, er würde mich wieder aufnehmen. Dann gehe ich dorthin.«

Jaglani lag auf dem Rücken und starrte an die Decke, seine Gefühle in beinahe unerträglicher Weise angespannt.

»Ich werde dich heiraten«, sagte er.

»Was ist mit meinem Mann?«

»Das regle ich.«

Sie drehte sich um und blickte von oben auf sein Gesicht und begann, ihn zu küssen. Er schloß die Augen.

Jaglani wußte, daß seine Frau, die außerdem eine Cousine ersten Grades war, versuchen würde, ihre gemeinsame Familie gegen ihn aufzubringen, falls er sich eine zweite Frau nähme. In den nächsten Tagen erwähnte er seinen Heiratsantrag nicht wieder, obwohl er zwischen ihnen stand. Zainab verhärtete sich und wurde emotional noch widerständiger als zuvor. Sie tat, was er verlangte. Dann wieder, und das immer im Bett, sexuell, öffnete sie sich und wurde beinahe mutwillig, gefügig, biß ihn in die Wangen, in den Hals; doch wenn sie fertig waren, zog sie sich in sich zurück. Nur manchmal, wenn sie im Bett lagen und sie hustete oder ihr kalt war und er sich erbot, etwas für sie zu tun, ihr Wasser zu bringen oder eine Decke zu holen, sagte sie: »Ja, bitte«, mit einer Kleinmädchenstimme, die ihm das Herz zerriß. Schließlich konnte er es vor sich selbst nicht mehr leugnen, daß er sich verliebt hatte, zum ersten Mal in seinem Leben. Er akzeptierte sogar ihre kühle Zurückhaltung, die Möglichkeit, daß sie sein Leben ruinieren könnte. Doch er hatte das Gefühl, es weit gebracht zu haben, in dieser Gegend am Indus alles in einem Maße zu beherrschen, daß es ihn gegenüber dem Urteil seiner Umgebung unverletzlich machte, und es sich mittlerweile verdient zu haben, diesen Fehler zu begehen, ein einziges Mal keine wohlkalkulierte Wahl zu treffen, sondern seinem Verlangen nachzugeben.

Anfang September, nach dem Monsun, begann die unerhörte Hitze im Punjab nachzulassen. Eines Morgens, als Zainab ihm das Frühstück brachte, sagte er zu ihr: »Dein Mann kommt heute.«

»Weshalb?«

»Ich habe ihn gerufen. Er muß die Scheidungspapiere unterzeichnen.«

»Das wird er nicht tun.«

Jaglani blickte zu ihr auf, als sie sich vorbeugte, um das Essenstablett vor ihn auf den Tisch zu stellen. »Du kennst mich immer noch nicht, nicht wahr?«

Am späten Nachmittag betrat Zainabs Ehemann, ein Kleinbauer namens Aslam, der in Dunyapur geboren war, die *dera*, ein kleiner Mann, der durch das weißgekalkte Backsteintor trat, nachdem er von der Hauptstraße, wo der Überlandbus ihn abgesetzt hatte, hergelaufen war.

Jaglani saß unter dem Banyanbaum und unterzeichnete Bargeld-Anweisungen, die ihm von einem alten Buchhalter gereicht wurden, der eine drahtgeflickte Brille trug.

Aslam trat näher, sagte sein *Salaam* und berührte Jaglanis Knie.

»Hallo, Aslam«, sagte Jaglani. »Ich werde dich rufen, setz dich irgendwohin.«

Sieben oder acht Männer saßen auf Stühlen unter der Veranda und warteten mit den unterschiedlichsten Anliegen auf Jaglani – wegen eines gestohlenen Ochsen, Wasserproblemen, mit der Bitte um Arbeit, weil sie Briefe an örtliche Verwaltungsbeamte brauchten.

Jaglani widmete sich Aslam mehrere Stunden später, als letztem von allen. Der Himmel hatte sich verdüstert, und der *maulvi* in der schlichten, aber großen marmornen Moschee, die von den Harounis errichtet worden war, hatte von einer Plattform mit schriller Stimme seinen *maghreb*-Gebetsruf beendet.

»Aslam, du scheinst deine Frau nicht unter Kontrolle zu haben«, begann Jaglani ohne jede Vorrede.

»Nein, Sir. Sie ist ins Dorf zurückgerannt. Ich bin hier in der Absicht, sie mit nach Hause zu nehmen.«

»Man hat mir gesagt, daß sie nicht gehen will. Du läßt dich besser von ihr scheiden.«

»Sir, nein. Mein Haus ist leer; jeden Abend, wenn ich nach Hause komme, ist es leer.«

»Warum hast du keine Kinder?« fragte Jaglani. »Hast du nicht wie ein Ehemann mit ihr gelebt?«

»Am Anfang haben wir es versucht. Wir hatten kein Glück.«

»Das ist Grund für eine Scheidung. Ich schlage vor, du läßt dich wegen ihrer Unfruchtbarkeit von ihr scheiden.«

»Bitte, Chaudrey Sahib, du und ich, wir sind zusammen in Dunyapur aufgewachsen, wir haben als Kinder miteinander gespielt. Ich bitte dich, nimm nicht, was mir gehört. Du hast soviel und ich sowenig.«

»Ich habe soviel, weil ich mir genommen habe, was ich wollte. Geh.«

Der Mann sagte: »Nimm sie und sei verflucht«, doch Jaglani ignorierte ihn.

Am nächsten Morgen legte einer der Buchhalter der Farm Aslam einige Papiere vor. Da er wußte, daß der Mann Analphabet war und weil er ihm weitere Demütigungen ersparen wollte, versicherte ihm der Buchhalter, die Papiere erlaubten

Zainab lediglich, getrennt zu leben. Aslam verließ Dunyapur mit einem Brief an den Direktor der Bank, bei der er in Rawalpindi arbeitete. In diesem Brief forderte Jaglani den Direktor, der von Harouni abhängig war, dazu auf, Aslam eine Lohnerhöhung zu geben und auf ihn aufzupassen.

Ein paar Wochen später heiratete Jaglani Zainab im verborgenen. Der *maulvi* kam eines Morgens unauffällig von der Moschee in Chaudrey Sahibs Haus und brachte einen der alten leitenden Angestellten mit, der als Zeuge fungierte. Der *maulvi*, ein schüchterner Mann mit schütterem Bart, wurde von den Dorfbewohnern drangsaliert. Er errötete, wenn er angesprochen wurde, und bat den Koch der *dera* um kleine Bissen aus dem großen Topf, um sie seiner Frau mitzunehmen, da seine Bezahlung ihre spärlichen monatlichen Ausgaben kaum deckte. Der leitende Angestellte dagegen schlug seine Männer und hatte eine Stimme wie ein bellender Hund. Als sie unter den Bäumen, in denen der Wind spielte, den Hof der *dera* überquerten, wandte der *maulvi* sich an den Leitenden.

»Werden Jaglanis Söhne uns das nicht übelnehmen?«

»Mach dir keine Sorgen«, sagte der, »sie sind zu blutarm, um auch nur einer Fliege etwas zuleide zu tun. Auch wenn der große Mann stirbt, werden sie sich noch fürchten, ihn zu verärgern. Und sie kann für sich selbst sorgen, sie gleicht einer Axt.«

Als sie den Hof des kleinen Hauses betraten, trafen sie Jaglani an, der auf einem *charpoy* saß und seine Hookah rauchte. Die beiden Männer setzten sich, und während der *maulvi* ihnen zusah, unterhielten sich Jaglani und der Verwalter über die Zuckerrohranpflanzung im September, die soeben zu Ende gebracht worden war, und über die Baumwolle, bei der sich gerade Samenkapseln bildeten. Der leitende Angestellte zupfte an einer Schwiele an seinem Fuß. Ein paar Minuten später trat der Notar ein, ein Mann, der seine Versetzung in dieses Gebiet Jaglani verdankte und bei zahlreichen zweifelhaften Grundstücksgeschäften mit ihm zusammengearbeitet hatte, die Heiratspapiere in einer dicken Kladde unter dem Arm. Er zog einen goldenen Füllfederhalter aus der Tasche, der ein Mehrfaches seines offiziellen Monatsgehalts wert war, und begann, in elegant geschwungener Schrift und mit einem Ausdruck der Zufriedenheit auf dem Gesicht die Formulare auszufüllen. Er liebte diese Formulare, liebte es, hochpreisige Verträge abzuschließen. Jaglani unterschrieb, der einzige Zeuge unterschrieb, und dann erhob sich der *maulvi* und sprach, die Hände schalenförmig gewölbt, ein Gebet, er sprach schnell und perfekt auswendig. Die drei weiteren Zeugen, die erforderlich waren, würden später unterschreiben, falls notwendig – der Notar hatte darauf gedrängt, daß sie das Dokument insoweit unvollständig beließen. Unter den Bäumen, bei Vogelgesang, war Jaglani außerordentlich bewegt und fand seine Gefühle klar wie Glas. Er nahm die Papiere mit ins Haus, und Zainab fügte ihren Daumenabdruck hinzu, an ihn gelehnt, während sie auf dem Bett saßen, mit weichem Gesicht. Als er darauf bestanden hatte, die Eheschließung geheimzuhalten, hatte sie nur eine Bedingung gestellt – daß sie nicht länger verhüteten.

Zainab schlief nun nachts in Jaglanis Bett. Sie brachte viele ihrer Sachen, Kleidung und Schmuck, ihr Make-up, ins Haus und verteilte sie überall. Diese kleinen Beweise ihrer Gegenwart zu sehen machte ihn glücklich, es gab ihm das Gefühl, sie zu besitzen. Sie bat ihn, einen Büffel zu kaufen, und zweimal täglich, in der Morgen- und in der Abenddämmerung, brachte der Dorfbewohner, der das Tier versorgte, einen mit einem Tuch bedeckten Eimer voll fetter Milch und ließ ihn direkt hinter dem Hoftor stehen. Sie machte *ghee* und Butter, und wenn etwas übrig war, ließ sie es zu Mustafas Haus bringen oder zu einem der ärmeren Nachbarn, die es sich nicht leisten konnten, einen Büffel zu halten. Nur morgens, wenn Jaglani sie umarmen, mit ihr im Bett liegen und sich leise mit ihr unterhalten, vielleicht auch mit ihr schlafen wollte, blieb sie noch immer nicht bei ihm, sondern wurde unruhig und stand auf und sagte, sie müsse den Tag beginnen. Obwohl sie es außerhalb des Bettes nicht mochte, berührt zu werden, bemerkte er nun, daß sie versuchte, seine Zärtlichkeiten zu akzeptieren, daß sie versuchte, ihn nicht zurückzuweisen. Wenn er ins Haus kam und sich ihr von hinten näherte, wenn sie irgendwo stand und Hausarbeiten verrichtete, und ihre Brüste mit den Händen umfaßte, stand sie still und wandte lächelnd den Kopf und löste sich erst ein paar Augenblicke später von ihm. Sogar dann hielt sie seine Hand und führte ihn nach draußen, setzte ihn auf das *charpoy* und brachte ihm seine Hookah. Er wurde vertraut mit den kleinsten Details ihres Körpers. Eines Tages schnitt sie ihre Zehennägel, schnitt aber zu tief, in das Nagelbett, einen umgekehrten Halbmond, bis es an einem der Nägel zu bluten begann. Er liebte dieses Wilde an ihr, Beweis einer Härte gegen sich selbst, beherrschte Gewalt.

Sie erkrankte an einer Blasenentzündung, und er brachte sie in die Stadt. Sie saß hinten in seinem Jeep, und wie immer fuhr ihr Bruder Mustafa. Keiner von ihnen sprach. Sie hielt ihren Kopf bedeckt und schaute nicht aus dem Fenster. Sogar diese Fahrt, ihre erste, die sie gemeinsam unternahmen, wurde für ihn zu einer bedeutungsvollen Erinnerung. Er wollte für sie sorgen, aber oft ließ sie es nicht zu. Als er nach Dunyapur zurückkehrte, nachdem er ein paar Tage mit seiner älteren Ehefrau verbracht hatte, hatte er, auf den Fluß zusteuernd, das Gefühl, eine Last drücke ihm auf den Magen. Er fürchtete Zainab, was merkwürdig war, da er seine Karriere darauf aufgebaut hatte, sich vor nichts und niemandem zu fürchten, und so diese gesetzlose Gegend beherrschte. Manchmal dachte er, es wäre eine Erleichterung, sie loszuwerden, und dennoch nahm seine Liebe zu.

Er wurde ein wenig selbstgefällig, als er sie nachgiebiger vorfand, als er sich vorgestellt hatte. Nachdem sie sich geliebt hatten, lag sie neben ihm in der Dunkelheit und fuhr mit den Fingern über seinen Rücken und beugte sich über ihn, um ihn zu küssen. Vor der Heirat war immer er es gewesen, der sie liebkost hatte, während sie ihm den Rücken zuwandte, an seinen Körper geschmiegt, die Augen geöffnet, angespannt und anscheinend voller Groll, weil sie sich geöffnet hatte, nicht nur physisch, sondern auch emotional, jedenfalls beim Sex.

Sie hatte ihren Mann dafür verantwortlich gemacht, daß sie kein Kind bekommen hatte. Ein Jahr nach ihrer zweiten Heirat kehrte Jaglani in der Abenddämmerung aus Firoza zurück. Mustafa fuhr den Jeep in die *dera*, wo die Scheinwerfer den Banyanbaum, die an der Wand aufgereihten Traktoren, hie und da Pflüge und Eggen und Kurbelblätter anleuchteten. Der Wachmann erhob sich, auf seinen langen Stab gestützt, und schirmte mit einer Hand seine Augen ab. Ein weiterer Sommer war vergangen, ein weiterer Monsun. Der Jasmin an den hohen Lehmmauern, die die *dera* umgaben, verströmte seinen starken, süßen Duft. Jaglani mochte Blumen und war außerdem der Meinung, daß die Farm am besten lief, wenn die Straßen makellos und glatt waren und die Gebäude weißgekalkt und mit Blumen und Bäumen geschmückt. Ordnung erzeugte Ordnung.

Als er ins Haus trat, stellte er fest, daß das Feuer nicht mehr brannte und das Licht gelöscht war, obwohl er morgens Nachricht geschickt hatte, daß er zurückkehren würde. Innen saß Zainab im Dunkeln auf der Bettkante.

»Warum kein Licht?« fragte er und knipste den Schalter an.

Sie hatte sich nicht hübsch angezogen, sondern trug zerknitterte Kleidung.

»Weißt du, was für ein Tag das ist?«

»Nein.«

»Der Tag, an dem wir letztes Jahr geheiratet haben.« Sie hielt inne. »Weißt du, ich dachte, ich hätte mit Aslam keine Kinder, weil er nicht konnte. Aber ich bin es.« Sie fing beinahe an zu weinen, riß sich dann aber zusammen. Ihr Gesicht wurde hart. »Ich habe dich nur deswegen geheiratet.«

Schwer getroffen, sagte er: »Du hattest keine andere Wahl. Wie lange hätte deine Schwägerin dich noch gut behandelt? Du kamst wie eine Bettlerin.«

»Ich habe nie gebettelt, aber jetzt flehe ich dich an. Ich beuge mich nieder. Ich bitte dich, gib mir eines der Kinder deines Sohnes, damit ich es großziehen kann. Shabir hat drei Töchter. Die Kleine, gib sie mir. Er hat seine Söhne, er wird sie weiter haben, und die anderen Mädchen. Die Kleine ist erst ein paar Monate alt, sie würde nicht einmal wissen, daß ich nicht ihre wirkliche Mutter bin. Gib sie mir, ich bitte dich, und ich werde dich nie wieder um etwas bitten.« Sie fing gepreßt an zu weinen. »Ich bitte dich, ich bitte dich. Ich habe dir gedient. Ich gehör dir, du weißt, daß es so ist. Gib mir dieses kleine Mädchen. Shabir will sie nicht einmal, du weißt, daß er sie nicht will.«

Er weigerte sich. »Ich kann nicht, meine Familie weiß nicht, daß wir verheiratet sind.«

In jenem Winter beschloß Jaglani, für ein Amt im Provinzparlament zu kandidieren. Die örtlichen Machthaber, die Menschen, die über ihm standen, die Makhdooms, Erbheilige, die in der Umgebung riesige Ländereien beherrschten und jemandem eine Position in der Muslim League, einer der wichtigsten politischen Parteien Pakistans, verschaffen konnten, schickten zu Jaglani und boten an, ihn bei der Wahl zu unterstützen. Er ging nach Lahore und erhielt den Segen K.K. Harounis. Im Vorfeld der Wahl enthüllte Jaglani das Geheimnis seiner Heirat mit Zainab, um zu verhindern, daß sein politischer Gegner es gegen ihn verwendete. Er gab seiner Frau und seinen Kindern keine Möglichkeit, darauf zu reagieren – er teilte es ihnen lediglich mit. Die Dorfbewohner hatten bereits gemutmaßt, doch nun sahen sie sich bestätigt. Andere hatten es ohnehin herausgefunden. Niemand dachte sich etwas dabei, er regierte diesen Landstrich nach alter Sitte, mit harter Hand. Er hatte das Vorrecht, sich eine zweite Ehefrau zu nehmen, eine selbstgewählte Ehefrau. Im Vollgefühl seiner Macht ging Jaglani noch weiter. Er holte die Tochter seines Sohnes, ein Kleinkind, nach Dunyapur und gab sie Zainab, damit sie sie nährte und großzog.

Ein weiteres Jahr verging. Jaglani war mit großem Vorsprung in das Provinzparlament gewählt worden und verbrachte deshalb seine Zeit entweder in Lahore, um an Sitzungen teilzunehmen, oder auf der Farm, wo er sich die Bittgesuche und Klagen seiner Wähler, der Menschen aus dieser Gegend, anhörte. Sein Bezirk erstreckte sich entlang beider Ufer des Indus, und die Menschen vom anderen Ufer setzten auf einer flach gebauten hölzernen Fähre über, die zwanzig Personen aufnehmen konnte und von den langen Ruderschlägen eines alten Mannes angetrieben wurde, dessen Körper muskulös geblieben war, an dem aber die Haut herabhing, wenn er nicht die Muskeln spielen ließ.

Eine der ersten Amtshandlungen Jaglanis war es, die Fähre von einer anderen, ungefähr sieben Kilometer flußabwärts gelegenen Stelle in eine kleine Bucht unmittelbar in der Nähe Dunyapurs zu verlegen, trotz der Proteste derer, die die frühere Stelle bequemer gefunden hatten. Die Fährverbindung hatte dem Dorf des Mannes gedient, der bei der Wahl gegen Jaglani angetreten war, und indem er sie verlegte, bewies er dem ganzen Bezirk seine neuerworbene Macht. Er ließ an beiden Flußufern neue Pflasterstraßen bauen, die zu der Fähre hinführten, und diese Straßen erhöhten den Wert von Jaglanis Land und dem seiner Freunde beträchtlich. Jaglani konnte Männer per Befehl verhaften oder freilassen, konnte ihnen einen Verwaltungsposten übertragen, konnte Verwaltungsbeamte entlassen. Er entschied, durch wessen Dörfer die Straßen verliefen, entschied, welche Gegenden mit Strom versorgt wurden, manipulierte die Wasserzufuhr der Kanäle. Er konnte Streitfälle entscheiden, sogar Mordfälle, indem er eine Versöhnung zwischen den beiden Parteien erzwang und die Polizei anwies, nicht einzuschreiten. Diese neue Machtfülle veränderte ihn. Da er nicht nach Höherem strebte, wurde er unparteiisch. Von Natur aus ordnungsliebend, strebte er in diesem isolierten Landstrich danach, für Harmonie und Wohlstand zu sorgen.

Als er eines Nachmittags ins Haus kam, fand er Zainab nicht in der kleinen Küche bei der Zubereitung seines Essens. Er rief nach ihr.

»Wo bist du?«

»In meinem Zimmer«, antwortete sie mit ihrer sanften Stimme, die er so mochte. »Komm herein, komm und schau.«

Jaglani ging durch das Zimmer, das er mit ihr teilte, hinüber in ihr eigenes Reich. Anders als der Rest des Hauses, das dunkel und mit Möbeln überladen war, gab es in Zainabs Zimmer nur ein schmales, niedriges, mit Baumwolle gepolstertes Bett, einen Stuhl und einen schlichten Holztisch, auf dem sie ihr Make-up und ihre Kämme arrangiert hatte mit einem Spiegel davor, und in einer Ecke eine Kinderwiege. Ein kleiner Baumwoll-*dhurrie* lag in der Mitte des Fliesenfußbodens. Die hohen Fenster standen offen und ließen Licht ins Zimmer, das von den weißgekalkten Wänden zurückgeworfen wurde. Das Baby stand auf dem Bett und wedelte mit seinen fetten Ärmchen, nackt, die Füßchen zwischen Zainabs übereinandergeschlagene Beine gestemmt. Zainab lehnte sich gegen ein Kissen und tunkte ein Tuch in eine Schale mit warmem Wasser, mit dem sie sachte das Baby wusch. Das Licht, das durch die Fenster fiel, spiegelte sich in dem bewegten Wasser in der Messingschale und warf Muster an die Wände.

»Paß auf«, sagte Zainab. Sie kitzelte das Baby, das sie auf den Namen Saba umgetauft hatte, und hielt es um die Taille. Ihm fiel die Kraft in Zainabs schlankem Arm auf, auf dem sich die Venen abzeichneten, und ihm fiel auf, mit welcher Sicherheit seine Frau das Baby hielt. Das Baby gluckste. Zainab legte es auf das Bett und beugte sich über es.

»Sag es«, flüsterte sie sanft. Ihre blassen, manikürten Füße lugten unter ihrem Gesäß hervor, die Sohlen mit Henna rot gefärbt. »Sag es, kleines Häschen, meine kleine Saba.«

Das Baby blickte lächelnd zu ihr auf, ein korallenroter Gaumen, der naß war von Spucke. Es schwenkte seine molligen Arme mit gestreckten Fingern. »Ma«, sagte es.

»Siehst du?« sagte Zainab und wandte sich Jaglani zu, der neben dem Tisch auf dem kleinen Stuhl saß. Zainab hatte sich Sorgen gemacht, weil das Kind, das inzwischen beinahe zwei Jahre alt war, immer noch nicht angefangen hatte zu sprechen.

Verletzlich und aufmerksam beobachtete er das Kind und lächelte ein scheues Lächeln, das seine Züge sanft werden ließ, das Gesicht eines traurigen Jungen, wissend und bedürftig. »Wenn nur die Verwalter dieses Lächeln sehen könnten«, sagte Zainab gerne.

Zainab deutete mit der Hand. »Komm, bring deinen Stuhl zu uns herüber.«

Er trug den Stuhl durch das Zimmer und setzte sich, die Ellbogen auf die Knie gestützt, blickte in das Gesicht des kleinen Mädchens und auf Zainabs Haar, das über das Kind fiel.

Jaglani hatte sich seit mehreren Monaten nicht wohl gefühlt. Ein paar Tage nach dieser kleinen Szene mit dem Baby erfuhr er, daß er Knochenkrebs hatte und daß er innerhalb von sechs Monaten sterben würde. Als er eine Woche lang nicht ins Dorf kam, ging Zainab zu ihrem Bruder Mustafa, der den Freitagabend immer bei seiner Familie in Dunyapur verbrachte.

»Komm lieber herein«, sagte Mustafa. Er begleitete sie in ein ordentlich aufgeräumtes Zimmer, das mit den Früchten seiner kleinen Diebereien und überhöhten Rechnungen ausgestattet war – einem Fernseher und einem Videogerät, einer Nähmaschine, die mit einem bestickten Tuch bedeckt war, einer großen, protzigen Uhr mit der Plastikfigurine einer Schäferin, die sich auf dem Zifferblatt hin- und herbewegte – denn wie jedermann auf der Farm zweigte Mustafa Geld ab, wo er konnte, ein paar Rupien beim Benzin, einen kleinen Aufschlag auf die Rechnung, wenn er Ersatzteile kaufte.

»Was ist?« fragte sie, als ihr Bruder die Tür zumachte.

»Er stirbt.«

Sie setzte sich, fiel beinahe, und ließ den Kopf hängen. »O mein Gott. Woran? Und was mache ich jetzt?«

»An Krebs. Du paßt besser auf.«

»Er ist seit einer Woche nicht mehr hier gewesen.«

»Rechne mit gar nichts mehr«, sagte Mustafa. »Seine Familie läßt ihn jetzt nicht mehr aus den Augen. Er wird schnell schwächer. Vergiß nicht, er besitzt über zwölftausend Acres Land, unter anderem. Du hast Glück, wenn du ihn noch einmal siehst, allein.«

»Er fühlt sich gebunden«, sagte sie und sah Mustafa in die Augen. »Er wird kommen.«

Mustafa setzte sich und fuhr sich mit den Händen über das Gesicht. »So ein Unglück. Morgen geht er nach Lahore. Er versucht sicherzustellen, daß Shabir die Nachwahl gewinnt. Das wird nicht passieren, der Junge hat kaum Rückgrat genug, um aufrecht zu stehen. Die Größen hier werden ihn zum Frühstück verspeisen, wenn Jaglani einmal nicht mehr ist. Niemand reicht weit über das Grab hinaus.«

»Du weißt, was das für mich bedeutet«, sagte sie. Bruder und Schwester erfaßten das Ausmaß ihres Verlusts, das Versagen ihrer Vorkehrungen gegen das Verlassenwerden. »Sie werden mir Saba wegnehmen, nicht wahr? Sie ist noch zu jung, in einem Jahr wird sie sich nicht mehr an mich erinnern. Ich stehe mit leeren Händen da.«

Jaglani wurde immer schwächer. Weil er wußte, wie angreifbar seine Familie für die Feinde sein würde, die er sich im Laufe seines Politikerlebens geschaffen hatte, fuhr er nach Lahore und versuchte, seinem Sohn bei der Nachwahl, die nach seinem Tod stattfinden würde, einen Sitz im Parlament zu sichern, jenem Sohn, der eine Tochter an Zainab abgegeben hatte.

Der Parteichef der Provinz, ein Bezirksbonze aus Lahore, der das Amt des ersten Ministers des Punjab innehatte, empfing Jaglani gleich nach Sonnenuntergang in seinem Haus, einem großen, schäbigen Gebäude, das auf staatlichem Land errichtet worden war, in einem früheren Park, den er beschlagnahmt, sich unter den Nagel gerissen und mit einer Mauer umgeben hatte, sobald er zu Amt und Würden gelangt war.

Jaglani wartete im Vorzimmer mit zwanzig oder dreißig weiteren Bittstellern, die im Kreis beieinanderstanden oder in kleinen Grüppchen auf schmierigen Sofas die Köpfe zusammensteckten, sich gedämpft unterhielten, an ihren Zigaretten zogen und in Mobiltelefone, winzig wie kleine Schmuckstücke, hineinflüsterten. Zwei Bilder hingen an der Wand des schmutzigen, verrauchten Raums, eines vom Gründer des Landes, Quad-e-Azam, und daneben, nur wenig tiefer, ein Foto des Parteichefs. Die anderen Männer in diesem Zimmer, meist Provinzpolitiker, die aus der Geschäftswelt aufgestiegen waren, hielten ihre Mobiltelefone in den Händen, wenn sie nicht hineinsprachen, und stellten das neue Statussymbol zur Schau, das erst vor kurzem in Lahore und den anderen großen Städten Pakistans eingeführt worden war.

Als er das makellose Büro betrat, in das er von einem aalglatten Sekretär hineingebeten wurde, ging Jaglani auf den ersten Minister zu, der hinter einem mit grünem Filz bespannten Schreibtisch saß und eine Akte studierte. Er blickte auf, kniff die Augen zusammen und erhob sich.

»Hallo, hallo, Chaudrey Sahib.«

Er kam hinter seinem Schreibtisch hervor, in westlicher Kleidung, ein Nadelstreifenanzug, goldene Manschettenknöpfe und englische Schuhe, was ihn von Jaglani und den meisten der in seinem Vorzimmer wartenden Bittsteller unterschied. Er nahm Jaglanis Hand, hielt sie fest und führte sie beide zu einem Sofa, wo sie nebeneinander Platz nahmen.

»Du siehst gut aus«, sagte der erste Minister unaufrichtig.

»Danke, Euer Ehren.«

»Und wie geht es Mr. K.K. Harouni?«

Sie begannen, sich über die politische Situation in Jaglanis Bezirk zu unterhalten. Der erste Minister sprach wenig, er hörte zu, mit verschlagenem Gesichtsausdruck, den Blick auf die gegenüberliegende Wand gerichtet, und stellte die eine oder andere Frage.

Nach zehn Minuten blickte er auf seine Armbanduhr.

»Und wie steht es sonst?«

»Ich komme mit einer Bitte, Sir. Ich bedauere, es sagen zu müssen, daß man bei mir Krebs diagnostiziert hat.«

»Nun, nun, das tut mir sehr leid«, sagte der erste Minister, der genau Bescheid wußte.

»Sir, ich bitte darum, daß die Partei in der Nachwahl meinen Sohn unterstützt.«

»Unsinn, Unsinn«, sagte der erste Minister. »Du bist gesund

wie ein Pferd. Diese Ärzte bringen jeden um, jeden. Du hast noch zwanzig Jahre, um Dunyapur voranzubringen.«

»Falls mir jedoch etwas zustößt, werden Sie dann den Jungen unterstützen? Er hat die Fähigkeiten, er kennt die Gegend, und er kennt sämtliche Leute. Ich habe der Partei in der einen oder anderen Funktion fünfundzwanzig Jahre lang gedient und im Parlament immer so abgestimmt, wie von Ihnen erbeten.« Er spielte seinen einzigen Trumpf aus. »Wir beide reichen weit zurück, Shujaat Sahib.«

»Wir werden den Jungen aufstellen müssen. Wir haben das vor. Mach dir keine Sorgen: ist schon geschehen.«

»Werden Sie in meinem Bezirk eine Versammlung einberufen? Wir müssen die Menschen auf unseren Kurs bringen.«

Der erste Minister erhob sich. »Ja, ja. Das müssen wir tun.« Während er Jaglani zur Tür begleitete und den Sterbenden hinauskomplimentierte, sagte der Minister mit erhobenem Zeigefinger: »Und denk daran, kein Wort mehr von dieser Krankheit. Du wirst uns alle überleben, ich kenne euch Landvolk, es ist das Essen, das Essen.« Er hatte die Angewohnheit, sich zu wiederholen, wenn er log.

Jaglani ging durch das Vorzimmer, die schmutzige Treppe hinunter und zum Tor hinaus. Mustafa stand in einer Reihe von Autos, die entlang des Gehwegs geparkt waren. Er hatte versagt. Er kehrte nach Dunyapur zurück, ohne sich mit alten Freunden oder Verbündeten zu treffen.

Das Stadthaus in Firoza mit seinen Sesselschonern und den mit Plastikhussen bedeckten Sofas und dem steten Geruch nach gebratenen Zwiebeln deprimierte Jaglani, und doch schienen Düsterkeit und die Atmosphäre der Resignation und Endgültigkeit mit der großen Veränderung übereinzustimmen, die ihm widerfuhr. Er spürte den Krebs als Spannung im Magen, einen brütenden Knoten, der manchmal schmerzte, niemals ganz wegging. Er sehnte sich nach dem Land und nach Dunyapur, wo er geboren war und wo er all die Erfolge errungen hatte, die ihm heute etwas bedeuteten. Er erinnerte sich an den Tag, als er Verwalter geworden war, von K.K. Harouni ernannt, der zu jener Zeit noch reich und sauber und stark gewirkt hatte, anders als alle, die Jaglani je gekannt hatte. Jaglani war einmal mit ihm in einem dahintreibenden flachen Kahn auf dem Fluß auf Entenjagd gegangen, und er erinnerte sich noch heute an die Weichheit des weißen Hemdes, das der Grundbesitzer getragen hatte, und an die Art und Weise, wie das braune Haar in seinem Nacken sich an den Kragen geschmiegt hatte. Harouni hatte ein schönes Jagdgewehr dabeigehabt, sehr leicht, schlank, beinahe ein Spielzeug, allerdings tödlich.

Aber Dunyapur war ihm durch die Anwesenheit Zainabs verleidet. Er bereute es sehr, daß er seinen Söhnen eine Stiefmutter aus dieser Klasse verschafft hatte, eine Dienerin. Er bereute es, seine erste Frau beleidigt zu haben, indem er noch einmal heiratete, eine Dienerin, und auch, daß er diese Heirat geheimgehalten hatte. Seine erste Ehefrau hatte ihm niemals Vorwürfe gemacht, aber nachdem Jaglani es ihr gesagt hatte, war sie rasch gealtert. Sie betete viel, verbrachte die meiste Zeit im Bett, hörte auf, auf sich zu achten. Ihr Körper rundete sich wie ein Reif, wurde nicht fett, setzte aber überall Fleisch an, ein weggeworfener Körper, der sich selbst wegwarf; die alte Frau saß den ganzen Tag im Bett, träumte, vielleicht murmelte sie vor sich hin, wenn sie allein war. Er machte sich Vorwürfe, weil er seinem ältesten Sohn die Tochter weggenommen und sie Zainab gegeben und das kleine Mädchen auf einen so anderen Wurzelstock verpflanzt hatte. Insgeheim und am bittersten warf er sich vor, daß er so schwach gewesen war, eine Frau zu lieben, die ihn niemals geliebt hatte. Er hatte sie zu einem Idol gemacht, hatte sich sexuell an ihren Körper verschwendet, hatte sich einer Frau hingegeben, die nichts zurückgab, es sei denn, auf praktische Weise. Sie war ein Makel auf der Unbeflecktheit seines Lebenswegs, einer Unbeflecktheit, an die er bis dahin immer geglaubt hatte. Sie repräsentierte den Höhepunkt seines Aufstiegs, den Lohn für seine Tugend und seine Strebsamkeit, und zeigte ihm, wie gering alles gewesen war, sein Leben und seine Ambitionen. All dies hatte er weggeworfen, seine Männlichkeit und seine Kraft, für ein Paar Beine, das seine Taille umklammerte, und ein Augenpaar, das ihn durchbohrte und dessen Grund doch leblos war wie ein Stück Folie.

Eines Morgens im April, drei Monate nachdem man den Krebs bei ihm diagnostiziert und ihn zum Tode verurteilt hatte, fühlte Jaglani sich beim Aufwachen besser als gewöhnlich. Inzwischen am Stock, das Gesicht hager und ausdrucksvoller als früher, trat er auf die Veranda, und ohne jemandem im Haus Bescheid zu geben, befahl er Mustafa, ihn nach Dunyapur zu fahren. Sie erreichten die *dera* gerade zu dem Zeitpunkt, als die Sonne über die Schuppendächer hinweg auf den mit Backsteinen gepflasterten Dreschboden zu brennen begann. Die Hühner, die durcheinanderstoben und das verschüttete Getreide aufpickten, der Geruch nach verbranntem Öl, das in den Staub gesickert war, vervollständigten die schläfrige Szene mit ihrem schweren, heißen Aroma.

Nur ein paar Menschen saßen in der Sonne, zwei Buchhalter, ein Wachmann und noch ein, zwei weitere, Faulenzer, die herumlungerten und Tee tranken. Auf der gegenüberliegenden Seite des großen, offenen Hofes fegte eine gebeugte, barfüßige Greisin den Backsteinboden und wirbelte im Sonnenlicht eine Staubwolke auf. Als die Herumsitzenden den Wagen sahen, sprangen sie auf und sagten: »Chaudrey Sahib, Chaudrey Sahib«, als hätten sie etwas zu verbergen.

Mustafa rannte um das Auto herum, um den Schlag zu

öffnen, und Jaglani stieg unter Schmerzen aus, nahm seinen Stock und ging, nachdem er ihre Ehrerweisungen entgegengenommen hatte, ohne innezuhalten und geschäftliche Dinge zu besprechen, zu seinem Haus. Die Männer hatten sich ihm nicht weniger unterwürfig genähert als zuvor, doch weniger furchtsam. Sie wußten, er war zum letzten Mal gekommen, und schon wurden ihre Gefühle ihm gegenüber freundlicher und ihr Respekt aufrichtiger. Mit ihm würde eine ganze Generation von Männern aus Dunyapur abtreten.

Jaglani hatte ein opportunistisches Leben geführt, hatte nach der Macht gegriffen, wo immer er sie unbewacht und in Reichweite gefunden hatte, und hatte deshalb keinerlei sentimentale Bindungen an die Symbole seiner Macht entwickelt, weder an das Land noch an sonstigen Besitz, nicht einmal an die Männer. Als er das stille, dunkle Haus betrat, spürte er zum ersten Mal, daß es ihm leid tat, einen Ort zu verlieren, diese weißgekalkten Wände, diese kleinen Fenster. Er war stark gealtert in diesen vergangenen Wochen, seit die Krankheit an ihm zehrte. Er hatte seine Frau nie geliebt, seine Kinder waren Dummköpfe, und er hatte keine Freunde. Für ihn hatte es kein großes Abschiednehmen gegeben, kein Lebwohl. Er hatte sein Leben unter den Farmern und Landarbeitern dieser Gegend verbracht, oder unter Politikern. Er mochte einige von ihnen, mochte ihre Geschichten oder ihre Intelligenz oder ihre Schläue. Auch wenn er nicht häufig lachte, hatte er eine Rolle gespielt, wenn die Politiker oder die führenden Persönlichkeiten aus der Umgebung von Dunyapur zusammengekommen waren und sich unterhalten hatten. In den frühen Jahren hatte Jaglani am Rand gesessen, dunkel und klug, und in ruhigeren Momenten seine scharfsinnigen Bemerkungen angebracht. Später, als er ein bedeutender Mann geworden war, hörte er immer noch meistens zu, bedeutete aber den Männern um ihn herum, daß sie sich entspannen und offen sprechen könnten, indem er kurze, ein wenig scherzhafte Bemerkungen machte und dabei mit beinahe zusammengepreßten Lippen sprach, die ein Lächeln zurückhielten. Sein gesellschaftliches Leben war nicht über diese Unterhaltungen hinausgegangen. Er hatte im Verein mit anderen Männern gearbeitet, sie benutzt oder sie bekämpft. Alles andere hatte ihn nicht interessiert.

Auf dem Weg in das kleine Wohnzimmer sah Jaglani Licht in Zainabs Zimmer und dachte, sie müsse dort bei dem Kind sein. Er fragte sich, ob jemand aus seinem Haushalt in Firoza angerufen und sie von seinem Kommen unterrichtet hatte. Er wußte, daß sie zu seinen Dienern in der Stadt Kontakte hatte. Sie würde wollen, daß er sie so anträfe, das Kind umsorgend. Die Dunkelheit des Hauses, seine Feuchtigkeit, die in Erwartung seines nächsten Besuchs und seiner nächsten Mahlzeit sorgfältig auf dem Tisch aufgereihten Salz- und Pfefferstreuer und die Tristesse des Zahnstocherbehälters, dessen rosa Plastikhaube sanft schimmerte, erinnerten ihn an die Tage, als er zum ersten Mal begriffen hatte, daß er Zainab liebte, und sie gespürt hatte, daß er sie liebte, und begonnen hatte, in seiner Gegenwart zu lächeln, zu spielen, wenn sie ihm das Abendessen servierte. Er ging leise in ihr Schlafzimmer. Sie lag auf dem weißen Diwan, das Baby neben sich. Er erwartete, daß sie aufspringen, ihm Vorwürfe machen würde, weil er sie so lange nicht besucht hatte, doch sie legte einen Finger auf die Lippen und breitete dann mit sanften Händen eine winzige gestrickte Decke über das Kind. Sie machte sich los, rollte zur Seite, küßte das Kind, stand auf und strich sich mit der einen Hand die Haare glatt und richtete ihr Kopftuch.

»*Salaam*, Chaudrey Sahib«, sagte sie leise. »Laß mich dir einen Tee bringen.« Sie zeigte keinerlei Überraschung, ihn zu sehen.

Ohne seine Antwort abzuwarten, ging sie hinaus. Er stützte sich auf seinen Stock und blickte auf das Kind hinunter, das ausgestreckt auf dem Bauch lag, zu warm angezogen mit Söckchen, einem Pullover und Häkelmütze. Da er müde wurde, ließ er sich schwer auf einen Stuhl fallen. Er liebte sie immer noch, stellte er fest, vermerkte es, als schriebe er sorgfältig etwas in sein Notizbuch. (In letzter Zeit ertappte er sich häufig dabei, daß er das tat, seine Erfahrungen und Gedanken notierte, seine letzten Aufzeichnungen, in ein unsichtbares Notizbuch, stets außerstande, einen Stift zu finden, den Block in der Luft, und mit krakeliger Schrift, unleserlich, etwas aufschrieb.) Er war hierhergekommen, um seiner großen Liebe abzuschwören, und fand nur dies – nur ein kleines Zimmer, das von einer einzelnen Glühbirne erhellt wurde, kühl trotz des Sonnenscheins draußen, und die Frau, die er liebte, die allein da saß und das gestohlene Kind in den Schlaf wiegte, das er ihr gegeben hatte. Er begriff schließlich, daß sie ein einfaches Leben führte, und eine Welle von Mitleid überkam ihn. Er hatte sich vorgestellt, daß sie sich rasch von Aufgabe zu Aufgabe bewegte, und erkannte erst jetzt, wie einsam sie in den letzten Jahren gewesen sein mochte, während sie auf ihn wartete und niemals wußte, wann er kommen würde. Sie hatte um sein Kommen so wenig Aufhebens gemacht, daß er gar nicht auf die Idee gekommen war, daß alle ihre Tage zwangsläufig auf diesen einen Moment hin ausgerichtet waren.

Sie trug die Teeutensilien herein, die Milch dampfte in einem Kännchen, die Zuckerdose war mit einem bestickten Tuch bedeckt. Er hatte dieses geblümte Teeservice auf dem Schmugglermarkt in Rawalpindi für sie gekauft, das unbenutzt mit ihrem anderen guten Geschirr auf einem Regal aufbewahrt wurde. Sie war die einzige Frau, für die er jemals Geschenke gekauft hatte. Sie stellte das Tablett auf einen Tisch neben dem Bett, dann setzte sie sich auf den Fußboden, auf den Rand des

Teppichs, zog die Knie an und schlang die Arme darum. Sie blickte zu ihm auf, das Kinn auf die Knie gelegt. Er bemerkte das Kajal um ihre Augen.

»Man sagt mir, du seist am Sterben«, sagte sie ruhig, als räume sie zwischen ihnen auf.

»Wahrscheinlich.«

Sie kniete sich hin und goß ihm Tee ein, süßte ihn und reichte ihm die Tasse. Er sah zu, wie sie sich auf ihre schlanken Unterschenkel setzte, auf den Teppich, und begriff, daß er sie niemals mehr lieben würde, sie niemals mehr in den Armen halten oder morgens, wenn sie aufwachte, ihr Gesicht sehen würde. Sie redeten über Nichtigkeiten, sie erzählte ihm von den kleinen Tricks des Kindes, erkundigte sich nach der Farm. Es überraschte ihn, daß sie nicht nach ihrer eigenen Zukunft fragte, nach Besitz oder Geld.

Er trank seinen Tee und stand auf, bemüht, sich nicht auf seinen Stock zu stützen.

»Auf Wiedersehen«, sagte er und sah sie an. Als er die Tür erreichte, während sie noch immer auf dem Boden saß, begriff er, daß er es nicht fertigbrachte, daß er mehr sagen mußte, obwohl er sich gesagt hatte, daß er es nicht tun würde. Er erinnerte sich an den Morgen, als er sie geheiratet hatte, unter dem Maulbeerbaum in dem kleinen Hof seines Hauses, wo er in aller Stille die Papiere unterzeichnet hatte, im Hintergrund die Geräusche des Dorfes, Ziegen und ein Lied, das im Radio spielte, und Traktoren, die über die Straße fuhren.

»Ich habe den Jungen gesagt, sie sollen dir etwas geben, wenn ich nicht mehr da bin«, sagte er, ohne sie anzusehen.

»Gut«, antwortete sie mit knapper Stimme.

Beide wußten, daß das gar nichts bedeutete.

Er trat hinaus unter den großen Banyanbaum, wo Mustafa an dem Jeep herumwerkelte, ihn polierte. Die leitenden Angestellten standen auf einer Seite, ohne sich zu unterhalten.

Jaglani stieg in den Jeep und verabschiedete sich leichthin für immer.

In den folgenden Tagen wollte Jaglani etwas für Zainab tun, ein Haus auf ihren Namen eintragen, denn er hatte mehrere in der Stadt, oder ihr ein Stück Land überschreiben. Seine Kinder würden ohnehin so viel bekommen, und nach seinem Tod würde Zainab von allen Seiten angegriffen werden, von den Dorfbewohnern und von seiner Familie. Aber seine Krankheit schritt sehr rasch voran, und der unablässige Schmerz hielt ihn vom Handeln ab. Er wählte den Weg des geringsten Widerstandes, und seine Familie stellte sicher, daß dieser Weg immer auf sie und die Wahrung ihrer Interessen zulief. Die Papiere, die ihr Erbe sicherten, tauchten ohne weiteres immer dann auf, wenn er den Impuls verspürte, sie zu unterzeichnen, während andere Dokumente, die seinen beiden Söhnen nicht paßten, unendlich verzögert wurden. Die Söhne hatten sich darauf geeinigt, daß sie nicht miteinander streiten, sondern den Besitz unter sich aufteilen wollten. Sie einigten sich außerdem darauf, daß sie ihren Vater daran hindern würden, irgendwelche anderen Vorkehrungen zu treffen.

Die Bediensteten schoben Jaglanis Bett ins Wohnzimmer seines Hauses. Mit Ausnahme eines Sofas räumten sie die Möbel beiseite und stellten das Bett in die Mitte und einen mit Medikamenten vollgestellten Tisch daneben. Auf dem Boden standen ein Blecheimer und, sich stark davon abhebend, zwei schlanke, beinahe mannshohe Sauerstoffzylinder, verschrammte Stahlgebilde mit Nickelarmaturen und einer Reihe durchsichtiger Schläuche, die ihn über eine auf der Nase festgeklemmte Kanüle mit Luft versorgten, eine Apparatur, die ihn von denen, die ihn jetzt umgaben, absetzte. Tag und Nacht massierte der eine oder andere Bedienstete Jaglanis Arme und Beine. Jaglani ärgerte sich über die Diener, brachte grausame und unwahre

Beschwerden gegen sie vor, daß sie ihm weh täten, daß sie ihn immer bestohlen hätten. Einer von Jaglanis Förderern, Makhdoom Talwan, kam zu Besuch, ein Großgrundbesitzer aus dem Bezirk, dem gegenüber er sich immer unterwürfig gezeigt hatte. Als dieser Mann nun das Zimmer betrat, legte Jaglani los und sagte ihm, er solle sich zum Teufel scheren, fing an, wegen gestohlener Stimmen und gestohlenem Wasser herumzuzetern, bis er nicht mehr sprechen konnte und keuchend dalag. Die Familie komplimentierte den großen Mann hinaus.

Jeden Tag, wenn das Zimmer einmal, bis auf den diensttuenden Diener, leer war, kam Mustafa, um seine Aufwartung zu machen, einer der wenigen Menschen, die Jaglani mit freundlichen Blicken bedachte. Mustafa zog dann die Schuhe aus und stellte sich mit bloßen Füßen direkt neben die Tür. Jaglani rief ihn zu sich, damit er sich neben das Bett stellte, und sprach ein paar belanglose Worte mit ihm, erkundigte sich nach Dunyapur. Mustafa beantwortete die Fragen sehr kurz und blieb neben ihm stehen, bis er eingeschlafen war.

Jaglani wurde schwächer und wütender, bis jedermann wünschte, er würde sterben. Eines Tages hörte er Unruhe im Vorzimmer, erhobene Stimmen und Türenschlagen. Zainab war gekommen, hatte von Dunyapur aus eine *tonga* genommen und später den Bus, dann war sie zu Fuß allein zu seinem Haus gegangen, am Torwächter vorbei, der nachlässig geworden war und sie beobachtet hatte, ohne sich die Mühe zu machen, von dem Stuhl aufzustehen, auf dem er saß und eine Hookah rauchte. Er kannte sie, denn Jaglani hatte ihn wie alle seine Bediensteten aus dem Dorf ausgewählt.

Der Kranke hörte, wie sie im Vorzimmer zu Shabir, dem Sohn, der herbeigeeilt war, um sie aufzuhalten, sagte: »Nimm deine Hände von mir weg, du kleiner Scheißer. Ich bin seine Frau. Rühr mich nicht an.« Jaglani streckte unter Schmerzen die Hand aus und läutete mit einer Schnur neben seinem Kopfkissen die Glocke. Shabir kam herein und schloß die Tür hinter sich ab.

»Sag ihr, sie soll verschwinden«, sagte der Sterbende. »Ich will sie nicht sehen.« Sie hatte in vulgärstem Punjabi gesprochen, wie es die Frauen über die Mauer zwischen ihren Dorfhütten schrien.

Allein in seinem Bett liegend, außerstande, Schlaf zu finden, hatte Jaglani sich über Tage von Zainab losgesagt. Er hatte seinen Söhnen und seiner Frau, die er nicht liebte, die er niemals geliebt hatte, Unrecht getan. Seine erste Frau und seine Söhne gehörten einer anderen Zeit an, seiner Zeit der Stärke, als die Welt ihm offenstand. Er erinnerte sich an den Fluß, wie er geglitzert hatte in seiner Jugend und in seinem Mannesalter. Er hatte seine erste Frau mit siebzehn geheiratet, als er noch ein Gehalt von lediglich vierzig Rupien verdient hatte, und sie war mit ihm aufgestiegen, hatte seine Mahlzeiten zubereitet, und jetzt, im Alter, war sie ein Abbild seiner Mutter, trug eine verschmierte Brille und stand mit tränenden Augen neben ihm, wenn er aß. Sie würde bald sterben, würde nie wieder glücklich sein. Sie war seit Jahren nicht mehr glücklich gewesen. Zainab würde weitermachen, sie hatte Leben in sich, Vitalität, noch viele Jahre vor sich. Er wollte nicht, daß sie nach ihm weiterlebte.

Mustafa begleitete Zainab hinaus und ging mit ihr zurück durch das Tor und auf die belebte Straße hinaus, wo sich niemand darum scherte, daß Jaglani in dem großen Haus im Sterben lag, und wenn man davon wußte, dachte man nur an die Veränderungen, die kommen, neue Männer, die auf-, alte Männer, die absteigen, Jaglanis Anhänger, die entmachtet werden würden.

Zainab weinte leise und sagte immer wieder zu sich selbst: »Und sie haben mir nicht einmal eine Tasse Tee angeboten.«

Zwei Nächte später starb Jaglani. Der Krebs hatte seine Lymphknoten und sein Gehirn befallen, und er starb unter großen Schmerzen, trotz Morphiums. Ein Mann aus der Stadt kam und bahrte ihn auf, wusch seine Leiche und band ihm mit einem Mullstreifen den Mund zu. Beim Begräbnis, das dem Brauch gemäß vor Einbruch der Dunkelheit abgehalten wurde, standen die beiden Söhne neben Jaglanis Förderer Makhdoom Talwan, dem herrschenden Großgrundbesitzer und Politiker des Bezirks, Mitglied der Nationalversammlung. Makhdoom Sahib sagte zu Shabir: »Und jetzt geht es darum, ob du bei der Nachwahl deinen Sitz verlierst.« Unmittelbar nach dem Begräbnis brachte sein Fahrer den großen Landcruiser-Jeep direkt vor das Tor des alten Friedhofs und schnitt dem Strom der Trauernden den Weg ab. Nachdem er den beiden Söhnen die Hand geschüttelt und beiden durchdringend in die Augen geblickt hatte, fuhr er davon in die hereinbrechende Dunkelheit, ohne zu der Wahl mehr gesagt, ohne seine Unterstützung angeboten zu haben.

Dennoch ging Shabir zu ihm. Die Vorbereitungen für die Nachwahl hatten begonnen, Gruppen von Männern schlossen sich zusammen und gingen herum, bildeten Allianzen, schacherten mit Wählerstimmen, aber nur wenige kamen, um sich mit Shabir zu treffen, und die, die es taten, waren die Leichtgewichte. Der Torwächter von Makhdoom Talwans Haus sprang auf, als er Jaglanis Wagen erblickte, doch Shabir stellte fest, daß der Empfang, der ihm bereitet wurde, je weiter er ins Sanktum vordrang, desto kühler wurde. Talwans persönlicher Assistent ging sogar soweit, vorzuschlagen, Shabir solle am Morgen wiederkommen, zur allgemeinen Audienz. Als er es schließlich geschafft hatte, vorgelassen zu werden, wurde Shabir in einen dunklen Raum gesetzt und gebeten, zu warten. Ein Diener brachte ihm ein Glas Limonade und ließ ihn dann allein. Zehn Minuten später schob sich Makhdoom Sahibs enorme Leibesfülle zur Tür herein, in makelloser weißer *kurta* und mit einem Turban, der so gebunden war, daß ein fransenverziertes Ende wie ein Reiherflügel seitlich an seinem Kopf herabhing.

»Hallo, junger Mann«, sagte er ziemlich beiläufig und nahm gewichtig mit einem kleinen Schnaufer Platz und strich sich mit den Händen über den Bauch, als wollte er Krümel wegfegen. »Und wie geht es dir? Wie gestaltet sich die Lage?«

Er stellte seelenruhig ein paar Fragen, hörte zu, schien zu billigen, daß Shabir ihn »Onkel« nannte. Dann, als in der Unterhaltung eine Pause entstand und Shabir im Begriff war, seine Bitte zu vorzutragen, wandte Makhdoom Sahib sich mit hartem Blick ihm zu.

»Mein Junge, unsere freundschaftlichen Beziehungen sind eine Sache, Politik ist eine andere. Ich möchte, daß du die Situation verstehst.« Er hielt nachdenklich inne. »Laß mich dir eine Geschichte erzählen. Du erinnerst dich vielleicht an Jam Rasheed, den berühmten ersten Minister von Sindh. Er regierte eine ganze Provinz, sogar noch härter, als dein Vater Dunyapur regierte, mit einer Peitsche aus gutem altem Büffelleder. Landauf, landab gehorchte ihm jeder, und die, die es nicht taten, starben bei Zusammenstößen mit der Polizei oder verschwanden oder verloren ihr Land an Fabriken. Dann, auf dem Höhepunkt seiner Macht, arrangierte er die Hochzeit seiner Tochter. Auf seinem Land errichteten vom Staat bezahlte Arbeiter eine riesige Zeltstadt und Pavillons für die Gäste – sie gaben haufenweise Regierungsgelder aus. Madame Noor Jahan kam aus dem Ruhestand, Nusrat spielte, alles. Die Vorbereitungen waren ungeheuerlich, geradezu königlich.

Jam Sahib hatte seine Leute und Kreaturen, wie solche Männer das zu haben pflegen – frisch gekürte Industriebarone und Politik-Millionäre, die aus bescheidenen Familien stammten –, und diesen Herren wurde zu verstehen gegeben, daß Luxusautos, Spezialanfertigungen von Mercedeslimousinen oder die neuesten Jeep-Modelle als Geschenke akzeptabel wären. Die Wagen rollten pflichtschuldigst auf den neu angelegten Straßen an und wurden auf einem speziellen Gelände geparkt, damit alle sie sehen konnten. Dann, am zweiten Tag der Festlichkeiten, während er einem prachtvollen Abendessen präsidierte, stürzte Jam Sahib plötzlich vor der versammelten Menge zu Boden. Ein Schlaganfall machte ihn unfähig zu sprechen und lähmte ihn einseitig. In jener Nacht, im Schutz der Dunkelheit, schlich sich eine merkwürdige Prozession aus der Zeltstadt davon. Die Wagen, die als Geschenke gekauft worden waren, schlichen davon, um weder von Jam Sahib noch von seiner Tochter jemals wieder gesehen zu werden.«

Makhdoom Talwan stand auf. »Denk über diese Geschichte nach, und dann denk über deine Lage nach. Dein Vater ist nicht mehr, aber dennoch bist du ein glücklicher Mann, denn dein Vater hat dir sehr viel Land und sehr viel Geld hinterlassen. Genieße, was du hast, und lerne zu verstehen, wo dein Platz ist. Und, am wichtigsten von allem, laß dir nicht wegnehmen, was jetzt dir gehört. Das Wichtigste für dich muß sein, daß du in Sicherheit bist. Ich spreche zu dir als der Ältere, und ich gebe dir diesen Rat als Rückzahlung für die vielen Jahre der Unterstützung, die dein Vater mir gewährt hat. Auf Wiedersehen.«

Ein paar Tage später schickte Makhdoom Talwan eine Gruppe zweitrangiger Politiker zu Shabir, die ihn aufforderten, bei der Nachwahl zugunsten eines anderen Mannes zu verzichten, eines geschmeidigen Rechtsanwalts aus der Stadt. Sie alle versprachen, bei der nächsten Wahl Shabir zu unterstützen, wenn er sich nur jetzt zurückzöge, und brachten ihn sogar dazu, an einer politischen Versammlung des Anwalts teilzunehmen. Die Menge, die mit Lastwagen aus den benachbarten Dörfern herangekarrt worden war und Lust auf einen Spaß verspürte, mampfte Erdnüsse und Süßigkeiten – jahrelang ignorierten oder beschimpften die Politiker die Landbevölkerung, und in den Wahljahren beschimpften die Leute dann die Politiker. Aufs Podium gerufen, nahm Shabir seine Brille aus dem Etui, setzte sie auf und blickte in eine Meute grinsender und unfreundlicher Gesichter. Er hatte kaum zu seiner kleinen Rede angesetzt, in der er zur Unterstützung des Anwalts aufrief, als hinten im Saal jemand laut furzende Geräusche machte und ihn zum Verstummen brachte. Zwei Männer, weit voneinander entfernt, begannen, sich gegenseitig etwas zuzuschreien.

»Hallo, Bruder. Was hast du da?« bellte der eine.

Der andere Mann hielt eine riesige Gurke hoch. »Weißt du, was man sagt? Die Welt ist wie eine Gurke. Heute hast du sie in der Hand, morgen hast du sie im Arsch.«

»Nun, mein Freund, das ist wahre Poesie. Etwas wie eine Metapher – das hast du mit dem ehrenwerten Sprecher dort auf der Bühne gemeinsam, schätze ich.«

Auf diese Art machten die beiden weiter, bis der Anwalt-Kandidat schließlich aufstand und Shabirs Arm ergriff und ihn vom Podium zu den Autos komplimentierte, sich entschuldigte und sagte, sie würden definitiv herausfinden, wer diesen Aufruhr angezettelt hätte, sie würden den Dingen auf den Grund gehen, egal, wohin die Spur führte, und die Schuldigen gründlich bestrafen.

Als er aus dem Stadion gefahren wurde, kribbelte Shabirs Haut vor Scham, sein Gesicht juckte, und um die Stille erträglicher zu machen, trommelte er mit den Fingern auf das Fensterbrett. Widerstrebend fiel sein Blick auf Mustafas undurchdringliches, ausdrucksloses Gesicht – dieser einzige Weggefährte seines Vaters bei dessen Triumphen. Morgen werde ich zuallererst diesen Mann feuern, versprach er sich.

Von einem brennenden Mädchen

Ich bin Strafrichter am obersten Gericht in Lahore. Damit Sie meine Position in diesen Ereignissen verstehen, sollte ich Ihnen gleich zu Beginn sagen, daß ich trotz meines Berufes nicht an Gerechtigkeit glaube und auch nicht mehr länger von dem Wunsch beseelt bin, das zu sein, was wir während des Jurastudiums »ein Schwert Gottes« nannten; auch gebe ich nicht vor, eine völlig saubere Weste zu haben, bin also nicht in einer Position, das Rechtssystem anders als mit einer gewissen Toleranz zu betrachten. Ich fälle Entscheidungen, die unter dem Druck zustande kommen, der von den betreffenden Parteien auf mich ausgeübt wird.

Ein paar weitere Worte zu meiner Person: Meine Frau, um es ganz deutlich zu formulieren, ist ein zänkisches Weib. Sie beharrt einigermaßen wahrheitsgetreu darauf, daß ich ohne sie immer noch ein Anwalt ohne Mandate wäre, der die Gerichte nach Klienten durchforstet oder sich geräuschvoll an der Gerichtsschranke bemerkbar macht und vor Richtern im Staub kriecht, deren größter Ehrgeiz morgens beim Erwachen es ist, sich zu einem guten Preis zu verkaufen. Das Auto, das ich fahre, ist eine weitere meiner Prüfungen. Ich passe hinein wie ein Orang-Utan in einen Reisekäfig; doch im Moment, mit einem öffentlich bekannten Gehalt von vierzehntausend Rupien, bin ich nicht so vermessen, mir ein größeres anzuschaffen. Das große, wenn auch heruntergekommene Haus, in dem ich lebe, wurde von den Briten gebaut. Meine Frau bekam es als unseren Wohnsitz zugewiesen, nachdem sie einen Monat lang im Wohnzimmer ihres zweiten Cousins, eines stellvertretenden zweiten Sekretärs, kampiert hatte, und unsere größte Angst besteht darin, daß jemand, der höhergestellt ist als ich, dieses Haus sieht, es haben will und für sich beansprucht. Ich blicke auf den kleinen braunen Rasen hinaus, ohne Blumen, da wir nicht zu viel Aufhebens machen wollen, indem wir Gärtner einstellen, und höre, wie meine Bälger hinter mir Unfug anstellen, und so sehen meine Abende aus.

In meinem Haus gibt es drei Bedienstete, einen Koch, eine Putzfrau und einen Boten. Alle drei haben den dumpfen Gesichtsausdruck von Bediensteten eines bescheidenen Haushalts wie des meinen: richtig unehrenhafte Diener der Sorte, die gegen Erkältungen immun ist, aber wegen Verdauungsbeschwerden Martern erleidet, arbeiten für respektablere Männer als mich. Ich glaube, der Koch hat ein Techtelmechtel, wie sie es nennen, mit der Putzfrau, obwohl er irgendwo oben in Kohat Frau und Kinder hat. Der Bote, mit Namen Khadim, ist ein Junge von zwanzig aus einem der Dörfer in den Tälern nahe Abbotabad. Er hat keinerlei Persönlichkeit. Er putzt, paßt auf die Kinder auf, wäscht das Auto, gießt die wenigen Pflanzen, die an der Auffahrt aufgestellt sind, bringt mir in einem Behälter das Mittagessen ins Büro, legt mir meine Kleider zurecht, und dies alles mit einem kummervollen Gesichtsausdruck, der zum Charakter des Hauses paßt, das nach Küche und feuchten Wänden riecht und das meine Frau mit kleinen Glasobjekten verschönert hat, einer steten Quelle von Streitigkeiten, da die Kinder sie immer wieder kaputtmachen. Der Bote ist von schwerfälliger Freundlichkeit und arbeitet mit gezügeltem Tempo, aber stetig. Er hat zu nichts eine Meinung und keinerlei Zerstreuung, zumindest keine, die mir bekannt wäre, obwohl ich mich als Richter häufig über die Verhaltensweisen scheinbar netter Menschen wundere. Kurz gesagt, er ist der ideale Diener.

Khadim bekommt jedes Jahr eine Woche Urlaub zugestanden, den er in seinem Dorf oben in den Bergen verbringt. Eines Tages kam ich aus dem Büro, machte meinen Spaziergang in den Lawrence Gardens – ich habe Gewicht zugelegt – und setzte mich mit einer Zeitung. Der Junge brachte den Tee, strich die Serviette glatt, fragte, ob er mir eine Tasse eingießen solle – er warb um meine Aufmerksamkeit. Er wollte nicht gehen, und schließlich blickte ich ihn über meine Brille hinweg an, eine Gewohnheit, die ich mir im Gerichtssaal zugelegt habe, und fragte ihn, ob er etwas sagen wolle.

»Sir, ich muß nach Hause«, sagte er.

Dieses »muß« wirkte. »Vielleicht«, sagte ich, »hast du nicht mehr das Bedürfnis nach einer Position in diesem Haus?«

»Ich bin seit vielen Monaten nicht zu Hause gewesen, Sir. Meiner Mutter geht es nicht gut.«

»Ich sehe schon, zusätzlich zu ihrer jährlichen Krankheit. Mir ist es einerlei, geh und frag die Dame des Hauses – obwohl es nichts nützen wird.«

Seltsamerweise stimmte sie zu, obwohl sie normalerweise Monate vorher Bescheid wissen muß, bevor sie den Bediensteten freigibt. Ich weiß eigentlich nicht, wie er sich diese große Ausnahmebewilligung verdient hat – noch will ich es wissen. Der Junge ist hübsch; und man muß sich nur ansehen, wie sie ein Brathühnchen zerlegt, um die Tiefen oder Höhen ihrer Fleischlichkeit zu erkennen. (Wenn ich die beinahe zwanzig Jahre zurückdenke bis zu unserem ersten Häuschen, den kahlen Zimmern und den Küssen – Küssen! –, die ich ihr schenkte, fällt mir auf, wie wenig ich diese eiserne Lady kannte, oder auch mich selbst.)

Zwei Tage später erhielt ich einen Anruf vom Bruder des Jungen, einem nutzlosen Kerl, der regelmäßig nach Lahore kommt und die Küche putzt.

»Und wie, frage ich dich, kommt es, daß du dich erdreistest, mich im Büro anzurufen?«

»Sir, vergeben Sie mir. Khadim ist in Abbotabad verhaftet worden wegen Mordes an meiner Frau. Er ist angeklagt, sie mit Kerosin übergossen und angezündet zu haben.«

»Ah ja.« Ich hielt inne und dachte nach. »Das ist eine alte Geschichte. Der explodierende Herd. Was kann ich in dieser Sache tun?«

»Sir, Khadim hat Ihnen gedient seit der Zeit, als er sich zum ersten Mal rasieren mußte. Die Polizei wird unter Druck gesetzt, ihn zu schlagen.«

»Ich nehme an, er wird gestehen.«

Keine Antwort.

Ich sagte dem Bruder, er solle den nächsten Bus nach Lahore nehmen, und legte auf.

Als ich am folgenden Morgen erwachte, gab es keine Eier. Der Koch hatte keine besorgt. Er sagte mir, Khadim habe immer die Eier gekauft. Ich saß da und aß Toast mit Orangenmarmelade, goß mir eine zweite Tasse Tee ein und nahm mir dann die *Pakistan Times* in ihrer unbefleckten Jungfräulichkeit vor und atmete tief den Geruch nach feuchter Druckerschwärze ein. Ich lese diese Zeitung mit Genuß, da sie mir absolut keine Informationen gibt außer denen, die von der Regierung befördert werden. Sie ruiniert nie meinen Vormittag.

Rasiert und geduscht, strahlend, wie ich mich selber gerne sehe, machte ich meiner Frau meine Aufwartung, die jeden Morgen im Bett liegen bleibt, an ihrem Tee nippt und den vor ihr liegenden Tag plant, und ging dann weiter auf die Veranda, wo im kühlen Dämmerlicht das Auto stand. Der Schlüssel zu meinem Morgen lautet Ordnung. So ging ich exakt fünf Minuten früher hinaus als gewöhnlich, um mit Khadims Bruder zu sprechen, der mich erwartete, wie ich es vermutet hatte.

Der Mann ist von einem Typus, dem ich im Gerichtssaal häufig begegne, gekennzeichnet durch einen glänzenden Schnurrbart, außerordentlich saubere und gebügelte Kleidung, eine abgenutzte und unvermeidlich braune Aktenmappe in der Hand, aus der er einen Haufen Papiere zieht, um seinen Argumenten Gewicht zu verleihen, Papiere, die die Angelegenheit nur zusätzlich komplizieren. Seit ich dem Richterstand angehöre, ist es eine kleine Schwäche von mir, gegenüber Menschen, die auf mich angewiesen sind, Allüren an den Tag zu legen. Ich reichte ihm die Hand mit lockerem Handgelenk, als erwartete ich, daß er sie küßte, und stand da, eine Ferse lässig aufgestellt.

Er begann mit den üblichen Ergebenheitsformeln, erkundigte sich nach Madame, den Kindern, meiner Gesundheit.

Ich schnitt ihm das Wort ab. »Ja, ja. Jetzt erzähl mir, was passiert ist. Ich habe nur ein paar Minuten.« (Eine Ungeheuerlichkeit! Ich hatte die Absicht, den Morgen, wie so häufig, mit Teetrinken und der wirklich sorgfältigen Lektüre der restlichen Zeitung zu verbringen. Mein persönlicher Sekretär erledigt den größten Teil meiner Arbeit.)

»Im Haus meiner Familie hat es einen Diebstahl gegeben, Euer Ehren.«

»Und was habt ihr verloren?«

»Das ganze Geld meines Vaters.«

Das konnte kaum viel sein. Der Vater des Jungen kocht für irgendeine Landbesitzersfamilie, eine Sorte, die ich gut kenne – viel Etikette und wenig Geld. Die Bediensteten in diesen Haushalten sind raffgierig wie Geier. Dennoch, wieviel konnte er eingesteckt haben?

»Und wieviel …?«

»Dreihunderttausend Rupien und vier Garnituren Goldschmuck.«

Mein Gott, dachte ich, der alte Mann müßte Polizist gewesen sein, nicht Koch. Das ist eine ordentliche Summe, um sie einzustecken, sogar wenn sein Herr ein Dummkopf ist.

»Aber natürlich. Zweifellos die Früchte langer und treuer Dienste, nicht wahr?«

Der Mann sagte nichts, schaute nur auf seine Füße.

Nachdem ich ihn einige Zeit hatte schmachten lassen, fragte ich: »Und was ist passiert?«

»Sir, mein Vater hat fünfzig Jahre für ein und dieselbe Familie gearbeitet. Er hat Geld zur Seite gelegt, und mit einem Teil davon hat er Gold gekauft und verwahrte alles in einer Blechtruhe in dem Haus, das er in unserem Dorf gebaut hat, versteckt zwischen sieben Blechtruhen voller Kleider.«

»Auf die all diejenigen, die dort geblieben sind, genau aufgepaßt haben. Aber nicht genau genug.«

»Ja, Sir. Wie Sie wissen, Sir.« Er hielt die Hände vor der Brust verschränkt, in der einen Hand die braune Mappe. Ich entschied, ihn die Geschichte erzählen zu lassen und es ihm zu ersparen, ihn mit Fragen zu bombardieren, wie ich es häufig tue, wenn ich Idioten wie ihn bis zur Lächerlichkeit abkanzle.

»Nun, Sir, eines Morgens erwachten wir, das muß am Dienstag gewesen sein, vor zwei Tagen, und jemand hatte die Kisten aufgebrochen, die wir in der kleinen Küche aufbewahrten, und hatte das Geld und den Schmuck herausgenommen. Die Polizei kam und stellte Fragen – wir riefen sie sofort an, sobald wir herausgefunden hatten, daß der Zaster verschwunden war. Zuletzt sprachen sie mit meiner Frau, der Verstorbenen, aber bei Einbruch der Dunkelheit waren sie noch nicht fertig. Zu unserem Dorf dort oben in den Bergen führt keine gute Straße, und sie gingen und sagten, sie würden am nächsten Tag wiederkommen.

In jener Nacht schliefen wir wie gewöhnlich auf der Terrasse vor dem Haus. Mitten in der Nacht wachte ich auf und sah meine Frau neben mir auf dem Boden sitzen. Neben ihr die leere Kerosinflasche und in der Hand das Streichholz, das sie in Brand setzte. Ein schmerzlicher Anblick, Euer Ehren, sie brannte wie Feuerwerk. Sie hat Selbstmord begangen. Ich rannte zu den Nachbarn, um Hilfe zu holen. Vor dem Haus ist ein steiler Abhang, und dort ist sie hinuntergestürzt, Flammen bis in die Bäume hinauf, und schließlich ist sie zu Boden gefallen, auf die Seite, und hat mit den Beinen gestrampelt, ungefähr wie die Zeiger einer Uhr. Als ich zurückkam, war sie nicht einmal mehr ein Mensch, mit einer klebrigen Flüssigkeit bedeckt, aber immer noch am Leben. Wir trugen sie zur Straße und nahmen dann einen Laster ins Krankenhaus nach Abbotabad. Sie starb einfach nicht. Ein paar Stunden später kamen ihr Vater und ihr Bruder und brachten einen Polizisten mit. Der Polizist nahm eine Falschaussage von ihr zu Protokoll, daß Khadim sie angezündet habe, und jetzt sitzt er im Gefängnis. Ihre Familie hat die Polizei bezahlt, damit sie ihn schlagen, aber wir haben ebenfalls bezahlt, deshalb haben sie bisher noch nichts unternommen, außer ihn ein wenig herumzustoßen.«

»Hmm«, sagte ich und brachte meine verschränkten Hände an die Lippen, um tiefes Nachdenken anzuzeigen. »Wie viele Zimmer hat noch einmal euer Haus?«

»Zwei, und dann die Terrasse, wo wir im Sommer schlafen.«

»Waren die Truhen verschlossen?«

»Ja, Sir.«

»Und wie viele Menschen schliefen in der Nacht auf der Terrasse, als die Truhen durchwühlt wurden?«

»Wir alle. Ich, meine Frau, mein Bruder – er war in jener Nacht gerade aus Ihrem Haus auf Urlaub gekommen, Euer Ehren – und seine Frau und fünf Kinder.«

»Und natürlich waren in der Nacht, als der Selbstmord geschah, dieselben Leute da.«

»Ja, Sir.«

»Was ist wirklich passiert?«

Er gab einen kleinen Seufzer von sich, ehe er loslegte, als bedauere er die Verrücktheit der Welt.

»Meine Frau und ihr Bruder, der im Nachbardorf wohnt, haben das Geld gestohlen. Ich hätte es nicht von ihr gedacht, Sir. Sie ist, oder war, sehr schwach, schwach im Kopf. Die Polizei hat sie erschreckt, und sie bekam es mit der Angst, was sie mit ihr anstellen würden. Schlicht Angst und Scham, das war es. Jeder weiß, wie es Frauen in Gefängnissen ergeht.«

»Und was, schlägst du vor, soll ich tun?«

»Sir, Sie sind Richter, wenn Sie mit Ihrem Richterkollegen in Abbotabad ein Wort sprechen, wird er den Fall richtig beurteilen. Khadim hat Ihr Salz gegessen.«

»Und wer wird für all das aufkommen? Der Richter, egal, wie geneigt er mir ist, wird geschmiert werden müssen, wenn er seine Arbeit tun soll. Und dann werdet ihr einen Anwalt brauchen, Gerichtskosten, Trinkgelder für die Assistenten des Richters und vor allem etwas wirklich Großartiges für die Polizei.«

»Mein Vater arbeitet für Mr. K.K. Harounis Neffen in Islamabad. Sie müssen ihn kennen, Sir. Seine Frau ist Amerikanerin, und sie hat bereits versprochen, zu helfen, wo sie kann.«

»O ja, ich kenne die Harounis. Ausgezeichnet. Dein Vater arbeitet für den sprichwörtlichen dummen Sohn eines reichen Vaters. Genug. Für mich ist die Sache, wie du weißt, eine Familienangelegenheit. Sag deinem Vater, er soll herkommen und mich aufsuchen. Und geh zurück nach Hause. Ruf mich übermorgen an, morgens, Punkt zehn Uhr.«

Ich wandte mich ab und ging zum Auto. Er trottete hinter mir her, weniger gelassen als vorher, und als ich die Tür öffnete, fiel er zu Boden und legte mir seine Hände auf die Füße.

Ich hieß ihn aufstehen. »Ich werde dir zwei Fragen stellen, aber ich möchte nicht, daß du sie beantwortest. Erstens, wie konnte in einem Haus mit zwei Zimmern jemand sieben Truhen aufbrechen, ohne gehört zu werden? Klopf einfach mal gegen eine Blechtruhe – ganz zu schweigen vom Aufbrechen des Schlosses –, und es hallt wie Donnerschlag. Zweitens, warum hast du nicht versucht, die Flammen zu löschen? Deine Frau muß lange Zeit gebrannt haben, und sie muß die ganze Zeit wie eine Verrückte geschrien haben, so daß du unmöglich schlafen konntest. Ihre ersten Schreie hätten dich geweckt, bevor sie sich so schlimme Verletzungen zuzog. Warum bist du zu den Nachbarn gerannt, anstatt ihr zu helfen? Denk darüber nach.«

Als ich pünktlich um fünf aus dem Büro zurückkehrte, rief mich meine Frau ins Wohnzimmer, wo sie mit einer alten Dame zusammensaß, einem ihrer ›Projekte‹, jemandem, von dem sie etwas wollte. Dem riesigen Landcruiser-Jeep unseres Gastes nach zu urteilen, der auf der Veranda parkte, mußte sie die Frau eines *dicken Fisches* sein. So lautet der Begriff; oder auch *hohes Tier*. Man stelle sich meine Frau als Lady Macbeth des armen Mannes vor, und man ist im Bilde.

Die Dame verabschiedete sich, nachdem sie zu seidiger Glätte gestreichelt worden war, und meine Frau wandte ihren Blick nun gelassen mir zu.

»Was hörst du von Khadim? Irgendwelche Neuigkeiten?«

Ich erklärte es ihr, so knapp es ging.

»Und was werden wir unternehmen?«

»Zunächst sollten wir wohl ein wenig vom Geld des jungen Harouni unter die Leute bringen. Ein Dummkopf und sein Geld etcetera. Zweitens handelt es sich natürlich nicht um einen Selbstmord. *Jemand* hat die arme Frau umgebracht. Die Polizei hat eine Aussage vom Totenbett. Falsch oder nicht, er wird dafür hängen.«

»Nein, nein«, sagte sie und wischte die Fakten beiseite. »Unsinn. Gute Bedienstete sind schwer zu finden.« Sie überlegte kurz. »Du mußt, und zwar umgehend, Mian Sarkar schikken.«

Und so stieg am nächsten Morgen mein Assistent, Mian Sarkar, mit Lammfellmütze, kunstledernem Aktenkoffer, Brille und dreiteiligem Anzug in den klimatisierten Bus nach Abbotabad, eine zehnstündige Reise. Das hätte er für niemand anderen getan als für sie.

Bei den beiden Streitrössern, die meine Karriere auf der tückischen Straße der pakistanischen Richterschaft rasch voranbrachten, handelt es sich um meine Frau und um Mian Sarkar. Beide sind, in jeweils unterschiedlichen Bereichen, unvergleichlich. Meine Frau kennen Sie bereits. Mian Sarkar verdient nicht nur eine knappe Skizze, sondern eine Biographie in zwei Bänden – wenn es überhaupt möglich wäre, jenseits seines gegenwärtigen Ranges und seiner Position etwas über ihn in Erfahrung zu bringen. Soweit ich weiß, trug Mian Sarkar an dem Tag, als er aus dem Mutterleib kam, einen billigen dreiteiligen Anzug und eine bereits damals schon ein wenig altmodische, leicht getönte Brille. Wenn er abends Punkt fünf Uhr das Büro verläßt, biegt er nicht um eine Ecke oder steigt in ein Taxi oder einen Bus, er löst sich einfach in Luft auf. Niemand weiß auch nur, in welchem Stadtteil er wohnt, noch viel weniger kennt man seine Adresse. Er trinkt nichts als Milch, exakt ein Glas jeden Tag zum Mittagessen, und seiner Verdauung zuliebe ißt er jeden Tag nur ein einziges Käsesandwich, aus entrindetem, ungetoastetem Weißbrot, das ihm von einem Jungen aus einer Teebude gebracht wird. Sie müssen diesen Käse extra für ihn auf Vorrat halten. Ehe er etwas sagt, räuspert er sich mit einem kleinen Summen, als zöge er seine Stimmbox aus der Tiefe herauf, wo er sie sicherheitshalber verwahrt. Sein stärkstes Merkmal ist jedoch seine Nase, ein fleischiges, röhrenförmiges Ding, kräftig durchblutet, in das ich schon immer gerne einmal hineinkneifen wollte in der Hoffnung, er würde dann hupen wie ein Bus.

Das wäre eine verhängnisvolle Tat! An den Gerichtshöfen von Lahore gibt es nichts, was er nicht in sich aufgesogen hätte, denn derart detailversessenes Wissen kann nur durch Osmose gewonnen werden. Über alles und jedes, aus dem Privatleben der Richter wie der Angestellten bis hinunter zum niedrigsten Aufwischer, weiß er wie nebenbei Bescheid. Er kennt die Urteile in den einzelnen Verfahren, ehe sie niedergeschrieben werden, ehe sie überhaupt gefällt werden. Er betrachtet die Stadt wie ein Panoptikum, simultan, und wenn er Methode und Motiv und den Schuldigen eines Kriminalfalls nicht offenlegt, dann nur deshalb, weil er mächtiger ist, wenn er es sein läßt. In seiner undurchdringlichen Brust verschlossen ruhen sämtliche Aufstände und Ungeheuerlichkeiten aus der Vergangenheit und vielleicht auch der Zukunft, und wenn seine freundliche Gestalt abends aus den Gerichtshöfen tritt und sich in der Menge der Mall verliert, fühle ich mich auf irrationale Weise an Lenin erinnert, der 1917 am Finnischen Bahnhof aus dem Zug stieg. Er ist ein Mann von geheimen Kräften und einer, der große Ereignisse in Gang setzt. Dies ist der Bazillus, den meine Frau entsandte, um Khadims Fall so zu lösen, wie sie ihn gelöst haben wollte. Mächtigere Männer als ich fürchten ihn.

Als ich am nächsten Abend durch das Tor meines Hauses fuhr, eine durchhängende hölzerne Angelegenheit, die einmal grün gestrichen und in kolonialen Tagen vielleicht einmal Schaukel englischer Kleinkinder gewesen war, begegnete ich neben der Vorhalle einem alten Mann, der mit der zeitlosen Geduld eines Landarbeiters oder alten Dieners dort stand, als stehe er bereits den ganzen Tag da. Er trug ein zerschlissenes weißes Scheitelkäppchen, schmutzige Kleidung, einen ärmellosen Pullover und Schuhe mit Kreppsohlen, die einseitig abgelaufen waren, was beide Füße in eine merkwürdige Schräglage brachte. Die tiefen Furchen in seinem Gesicht verliefen ohne klare Ordnung, keine, die der Muskulatur oder den Gefühlen entsprochen hätte, die er zeigen mochte, sondern sie gingen von den verschiedensten Punkten aus. Der übergroße Kopf saß schwer auf den Schultern, wie eine Sandburg am Strand, nachdem das Wasser darüber hinweggespült ist.

Ich öffnete die Wagentür, schloß sie sorgfältig und ging auf ihn zu. Er senkte den Kopf, blickte unter seinen Augenbrauen zu mir auf und grüßte schnell und feierlich, die Hand zur Faust geballt.

»*As-salaam uleikum*, Baba«, sagte ich.

»*Salaam*, Sahib.«

»Du bist der Vater von Khadim.«

»Ja, Euer Ehren.«

Anhand seiner Sprache und seines Benehmens erkannte ich in ihm einen Diener alten Schlages, jenen Typus, der implizit an das Recht seines Herrn glaubt, bedient zu werden. Sie sind heute unmöglich zu finden, außer man besitzt Land und holt sich einen Mann aus dem eigenen Dorf, und auch dann muß man einen Einfaltspinsel aussuchen, einen wahrhaft antiquierten Kleinbauer.

Ich wartete, aber er sagte nichts. »Du kommst«, begann ich, »wegen deines Jungen? Möchtest du, daß ich etwas unternehme?«

»Sie können alles tun, Sir. Ich verstehe es nicht. Sie haben mein Geld genommen, Sir, alles, was ich hatte. Ich werde verhungern.«

»Wer hat dein Geld genommen?«

»Das weiß Gott allein, Sir.«

»Was ist passiert?«

»Meine Schwiegertochter, sie wurde verrückt. Sie hat sich umgebracht.«

»Was soll ich tun, wie kann ich helfen?«

»Die Familie des Mädchens, wenn sie zustimmt, wird die Polizei meinen Jungen freilassen.«

»Und, wird sie zustimmen?«

»Niemals, Sir, nicht in tausend Jahren.«

Ich verlor allmählich die Geduld. »Und was ist mit der Aussage des Mädchens, Khadim habe sie umgebracht?«

»Ihr Vater hat ihr gesagt, daß sie das sagen soll. Sie haben es ihr gesagt.« Er fing an zu schluchzen, sein Gesicht war lang und dunkel, wie das eines Droschkenpferds im Regen. Seine Schultern zuckten, aber in seinen Augen waren keine Tränen, und er rang nicht die Hände, die an seinen Seiten herabhingen.

»O Gott, o Gott, ich werde verhungern, ich werde sterben, ich will sterben.«

Ich konnte es nicht ertragen, ich legte den Arm um ihn. Er erinnerte mich an den alten Mann, der mich aufgezogen hat, auf dessen Schoß ich saß, mit den schwieligen Händen und einem Ring mit einem billigen roten Stein, der mich mit in den Zoo nahm und mir die Hirsche zeigte, mich auf seine Schultern nahm, damit ich über den Zaun schauen konnte.

»Weine nicht, Baba, weine nicht.« Ich war peinlich berührt. »Die Sache mit deinem Jungen wird sich regeln.«

»Er ist ein guter Junge, er ist der einzige, der andere ist ein Taugenichts.« Er wischte sich die Augen, in denen jetzt die Tränen standen wie Wasserspritzer. »Sie haben mir mein Geld genommen«, schluchzte er mit gesenktem Kopf.

»Warte, einen Augenblick. Ist dein Herr wirklich willens, eine große Summe Bares auf den Tisch zu legen?« Ich mußte diese Frage stellen.

»Ich diene seit achtundfünfzig Jahren, erst dem großen Sahib, jetzt dem kleinen.«

»Geh hinten ins Haus«, sagte ich. »Sie werden dir einen Tee geben. Ich bringe die Sache in Ordnung.«

Er ging fort, ohne mir die Hand zu schütteln, ohne mir zu danken, mit eingesunkenen Schultern und schlurfenden Schrittes, unter Tränen.

Am übernächsten Morgen betrat Mian Sarkar zur üblichen Zeit mein Büro, wie immer fünf Minuten, nachdem ich selbst eingetroffen war, und setzte sich ordentlich an seinen Schreibtisch. (Nach mir zu kommen, wenn auch nur so knapp, ist die einzige Extravaganz, die er sich leistet.) Er schlug die Akten nicht auf, die vor ihm lagen, würde aber jede Frage, die ich mir vielleicht anmaßen würde, zu ihrem Inhalt zu stellen, exakt beantworten.

Ich behandle ihn immer mit ausgesuchtester Höflichkeit. »Mian Sarkar, ich hoffe, Sie hatten eine angenehme Reise?«

»Die Straßen dürften besser sein, Sir.«

»In der Tat. Und bei Ihrer Rückkehr fanden Sie zu Hause alles in Ordnung?«

»Keine Überraschungen, Sir.«

»Natürlich.«

Ich zog mich in mein Zimmer zurück, um nicht ungeduldig zu erscheinen. Eine halbe Stunde später rief ich ihn herein.

»Mian Sarkar«, fing ich an, »wären Sie so freundlich, die Lage in … wie war noch einmal der Name des Dorfes … zu erklären?«

»Parian, Sir.« Er legte die ineinanderverschlungenen Hände auf die Knie und räusperte sich. Er hat die Angewohnheit, sich immer auf die Stuhlkante zu setzen, als wollte er jeden Moment wieder aufspringen. »Um es kurz zu machen, Sir, die Verstorbene hat nicht Selbstmord begangen. Sie wurde umgebracht. Der Junge ist jedoch nicht der Mörder, obwohl er anwesend war und nicht einschritt.«

»Ausgezeichnet, oder eher, gut. Und der –«

»Der Ehemann hat sie umgebracht. Wie immer hatte es in

der Familie Schwierigkeiten gegeben. Der alte Mann drohte, sein Geld zu nehmen und sich in Islamabad zur Ruhe zu setzen. Der ältere Bruder rief den jüngeren nach Hause, damit sie das Geld gemeinsam stehlen könnten und nicht einer von beiden sich berufen fühlen würde, die Partei des Vaters zu ergreifen. Die Männer und ihre Frauen stahlen alle gemeinsam. Selbstverständlich hatte ich keine Zweifel, daß die Söhne das Geld gestohlen und das Mädchen umgebracht hätten. Nur die Frage, weshalb sie sie umbrachten, war noch offen. Die brutale Methode, die sie für sie wählten, ließ ich als bedeutungslos beiseite.

Die Fakten stellten sich wie folgt dar. Die Polizei, die von den Brüdern nur gerufen worden war, um pro forma eine Untersuchung des Diebstahls vorzunehmen, erkannte die Möglichkeit, die Situation auszunutzen und sich den Löwenanteil an dem Diebesgut zu sichern, und begann mit ungewohnter Energie zu agieren. Als der Mann sah, daß seine Frau unter der Befragung zusammenbrach, bereitete er ein prachtvolles Abendessen vor, womit er die Polizeibeamten ablenkte und sie drängte, ihre Nachforschungen am nächsten Morgen weiterzuverfolgen. Sie willigten ein, weil sie eine Möglichkeit sahen, privat mit ihm zu verhandeln. An diesem Abend beschlossen die Jungen, sie zu töten. Nicht nur mußten sie sie zum Schweigen bringen, sie benötigten auch ein Opfer, dem sie den Diebstahl in die Schuhe schieben konnten und das nicht reden würde. Sie gerieten in Panik. Kriminelle sind Dummköpfe. Der Ehemann war der Anstifter. Er ist ein ruchloser Geselle, Sir. Ein Mann von sehr geringer Moral.«

»Zweifellos.« Ich hielt inne, wollte nicht zu opportunistisch erscheinen. »Wäre es indiskret, zu fragen, wie Sie dies entwirrt haben, und so schnell?«

»Optionen, Sir. Zu jedem Schloß gibt es einen Schlüssel. Nehmen Sie Ihren Mann, Sir, und zeigen Sie ihm seine Optionen. Anders als allgemein angenommen, gibt es unter Dieben keine Ehre. Der ältere Bruder rechnete im Grunde damit, daß der junge Khadim den Haftbefehl präsentiert bekommen und hängen würde. Auf diese Weise würde er natürlich auch noch den Anteil des jüngeren Bruders einstreichen. Die Aussage des Opfers auf dem Totenbett belastete ihn, und in diesen inflationären Zeiten ist der Preis, um einer Mordanklage zu entgehen, ruinös. Ich erklärte dem Herrn jedoch, sollte der unglückliche Todesfall als Mord bezeichnet werden, würden weder Sie noch der großzügige Mr. Sohail Harouni es zulassen, daß der jüngere Bruder die Schuld auf sich nähme. Der jüngere Bruder war schließlich der Liebling des Vaters. Warum, stellte ich die rhetorische Frage, sollte dann nicht der weniger Bevorzugte das Opfer auf sich nehmen? In Pakistan kann alles arrangiert werden – und die Familie des Mädchens könnte sicherlich beschwichtigt werden. An jenem Abend kam er und öffnete mir nicht nur sein Herz, sondern auch seinen übervollen Geldbeutel.«

Nachdem ich wieder ein wenig abgewartet hatte, um diese Erklärung in mich aufzunehmen, fragte ich: »Und was ist nun die Lösung?«

»Ich war so frei, Nachforschungen anzustellen, inwieweit die Familie des verstorbenen Mädchens willens wäre, den Fall beizulegen. Wie es scheint, waren sie dem Mädchen zugetan und wollen den jungen Mann hängen sehen. Sie benannten ihn als den durch die Anklage auf dem Totenbett Beschuldigten, weil er der am meisten geliebte Sohn seines Vaters ist. Sie wollen lieber Blut sehen als Gold.«

»Das sieht schlecht aus.«

»Madam möchte vor allem die Dienste des jungen Mannes zurückgewinnen. Ich hatte Geld zur Hand. Der Zufall wollte es, daß der Polizeichef des Bezirks und ich nah miteinander bekannt wurden, fast so, als wären wir beide im selben Dorf aufgewachsen, wie er es ausgesprochen poetisch ausdrückte. Er hatte mich bereits über die teuren Behandlungen informiert, denen sich seine alte Mutter unterziehen muß – eine herzergreifende Geschichte. Seine Männer berichteten im nachhinein, daß sie die Aussage aufgrund der Verletzungen der Verstorbenen nicht deutlich gehört hätten. Diese Aussage ist der einzige Beweis, der den Jungen mit dem Mord in Zusammenhang bringt.

Zufällig habe ich auch noch eine zweite Bekanntschaft geschlossen. Ein geachteter Arzt aus Abbotabad, ein ähnlich geneigter, wenn auch weniger überschwenglicher Freund, befand sich in jener Nacht zufällig im Krankenhaus, und dieser Herr erinnerte sich plötzlich, daß er in das Zimmer hineingeblickt hatte, in dem die Frau lag. Er ist willens, auszusagen, daß es aufgrund ihrer Verbrennungen, die neunzig Prozent ihres Körpers bedeckten und ihr Wangen, Zähne und Zunge versengt hatten, sogar den Kiefer, nicht die entfernteste Möglichkeit gab, daß sie gesprochen haben könnte. Darüber hinaus sagt er aus, daß sie zu diesem Zeitpunkt nicht bei Sinnen gewesen sein kann.«

»Wie schrecklich!« warf ich ein, und Mian Sarkar warf mir aus zusammengekniffenen Augen einen Blick zu, als wollte er sagen: Ah! Pietät!

»Und nun …«

»Richter Aftar wird der Verhandlung vorsitzen. Er hat fünf Jahre nach Ihnen seinen Abschluß an der Akademie gemacht. Seine Frau ist die zweite Kusine von Mrs. Arafa, der Nichte von Brigadier Kuloo, die Madam verpflichtet ist, Euer Ehren Frau, aus der Zeit, als Bibi Kamo starb – Sie erinnern sich sicherlich an den Tanzmeister und die Smaragde. Wie dem auch sei, Sie werden vielleicht mit dem Richter sprechen wollen.«

Und genau das war es natürlich, was ich tat.

Andere Räume,
andere Träume

Husna brauchte Arbeit. Sie stahl sich die lange Auffahrt zu der Lahore-Residenz des pensionierten Staatsbeamten und Landbesitzers K.K. Harouni hinauf, ein Empfehlungsschreiben, ausgerechnet von dessen entfremdeter erster Frau, zwischen ihren kleinen lackierten Fingern. Der Butler, der wußte, daß Husna in unklarer Funktion, irgend etwas zwischen Kammerzofe und Gefährtin, der alten Begum Harouni diente, ließ sie nicht im Wohnraum Platz nehmen. Statt dessen führte er sie in das Büro des Sekretärs, der jeden Nachmittag beim Diktat ein paar Seiten von Mr. Harounis Memoiren mitstenographierte, unter dem skeptischen Titel *Vielleicht ist dies geschehen.*

Nachdem sie nach einer Viertelstunde von dem Sekretär in den Wohnraum geführt worden war, blickte Husna sich um, wie Bittsteller es tun, eher angespannt als neugierig, nahm das zerschlissene goldene Brokatsofa in sich auf, ein großes chinesisches Reitergemälde über dem Rosenholzkamin. Ihre Aufmerksamkeit wurde von etlichen aufgestellten Schwarzweißfotografien in silbernen Rahmen gefesselt, Jäger mit Jagdmützen, die mit aufgefädelten Vögeln oder Haufen von erlegtem Wild posierten, diverse Frauen in Saris, das Haar hoch aufgetürmt im Stil der fünfziger Jahre, eine in Reithosen mit einer übergroßen Widmung in geschwungener Schrift. Etwas abseits stand ein Foto, das Harouni in einer Reihe zeigte, im Begriff, dem jugendlichen Jawaharlal Nehru die Hand zu schütteln.

Die Tür ging auf, und Mr. Harouni trat ins Zimmer, einen

wohlwollenden Ausdruck auf dem ansehnlichen goldenen Gesicht. Der Sekretär legte eine Akte vor ihn auf den Tisch, blätterte die Seiten um und zeigte dem alten Mann, wo er unterschreiben sollte, und murmelte: »Begum Sahiba hat dieses junge Fräulein mit einem Brief hergeschickt, Sir.«

Obwohl er über ein ausgezeichnetes Gedächtnis verfügte und die Abstammungslinien sämtlicher alter Familien Lahores kannte, ließ sich K. K. Harouni von Husna in allen Einzelheiten ihre verwandtschaftliche Beziehung zu ihm erklären, die von seiner Großmutter mütterlicherseits ausging. Der ältere Zweig der Familie hatte unter den Briten seinen Landbesitz konsolidiert und Macht angehäuft, da die Briten sich zu Regierungszwecken des landbesitzenden Kleinadels bedienten. Husnas Familie, eine jüngere Linie, war nicht eigentlich verarmt, nur daß ihr nicht gelungen war, aufzusteigen. Ihr Großvater hatte in der Altstadt von Lahore noch dreißig oder vierzig Läden besessen, doch die waren verkauft worden, bevor die Preise in den 1950er und 1960er Jahren gestiegen waren, als Lahore wuchs. Von K. K. ermutigt, mit Tee und Kuchen versorgt, vergaß sich Husna und verfiel in das ordinäre, blumige Punjabi der Innenstadt. Sie erzählte mit großer Verve eine Geschichte über ihre Mutter, die sich daran erinnerte, auf Stufen gestürzt zu sein und sich die Zähne ausgeschlagen zu haben, die in den Hof eines verlorenengegangenen Familiensitzes führten, und die hoch und breit gewesen waren, um, emblematisch für den Status der Familie, die riesigen Füße eines Reitelefanten aufzunehmen.

Husna schwieg einen Moment, dann kniff sie die Augen zusammen und sammelte sich. »In dieser Welt steigen einige Familien auf und andere stürzen«, sagte sie, plötzlich eher kühl als fordernd. »Und jetzt komme ich zu Ihnen und bitte um Hilfe. Ich bin arm und brauche Arbeit. Sogar Begum Harouni ist der

Meinung, daß ich einen Beruf haben sollte. Mein Vater kann mir nichts geben, er ist schwach und hat seine Verbindungen verloren. Alle sagen, ich solle heiraten, aber das werde ich nicht tun.«

Vor dem Salon, der auf einen seitlich gelegenen Innenhof hinausging, schaltete ein Gärtner die Beleuchtung ein und illuminierte einen betonierten Swimmingpool, der zur Hälfte mit Regenwasser und Laub gefüllt war. Ein Diener kam mit einem Armvoll Holz herein, warf es mit einem Krachen in den Kamin, dann nahm er eine Flasche Kerosin und goß einen großzügigen Schuß darüber. Er warf ein Streichholz hinein, und das Feuer flammte auf. Einen Augenblick lang hockte er auf den Fersen vor dem Feuer, mit ernstem Blick angesichts dieses ewigen Mysteriums, dann brach er den Bann, stand auf und verließ das Zimmer.

Ein Wagen fuhr auf der langen, kreisförmigen Auffahrt vor, und ein geschniegelt aussehendes älteres Paar betrat das Zimmer. Als sie auf Harouni zuging und ihn auf die Wange küßte, sagte die Frau mit heiserer Stimme: »Hallo, Darling.« Der Mann, grau neben seiner in leuchtenden Farben gekleideten Begleiterin, mit gestutztem Schnurrbart, wartete an der Seite.

»Hallo, Riffat«, sagte Harouni und küßte sie auf den Scheitel und trat dann zur Wand und drückte die Klingel. »Möchtest du einen Drink, Husky?«

Der Mann warf seiner Frau einen Blick zu. »Ich nehme einen kleinen Whiskey.«

Die Frau maß Husna mit abschätzigen Blicken, und Husna verkroch sich in sich selbst. Darauf war sie nicht vorbereitet. Die Besucherin trug eine mit einem feinen silbernen Muster bedruckte, roséfarbene *kurta*, die für sie zwar zu jugendlich, aber sicher sehr teuer gewesen war.

»Das ist Husna«, sagte K. K. zu der Frau, die neben dem jungen Mädchen auf dem Sofa Platz genommen hatte. »Husna macht bald ihren Abschluß und ist auf der Suche nach einer Stelle als Lehrerin.«

»Wie interessant«, sagte die Frau mit vertraulicher, rauchiger Stimme.

Die Unterhaltung verlief auf englisch, und Husna ließ ihre bescheidene Aussprache hören, als sie sagte: »It is very good to meet you.«

Zwei Diener schoben einen Teewagen herein und stellten ihn vor den Neuankömmlingen ab, und Rafik, der Butler, der Husna im Büro des Sekretärs hatte Platz nehmen lassen, brachte auf einem kleinen Silbertablett zwei Whiskeys.

»Prost«, sagte Husky, nahm einen Schluck und schmatzte leicht mit den Lippen. »Wie schön, ein Feuer zu haben.«

Riffat Begum goß den Tee ein und reichte Husna eine Tasse. Die Unterhaltung sprang von hier nach dort, und Riffat blickte ein- oder zweimal bedeutungsvoll zu Husna hinüber. Wenn sie in Gesellschaft der Begum Harouni ausging, war Husna kein Gast, nicht einmal wirklich anwesend, sondern eine Stütze der alten Dame, um etwas für sie zu holen oder zu tragen oder an ihrer Seite zu bleiben, damit die Begum nicht allein irgendwo sitzen blieb. Der jetzigen Situation nicht gewachsen, folgte Husna der Unterhaltung und blickte von einem Gesicht zum anderen und wurde zusehends kleiner, die Haut um den Mund gespannt wie festgefroren. Sie stand unvermittelt auf, blieb mit dem Fuß am Teewagen hängen und brachte die Tassen und Untertassen zum Scheppern.

»Danke, Onkel, für Ihre Hilfe und Ihren freundlichen Rat«, sagte sie, obwohl K.K. Harouni ihr keinerlei Rat gegeben hatte. Sie meinte es als Anstoß für ihn, zumindest als Vorwurf.

»Laß dich vom Wagen bringen.« Er folgte Husna hinaus auf die Veranda, während der Fahrer das Auto holte. »Zuallererst mußt du dir ein paar Kenntnisse aneignen«, sagte er. »Warum lernst du nicht maschineschreiben? Komm morgen, und ich richte es so ein, daß Shah Sahib dich unterrichtet.«

Als sie in den Wagen stieg, gab er ihr einen väterlichen Kuß auf die Wange.

Als er ins Wohnzimmer zurückkehrte, hob Riffat eine Augenbraue und schürzte die Lippen. »Böse, böse«, sagte sie und blies eine Rauchwolke in die Luft.

K. K. nahm einen Schluck Whiskey. »Bei meinem Alter, meine Liebe, ist sie außer Gefahr.«

Husna kam alle paar Tage zum Schreibmaschinenunterricht. Sie saß dann in dem kleinen dunklen Büro neben dem Wohnzimmer und fiel Shah Sahib zur Last, dem Sekretär, der mit seiner eigenen Arbeit nicht fortfahren konnte, bevor sie nicht mit ihren schwachen Versuchen zu Ende war. Er versuchte, ihr die korrekte Technik beizubringen, doch sie weigerte sich, sie zu erlernen und bestand darauf, mit dem Adlersuchsystem zu tippen und so schnell wie möglich ihre tägliche halbe Seite hinter sich zu bringen. Einer der Diener brachte ihr eine Tasse Tee, den sie mit Shah Sahib trank, der um diese Zeit außerdem zwei Scheiben gegrillten Käsetoast bekam, eine Leckerei, die seinen Magen begierig knurren ließ und die er sich dadurch sicherte, daß er dem Koch gefällig war, indem er dessen Rechnungen ohne weitere Nachfragen durchgehen ließ.

K. K. Harouni, der einmal Polo und Tennis gespielt hatte, bis er vor sieben Jahren eine Herzattacke erlitten hatte, machte jeden Morgen und jeden Abend einen Spaziergang, zusammengenommen jeden Tag exakt sechs Kilometer. Gewöhnlich ging er hinter dem Haus in dem in Serpentinen angelegten Garten von einem Ende zum anderen, doch ein paar Tage, nachdem Husna mit ihrem Unterricht begonnen hatte, näßte ein winterlicher Regen das Gras. Diesen Bruch mit der Routine einigermaßen genießend, spazierte er an diesem Abend über die gepflasterte vordere Auffahrt, die sich um einen kreisförmig angelegten Rasen und durch einen Autoabstellplatz wand, wo ein deplaziert wirkender gläserner Lüster hing und freundliches gelbes Licht verbreitete.

In der Dämmerung hörte er, wie eine Rikscha vorfuhr und mit knatterndem Zweizylinder-Motor am anderen Ende anhielt, neben dem Unterstand des Torwächters. Einen Augenblick später trat eine Gestalt aus der Tür, die zum Büro des Sekretärs führte, und trippelte rasch auf das Tor zu. K.K. beschleunigte seine Schritte und trat von hinten an sie heran.

»Hallo, Husna«, sagte er.

Sie blieb stehen und drehte sich um. Wie zuvor, trug sie zu viel Make-up und zu grelle Kleidung. Sie hatte ihre große weiße Handtasche an einer langen Kette über die Schulter geschlungen und ihr Haar mit einer *dupatta* bedeckt. »Hallo, Onkel«, sagte sie, und ihr Gesicht verzog sich unwillkürlich zu einem breiten Lächeln.

»Du bist sehr fröhlich. Und wie geht es mit dem Unterricht?«

»Danke, Onkel«, sagte sie.

»Warum gehst du nicht ein Stück mit mir?«

»Meine Rikscha wartet.« Sie sagte es schüchtern, denn sie schämte sich, dabei gesehen zu werden, wie sie eine Rikscha benutzte, was nur arme Leute taten.

»Sag ihm, er soll fahren, und später kann der Fahrer dich nach Hause bringen.«

Sie begannen ihren Spaziergang, und Husna machte zwei Schritte für jeden seiner und klackerte auf ihren Absätzen neben ihm her. Ihre Füße begannen zu schmerzen, und wann immer sie zu einer Pfütze kamen, trat er beiseite und ließ sie vorangehen, so daß sie unbeholfen vor ihm hereilen mußte.

»Diese Schuhe taugen nicht zum Spazierengehen«, sagte er

und betrachtete von hinten, wie sie einer Pfütze auswich. »Dir tun die Füße weh, nicht wahr?«

»Nein, es ist in Ordnung, wirklich.« Sie wollte diese Chance, in seiner Gesellschaft zu sein, nicht aufs Spiel setzen.

»Warum ziehst du sie nicht aus? Sei nicht schüchtern, hier ist niemand.«

»Sie machen Scherze mit mir, Onkel.«

Nach kurzem Zögern bückte sie sich und löste die Riemchen, eine Hand vorsichtig auf seine Schulter gestützt.

Als sie wieder zu einer Pfütze kamen, blieb er amüsiert stehen. »Und jetzt, wo du barfuß bist, laß sehen, wie du über die Pfütze springst.«

Beschwingt warf sie ihm von der Seite einen Blick zu, mit zwanzig immer noch ein Mädchen, das mit ihren Cousinen im Hof ihres Elternhauses Fangen spielte; und sich doch der Blicke der Männer bewußt, die über sie hinzuckten, wenn sie durch die Gassen der Alten Stadt schlenderte.

Er nahm ihre Hand und schwenkte sie. »Eins, zwei, drei, und hopp!«

Sie zögerte einen Moment, verweigerte den Sprung, dann sprang sie und landete mit einem Aufplatschen am Rand.

»Versuch es noch mal, bei der nächsten!« drängte er, und sie sprang über die nächste Pfütze, kam mit einem Ruck sauber dahinter auf und wandte ihm danach lachend ihr Gesicht zu.

»Gut gemacht! Ich hatte Ponys, die es nicht so gut konnten.«

»Jetzt scherzen Sie *wirklich*.«

Rafik kam auf die Auffahrt heraus und meldete einen Anruf von K.K.s jüngster Tochter Sarwat, die mit einem immens reichen Industriellen verheiratet war und in Karachi lebte. Er ging ohne Eile ins Haus, und Husna setzte sich auf einen der Stühle, die für die Bittsteller auf der Veranda standen, die jeden Morgen kamen, um von dem alten Mann Briefe an Regierungsbeamte oder Arbeit auf seinen Farmen zu erbitten.

Rafik stand gelassen neben ihr und blickte in die Nacht hinaus. Er schaute auf ihre nackten Füße, sagte aber nichts.

»Nun, Husna Bibi«, sagte er, »wie geht es den guten Leuten im Haus von Begum Sahib? Wie geht es Chacha Latif?«

Chacha Latif hatte im Haus von K.K.s entfremdeter Ehefrau die entsprechende Position des Butlers inne, und Rafik unterhielt herzliche Beziehungen zu ihm. Als ein Gebot der Höflichkeit betrachteten sie es, einander über den Klatsch in den jeweiligen Haushalten zu informieren.

Husna verstand diesen verdeckten Hinweis auf die Tatsache, daß Chachi Latif sie ohne Umstände als seinesgleichen behandelte, und antwortete freundlich: »Es geht ihm gut, Onkel, danke.«

»Grüße ihn von mir, junge Dame«, sagte Rafik und beendete damit das Gespräch.

K.K. Harouni kam aus dem Haus und nahm seinen Spaziergang mit Husna wieder auf. Nachdem sie drei gemessene Kilometer, zwanzig Runden, hinter sich gebracht hatten, lud er sie zum Abendessen ein, erbat es sich auf einem Teewagen ins Wohnzimmer, damit sie sich weniger eingeschüchtert fühlte.

Auf dem Heimweg, auf dem Rücksitz von K.K.s großem, wenn auch altem Wagen, den riesigen Hinterkopf des Chauffeurs vor Augen, schweiften Husnas komplexe Gedanken in verschiedene Richtungen. Von gelegentlichen Anfällen niederschmetternder grauer Mattigkeit heimgesucht, dann wieder von sonnigen, beinahe hysterischen Momenten, hatte sie immer daran geglaubt, daß sie der Düsterkeit des in einem wenig angesagten Viertel der Stadt gelegenen elterlichen Hauses entkommen würde. Sie würde den nackten, staubbedeckten Betonstufen entkommen, die zu den fensterlosen Zimmern führten, den Wänden, die in hellen, glänzenden Farben gestrichen waren, wie um die Düsterkeit wettzumachen, dem mit einem bestickten Tuch bedeckten Fernseher. Sie hatte sich mit Tagträumereien verwöhnt, bis ihre Eltern ihre Launen zu fürchten begannen. Sie verachtete sie, weil sie so sehr in der Vergangenheit lebten, wieder und wieder die Geschichten von Land und Reichtum ihrer Großeltern erzählten, und fühlte sich dennoch berechtigt, dieser Welt anzugehören, und war gekränkt, weil sie davon ausgeschlossen war. Ihr Stolz wurde zu Dickköpfigkeit – wie andere, die sich über ihren Status erheben, weigerte sie sich, ihre gegenwärtige Lage zu akzeptieren. Eine unklare Position im Dienst der Begum Harouni anzutreten war das größte Zugeständnis, das sie ihren mittelmäßigen Aussichten je gemacht hatte, und nach diesem Zugeständnis wuchs ihre Entschlossenheit, aufzusteigen, auch wenn sie nicht die geringste Vorstellung davon hatte, wie sie es anstellen sollte.

Husna wußte, daß sie niemals darauf hoffen konnte, einen jungen Mann aus einer der reichen, eingesessenen Familien einzufangen oder zu heiraten. In Kleidern, die um ein weniges besser waren als die einer Kammerzofe, sah sie sie von ferne bei den Hochzeiten, zu denen sie die Begum Harouni begleitete. In jenen Tagen, in den 1980er Jahren, wurde die Regierung noch immer von den alten Baronen dominiert, und der Premierminister war einer der großen alten Landbesitzer. Ihre Söhne, zumindest die gewieften, angepaßten, aalglatten, wurden mit dreißig Minister, absolvierten gleichmütig langweilige Partys, ließen sich sehen, auf vertrautem Fuß mit ihren Altvorderen, unterwegs anderswohin, in kühle Räume, in denen Eis und Alkohol auf den Tischen schimmerten, jene Räume, in denen Geschäfte gemacht wurden; so malte sie sich aus, wie diese jungen Männer souverän ausländische Flughäfen durchquerten und sich entspannt in den europäischen Städten bewegten. Husna hätte sogar einen Platz in der Demimonde der Sängerinnen und Filmschauspielerinnen angestrebt, strahlender und gefährlicher Persönlichkeiten armer Herkunft – keine Frau aus der Oberschicht würde sich im Traum einfallen lassen, einen solchen Beruf zu ergreifen –, doch sie verfügte weder über Talent noch über Schönheit. Lediglich Entschlossenheit und Schläue zeichneten sie aus, unsichtbare Qualitäten.

Der Chauffeur, der, auch ohne daß man es ihm gesagt hätte, wußte, daß Husna nicht wünschen würde, spätnachts gesehen zu werden, wie sie im Auto des alten Mannes nach Hause kam, ließ sie direkt am Tor des Hauses im angesagten Stadtteil Gulberg aussteigen. K. K. hatte seiner Frau dieses Haus zugewiesen, als er endlich und für ihn untypisch eine klare Entscheidung gefällt und ihr mitgeteilt hatte, daß sie gehen müsse. Außerstande, sich Harounis Aufmerksamkeit zu sichern, die *purdah* noch kaum vollzogen, hatte sie es mit Amuletten, Liebestränken, Zauber versucht – er riss bei seinen Freunden Witze, daß es noch damit enden würde, daß sie ihn zufällig vergiftete. Doch eines Tages betrat sie die Veranda vor seinem Schlafzimmer, wo er mit einer Freundin Tee trank und eine unschuldige Partie Rommé spielte. Eine Frau von heftigem Temperament, stand sie vorgebeugt da und spie in Punjabi: »Verlaß mein Haus, laß meinen Mann in Frieden, du Hexe!« Und Harounis Freundin, eine in einem Kloster erzogene Dame der Gesellschaft, die kaum ein Wort Punjabi sprach und lediglich eine vage Vorstellung davon hatte, wer diese Frau sein könnte, fragte immer wieder: »Aber was sagt sie denn, K. K.? Soll ich gehen?« Er hatte sich jedoch nicht von seiner Frau scheiden lassen, da er weder die Absicht hatte, noch einmal zu heiraten, noch den Wunsch, sie zu demütigen. Die alte Begum Harouni lebte danach in einem Zustand unsicheren Gleichgewichts und hoffte, wieder an die Seite ihres Mannes gerufen zu werden. Sie wäre naturgemäß erbost gewesen, wenn sie erfahren hätte, daß Husna gerade allein mit K. K. zu Abend gegessen hatte.

Husna schritt vorsichtig die gerade, lange, mit Bougainvilleen und Jasmin gesäumte Auffahrt hinauf. Sie ging nach hinten, wo die Bediensteten im Hof unter Decken lagen, und schlüpfte durch die offene Küchentür und durch die schmutzige Küche, in der es nach Knoblauch und Curry roch, in das mit schweren Teppichen ausgelegte Eßzimmer. Über dem Kamin, der seit Jahren nicht mehr angezündet worden war, sah sie im Spiegel ihr Gesicht. Ihre unregelmäßigen Züge, ihr glattes, trockenes Haar, ihr kleiner Mund, all dies brachte sie dazu, sich innerlich zu krümmen und sich plötzlich verletzlich zu fühlen, die Dummheit einiger Kommentare, an die sie sich erinnerte, zu empfinden, die ihr im Laufe des Abends entschlüpft waren. Sie spürte die Bedeutsamkeit ihres Treffens mit K.K. Harouni. Die alte Dame wachte nicht auf, als Husna sich ins Zimmer schlich, rief aber nach ihr, als es beinahe schon dämmerte, und sagte, sie könne nicht schlafen, und wünschte, daß das junge Mädchen ihr die Beine massierte.

Husna ging weiterhin zum Unterricht und machte in den ersten Wochen dreimal einen Spaziergang mit K.K., der sie danach mit dem Wagen nach Hause bringen ließ. Sie versuchte, diese Begegnungen zu begrenzen aus Angst, die Begum Harouni könnte die entstehende Beziehung entdecken und sie fortschicken, zurück zu ihren Eltern. An den Tagen, an denen Husna es sich gestattete, ihn zu sehen, setzte sie sich, wenn der Sekretär gegangen war, im Büro an ein Fenster, das auf den langen Garten hinausging, in dem K.K. spazierenging. Sie las nicht, sondern saß am Schreibtisch, umgeben von Büchern sowohl in Englisch als auch in Urdu, das Kinn auf die Hände gestützt. Sie hatte nicht einmal einen Plan, sondern ließ sich durch Bilder treiben.

Wenn sie ein Mädchen ihres Alters auf dem Liberty Market inmitten der teuren Geschäfte aus einem großen neuen Auto steigen sah oder mit glitzernden diamantenen Ohrgehängen bei einer Hochzeit, kreisten Husnas Gedanken um diese Wohlstandssymbole und ließen stundenlang nicht mehr davon ab. Sie spürte, all dies könnte durch Harouni auch ihr bestimmt sein, wenn sie seine Mätresse würde. In der Alten Stadt, wo sie aufgewachsen war, deuteten die Nachbarn mit anklagenden Fingern auf Frauen aus weniger angesehenen Familien, die sich von Händlern aushalten ließen. Die Blicke dieser Frauen glitten über die Menge, wenn sie in *tongas* vorbeifuhren, ungerührt aus dunklen Gassen auftauchten, in denen das Abwasser durch den Rinnstein floß, sichtbar wie Zielscheiben in leuchtendster roter Seide, Lippenstift, Gold. Husnas Mutter stieß Bemerkungen aus über den Preis, der da gezahlt werden mußte, zerstörte Familienbeziehungen, ein zerstörtes Alter.

Die Furcht des jungen Mädchens vor Harouni hatte sich gelöst, und sie zeigte sich, kritisch, von rascher Auffassungsgabe, empfindsam und ein wenig grob. Nicht trotz, sondern wegen seiner Kultiviertheit fand er ihre Art pikant. Sie sprach und benahm sich anders als die Frauen, mit denen er normalerweise zusammenkam, da sie immer in einem unbestimmten Raum gelebt hatte, weder reich noch arm, weder Dienerin noch Begum, in einer Stadt, in der so etwas wie das Konzept einer Mittelschicht noch immer nur in einer Handvoll Haushalte Ausdruck fand, bei den Direktoren ausländischer Banken oder großer Zucker- und Textil- und Stahlkonzerne. Als Junge hatte Harouni mit Dienerinnen geschlafen; hatte mit vierzehn seine Jungfräulichkeit an eine von ihnen verloren. Husna ließ diese frühreifen ersten Begegnungen wach werden.

Sechs Wochen nach Husnas erstem Spaziergang mit K.K. kündigte Begum Harouni eine Pilgerreise zu den heiligen Stätten an, um die *hajj* zu vollziehen. Husna beschloß an diesem Abend, das Gespräch auf die bevorstehende Abreise der Begum zu lenken, bevor Gäste kamen und sie unterbrachen. Sie begriff allmählich, wie man den alten Mann behandeln mußte, wie man das Gespräch auf bestimmte Themen brachte.

Als er zum Nachmittagstee ins Wohnzimmer kam, hörte K.K. im Hintergrund das Klappern der Schreibmaschine. Es stoppte, dann klopfte Husna, öffnete die Tür und streckte den Kopf herein, ohne einzutreten.

»Komm herein, meine Liebe.«

Ihr freundschaftlicher Umgang mit dem Butler, Rafik, war so weit fortgeschritten, daß er eine zusätzliche Tasse auf den Teewagen stellte, ohne dazu aufgefordert zu werden. Sie kam langsam näher und bereitete K.K. den Tee genau so zu, wie er ihn mochte. Ein Junge reichte einen Teller mit Keksen herum, während Rafik an der Tür bereitstand.

»Wenn ich hier bin«, sagte Husna, »ist alles so nett und alle sind freundlich. Diese Kekse, der Tee. Shah Sahib bemüht sich so sehr, mir das Maschinenschreiben beizubringen, obwohl ich es anscheinend nie lerne.« Sie streckte die Hand aus und spreizte vor ihm die Finger wie eine sich räkelnde Katze. »Meine Hände sind so winzig, ich erreiche die Tasten nicht. Aber schließlich bin ich überall klein.«

Sie trug eine knappe *kurta*, die den Ansatz ihrer Brüste sehen ließ, die sich vor ihrem muskulösen jugendlichen Oberkörper wölbten. Ihre Blicke trafen sich; sie verstanden beide den Scherz, und er erlaubte sich ein schmallippiges Lächeln, und sein normalerweise gelassener Gesichtsausdruck wurde jungenhaft und wissend.

»Da ist es, wovon ich Ihnen gegenüber gesprochen habe«, schnurrte Husna und legte ihm die Hand auf den Arm: »Ihr Krokodillächeln, das ich so mag.«

Nachdem sie kurz abgewartet hatte, bis die Atmosphäre sich beruhigte, senkte sie den Blick und sagte mit schüchterner Stimme: »Aber bald werde ich nicht mehr hierherkommen können. Die Begum geht auf Pilgerreise, dann muß ich auf ihr Haus aufpassen.«

»Nicht schon wieder *hajj*!« sagte K.K. »Das wird langsam zur Manie bei ihr. Aber, Darling, sei nicht lächerlich. Wenn sie weg ist, kannst du sogar noch regelmäßiger kommen.«

»Wenn die Begum fort ist, kochen sie überhaupt nicht, nur das Essen für die Dienerschaft. Ich gehe manchmal in den Basar zum Essen. Und Begum Sahiba mag es nicht, wenn ich Strom verschwende.«

»Du armes Ding«, sagte K.K. »Und du bittest um so wenig.«

Husnas Augen wurden feucht. »Als ich gestern zurückkam, war Begum Sahiba ausgegangen und hatte sämtliche Türen abgeschlossen und die Schlüssel mitgenommen. Ich stand drei Stunden vor dem Haus unter den Bäumen. Und wenn ich etwas zu essen aus dem Kühlschrank nehme, wird sie wütend auf mich. Und wenn sie auf *hajj* ist, nehmen sich die Bediensteten Freiheiten heraus, sie machen Scherze und wollen, daß ich mich zu ihnen setze. Sie wird mir kein Geld dalassen.« Sie wischte sich die Augen mit ihrer *dupatta*, den Kopf gesenkt. »Wenn die Begum Sahiba hart zu mir ist, was kann ich tun?«

»Komm, Kleine«, sagte K.K. und klopfte neben sich auf das Sofa. »Komm, setz dich hierher. Weine nicht.« K.K. Harouni ging Unannehmlichkeiten um jeden Preis aus dem Weg, denn er lebte in einer derart geregelten und abgeschlossenen Welt wie der des Sonnenkönigs in Versailles. Er wollte sie nicht weinen sehen, denn es regte ihn auf. Sie stand auf und ging um den Tisch herum, wischte sich mit dem Arm eine Träne ab und schlüpfte auf den Platz neben ihm und kuschelte sich unter seinen Arm, noch immer unter Tränen, aber das Gesicht jetzt in seinen Pullover gedrückt. Er strich ihr übers Haar.

»Jetzt hör auf«, sagte er. »Warum kommst du nicht hierher, wenn die Begum auf *hajj* ist? Ich werde veranlassen, daß sie im Nebengebäude die Zimmer herrichten.«

Husna warf ihm unter ihren Wimpern hervor einen Blick zu und lächelte schwach. »Oh, das würde ich nur allzu gerne tun. Dann könnte ich Ihnen Gesellschaft leisten, wenn Sie allein sind, und Ihren Tee zubereiten. Und ich würde jeden Tag lange Maschinenschreiben üben. Und für mein M.A.-Examen studieren.«

K.K. war es egal, was seine Frau oder seine Bediensteten dachten. Er ordnete an, daß das Nebengebäude hergerichtet wurde, eine Flucht von Zimmern über den Garagen am anderen Ende des Geländes. Die Räume waren vor ein paar Jahren renoviert worden, als wichtige Gäste aus Indien während eines langen Aufenthalts dort untergebracht gewesen waren, und auf diese Weise würde Husna in einer besseren Bleibe unterkommen als je zuvor in ihrem Leben, endlos mit gutem Essen versorgt, mit Bediensteten, die mehr oder weniger taten, was sie wollte, und gelegentlicher Nutzung des Autos. Für Husna war dies wie eine Bestätigung, fast eine Rache, und hatte doch die Bitterkeit eines Triumphs nach einer Demütigung.

Husna verschwand einfach aus dem Haus in Gulberg. Begum Harouni erfuhr von ihrem Weggang durch die Bediensteten. Die alte Dame stürmte herein, um ihren Mann zur Rede zu stellen, fand ihn aber ungerührt angesichts ihrer Empörung.

»Ich werde dieses kleine ... *Ding* nie wieder in meinem Haus aufnehmen«, sagte Begum Harouni. »Man stelle sich das vor! Ich habe sie aus dem Schmutz gezogen, aus dem Nichts, und sie gefüttert und gekleidet.«

»Das spricht für dich, meine Liebe«, erwiderte K.K. seelenruhig.

Husna brachte ihr schäbiges Gepäck in das Haus an der Danepur Lane, einen aus allen Nähten platzenden und mit Riemen verschnürten braunen Koffer. Sie hatte Kleider und Schuhe, nicht viel mehr, kam in einer Rikscha, und das sprach sich im Haus unter der grinsenden Gemeinschaft, Wäschern, Chauffeuren, Putzhilfen, Hausdienern, herum. Nachdem Begum Harouni auf Pilgerreise gegangen war, bat Husna K.K. darum, den Wagen benutzen zu dürfen, und kehrte zu ihrem Haus zurück. Zunächst wollte der Butler, Chacha Latif, sie nicht einlassen, doch Husna hob die Stimme und beschimpfte ihn, und der Diener, der wußte, daß sie später vielleicht in einer Position sein würde, in der sie ihm schaden könnte, ließ sie gewähren. Sämtliche Schränke waren verschlossen, doch sie fand ein paar ihrer Sachen, einen Stapel indischer Filmzeitschriften, eine kleine Schale mit einem Bild des Eiffelturms, die ihr Großvater von einer Europareise in den 1920er Jahren mitgebracht hatte. Als sie wieder ging, sah sie, wie K.K.s Fahrer sich mit Chacha Latif unterhielt.

»Was sagt er?« fragte Husna den Fahrer, als sie, in Licht und Schatten der vor hundert Jahren gepflanzten Malabar-Lackbäume über die Jail Road zurückfuhren.

»Nichts, Bibi«, sagte Samundar Khan.

»Nichts? Gar nichts?« antwortete Husna in scharfem Punjabi. Und dann, in den Sitz zurückgelehnt, von oben herab: »Ihr Fahrer seid immer die Schlauen.«

Eine Woche nachdem sie in das Nebengebäude eingezogen war, schlief Husna mit K.K. Harouni. Er hatte Besuch zum Mittagessen, einen Direktor der Staatsbank, einen weiteren Freund aus dem Staatsdienst und seinen Cousin, den pensionierten General Karim, mit ihren Frauen. Sie nahmen das Mittagessen in dem als die »Weiße Veranda« bekannten Zimmer ein, das von einem Pepulbaum beschattet wurde und auf einen kleinen, seitlich gelegenen Garten hinausging. Schon jetzt, Anfang April, schafften es die Deckenventilatoren kaum, den Raum zu kühlen. Husna blieb im Nebengebäude und las eine langweilige und billig gedruckte Geschichte der Sikh-Kriege, in denen K.K.s Vorfahren gekämpft hatten, und legte sie dann zur Seite. Obwohl sie sich für den alten Mann interessant machen wollte, indem sie ernsthafte Bücher las, brachte sie nie zu Ende, was sie angefangen hatte, sondern verfiel in Tagträumereien oder schmökerte in zerlesenen Modezeitschriften, die sie in einer Antiquariatsbude erstand. Ein junger Diener brachte ihr ein Tablett mit Essen, das gleiche Essen, das der Koch K.K. und seinen Gästen servierte.

Von ihrem Ausguck in den Zimmern über der Garage beobachtete Husna, wie die Gäste in die Vorhalle traten, scheinbar endlos mit Harouni weiterplauderten und dann davonfuhren. Bald danach kam ein Diener, um Husna zu fragen, ob sie Harouni nicht bei grünem Tee im Garten Gesellschaft leisten wolle. Sie ging am offiziellen Eßzimmer vorbei und durch den Flur, der mit nachgedunkelten Porträts seiner Vorfahren und Fotografien von ihm und seiner Familie aus der ersten Hälfte des Jahrhunderts vollgehängt war. Sie fühlte sich von diesem Haus eingeschüchtert, von seiner schweren, düsteren Atmosphäre, die zu K.K.s heiterem Wesen im Gegensatz stand, und betrachtete beinahe verständnislos die zahlreichen merkwürdigen, überall herumstehenden Gegenstände, die elfenbeinerne Scheide eines chinesischen Schwerts, ein geschnitztes Zweiersofa aus Kaschmir, zahllose Messing- und Kupferfiguren von Hindugöttern. Das Haus roch nach staubigen Teppichen und Desinfektionsmitteln und Möbelpolitur. K.K. saß unter einem Baum in einem alten Stuhl mit geflochtenem Sitz, auf einem Tisch standen zwei Tassen mit grünem Tee. Sie nahm die eine und setzte sich.

»Hallo, Mädchen«, sagte er, erfreut, sie zu sehen, satt und milde. »Wie schön es ist.« Auf den leicht gewellten Rasenflächen wuchsen verstreut alte Bäume und bildeten schattige Stellen, an denen kein Gras wachsen wollte. Eine Reihe reifender

Maulbeerbäume am entfernten Ende zog honigschwere Bienen an, die an den purpurfarbenen Früchten saugten, welche an den Zweigen hingen und auf dem Boden verstreut lagen. Über ihnen, in einem ausgebleichten Himmel, schwebten Falken und Geier in großer Höhe in der nachmittäglichen Thermik, als drehe der Himmel sich langsam um sich selbst.

Er trank seinen Tee aus und sagte: »Nun, meine Liebe, es ist Zeit für mein Nickerchen.«

»Laß mich dich massieren, Onkel«, schlug sie errötend vor. Obwohl ihr Ehrgeiz im Hintergrund immer präsent war, empfand sie inzwischen ehrlichen Respekt für ihn, für seine natürliche Fairneß, seine Fröhlichkeit, seine Integrität und Offenheit, schlicht und leicht und wertvoll wie ein Metall, das in ihrer Welt unbekannt war. Sie wollte ihren Teil des Handels einhalten und hatte nur sich selbst zu geben. Es verletzte sie, daß es so wenig war; sie stellte sich vor, daß ihr Körper, ihre Tugend ihm beinahe nichts bedeuteten.

Sie folgte ihm in sein Schlafzimmer. Rafik hatte bereits die Vorhänge zugezogen und seinen Pyjama ausgelegt.

»Du brauchst mich nicht zu wecken«, sagte er zu Rafik, der an der Tür stand und die Routine genau kannte, die an einem Nachmittag wie diesem zu befolgen war.

Natürlich war sie Jungfrau, und das rührte ihn. Sie ließ ihn machen, was er wollte, und in ihren Augen stand die ganze Zeit ein Ausdruck, den er fälschlicherweise als Überraschung und Schüchternheit interpretierte und später als eine Stimmung identifizierte, die an Verrücktheit grenzte – ihre Augen zeigten abwechselnd Verwirrung und Konzentration, Ausdruck ihrer verkappten Wut, zu erreichen, was sie wollte. Sie hatte erwartet, daß dies so einfach sein würde wie das Unterzeichnen eines Schecks, ein Bezahlvorgang. Statt dessen erwachte für einen Augenblick das romantische Mädchen in ihr, das einen anderen Mann gewählt hätte, einen ihres Alters, ihrer Herkunft.

Lebewohl dem Leben, das sie niemals haben würde, einem Leben, das sie verachtete, einer Sparsamkeit, die sie in der Alten Stadt, beim Kochen und bei der Haushaltsführung für einen Angestellten-Ehemann, einen der Jungen, die sie genommen hätten, niemals aufgebracht hätten. Sie und dieser Ehemann hätten vielleicht weggehen können, hätten in die neuen Vororte Lahores ziehen können – jenseits von Model Town mit den gitterförmig angelegten Straßen, die durch Weizenfelder oder verwilderte Obstplantagen führten, wo noch kein Haus stand. Dieser Moment mit K. K. bedeutete sehr viel für sie, doch nicht so, wie er meinte – ohne es zu wollen, hatte sie sich vollständig gegeben. Später könnte sie vorgeben, Jungfrau zu sein, oder jemand würde sie nehmen, obwohl er wüßte, daß sie es nicht war. Eine Hochzeit konnte immer arrangiert werden, es handelte sich dabei immer um ein Geschäft, eine Übereinkunft. Doch sie wußte gleich, daß sie nie einen anderen Mann haben würde, da jeder Mann nach diesem einen Kompromiß bedeuten müßte, ein Mann, der auf einer Gehaltsliste stand.

Am Spätnachmittag zog sie ihre Kleider an, träge und schüchtern in ihren Bewegungen, und schlüpfte hinaus ins Nebengebäude. Dieses Nickerchen wurde ihnen zur Routine.

Wenn er keine Gäste hatte, aß K. K. mit Husna zu Mittag. Rafik servierte das Essen mit Bedacht, die Gerichte beim Auftragen von links, beim Abtragen von rechts, die Servietten gestärkt und wie ein Fächer auf den Tellern arrangiert. Im Mai war nun die Klimaanlage eingeschaltet. In diesem Raum, dem kühlsten im Haus, fühlte Husna sich am stärksten eingeschüchtert. Sie saß zu seiner Rechten, am anderen Ende der langen Tafel, an der achtzehn Personen Platz fanden, und sprach wenig. Im Laufe des letzten Monats hatte sie gelernt, welche Utensilien zu benutzen waren, tat es jedoch immer noch ohne Anmut.

K.K. kaute sein Essen exakt zehnmal, bevor er es hinunterschluckte.

Als Rafik eines Nachmittags ein Käsesoufflé auftrug, fuhr ein Auto hinter K.K. in den Säulengang. Er saß mit dem Rük-ken zum Fenster und drehte sich nicht um. Sie hörten das Quietschen der geschnitzten Schwingtüren, die aus dem Haus von K.K.s Vorfahren in der Alten Stadt stammten, und dann stürzte eine Besucherin, eine Frau mittleren Alters, ins Eßzimmer.

»Hallo, Daddy«, sagte sie. »Ist das gemütlich!« Sie hatte ein perlendes Lachen, das, auch wenn es nicht ganz echt wirkte, den, der es hörte durch seine Musikalität dazu veranlaßte, mit einem kräftigeren Lachen einzustimmen, wie ein Gemälde, von dem man weiß, daß es gut ist, das einen aber dennoch unberührt läßt.

K.K. erhob sich, plötzlich scheinbar zerbrechlich und alt neben der Lebhaftigkeit seiner jüngsten Tochter, und küßte sie auf die Stirn.

»Hallo, Liebling. Wann bist du angekommen?«

»Gerade eben, mit dem Flug um elf. Ich bin hier, weil Pinkys Tochter sich heimlich verlobt hat. Frag nicht!«

Sie setzten sich, Husna eingeschlossen, die ebenfalls aufgestanden war.

»Das ist Husna«, sagte K.K., »Mian Nasiruddins Tochter.«

»Ja, ja, ich weiß«, sagte Sarwat böse und blickte Husna nicht ins Gesicht, sondern auf ihre Gestalt, die zusammengesunken am Tisch hockte. »Ich bin ihr bei Mummy begegnet.«

Rafik brachte ein Tischset und legte für Sarwat ein Gedeck auf. »Guter Gott, Rafik«, kommentierte sie, indem sie das Besteck neu ordnete, »du wirst tatsächlich immer noch fetter.«

Sarwat machte es sich auf ihrem Stuhl bequem. Sie trug einen dezenten braunen Sari, eine goldene Armbanduhr, mehrere ungewöhnliche Ringe, einen Sternsaphir und einen taubenblutroten burmesischen Rubin. Ihr graumeliertes Haar, in einem hohen Chignon getragen, ließ ihr immer noch schönes Gesicht schmal erscheinen; und ihr schlanker, manikürter Körper ließ auf Lotionen und teure Seifen schließen, einen Friseur und eine Masseuse, Müßiggang und Wohlgefühl. Insgesamt sah sie reich und gepflegt und sinnlich aus. Sogar mit fünfzig hatte sie noch Bewunderer, und in dem Kreis, in dem sie sich bewegte, war es zur Gewohnheit geworden, von ihren lieblichen grauen Augen zu sprechen.

»Ich freue mich sehr, Sie zu sehen«, sagte Husna. »Ich habe so viel von Ihnen gehört.« Ihr Kopf war zwischen die Schultern gerutscht.

Sarwat blickte mit einem wölfischen Grinsen auf das Mädchen hinunter, kurz davor, etwas zu sagen, wandte sich dann aber an ihren Vater. »Du siehst gut aus, Daddy.«

Er hatte sein Essen inzwischen wiederaufgenommen und hob mit vollem Mund die Gabel, wie um zu sagen: Das siehst du doch.

»Erzähl mir, was weißt du über diesen Talpur-Jungen, den Sohn von Bilqis Talpur? Mumtaz ist abgehauen und hat sich mit ihm verlobt, und Pinky schäumt vor Wut. Deshalb hat sie mich hergerufen. Ich kann nur ganz kurz bleiben, ich habe ihr gesagt, ich würde kurz nach dem Mittagessen bei ihr sein.«

K.K., der solche Dinge ernst nahm, legte seine Gabel beiseite. »Ich habe einige Zeit mit seinem Großvater verbracht, als ich in Leiah stationiert war. Der alte Mann war ein bißchen jähzornig, und natürlich weißt du Bescheid über den Vater. Du solltest dich mit Wali unterhalten, der Junge war mit ihm in Aitchison, ein Jahr davor oder danach.«

Husna mischte sich ein. »Er sieht sehr gut aus.«

Sarwat betrachtete sie erstaunt, als hätten die Möbel gesprochen. »Erzähl mir von dem Land«, sagte sie zu ihrem Vater.

»Es ist gutes Land, am Fluß. Soviel ich weiß, besitzt die Familie ein riesiges Grundstück nahe der Stadt, und das dürfte heute ungeheuer wertvoll sein.« Er sah sie an und hob warnend eine Augenbraue. »Aber dann wieder wird gesagt, Adnan habe die letzten dreißig Jahre darauf verwandt, es mit Trinken durchzubringen.«

Nach dem Essen erhoben sie sich, um im Wohnzimmer den grünen Tee zu nehmen.

Als sie aufgestanden waren, sagte Sarwat zu Husna: »Ich möchte mit meinem Vater allein sein, bitte«, und ging durch die Tür, ohne eine Antwort abzuwarten.

K. K. folgte ihr ins Wohnzimmer. Sarwat setzte sich auf ein Sofa, zog die Füße unter sich und lehnte sich in ein großes Kissen. »Wirklich, Daddy«, begann sie. »Ich kann mir vorstellen, daß du sie um dich haben willst, aber da zu sitzen und mit ihr zu Mittag zu essen, das ist zuviel. Du wirst exzentrisch, wirklich.«

»Sie stammt aus einer guten Familie«, sagte K.K. »Ihr Urgroßvater besaß mehr Land als deiner. Ein paar Wendungen des Schicksals, und vielleicht wäre heute sie an deiner Stelle, und wir würden noch immer in der Alten Stadt leben.«

»Aber wir tun es nicht«, sagte Sarwat. »Das ist der Punkt, wir tun es nicht.« Sie versuchte es anders. »Und worüber kannst du dich mit ihr unterhalten? Sheherezad hat mir erzählt, daß sie kürzlich zum Tee hier war, und daß dieses unglückselige junge Ding dabeisaß, ohne ein Wort zu sagen, nur zuhörte, wie ein Frosch in der Ecke. Es ist unanständig.«

»Auch sie hätte sich die Vorteile gewünscht, die du hattest, meine Liebe, deine Schulen und deine Kleider und deine Freunde und deinen Besitz.«

»Bitte, Daddy. Ich bezweifle, daß es sich hier um eine humanitäre Mission handelt.«

»Und ich bin einsam, Sarwat. Du bist in Karachi, Kamila

ist in New York, und Rehana hat schon seit zehn Jahren nicht mehr mit mir gesprochen. Meine Freunde sterben allmählich oder gehen nicht mehr aus. Sie leistet mir Gesellschaft. Sie ist kein Genie, wenn du so willst, aber sie kann Karten spielen und so weiter. Warum verbringst du nicht mehr Zeit in Lahore? Du hast ein wunderschönes Haus hier, Freunde. Ich würde es bei weitem vorziehen, dich zu sehen, statt sie, aber du stehst nicht zur Verfügung.«

»Und was ist mit Riffat oder einer deiner alten Freundinnen? Warum suchst du dir jemanden wie sie, die weder hübsch ist noch präsentabel?«

»Was ich in meinem Alter brauche, ist Gesellschaft, und von Husna kann ich sie bekommen. Riffat kann mich nur zum Tee besuchen oder für ein paar Stunden, aber Husna ist hier, wann immer ich sie brauche.«

Sie saßen schweigend da, keiner von beiden zufrieden mit dem anderen. Nach ein paar Minuten stellte Sarwat ihre Tasse ab. »Daddy, ich muß gehen. Ich komme heute Abend. Bitte sag ihr wenigstens nicht, daß sie dazukommen soll, wenn ich da bin.«

Als Husna an diesem Nachmittag, aus dem Nebengebäude herbeigerufen, sein Zimmer betrat, war K.K. beschämt, was seine Gesichtszüge angespannt machte und seinen Mund trokken. Unwiderstehlich von eben jenem Thema angezogen, das er gerne vermieden hätte, sagte er: »Es ist wunderbar, Sarwat zu sehen. Ich hoffe, du und sie, ihr werdet einander kennenlernen.« Er hatte auf der Bettkante gesessen und rollte sich nun auf das Bett, zog das Laken über sich und eine schwarze Maske über die Augen, um das Licht fernzuhalten.

Die Zähne gebleckt, mit verzerrtem Gesicht, explodierte sie. »Sie ist gemein und unverschämt. Sie hat mich behandelt wie ein Stück Dreck.« Husnas vor Wut schäumende Stimme überschlug sich, außer Kontrolle, und es brach aus ihr heraus. »Warum bringst du sie nicht dazu, im Nebengebäude zu wohnen und mit dir Karten zu spielen und deinen Tee zuzubereiten?«

»Ich kann nicht dulden, daß du so sprichst«, sagte K.K. und nahm die Maske ab, das Gesicht abgespannt und hoheitsvoll. »Du regst mich auf.« Er sprach mit gemessener Stimme. »Du hast mich aufgeregt.«

»Ich verlasse dieses Haus«, sagte sie, während sie auf dem Bett stand und auf ihn hinunterblickte. »Ich habe dir alles gegeben, was ich hatte, und du hast mir nichts zurückgegeben. Ich habe auch Gefühle, ich bin ein Mensch. Sie hat geschafft, daß ich mir wie ein Stück Dreck vorkomme, und du hast kein Wort gesagt, um sie zurückzuhalten.« Sie fing hysterisch an zu weinen, noch immer auf dem Bett stehend, und als er sich aufsetzte und versuchte, ihr Bein zu berühren, kreischte sie auf und wich einen Schritt zurück. »Sogar die Bediensteten hier behandeln mich, als wäre ich nichts. Wenn ich sie um etwas bitte, sagen sie mir, daß sie keine Zeit haben. Sogar vor ihnen muß ich kriechen. Gestern hat Hassan mich beschimpft.«

»Ich werde mit ihm sprechen«, sagte K.K. »Jetzt hör auf. Du weißt, was der Arzt sagt. Möchtest du, daß ich wieder einen Herzanfall bekomme?«

Sie sah, daß sie ihn nicht weiter drängen durfte, und beruhigte sich allmählich. Als sie sich auf das Bett legte, weigerte sie sich, zu ihm unter die Decke zu kommen, und blieb steif neben ihm liegen.

Als K.K. erwachte, sagte Husna: »Sprich jetzt mit Hassan. Ich ertrage diese Behandlung durch die Dienerschaft nicht länger.« Wohl wissend, daß sie die größere Schlacht, gegen Sarwat, an dieser Stelle nicht gewinnen konnte, wollte sie wenigstens ihren kleineren Sieg festigen. Sie bestand darauf, daß K.K. in ihrer Anwesenheit mit Hassan sprach, obwohl er es vorgezogen hätte, den alten Diener nicht zu demütigen.

Der grauhaarige Koch stand ohne Schuhe, die er an der Tür stehen gelassen hatte, mit der Lammfellmütze in der Faust vor ihm. Er blickte zu Boden, auf seine nackten Spreizfüße auf dem polierten Rosenholzparkett.

»Bibi sagt, du habest sie gestern beschimpft.«

Husna hatte eine konkrete Provokation abgewartet und sich darauf gestürzt, als Hassan sie, schlecht gelaunt wie gewöhnlich, leise eine Hure genannt hatte.

»Ja, Sir«, sagte der alte Koch. »Ich meine, nein, Sir.«

»Nun, Hassan, hast du oder hast du nicht?«

»Nein, Sir.«

Husna wurde schrill, was ihrer Sache schadete. »Ich habe ihn gebeten, keine Chilies ins Omelett zu tun, und er hat mich beschimpft. Frag die Putzfrau, sie hat es gehört.«

Hassan sah ihr direkt in die Augen. »Du und die Putzfrau.«

»Du kannst gehen«, sagte Harouni, ohne die Stimme zu erheben.

Als Hassan gegangen war, sagte Harouni zu Rafik, der diese Vorstellung mit unbewegtem Gesicht beobachtet hatte: »Sieh zu, daß so etwas nicht mehr vorkommt.«

Husna schaute schadenfroh zu. Rafik antwortete ausdruckslos: »Ja, Mian Sahib.« Kurz darauf sagte er: »Shah Sahib ist hier. Soll ich ihn ins Wohnzimmer schicken?«

Obwohl sie wußte, daß sie nun zumindest die alten Diener gegen sich aufgebracht hatte, hatte Husna das Gefühl, sich diese Feindseligkeit leisten zu können, da ihre Position im Haus von Tag zu Tag stärker wurde. Die Haltung der Dienerschaft veränderte sich, nachdem Rafik Anweisung gegeben hatte. Nur ein paar, die alten, maskierten ihre Unverschämtheit mit eisiger Höflichkeit, während die jüngeren entweder servil wurden oder freundlich bis zu einem Punkt, an dem sie sich Freiheiten herausnahmen, womit sie ihre Gunst zu gewinnen hofften.

Husna begann die Vorteile ihrer neuen Position zu genießen. Der Sekretär, Shah Sahib, machte die Haushaltsabrechnungen und verzeichnete sämtliche Ausgaben nach einem komplizierten System der doppelten Buchführung, das tatsächlich dermaßen kompliziert war, daß K.K. sich die Mühe weder machen konnte noch wollte, es zu verstehen. Seit Jahren wiesen die Bücher exzessive Ausgaben auf. Die Fahrer, Hassan, der Koch, alle, mit Ausnahme von Rafik, blähten großzügig die Rechnungen auf, die sie einreichten. Nachdem Husna sich einige Male darüber beschwert hatte, sie stehe ohne Geld da, trage zerrissene Kleider und abgelaufene Schuhe, gab K.K. Anweisung, daß sie regelmäßig eine winzige Zuwendung bekommen sollte. Er war im Alter knickerig geworden, obwohl der Haushalt Geld verschleuderte und er monatlich zwei- oder dreihunderttausend Rupien ausgab, ohne zu wissen, wohin das Geld floß. Shah Sahib nahm Husna alsbald in sein System auf, da er verhindern wollte, daß sie anfing, Nachforschungen anzustellen, wie Frauen es in einem Haushalt gerne tun; und so steigerte sich ihre Zuwendung Monat für Monat, auf einfallsreichen Wegen in die Höhe getrieben.

Sie konnte das Auto benutzen, kaufte sich Kleidung, sogar kleine goldene Schmuckstücke. In ihren Räumen bewahrte sie erst eine, dann zwei verschlossene Stahltruhen auf, die sie mit allem möglichen füllte, von der Rohseide bis zu elektrischen Sandwichbereitern. Wenn sie mit einer speziellen Bitte an K.K. herantrat, weil sie etwas kaufen wollte, entsprach er diesen Bitten stets. Sie beschwatzte und umschmeichelte ihn, war manchmal frostig, manchmal nett. Wenn er ihr nachgab, war es ihm peinlich, dann konnte er ihr nicht in die Augen sehen.

Sie sagte ganz offen zu ihm: »Kratze an einem Mann, und du findest einen Jungen.«

Ein paar von K.K.s alten Männerfreunden, freundliche Landbesitzer mit höflichen Punjabi-Manieren, kamen zu dem Schluß, daß sie keinen Grund hätten, das junge Mädchen auszugrenzen. Sie nannten sie »Tochter« und freuten sich über ihre lebhafte, flirtende Gesellschaft. In dieser Gruppe, die nun im Alter K.K.s engsten Freundeskreis bildete, war er immer der Alerte gewesen, der Sportler und Liebhaber. Sie beneideten ihn um den Besitz Husnas, waren gleichzeitig aber auch ein klein wenig erleichtert, wenn sie nach ein paar Stunden in ihrer Gesellschaft wieder in ihre tristen Häuser zurückkehrten. Ihre Bemühtheit strengte sie an. Sie schmeichelte ihnen, erkundigte sich nach ihren harmlosen Projekten – ein Zusammenschluß der Landbesitzer im Punjab, das Hirngespinst einer Gesellschaft zur Reform des Haftungsrechts – und schmiedete sie so zu einem Kreis zusammen, dessen Mittelpunkt sie war. Sie neckte sie, saß beim Bridgespiel an Harounis Seite und versuchte, seinen Gegnern in die Karten zu schauen. Wenn sie mit demjenigen, der gerade Dummy war, um kleine Einsätze Rommé spielte, schummelte sie und lachte, wenn sie erwischt wurde, und stritt alles ab.

Die Klimaanlage im Nebengebäude funktionierte nicht richtig, und unter diesem Vorwand zog Husna in ein kleines Zimmer mit einer Verbindungstür zum großen Schlafzimmer. Diese neue Nähe kam Husna manchmal ungelegen, da es K.K. ihren Konsum an Schlaftabletten offenbarte, den er streng mißbilligte. Schon seit mehreren Jahren hatte sie nachts Schwierigkeiten, einzuschlafen. Ihre Gedanken rasten in den hysterischen Momenten, in denen sie kaum an sich halten konnte, und so war sie von Schlaftabletten abhängig geworden, die ohne Rezept in den Apotheken erhältlich waren. Gelegentlich, wenn sie vollständiges Vergessen suchte, nahm sie die doppelte Dosis – es war beinahe ein Spiel für sie, ein Flirt mit den Gefahren der Tabletten. Sie schlief nachts nicht bei K.K., sondern zog sich nach einer gewissen Zeit stets in ihr eigenes Zimmer zurück und sagte, sein unruhiges Hin- und Herwälzen störe sie. Manchmal, wenn sie eine stärkere Dosis genommen hatte, reagierte sie morgens nicht, wenn der Diener an ihre Tür klopfte, und dann kam K.K. persönlich im Pyjama und in einem alten seidenen Morgenmantel und schüttelte sie. Er blickte dann auf ihr schlafendes Gesicht hinunter, das entspannt dalag, von allem Ehrgeiz, aller Angst und Bosheit befreit; Eigenschaften, die er ihr verzieh, da er der Meinung war, daß die Verhältnisse, in die er sie gebracht hatte, diese beförderten. Wenn er sie so sah, meinte er manchmal sie zu lieben, diese Helligkeit zu lieben in den letzten Jahren seines Lebens, seit er so einsam geworden war. Der alte General Hadayatullah, oberster Sanitätsoffizier der Armee im Ruhestand, hatte K.K. darüber informiert, daß sein Herz ihn jeden Moment im Stich lassen könne. K.K. fürchtete den Tod mit dem außerordentlichen Erschrecken eines zutiefst rationalen Mannes, der den Trost der Religion nicht kennt und weiß, daß der Tod absolut sein Ende bedeutet. Er wünschte so sehr, zu leben!

Husna erwachte spät am Morgen, und K.K. eilte dann in ihr Zimmer.

»Stell dir vor, mir würde nachts etwas passieren«, sagte er, während sie im Bett lag und mit erschöpftem, blassem Gesicht an ihrem Tee nippte. In diesen Momenten war sie am hübschesten, wenn sie, wie neu, aus einem betäubten Schlaf erwachte.

Sie weinte dann und bat ihn, nicht über solche Dinge zu sprechen, und in diesen Momenten hatte er das Gefühl, daß auch sie ihn wahrhaft liebte, etwas, das er oft bezweifelte, trotz ihrer Liebesbeteuerungen. Er klammerte sich an ihre Gegenwart und warf sich das vor mit einem Satz, den er sogar vor ihr einmal wiederholte: *Zu alt, um von Vergnügen erregt zu werden, suche ich den Schmerz.*

Im August setzte der Monsun ein. Der Regen kam aus Indien, strich über die Berge des Himalaya, füllte die Flüsse des Punjabs und ergoß sein Wasser über den Hindukusch und auf die Ebene, die sich vom Kyberpaß bis nach Karachi erstreckt. Im Garten vor K.K.s Zimmer hockten zerzauste Krähen auf den triefenden Ästen der uralten Bäume, und der Rasen sog sich mit Wasser voll.

Eines Nachts läutete die Glocke im Quartier der Dienstboten, und Rafik stand auf, zog sich an und eilte in K.K.s Zimmer. Der Herr saß aufrecht im Bett, im Schein einer einzelnen Lampe.

»Irgend etwas stimmt nicht«, sagte er. »Mein Puls rast. Weck Husna auf.«

Husna kam ins Zimmer, sich über das Gesicht streichend und ihre Kleider zurechtzupfend.

»Was ist, Onkel?«

»Ruf General Hadayatullah an. Es ist etwas mit meiner Brust.«

K.K. saß im Bett, verängstigt, das Gesicht dünn und abgekämpft, und lenkte sich mit bedeutungslosem Geschwätz ab, indem er in Husnas Redeweise verfiel, die zu beider Privatsprache geworden war.

»Also, Bibi, eine Weile wirst du mir jetzt beim Rommé nicht mehr das Hemd ausziehen. Oder sie verschreiben mir Bettruhe, und dann spielen wir sogar noch mehr, und du hast demnächst eine hübsche fette Mitgift auf der hohen Kante.« Früher hätte er solche Scherze geschmacklos gefunden. Er hatte angefangen, sie damit aufzuziehen, daß sie auf der Suche sei nach einem jungen Ehemann – und ihn verlassen wolle –, und war inzwischen beinahe selbst davon überzeugt, daß dem so war. In Wirklichkeit aber zog sie ihn, wenn er ihre frechen Manieren und ihren Slang nachäffte und im Spaß sagte, was offen nicht gesagt werden konnte, immer weiter in ihre eigene Welt hinein, wo sie ihn viel besser kontrollieren und an sich binden konnte.

Im Flur vor dem Schlafzimmer hatten sich die Bediensteten versammelt, vielleicht zwanzig von ihnen, barfuß, die sich flüsternd unterhielten und allein oder zu zweit ins Haus kamen, als sie erfuhren, daß dem Herrn etwas zugestoßen war.

Der General rauschte herein, ein hochgewachsener, anglisierter Offizier, und sein gestutzter Schnurrbart und sogar der leicht militärische Schnitt seiner Kleidung sprachen von Zielstrebigkeit. Rafik, der den General gut kannte, brachte einen Hocker. Als er mit Hilfe eines tragbaren Geräts ein EKG machte, hielt der General den Meßstreifen ins Licht und sagte: »Geh sofort in die Mayo-Klinik. Tragt ihn in einem Stuhl hinaus.« Er ließ den Deckel des Geräts präzise zuklappen und steckte den Streifen nachdenklich in seine Westentasche.

Einen Moment lang blickten Husna und K.K. einander an, sein Gesicht von Furchen durchzogen und ernst, ihres vom Schlaf verquollen. Zum ersten Mal sah er sie als Erwachsene, als Frau; und sie sah zum ersten Mal, krank und möglicherweise sterbend, den Liebhaber.

Sämtliche Bediensteten, die Gärtner, die Chauffeure, die jüngeren, die K.K. nur von ferne zu sehen bekamen, wollten mithelfen, den Stuhl durch die Flure des Hauses zu tragen, wo nur wenige Lichter brannten und ihre Schatten warfen. K.K. saß teilnahmslos auf dem Stuhl, erhaben über der Menge, dann tiefer an den Türen, wie ein unbeholfener König, ein König auf einer Bühne.

Als Husna sich anschickte, in den Wagen zu steigen, hielt der General sie zurück. »Du mußt hierbleiben. Die Leute werden kommen und sich nach ihm erkundigen. Wahrscheinlich geht es ihm bald wieder gut, aber du solltest Sarwat und die anderen anrufen. Kamila sollte aus New York herkommen. Sag ihnen, sie sollen auch Rehana anrufen.« Rehana, die mittlere Tochter, hatte mit K.K. gebrochen, als er sich von seiner Frau getrennt hatte. Husna fing an zu weinen, zitterte, und er trat einen Schritt zurück und warf ihr einen stechenden Blick zu. »Laß das, hier geht es nicht um dich. Bereite dich vor. Denk daran, wer du bist.«

Gegen Mitte des Vormittags kamen die Menschen ins Haus, um vorzusprechen, Freunde der Familie, denn in Lahore verbreiteten sich die Nachrichten schnell. Husna empfing sie, im Wohnzimmer sitzend. Sie hatte sich zu schick angezogen, trug eine bestickte schwarze *kurta*. Mehrere Gäste erkundigten sich gezielt nach den Töchtern.

Sarwat hatte befohlen, daß ein Wagen am Flughafen jeden Flug aus Karachi abwarten sollte, da sie so schnell wie möglich einen Flug buchen wollte. Kurz vor dem Mittagessen kam sie durch die Tür ins Wohnzimmer und kniff die Augen zusammen. Ein älteres Paar, das mit Husna zusammengesessen hatte, erhob sich.

»Was ist passiert?« fragte sie, an Husna gewandt. »Was machst du hier? Wo ist Daddy?«

Husna erklärte es ihr. Das alte Ehepaar verabschiedete sich eilig.

»Bitte«, sagte Sarwat, »dies ist ein Moment, der die Familie betrifft. Ich habe meine Cousine Bilqis hergebeten, um die Leute zu empfangen. Geh in dein Zimmer und bleibe dort.«

Husna traute sich nicht, Sarwat zu sagen, daß sie in das Zimmer neben dem großen Schlafzimmer umgezogen war. Ein Diener schaltete im Nebengebäude die Klimaanlage ein, und Husna blieb den ganzen Tag über dort, saß auf einem Stuhl und schaute aus dem Fenster auf die Besucher hinunter, ihr Kommen und Gehen. Hassan schickte etwas zu essen hinauf, doch sie aß nicht. Sie wußte, man würde ihr nicht erlauben, sich in der Klinik um K.K. zu kümmern.

Mitten in der Nacht schlief sie ein, immer noch auf dem Stuhl am Fenster. Als sie morgens plötzlich erwachte, blickte sie auf die mit Autos vollgestellte Auffahrt hinunter, eine Schlange, die sich bis zu den massiven Toren an der Grenze des Geländes zog. Ohne sich auch nur einen Schal über den Kopf zu legen, rannte sie die Treppe hinunter in die Unterkunft der Bediensteten. Rafik saß auf einem Stuhl und schluchzte unnatürlich, wie von einem Husten geschüttelt, den Kopf in den Händen, die Ellbogen auf den Knien. Sie sah sehr deutlich den gebeugten, unbedeckten Kopf des alten Mannes, das schüttere graue Haar, die Kopfhaut. Sie begriff, daß K.K. gestorben war. Zwei weitere Bedienstete, junge, die neu waren im Haus, kauerten in der Nähe unsicher auf ihren Fersen. Sie sahen sie neugierig an, sagten aber nichts. Ihre Augen füllten sich mit Tränen, und sie wandte sich ab und verließ den Raum und ging ins Nebengebäude, in die kühlen Zimmer, die auf die von Zweigen beschattete Auffahrt hinaussahen. Sie legte sich auf das Bett, ihre Gefühle konzentrierten sich ganz vorne in ihrem Kopf wie ein unermeßlich schwerer, schwarzer, unverständlicher Punkt. Sie fürchtete sich davor, laut zu weinen, Aufmerksamkeit auf sich zu ziehen.

Im Islam muß eine Leiche so schnell wie möglich begraben werden, idealerweise vor Einbruch der Dunkelheit. Als Husna aus ihrem Schlafzimmer auftauchte und wieder auf die Auffahrt hinuntersah, sah sie Männer ein Zelt aufstellen, in dem die männlichen Gäste sitzen würden, um während der *janaza* zu trauern. Die Frauen würden im Haus bei der Leiche sitzen. Unter den Dingen, die sie nicht in ihr Zimmer im Haupthaus hinübergetragen hatte, fand Husna Kleidung, die sie mitgebracht hatte, als sie ins Haus gekommen war, einen billigen *shalvar* und eine *kurta* mit einem einfachen weißen Kopftuch. In diesem Aufzug betrat sie das überfüllte Wohnzimmer. Die Leiche K.K. Harounis lag in ein weißes Tuch gehüllt auf dem Fußboden, das Kinn mit einer weißen Bandage hochgebunden, deren Knoten an einem Ohr unbekümmert abstand. Das Gebiß war verlorengegangen, und seine Wangen waren eingefallen. Sein Körper wirkte geschrumpft, wie er so zwischen den Rosenblättern lag, die von den Bediensteten ausgestreut worden waren. Sarwat stand von ihrem Platz am Kopf der Leiche auf und berührte Husnas Kopf mit beiden Händen, sagte aber nichts. Husna ging an die Rückseite des Raumes und setzte sich so weit wie möglich von K.K.s alter Ehefrau entfernt, die einen Rosenkranz betete, einen verblüfften Ausdruck auf dem Gesicht. Alle möglichen Frauen waren gekommen, Frauen aus allen Phasen von K.K.s Leben, und immer noch kamen weitere, klackerten auf hohen Absätzen durch die Vorhalle und durch das vordere Vestibül, quollen aus anderen Räumen. An verschiedenen Orten hörte man leises oder lautes Schluchzen ausbrechen und wieder verklingen, wie der Brauch es fordert. Zwei Damen der Gesellschaft saßen unbequem neben Husna auf dem Fußboden und klatschten miteinander, und sie hörte die eine auf englisch zur anderen sagen: »Oh, isn't that *delicious*.«

Natürlich ist es euch egal, dachte Husna, die vor ihnen nicht weinen wollte. Sie hatte das Gefühl, nur ihr mache es wirklich etwas aus, daß sie mehr verloren hatte als alle anderen.

Und dennoch wollte sie sein wie sie, sie waren, was sie verloren hatte.

Die nächsten zwei Tage blieb Husna im Nebengebäude, ohne es ein einziges Mal zu verlassen. Tag und Nacht kamen Menschen, um Sarwat und Kamila zu kondolieren, die entfremdete dritte Tochter war aus Paris angereist, wo sie eine esoterische Spielart islamischer Women's Studies unterrichtete – doch sie wohnte ausdrücklich lieber bei ihrer Mutter als in K.K.s Haus. Husna hatte das Gefühl, daß man sie vergessen hatte, und sie wollte vergessen werden, wollte allein in diesen Räumen bleiben, mit den Binsenmatten auf dem Fußboden, einigen zusammengeklaubten Möbelstücken und einer Klimaanlage, die das Apartment beinahe kühl hielt und Wasser unten auf den Asphalt tropfen ließ. Am dritten Tag kam frühmorgens, vor den Besuchern, ein Diener, um ihr zu sagen, daß die Schwestern sie sprechen wollten. Sie erwarteten sie im Wohnzimmer, alle drei in Saris, entspannt. Kamila hatte es sich, die Füße unter sich gezogen, auf einem Sofa bequem gemacht, Rehana und Sarwat saßen in hochlehnigen Sesseln.

Sie kamen sofort zur Sache, und Kamila, als Älteste, sprach.

»Mein Vater hat dir erlaubt, im Haus zu wohnen. Er hätte jedoch nicht gewollt, daß du hier bleibst. Morgen nachmittag steht das Auto zu deiner Verfügung, um dich zu bringen, wohin du gebracht werden möchtest. Ich nehme an, du gehst zurück in das Haus deines Vaters. Es wird keine Diskussion darüber geben.« Sie lehnte sich zurück, das Thema war für sie abgeschlossen.

Husna, die sich nach der Hälfte dieses Monologs gesetzt hatte, obwohl sie nicht dazu aufgefordert worden war, blickte zu Boden. Tränen stiegen ihr in die Augen.

»Hat Onkel irgend etwas über mich gesagt, bevor … bevor …?«

Sarwat mischte sich ein. »Nein«, antwortete sie in endgültigem Ton. »Es gab und gibt nichts für dich.«

»Das ist nicht, was ich meinte«, sagte Husna.

Kamila wurde milder. »Schau, was auch immer du mit meinem Vater hattest, ist jetzt vorbei. Wenn du dich in den letzten Monaten um ihn gekümmert hast, bist du entlohnt worden.

Du bist jung, du wirst eine andere Beschäftigung finden. Du glaubst, daß du dich niemals davon erholen wirst, aber das wirst du, schneller, als du denkst. Geh, geh zurück ins Nebengebäude.«

Daraufhin stand Husna auf. Sie war am Tiefpunkt angekommen, ihr Stolz erwachte, ihr Gefühl, jetzt ihre Würde bewahren, das Unausweichliche akzeptieren zu müssen. Für sie würden von nun an Würde und Stolz und die Erinnerung alles sein. Ich habe keine Macht. Sie sind wichtige Persönlichkeiten, und ich bin nichts, und meine Familie ist nichts. Ich muß gehorchen: Die Endgültigkeit dieser Aussage klang wahrhaftig, das Fehlen einer Bitte, mit der sie der Entlassung durch die Schwestern entgegentrat.

Als sie die Tür schon fast erreicht hatte, rief Rehana ihr etwas nach. »Es gibt noch etwas. Man sagt uns, daß du in deinem Zimmer einige Truhen verwahrst. Wir werden dich nicht fragen, was darin ist. Die kannst du mitnehmen. Aber nichts sonst.«

Als sie schwankend das Nebengebäude erreichte, setzte sich Husna auf die Bettkante und vergrub das Gesicht in den Händen. Sie hatte gehofft, daß Rehana, die Ausländerin, die Gekränkte, ihre Partei ergreifen würde – und doch war sie es, die die härtesten Worte gesprochen hatte. Und am Ende wog die Entfremdung zwischen ihnen weniger als ihre Verachtung für sie. Sie hatten sich gegen sie verbündet – Familie, Blut. Sie versuchte, sich zu sagen, daß sie ohne jede Hoffnung zu den Schwestern gegangen war, mit nichts im Herzen als ihrer Trauer über den Tod ihres Vaters, der sie geliebt hatte. Sie hätte etwas Kaltes sagen, hätte ihr letztes beleidigendes Angebot zurückweisen sollen.

Ihm zuliebe hätte ich sagen sollen: »Ich bin ohne etwas gekommen, und ich gehe ohne etwas. Ich gehe mit den Kleidern, die ich auf dem Leib trage. Ich habe Ihrem Vater gedient, als Sie weit weg waren. Möge Schande über Sie kommen.«

Doch nicht einmal diese Geste konnte sie sich leisten. Am nächsten Tag luden zwei Männer die Truhen auf einen Pferdekarren und schafften sie fort in die Alte Stadt.

Unsere Lady of Paris

Sohail und Helen hatten sich vor zwei Jahren kennengelernt, in Yale, wo sie ihr Grundstudium absolvierte und er Jura studierte. Nach dem Examen im letzten Sommer war er nach Hause zurückgekehrt, nach Pakistan, während sie noch ihr letztes Jahr zu Ende brachte. Sie hatten sich darauf geeinigt, daß sie die Frage nach ihrer Zukunft aufschieben würden, bis sie mit dem Studium fertig war – nicht die Frage, ob sie zusammen sein würden, sondern wo: in Pakistan, New York oder anderswo. Sohail hatte sich vage verpflichtet, in das weitverzweigte Geschäft seines Vaters einzusteigen – eine Zuckermühle, Landwirtschaft und vieles mehr. Der akademische Grad war eine Möglichkeit gewesen, diesen Schritt hinauszuzögern.

In jenem Herbst wohnte er im Anwesen der Familie in Karachi, einem verschachtelten Gebäude, das so groß war, daß er die Nähe seiner Eltern ertragen konnte, die den Teil bewohnten, der das Alte Haus genannt wurde, ihm selbst war ein Nebengebäude unter einem riesigen Banyanbaum am hinteren Ende des Gartens überlassen. Als er seiner Mutter verkündete, daß er an Weihnachten nach Paris fahren würde, um sich mit Helen zu treffen, schürzte sie die Lippen, sagte jedoch nichts.

Ein paar Tage später traf er sie allein beim Tee im Wohnzimmer, wo sie Gäste erwartete. Sie war einst eine gefeierte Schönheit gewesen, aus einer prominenten, kultivierten Familie aus Lucknow. Heute, mit fünfundvierzig, kannte sie in einer bestimmten Schicht Karachis jeden, sie ging zu Abendeinladungen und zum Polo und zu sämtlichen eleganten Hochzeiten, flog häufig nach Lahore und Islamabad und verbrachte den Sommer in London.

Im Winter wurden ihre Räume von einem Feuer erwärmt, das in der Dämmerung angezündet wurde, im Sommer wurden sie eisig kalt gehalten. In ihren schlechten Nächten, wie sie sie nannte, nahm sie Schlafmittel, die dunkle Schatten wie von blauen Flecken unter ihre Augen zeichneten. Ein Porträt, das im Speisezimmer hing, zeigte sie zurückgelehnt auf einer Chaiselongue, ein Schuh baumelte von einem ihrer langen, eleganten Füße, und ihre Haut war samtig und ebenmäßig weiß; sie sah träge und gefährlich aus, als lauere sie im Hinterhalt und sei selbst der Köder.

»Hallo, Liebling«, sagte sie. »Komm und trink einen Tee mit mir.« Sie saß in einem grünen Seidensari auf einem Sofa, die Füße unter sich gezogen, das schwarze Haar straff zurückgekämmt. »Ich sehe dich nicht oft genug.«

Er war ihr aus dem Weg gegangen, außerstande, ihren Fragen über seine Zukunft standzuhalten – er »akklimatisierte sich noch«, ging alle paar Tage in die Zentrale des Familienunternehmens, um E-Mails zu schreiben und online die *New York Times* zu lesen. In dieser Zeit, in der sein Selbstvertrauen ihn im Stich ließ, fand er sie überwältigend. Er hielt sich an die Gurkensandwiches und verschlang eines nach dem anderen.

»Warum kannst du nie einen Teller benutzen? Deine Manieren sind sogar noch schlechter geworden, seit du in Amerika warst.« Sie nahm einen Teller, legte eine Serviette darunter und reichte ihn hinüber. »Sohail, ich würde dich gerne um einen Gefallen bitten.« Sie brachte diese beiden Dinge zusammen – auf den mütterlichen Tadel folgte in beinahe flirtendem Tonfall ihre Bitte.

Er hob eine Augenbraue und knabberte an einem weiteren Sandwich.

»Ich möchte, daß dein Vater Urlaub macht, er überanstrengt sich. In London langweilt er sich immer. Ich dachte, wir könnten nach Paris kommen.« Sie sagte dies in leichtem Ton. »Nur für eine Woche, ich weiß, daß ihr allein sein wollt. Erinnerst du dich, wie nett es war, als wir zusammen in Rom waren? Dein Vater hat erst kürzlich davon gesprochen, wie sehr es ihm damals gefallen hat.«

»Ich habe Helen seit Juni nicht mehr gesehen«, erwiderte Sohail vorsichtig. »Wäre das nicht in etwa so, als würde man seine Mutter mit in die Flitterwochen nehmen?«

»Oh, wir würden euch nicht im Weg sein. Und ich würde sie gerne kennenlernen. Du wirst kaum merken, daß wir da sind. Ich habe ein Apartment gefunden.«

Er gab nach, da es beinahe immer so endete, daß er tat, was sie wollte, und weil es unvermeidlich war, daß er Helen seiner Mutter bald einmal vorstellte, um die Beziehung voranzubringen.

Sohail hatte sich auf der Île Saint-Louis ein Apartment geliehen von einem seiner Kindheitsfreunde, ebenfalls Sohn eines pakistanischen Industriellen, der in den letzten zwei Jahren die meiste Zeit als Schriftsteller in Paris gelebt hatte – ohne tatsächlich zu schreiben. Sohail kam zwei Tage vor Helen in Paris an, putzte das Apartment, bezog das Bett mit neuen Laken, die er in den Galeries Lafayette gekauft hatte, und besorgte Essen und Wein in den winzigen, überteuerten Läden an der Rue Saint-Louis-en-l'Île. Nachdem er Helen am Flughafen abgeholt hatte, trug Sohail ihre Tasche auf dem Kopf nach oben in den sechsten Stock, ins Dachgeschoß, und schlug sich an den Windungen des engen Treppenhauses immer wieder den Kopf an. Sie liebte dies inzwischen an ihm, seine Verspieltheit, daß er bereit war, sich ein klein wenig lächerlich zu machen. Oben angekommen, setzte er die Tasche keuchend ab und zog mit großer Geste einen kleinen runden Schlüssel hervor, ganz anders als die Schlüssel in Amerika.

Sie hielt unter der Tür inne, ein hübsches Mädchen, eindeutig Amerikanerin, das kurze Haar von einer Schildpattspange zurückgehalten. Sie hatte unter und von Büchern gelebt, an der Highschool und dann im College, und ein Stipendium für Yale erhalten. Paris war ein Traum aus ihrer Kindheit, als ihre alleinerziehende Mutter nicht mit ihr verreisen konnte, nicht nach Europa. Sie ging durch das Zimmer und öffnete das Fenster und blickte über ein Kloster, dann über die Seine bis zum Panthéon und auf die Stadt dahinter. Ein Satz kam ihr in den Sinn – *meine barfüssige Bedürftigkeit* –, noch ein Satz aus einem Buch. Sie wollte nicht, daß Sohail dies sah. Es hatte wieder zu regnen angefangen, und von den Schieferdächern gegenüber lief in Strömen das Wasser.

In der Abenddämmerung des folgenden Tages saß Sohail da und sah Helen beim Ankleiden zu für das erste Abendessen mit seinen Eltern. Er trug ein Sportjackett, einen schwarzen Kaschmirrollkragenpullover und Hosen mit Bügelfalte; sie rollte schwarze Strümpfe über ihre Beine, die rosig waren und feucht von der Dusche. Sie ging zum Schrank, nackt bis auf die Strümpfe, und nahm ein schwarzes Kleid heraus, stieg hinein und zog es über die Wölbung ihrer Hüften. Sie wandte ihm den Rücken zu, und er zog den Reißverschluß zu, dann blieb er einen Augenblick stehen und hielt sie dicht an sich gepreßt und atmete den Duft ihres Haares ein.

Sie spazierten an dem halbherzigen Weihnachtsbaum vor Notre-Dame vorbei, dann am linken Seineufer entlang, zwischen den Scheinwerfern von Motorrollern und Autos hindurch, in der Menge, die im Zwielicht nach Hause eilte, mit den Touristen, die überall Fotos machten, den Parisern mit den zugeknöpften Gesichtern. Die nassen Straßen glänzten. Helen ging neben Sohail, hielt mit klappernden Absätzen mit ihm Schritt. Sie nahm die Stadt um sie herum in sich auf, die sich so rasch, so anders bewegte.

Ein Schiff fuhr vorbei, stromaufwärts, lang und schnell, und pustete Rauch in die Dunkelheit, die beleuchtete Kabine wirkte gemütlich und fröhlich über dem kalten schwarzen Wasser.

»Weißt du«, sagte sie nachdenklich, »die Seine trennt Paris nicht, sie hält die Stadt zusammen. Sie hat genau die richtige Breite, kein kleiner Bach, sondern ein öffentlicher Raum im Herzen der Stadt.«

Sohail beugte sich zu ihr hinunter und küßte sie. »Das ist ein großartiges Bild, der Fluß, der Paris *nicht* teilt.«

»Es gehört dir«, sagte Helen. »Für dein nächstes Gedicht.«

Seine Eltern wohnten in einem Apartment am Quai des Grands Augustins mit Blick auf die Seine. Sohail und Helen gingen hinauf in den zweiten Stock, fanden die Tür, und er hatte die Klingel kaum berührt, als eine Stimme rief: »Komme.«

»Hallo, Liebling«, sagte seine Mutter und hielt ihm zum Kuß die Wange hin und sah an ihm vorbei Helen an. Sie hatte eine rauhe, anziehende Stimme und war recht schlicht gekleidet in eine weiß in weiß bestickte Baumwolltunika über einer schmalgeschnittenen Hose.

Helen reichte die Hand gestreckt hin und blickte Sohails Mutter direkt und offen in die Augen. »Hallo, Mrs. Harouni. Ich bin Helen.«

»Und ich bin Rafia. Willkommen.« Ein Lächeln war auf ihrem Gesicht fixiert.

Sohails Vater stand daneben, ein zierlicher Mann mit einem kleinen Schnurrbart, korrekt gekleidet in einen dicken braunen Tweedanzug mit Weste und dezenter Krawatte, die auf Hochglanz polierten Schuhe von klarem Braun. Als er Helen den Mantel abnahm, sagte er: »Willkommen, willkommen. Danke, daß Sie gekommen sind.« Doch sein Satz wirkte wie ein Reflex, ohne Verbindung zu seinen Gedanken. Als er den Mantel auf einen Bügel hängte, nahm er sie genau in Augenschein, mit prüfendem Blick. Sohail hatte seinen Mantel nahe der Tür auf einen Stuhl geworfen.

»Sehr nett«, sagte Sohail und blickte sich in dem Apartment um, das hohe Decken hatte und vergleichsweise winziges Mobiliar. Aus der Stereoanlage sang eine Frau auf französisch, und seine Mutter hatte Kerzen angezündet.

»Sie gehört Brigadier Harazi«, sagte sein Vater und nahm wieder vor dem Feuer Platz.

Rafia und Helen waren ins Wohnzimmer weitergegangen. Die Mutter beugte sich vor und betrachtete Helens Halskette, ein Stück afghanischer Stammeskunst aus Silber und Lapislazuli.

»Ist sie nicht schön.«

»Sohail hat sie mir geschenkt. Sie gehört zu meinen Lieblingsstücken.«

Rafia wandte sich um und sagte lächelnd zu Sohail: »Holst du für dich und Helen, was ihr möchtet – es ist in der Küche.« Dann, zu Helen gewandt: »Kommen Sie, setzen Sie sich zu mir.«

Sohail brachte ein Glas für Helen und eines für sich selbst. Sein Vater saß zurückgelehnt auf dem Sofa, das Glas auf dem Knie, und blickte gelassen ins Zimmer. Rafia sprach als erste.

»Ich habe Sohail versprochen, ihn nicht in Verlegenheit zu bringen, indem ich erzähle, wie oft ich von Ihnen gehört habe.« Wenn sie lächelte, hatte sie kleine Grübchen. »Aber es stimmt, er erzählt mir immerzu von Ihnen, es ist süß.«

»Ma, bitte. Das klingt, als wäre ich fünfzehn«, sagte Sohail.

»Es ist die schlichte Wahrheit. Und warum sollte ich es nicht erwähnen, es ist schön, dich glücklich zu sehen. Aber bitte komm und hilf mir mit dem Abendessen. Nimm dein Glas mit.«

Als Mutter und Sohn in die Küche verschwanden, hörte Helen, wie Rafia Sohail zuflüsterte: »Aber sie ist *so* hübsch.«

Helen blieb mit Mr. Harouni zurück, der keine Neigung zeigte, sich zu unterhalten. Er blickte zufrieden ins Feuer, sein Glas war beschlagen. Nachdem sie gezögert hatte, einen Drink zu nehmen, hatte Helen einen Weißwein akzeptiert und sich selbst daran erinnert, daß sie erwachsen war. Nun nahm sie einen Schluck von dem Wein und versuchte, sich zu entspannen. Sie hatte aufrecht dagesessen, auf dem vorderen Teil der Sitzfläche.

Noch immer mit Blick auf das Feuer, sagte Mr. Harouni nachdenklich: »Sohail war sehr glücklich in Yale.« Sie wartete auf mehr, doch der Vater schien zufrieden damit, diese Bemerkung gemacht zu haben, ein ausreichendes Angebot.

»Das war er wirklich, Mr. Harouni. Er war immer glücklich, seit ich ihn kenne.« Sie wollte so gradlinig mit seinen Eltern sein wie möglich.

»Bitte, nennen Sie mich Amjad.« Der dicke Tweed seines Anzugs und die Zierlichkeit seiner Hände und Füße machten, daß er Helen wie ein teures Spielzeug vorkam. Er sprach sehr leise.

Sie beschloß, fortzufahren, um das bißchen an Schwung zu halten. »Sein Leben in Pakistan ist so anders, zumindest soweit ich davon weiß. Aber er hat eine amerikanische Seite, etwas, das ich für amerikanisch halte. Er ist sehr sanft – damit meine ich nicht, daß Amerikaner sanft sind, das sind sie nicht. Doch es ist einfacher, sanft zu sein, wo es Ordnung gibt.«

Sie hielt inne, nippte an ihrem Wein und wartete.

»Fahren Sie fort«, sagte Mr. Harouni.

»Er und meine Mutter kamen gut miteinander aus, obwohl –

sie ist Sekretärin in einer Kleinstadt in Connecticut und hat ein Haus mit Katzen und einem Garten. Ihm gefiel das. Zuerst dachte ich, er tut nur so, aber das war nicht der Fall.«

»Es ist ein wunderbares Land. Es gibt nichts, was ihr Amerikaner nicht tun könnt, wenn ihr es darauf anlegt. Ich bewundere die Amerikaner ungeheuer.« Er nippte an seinem Glas, und die Eiswürfel klickten. »So viele von unseren jungen Leuten wollen in Amerika leben – ich nehme an, Sohail ebenfalls.«

»Er spricht darüber«, sagte sie vorsichtig. »Aber er spricht auch sehr viel über Pakistan. Als er und ich einander zum ersten Mal begegnet sind, hat er mir stundenlang Geschichten über Pakistan erzählt.«

»Und was ist mit Ihnen? Was möchten Sie tun?«

»Ich möchte Ärztin werden. Ich habe gerade meine Bewerbungen für das Medizinstudium abgeschickt.« Sie errötete, als sie dies sagte, die Farbe überzog ungleichmäßig ihre feinen Wangenknochen.

»An der Ostküste?«

»In New York möglicherweise. Als ich klein war, fuhr meine Mutter immer mit mir in die Stadt, ins Naturhistorische Museum oder ins Met, und manchmal spazierten wir einfach herum und schauten uns die Geschäfte und die Menschen an. Ich wollte schon immer dort leben.«

Sie machte wieder eine Pause, sie wußte, daß es sich möglicherweise pathetisch anhörte. »Es fühlt sich an, als wäre es der Mittelpunkt der Welt. Und es ist nicht mehr, wie es war, es ist sicher und sauber, man kann um Mitternacht zu Fuß durch den Park spazieren.«

Der Vater blickte sie ausdruckslos an. »Vielleicht kann Sohail dort eine Zweigstelle unserer Firma eröffnen.«

Sohail war hereingekommen und hatte diesen letzten Teil der Unterhaltung mitangehört. Er setzte sich auf die Armlehne von Helens Sessel, legte ihr eine Hand auf die Schulter und sagte: »Nun hast du es gesehen, Helen. So weit geht meines Vaters Humor.« Er beugte sich vor, nahm das leere Glas seines Vaters und stand auf. »Ich warne dich, dieser Mann hat mehr Fabriken, als deine Mutter Katzen hat. Paß bei ihm auf. Halte dich an Name, Rang und Seriennummer.«

Mr. Harouni lächelte anerkennend.

»Wir wollen beide dasselbe – was für dich am besten ist«, sagte Helen in einem flirtenden Ton, der ihr selbst ganz neu war. »Warum sollte ich vorsichtig sein müssen?«

Sie aßen zu Abend an einem kleinen Tisch unter einem stacheligen modernen Lüster, der mit Blattgold überzogen war, und Mr. Harouni saß am Kopf der Tafel und füllte ihre Suppenschalen mit einer mit Safran gewürzten, aromatischen Bouillabaisse. Rafia probierte eine Löffelspitze davon und sagte: »Sie schmeckt gut. Sie stammt von Quintessence – angeblich *das* neue schicke Geschäft.« Sohail goß den Wein ein und dimmte dann das Licht, so daß der Tisch von Kerzen erhellt wurde.

Ein *bâteau mouche* glitt auf der Seine vorbei, die Reihe seiner Scheinwerfer auf die historischen Gebäude entlang des Quais gerichtet, was Lichtmuster durch die Jalousien an die Wohnzimmerwand warf. Eine Weile aßen sie behutsam die heiße Suppe.

Helen hatte das Gefühl, daß sie das Schweigen brechen sollte. Gerade als sie etwas sagen wollte, wandte Rafia sich an sie.

»Wissen Sie, daß Sohail beinahe in Paris zur Welt gekommen wäre?« Sie kostete von ihrem Löffel und sah Helen von der Seite an. »Ich war in London, um das Baby zu bekommen, ich war riesig und fühlte mich wie ein Elefant – deshalb bat ich Amjad, mit mir hier herüberzukommen, weil ich mir ein paar gewagte Kleider aussuchen wollte. Ich dachte, am Tag nach der Geburt hätte ich meine mädchenhafte Figur zurück.«

Sohail strahlte Helen über den Tisch hinweg an, das Gesicht

von zwei flackernden Kerzen umrahmt. »Man erkennt, daß es sich hier um eine der großen Geschichten meiner Mutter handelt – an der schlichten Tatsache, daß sie meinen Vater nie um irgend etwas gebeten hat. Wenn sie gesagt hätte, sie habe meinen Vater nach Paris befohlen, hätte es vielleicht gestimmt.«

»Wie auch immer, du wärst beinahe hier geboren worden, im Hôtel d'Angleterre.«

»Ich wollte, es wäre so gewesen«, sagte Sohail. »Für einen Pakistani ist London als Geburtsort ungefähr so aufregend wie Lahore. Paris wäre glamouröser.«

Rafia wandte sich an Helen. »Wo wären Sie gerne geboren worden?«

»Ich habe nie darüber nachgedacht. Als ich Sohail zum ersten Mal traf, fragte er mich, wo ich begraben sein möchte.«

»In den sieben Jahren, die ich mit Mädchen ausgehe, hat diese Frage noch nie versagt.« Sohail schien das Erstbeste zu sagen, was ihm in den Kopf kam, um die Pausen in der Unterhaltung zu füllen.

»Sei nicht so schnippisch, Sohail. Amjad, wo wärst du gerne geboren worden?«

Der Vater, der mit dem Gleichmut eines einsamen Herrn in einem geschäftigen Café seine Suppe gegessen hatte, blickte sie unter den Augenbrauen hervor an.

»In einem möglichst glücklichen Zuhause, nehme ich an. Und nicht in Indien, glaube ich. Und nicht in Europa. Vielleicht in Amerika.«

Das interessierte Helen und bremste ihre Irritation angesichts der Unterhaltung zwischen Mutter und Sohn, die zu routiniert schien – als gäben sie gemeinsam eine Vorstellung und schlössen sie von ihrer Darstellung aus.

»Warum Amerika?« fragte sie. Auf ihrem ovalen Gesicht spiegelte sich das Kerzenlicht.

Mr. Harouni legte die Unterarme auf den Tisch, den Löffel

noch in der Hand, und blickte einen Moment lang über den Kopf seiner Frau hinweg auf die gegenüberliegende Wand. »Sie wissen oder vermuten richtigerweise, daß ich in eine gutsituierte Familie hineingeboren wurde. Ich hatte mein ganzes Leben lang Glück, meine Geschäfte florierten, ich mußte keine Tragödien erleiden, meine Frau und ich sind glücklich miteinander, wir haben einen wunderbaren Sohn. Das eine, was ich nicht hatte, so empfinde ich es manchmal, ist das Gefühl der absoluten Freiheit, exakt das zu tun, was ich möchte, hinzugehen, wo ich möchte, zu tun, was ich möchte. Ich habe den Verdacht, daß nur ein Amerikaner jemals dieses Gefühl hat. Ihr seid unbelastet von euren Familien, und ihr seid unbelastet von der Geschichte. Selbst wenn ich an den Südpol liefe, käme eines Tages ein pakistanischer Geschäftsmann in mein Iglu gekrochen und würde mich fragen, ob ich K.K. Harounis Cousin sei.«

Rafia berührte ihn am Arm. »Liebling, für klimakterische Beschwerden bist du zu alt. Amerikaner sind nicht freier als andere auch. Nur weil ein Amerikaner nach Kansas oder Wyoming davonläuft, bedeutet das nicht, daß es ihm gelingt, all dem zu entkommen, was er zurückgelassen hat. Er schleppt es mit sich, wie wir alle.« Sie wandte sich an Helen. »Wenn ich Sie fragen darf: Halten Sie sich für frei?«

»Ich bin noch nicht alt genug, um das zu wissen. Ich glaube, mit einundzwanzig halten sich viele Mädchen für frei.«

»Brillant!« sagte Sohail. Er goß sich und seinen Eltern Wein nach; Helen legte die Hand über ihr Glas.

Einen Augenblick später stand Mr. Harouni auf und begann, das Geschirr zusammenzustellen. Er hielt Sohail davon ab, aufzustehen und ihm zu helfen, und sagte: »Nein, nein, bleib sitzen, laß mich das machen.«

»Du mußt zugeben, mein Dad ist ganz schön emanzipiert«, sagte Sohail. »Er kocht sogar gerne.«

Während ihre vom Wein aufgekratzten Gedanken sich beruhigten, hörte Helen Sohail und seiner Mutter zu, die sich über ihre Pläne für die nächsten Tage unterhielten, Museumsbesuche und das Ballett am Heiligabend. Rafia hatte einen leichten britischen Akzent, jedoch weicher, runder – als hätte sich der Akzent aus der Persönlichkeit heraus gebildet, als individuelles Charakteristikum. *So also ist Sohail aufgewachsen,* dachte Helen. Sie fragte sich, was sich unter Rafias Formalität verbarg – eine Frau, die nicht nur durch ihre Sprache, sondern auch durch ihre Umgangsformen, die Art, wie sie die Hände bewegte, den Kopf hielt, beeindruckte. Auf alle Fälle würde Helen mit Rafia zurechtkommen, sie würden ihren Frieden miteinander machen.

Sobald sie das Dessert beendet hatten, stand Sohail auf, um aufzubrechen, den Kaffee lehnte er ab.

»Ihr müßt noch nicht gehen«, sagte Rafia zögernd. »Es ist erst halb zehn.«

Mr. Harouni blickte aus dem Fenster und bestand dann darauf, Helen einen Schal zu leihen. »Es ist sehr kalt, wissen Sie. Und es sieht gut aus, das Rot paßt zu Ihrem Kleid.« Er zeigte ihr eine neue Art, den Knoten zu binden.

Draußen war es wirklich sehr kalt geworden, und obwohl es noch früh war, waren die Straßen leer, die Restaurants entlang des Quai verlassen.

»Nett war es«, sagte Helen und meinte es als Frage.

»Ich wünschte, ich wünschte, sie wären nicht gekommen. Es ist zuviel.«

»Deine Mutter liebt dich sehr, weißt du. Sie wollte, daß wir bleiben, es war beinahe bemitleidenswert. Sie hat Angst, daß ich dich ihr wegnehme.«

»Gott, und mein Vater mit seinem Schal. Als ich klein war, ging ich jeden Abend ins Wohnzimmer, um meinen Eltern Gute Nacht zu sagen – sie hatten immer Gäste –, nach meinem Bad, mit nassen Haaren; und mein Vater schickte einen Diener nach einem Handtuch und rubbelte mir damit den Kopf trokken. Das war's, daraus bestand sein Vatersein. Und er machte es so schlecht, grob, einfach weil er nicht wußte, wie er mich anfassen sollte.«

Sie nahm seinen Arm, drückte ihn und lehnte sich an ihn; sie gingen rasch am Fluß entlang, hinüber zur Île de la Cité, Notre-Dame ragte über ihnen auf.

»Mochten sie mich? Habe ich mich gut gehalten?«

»Du hast dich wunderbar gehalten, mein Liebling. Ich war stolz auf dich.«

Sie wußte, daß er nicht ganz aufrichtig war. »Ich fühle mich wie Sohails Freundin vom Lande.«

»So ist es ganz und gar nicht.«

Das Apartment fühlte sich zunächst warm an, und sie warfen ihre Mäntel ab und legten sich auf den Futon. Dann wurde es ihnen zu heiß. Helen zündete auf einem Tischchen neben ihren Köpfen Kerzen an, und das orangefarbene Licht besänftigte sie beide.

Sie liebten sich behutsam. Als sie fertig waren, öffnete Sohail das Fenster, und eine köstliche kalte Brise wehte herein, blähte die Spitzengardinen und ließ die Kerzen flackern. Ein leichter Regen fiel. Er stand nackt am Fenster und blickte hinaus auf die Stadt, und sie beobachtete ihn und wußte, daß sie ihn sehr liebte.

Am nächsten Morgen spazierten Helen und Sohail an der kalten Seine entlang. Zwischen den Pflastersteinen standen kleine, gefrorene Pfützen mit scharfen Rändern und schwarzer Mitte; wenn die Sonne darauf schien, weichte das Eis auf und brach unter den Füßen. Der harte blaue Himmel stand riesengroß über Paris. Helen trug hochhackige Stiefel und einen langen

Wollrock. Ihre Freundinnen in Yale hatten ihr jede etwas geliehen, die Matrosenjacke, die sie an diesem Tag trug, ein paar kleine Schmuckstücke und andere schlichte Dinge. Sohail trug, was Helen seine interessanten Schuhe nannte – er hatte ein Dutzend Paar –, Jeans und einen langen Kamelhaarmantel.

Sie standen vor einem hölzernen, cremefarben gestrichenen Hausboot, das schwarz war entlang der Wasserlinie, das Innere sichtbar durch vergitterte Fenster, die in die Seitenwände geschnitten waren.

»Laß uns so eins kaufen und darauf wohnen«, sagte er.

»Ich weiß«, sagte sie spielerisch. »Und wir ziehen Schafe und Kaninchen und leben vom fetten Land.« Helen zitierte oft diese Zeile von Steinbeck. Sie schob ihre kleine behandschuhte Hand in seine, drehte sich zu ihm um und küßte ihn auf die Nasenspitze. »Du machst zu viele unmögliche Pläne.«

Sie verließen den Quai am Pont de la Concorde und bogen ab auf die Champs-Elysées. Unter den Bäumen roch das herabgefallene Laub nach dem gestrigen Regen bitter. Sie kamen an einem jungen Mann vorbei, der Maronen verkaufte, sie in einem aus einer Blechtonne geschnittenen Tablett über Kohlen erhitzte; er stand auf einem Stück Pappe, um sich vor der Kälte zu schützen, und stampfte mit den Füßen.

Sohail zog Helen zu sich heran und flüsterte ihr ins Ohr: »Er ist einer von uns, aus Pakistan, aus dem Punjab.«

Der junge Mann, der mit den Füßen stampfte und in seinem unzulänglichen Mantel fröstelte, hielt eine Tüte Maronen hoch.

»Ich probiere welche«, sagte Helen. Sie nahm einen Euro aus der Tasche und bezahlte.

Sie traten aus dem kleinen Park auf den Bürgersteig und konnten die Champs-Elysées bis zum Arc de Triomphe hinuntersehen, der wie ein unnatürlich großer Buckel über der Avenue aufragte.

»Es gibt eine Gedichtzeile von Merrill«, sagte Sohail, »sie liegt mir auf der Zunge, etwas wie ›ein Gang über das leise Gefälle der Champs-Elysées, wie auslaufender Honig‹.« Sohail verfügte über ein ausgezeichnetes Gedächtnis, das während des Jurastudiums seiner nicht allzu ausgeprägten Arbeitsmoral zu Hilfe gekommen war. Nach kurzem Zögern begann er zu rezitieren.

Back into my imagination
The city glides, like cities seen from the air,
Mere smoke and sparkle to the passenger
Having in mind another destination
Which now is not that honey-slow descent
Of the Champs-Elysées, her hand in his,
But the dull need to make some kind of house
Out of the life lived, out of the love spent.

(Zurück in meine Phantasie
Schwebt die Stadt, wie Städte aus der Luft betrachtet,
Nur Rauch und Gefunkel für den Passagier
Der andere Ziele im Sinn hat,
nicht das leise Gefälle der Champs-Elysées, wie auslaufender Honig, ihre Hand in der seinen,
Sondern das öde Bedürfnis, sich heimisch zu machen
Im gelebten Leben, in den gewährten Geschenken)

Er endete und setzte sich auf eine Bank. Die Sonne war hell herausgekommen.

»Das ist schön, Sweetie. Sag es noch einmal.«

Sie sah ihn an, während er es rezitierte, sein gutaussehendes dunkles Profil, und fuhr mit der Hand durch das dichte schwarze Haar in seinem Nacken.

»Was bedeutet es?« wisperte sie.

Am nächsten Abend war Heiligabend, und Rafia hatte Karten für das Ballett, *Sleeping Beauty* in der Opéra Garnier. Helen wechselte zuerst noch einmal das Kleid, dann die Schuhe, so daß die Harounis, als sie in der Oper ankamen, in der Eingangshalle schon auf sie warteten, Rafia in einem mitternachtsblauen Sari aus changierender Seide, einem langen Pashminaschal in schwerer Webart, mit Smaragdohrringen im Cabochonschliff, grüne Tropfen groß wie Trauben. Mr. Harouni blickte betont auf seine Armbanduhr.

»Schon gut, Liebling«, sagte Rafia in Erwiderung auf Helens Entschuldigungen. »Wir haben die Leute beobachtet. Die Kleider sind wundervoll.«

Helen hatte sich schließlich für ein blaß-apricotfarbenes Kleid und einen Schmuck entschieden, den Rafia ihr als vorgezogenes Weihnachtsgeschenk überreicht hatte, baumelnde weiße Ohrgehänge. Ihre Aufregung zeigte sich auf ihrem mädchenhaft leuchtenden Gesicht.

Rafia lächelte und ließ ihre Grübchen sehen. »Sie wecken in mir den Wunsch, noch einmal zwanzig zu sein.«

Sie stiegen inmitten der Menge die Treppe hinauf, Helen mit ihrem langen Kleid beschäftigt, ängstlich darauf bedacht, nicht auf den Saum zu treten, insbesondere im Licht der Aufmerksamkeit, die Rafia auf sich zog.

Die Harounis hatten das mittlere Abteil in der zweiten Loge. »Ihr Damen sitzt vorne«, beharrte Mr. Harouni im Vestibül hinten im Abteil und hängte sorgfältig seinen Burberrymantel auf einen Bügel.

Helen protestierte und gab dann nach, setzte sich in einem der kleinen, unbequemen Sessel zurecht, die mit demselben stumpfroten Samt bezogen waren wie die Wände. Die Musiker im Orchestergraben spielten sich ein, und die scharfen Töne der Saiteninstrumente schnitten durch das Gemurmel der Menge.

Das Ballett begann – in Nurejews Choreographie, die Produktion raffiniert und brillant. Zuerst hatte Helen Schwierigkeiten, der Geschichte zu folgen, die düsterer war und erwachsener als die Version von *Sleeping Beauty*, die sie kannte; doch allmählich nahmen die präzisen Bewegungen der Tänzer sie gefangen. Als die Pause begann, blinzelte sie und wußte einen Augenblick nicht, wo sie sich befand.

Die Zuschauer hörten auf zu klatschen, und das Schweigen in der Loge zog sich in die Länge.

»Es ist absolut erstklassig«, sagte Rafia mit einer Endgültigkeit, die nicht zu weiteren Meinungsäußerungen einlud. Sie erhob sich und ordnete ihren Schal, warf ihn sich mit einer sparsamen kleinen Bewegung über die Schulter. Sie sah Helen an, und als sie sie am Ellbogen faßte, um sie hinauszugeleiten, sagte sie: »Ich habe Sie beobachtet – in Ihrem Gesicht spiegelte sich alles, ich konnte es sehen, die Frische ihre Eindrücke. Ich bin so froh, daß es Ihnen gefällt.«

Sie traten hinaus auf den Balkon, und Sohail zog Helen zum Geländer, wo sie die Menge beobachten konnten, die vom Parkett herausströmte.

»Ich liebe dich«, sagte er und küßte sie auf den Nacken.

»Ich liebe dich auch«, antwortete sie. Alles in dieser Welt erschien ihr feiner, klarer, gewichtiger. Die Lichter über ihnen strahlten in immensen Kandelabern, und die Menschen, die die berühmte Treppe des Garnier hinauf- und hinuntergingen, schienen mit gemessenen Bewegungen zu tanzen, sich im Gleichklang zu bewegen, gewandt und mit choreographierten Gesten zu plaudern.

Sohail flüsterte ihr von hinten ins Ohr: »Laß uns ein Glas Champagner trinken.«

Die Harounis wollten Kaffee – »Dein Vater schläft gleich ein«, sagte Rafia –, und so trennten sich die beiden Paare.

Helen stand an dem großen goldenen Fenster, von dem man auf die Place de l'Opéra hinunterblickt, dann wieder wanderte ihr Blick zurück in den kunstvoll dekorierten Raum, sie beobachtete, wie Sohail mit zwei Champagnerflöten auf sie zukam. Sie fühlte sich eingeschüchtert, alle ihre Sinne waren geweckt.

Als die Platzanweiser herumgingen, um die Zuschauer zurück in den Konzertsaal zu rufen, fragte Sohail: »Findest du es? Ich muß zur Toilette, ich komme sofort.«

Helen stieg die Treppe hinauf zu der gebogenen Wand mit den Logentüren. Die erste Tür, die sie aufmachte, war die falsche, und ein fremdes Paar starrte sie an, als wollte sie ihnen die Plätze wegnehmen. Verwirrt spähte sie durch die nächste Tür, die halb offen stand. Als sie ins Vestibül trat, sah sie Rafia und Mr. Harouni nebeneinander auf den vorderen Plätzen sitzen und auf das Orchester hinunterblicken in einer Intimität, die ihr zuvor nicht an ihnen aufgefallen war. Sie spürte sofort, daß sie über sie sprachen.

»Ich nehme an, das hängt davon ab, wer fasziniert ist«, sagte Mr. Harouni.

»Eigentlich nicht«, erwiderte Rafia, und dann: »Schau dir dieses Paar an, sind sie nicht superb? Schau, wie sie sich hält.«

Genau da stürmte Sohail hinter Helen zur Tür herein, das Gesicht mit Wasser bespritzt. »Hallo, hallo«, sagte er und nahm Helen in der Loge mit nach vorne.

Sie fühlte sich nackt und beschämt, als Sohails Vater sich eilig von seinem Platz erhob. »Bitte, Mr. Harouni«, bat sie ihn. »Bitte, sitzen Sie vorne.«

Er wollte nichts davon wissen, und so saß sie exponiert in dem hellen Licht, bis der Vorhang sich hob, und studierte mit brennendem Gesicht das Programmheft.

Als das Ballett endete, konnte Helen Rafia nicht in die Augen sehen und tat so, als fingere sie an ihrem perlenbestickten

Täschchen herum. Ihre Brust fühlte sich eng an, und alles erschien ihr falsch, die Menschen, die die Treppe hinunter und durch die Eingangshalle schlenderten, jeder von ihnen zu einem besonderen Abend, die golden bemalten Holzlamperien, die massiven, kunstvollen Kandelaber. Als sie in die kalte Pariser Nacht hinaustraten, dachte sie: *Es ist Heiligabend*.

Sohail und Helen beschlossen, ein Auto zu mieten und den Silvesterabend auf dem Land zu verbringen. Bei ihrer Rückkehr nach Paris würden die Harounis nicht mehr da sein. Beide waren bedrückt – im College hatten sie manchmal gestritten, wie Paare es tun, waren aber jede Nacht wieder zueinander gekommen. Helen hatte dann gesagt: »Laß uns nicht wütend einschlafen«, und sie waren aufgeblieben und hatten geredet oder sich geliebt, um zu vertreiben, was immer es war, das sie verletzt hatte. Doch in den Tagen nach dem Ballett begannen sie, ihre Gedanken für sich zu behalten. Sie waren sich einig, daß es auf dem Land besser sein würde, an einem anderen Ort, in einem kleinen Hotel mit quietschendem Bett und einem ländlichen Abendessen in einer regenverhangenen, von Katzen bevölkerten Stadt – so beschrieb es Sohail.

Sohail hatte seine Eltern ohne Helen getroffen, hatte Helens Bedürfnis nach ein wenig Freiraum respektiert, wie sie es nannte. Am Weihnachtstag waren sie in die Wohnung am Quai des Grands Augustins gegangen, um Geschenke auszutauschen, und sahen die Harounis ein paar Tage später zum Kaffee in Rafias Lieblingscafé La Palette.

Als sie sich verabschiedeten, sagte Rafia zu Helen: »Sohail sehe ich in zehn Tagen. Aber treffen wir beide uns doch zu einem Frauen-Tee, einfach um ein wenig Zeit miteinander zu haben.« Sie schlug den nächsten Nachmittag vor, im Hotel George V. Sohail und Helen wollten am folgenden Tag frühmorgens ihr Auto abholen und ins Loiretal fahren, um das neue Jahr in

Montrésor zu feiern, das zu dieser Jahreszeit frei von Touristen sein würde. Sie wollten an dem Flüßchen entlangspazieren, das Sohail beschrieb, und um Mitternacht am Teich Champagner trinken.

Helen hatte das Kostüm nach Paris mitgebracht, das sie sich für die Bewerbungsgespräche für das Medizinstudium gekauft hatte, ein konservatives blaues Jackett und einen knielangen Rock, und das trug sie zum Tee, mit cremefarbenen Strümpfen und einem anliegenden weißen T-Shirt, um es weniger formell wirken zu lassen. Sie sah gewappnet aus, cool und tüchtig, genau so wollte sie sich fühlen. Nachdem sie die Avenue George V. entlanggegangen war, in der warmen Sonne an den geschmückten Geschäften vorbei, fühlte Helen sich von dem livrierten Türsteher nicht eingeschüchtert, der sie rasch taxierte und auf Englisch willkommen hieß. Sie war absichtlich fünf Minuten zu früh gekommen, doch als sie sich in dem großen, luftigen Raum umblickte, sah sie, daß Rafia bereits in einer Ecke an einem Tisch saß und eine Zeitschrift las.

»Es tut mir leid«, setzte Helen an und hastete über den Teppich.

»Nein, nein, ich bin früh gekommen, ich gewöhne mich gerne ein.« Sie stand auf und küßte Helen auf die Wange. »Wie *geht* es Ihnen?«

Rafia trug westliche Kleidung – maßgeschneiderte braune Hosen, braune Stiefel mit hohen Absätzen und einen weißen Kaschmirpullover mit dickem Rollkragen – Helen war überrascht von diesem abgestimmten, modernen Look.

»Nehmen Sie ein paar Petits fours, Helen«, sagte Rafia, als der Kellner sich dem Tisch näherte. »Sie sind köstlich.« Sie lehnte sich zurück und zündete sich eine Zigarette an, blickte mit einem angedeuteten Lächeln Helen an, freundlich, wohlwollend. »Also, ihr fahrt an die Loire«, begann sie.

»Obwohl es merkwürdig ist, Paris zu verlassen – nachdem ich soviel Zeit damit verbracht habe, mich herzusehnen.«

»Sohail ist so – er will immer noch das gewisse Extra, einen Schnörkel. In einem anderen Jahr werden Sie wieder in Paris sein. Ich freue mich für Sie.«

Rafia war milder als bei ihren früheren Treffen – sogar ihre Kleidung war weniger prononciert.

»Irgendwie ist es schwierig für mich, mich mir als jemanden vorzustellen, der all das tun wird, reisen und in anderen Ländern leben.«

»Eines der Dinge, die ich an Ihnen mag, Helen, wenn Sie mir nicht übelnehmen, daß ich das sage, ist, daß Sie *nicht* von diesen Dingen ausgehen. Aber ich weiß, daß Sie ein Leben in der großen Welt führen werden. Sie gehören zur richtigen Art Amerikaner, denen, die zum Mond geflogen sind. Und den Amerikanern von Hawthorne und Robert Lowell – die Puritaner und die Prärie.«

»Hawthorne und Lowell sind mehr Puritaner als Prärie.«

»Richtig. Ich schätze, Sie auch.«

Der Kellner brachte den Tee und eine Silberschale mit einer Auswahl delikater Petits fours. Rafia nahm eines und hielt es graziös zwischen ihren langen Fingern.

»Möchten Sie über Sohail sprechen?« fragte Helen.

»Ja. Obwohl das nicht der einzige Grund ist, weshalb ich Sie hierher gebeten habe. Ich wollte mich auch gerne einmal richtig mit Ihnen austauschen. Ganz abgesehen von Sohail, respektiere ich Sie und beneide Sie um Ihre Freiheiten. Sie werden solide Dinge in Ihrem Leben haben, und Sie werden sie solider haben als ich.«

»Und wir beide fragen uns, wie Sohail da hineinpaßt.«

»Sagen Sie es mir.« Rafia sagte dies leise. »Gehört er zu den soliden Dingen?« Sie stützte die Ellbogen auf den Tisch, legte die Hände aneinander und berührte mit den Fingern die Lippen, eine maskuline Geste, mit aufmerksamem Blick. Helen, beobachtete sie und bemühte sich, Schritt zu halten, erstaunt, wie schnell Rafia sich wandeln konnte.

Sie hatte gewußt, daß die Frage ihrer Zukunft mit Sohail im Zentrum dieses Treffens stehen würde, doch nun schien es ihr, als wäre jedes Wort, das sie sagte, zu endgültig, unwiderruflich.

»Sohail und ich haben nicht *wirklich* darüber gesprochen. Natürlich sind wir um das Thema herumgeschlichen, millionenmal. Er ist sehr gut darin, Dinge zu ignorieren, die ihn bekümmern. Ich kann nicht anders, als die Verantwortungsvolle zu sein. Ich brüte.«

»Und wohin führt Sie dieses Brüten?«

»Das hängt vom Tag ab. Ich versuche, in der Gegenwart zu leben, nicht allzu viele Fragen zu stellen.«

»Ich schulde Ihnen Offenheit, um so mehr, weil ich Sie mag und Sie respektiere. Sohail ist sanft – nicht schwach, weich. Das ist einer der Gründe, weshalb wir beide ihn lieben, und es ist auch sein größter Makel. Mein Mann hat in seinem ganzen Arbeitsleben noch nicht ein Treffen, einen Arbeitstag versäumt; und ich habe mein Leben damit verbracht, ob richtig oder falsch, die Karriere meines Mannes zu fördern und mehr oder weniger meine eigene zu haben, als jemand, der weiß, wo die Macht liegt und wie man sie einsetzt. Sohail hat nicht dieses Naturell. Er kommt durch Intelligenz voran, noch ist er darum erfolgreich.«

»Vielleicht wird er nicht hart sein müssen.«

»Seines Geldes wegen? Nur um so härter. Sogar ich kann mich noch daran erinnern, als in Karachi jeder jeden kannte. Pakistan ist nicht mehr so, es gibt viele mächtige Männer, die in Sohail und seinem Besitz nur das Lamm sehen würden, das für die Schlachtbank gemästet wurde. Außerdem ist es mit viel Geld genauso schwierig, ein sinnvolles Leben zu führen, wie ohne. Mein Punkt ist jedoch, daß er Ihnen folgen und tun wird, was Sie beschließen. Ich kann nichts dagegen machen – wenn ich es könnte, würde ich es wahrscheinlich tun, da ich nicht glaube, daß Sie ihn glücklich machen können, und ich weiß, er kann Sie nicht glücklich machen. Sie würden Pakistan hassen. Sie sind nicht dafür geschaffen, Sie sind zu gradlinig, Sie legen nicht genügend Wert auf dekorative, oberflächliche Dinge – und das ist der einzige Weg, um es dort zu etwas zu bringen.«

»Er könnte in Amerika leben.«

»Und wie wäre das? Er würde kastriert, kein Amerikaner und ohne einen Platz in Pakistan, in einem Job, den er nicht mag. Ich sehe diese Jungen – die, die sich in Amerika niedergelassen haben – in ihren Zwei-Wochen-Urlauben in Karachi, und immer wirken sie merkwürdig gezähmt, ein wenig unbeholfen, wie Schafe. Nach 9/11 ist es so viel schlimmer geworden – sie entschuldigen sich praktisch täglich. Sohails Herkunft wird immer ein Faktor sein, wenn er wegen einer eidesstattlichen Aussage nach Florida oder Georgia oder in den Mittleren Westen fliegt. Er ist stolz darauf, wer er ist, aber sie würden ihm das zum Teil austreiben. Wie auch immer, für Sie würde er es tun, in eine New Yorker Anwaltskanzlei eintreten. Er würde sogar bei Ihnen bleiben, wenn es das ist, was Sie wollen. Aber ich verspreche Ihnen, er wäre nicht glücklich, er würde den besten Teil seiner selbst nicht befördern.«

Helen sah Rafia direkt an. »Und in Pakistan, wird er dort das Beste in sich fördern?«

»Ich weiß es nicht«, rief Rafia und verblüffte Helen. »Ich weiß es nicht.«

»Und wären Sie willens, ihn ziehen zu lassen?«

Rafia lehnte sich auf ihrem Stuhl zurück und zündete sich noch eine Zigarette an, ihr Haar, das zu einem Knoten zurückgenommen war, lief in zwei glänzenden Bändern über ihre Schläfen. »Ja. Aber das ist eine andere Frage. Ich habe gesagt, was ich sagen wollte, und jetzt vertraue ich darauf, daß Sie tun, was Sie für richtig halten. Ich vertraue Ihnen, so einfach ist das.«

»Das ist beinahe Erpressung, Mrs. Harouni. Nehmen wir einmal an, daß ich nicht mit Ihnen übereinstimme.«

»Dann werden Sie tun, was Sie wollen.«

Nun lehnte Helen sich in ihrem Stuhl zurück und blickte auf den kleinen Innenhof hinaus. Im Sommer wurde der Tee vom Hotel dort serviert. »Ich hätte ebenfalls etwas zu sagen, Mrs. Harouni.«

Rafia lachte, ein ungekünstelter, angenehmer Klang. »Nach alldem, meine ich, sollten Sie mich Rafia nennen.«

»Danke. Rafia also. Ich schätze, ich wollte Ihnen einfach danken, daß Sie Sohail zu dem gemacht haben, was er ist. Er ist alles für mich gewesen, er war gut zu mir. Ich denke, viele Dinge, die er mir gezeigt hat, haben Sie ihm zuerst gezeigt. Einfach die Art und Weise, wie er Dinge betrachtet, ich meine, das Gute daran. Und Bücher und Bilder.« Sie hielt inne. Weiter konnte sie in ihrer Dankbarkeit nicht gehen. Ihr ging auf, daß Rafia sie dazu gebracht hatte, mehr zu sagen, als sie eigentlich hatte sagen wollen, und vielleicht auch mehr, als sie meinte.

Rafia kniff die Augen zusammen. »Ich kann nicht entscheiden, ob das die Worte einer zukünftigen Schwiegertochter sind oder nicht. Es liegt etwas Abschiednehmendes darin.«

»Vielleicht die einer Schwiegertochter aus der Prärie. Wir *sind* findig, wissen Sie.«

Das löste die Spannung. Helen wußte, das Interview war beendet. Sie begannen, sich über Nebensächliches zu unterhalten, über eine Ausstellung im Petit Palais, die sie getrennt voneinander gesehen hatten.

Als sie ihren Tee ausgetrunken hatten, gingen sie zusammen hinaus, durch die Straßen, die an diesem warmen, ruhigen Nachmittag träge dalagen.

»Ich werde zu Fuß gehen«, sagte Helen.

»Und ich werde die Métro nehmen.«

Am Eingang umarmte Rafia Helen fest und beugte sich dann zurück und hielt sie an den Unterarmen. »Danke.«

Und ehe Helen reagieren konnte, hatte Rafia sich umgedreht und sprang in ihren makellosen hochhackigen Stiefeln die Treppe hinunter, ging durch das Drehkreuz und verschwand in der Station.

In Fontainebleau fuhr Sohail von der Autobahn ab in Richtung Orléans, durch kleine Städtchen mit engen Straßen. Helen betrachtete die moosbewachsenen, mit orangefarbenen Ziegeln gedeckten Dächer, die wettergegerbten verputzten Mauern, die Auffahrten, die zu den großen Sommerhäusern der Pariser führten. Jetzt, im Dezember, am Vorabend von Silvester, waren alle Rollos in den Städte herunterggelassen. Helen spielte am Radio herum, wechselte zwischen klassischer Musik und französischem Pop hin und her, und sie unterhielten sich lediglich über die vorbeiziehende Landschaft.

Sie fühlte sich wohl neben ihm, im warmen Auto, und die Scheibenwischer fegten den Regen weg, der einsetzte und dann wieder aufhörte. Als sie das Stadtzentrum von Orléans erreichten, kam zwischen den Wolken die Sonne hervor. Das Blau des Himmels überraschte Helen, als sie sich aus dem Auto herauswand. Makellose Pfützen spiegelten das heller werdende Licht.

Sie gingen auf dem frischgesäuberten Bürgersteig inmitten einer Menge, die zu einem Jahrmarkt auf dem Platz in der Stadtmitte unterwegs war, mit einer Eislaufbahn und Buden, in denen Kunsthandwerk verkauft wurde. Händchenhaltend schlängelten sie sich zwischen den Menschen hindurch, ließen einander los und kamen wieder zusammen, fast unwillkürlich, an den Fassaden der Amtsgebäude aus dem neunzehnten Jahrhundert vorbei, die Schulter an Schulter den Platz umstanden. Sie atmeten den rauhen Duft der Tannenzweige ein und spazierten durch die Gassen zwischen den vorübergehend dort aufgebauten, aus Sperrholz zusammengezimmerten Buden. Überall lagen in einem Wirrwar schwere orangefarbene Kabel auf dem Boden, die die vielen Lichter speisten.

Sie teilten sich eine Crêpe, Schokolade mit Bananen, und kauften sich dann eine CD von Nina Simone. Die Menschen um sie herum waren in Ferienstimmung, viele von ihnen alt, in einem alternden Land.

Helen blieb an einer Bude stehen, in der Süßigkeiten verkauft wurden, saure Drops und Gummibärchen, gelb und grün gestreifte Gummischlangen, Schokoladenmandeln, Erdnußkrokant, jede Sorte in einem eigenen kleinen Glasbehälter, jede mußte einzeln abgewogen werden.

»Können wir davon etwas kaufen?« Helen aß manchmal eine ganze Tüte Süßigkeiten und wurde traurig und kindisch davon und bekam Kopfschmerzen.

Sohail zog an ihrer lederbehandschuhten Hand. »Laß uns das in einem Lebensmittelladen kaufen, wir brauchen sowieso Wasser. Hier kostet es viermal soviel.«

»Aber ich möchte hiervon.«

»Warum? Es ist das gleiche.«

Sie ging weiter, einen Augenblick wütend, und dann brannten ihre Wangen bei dem Gedanken, daß sie sein Geld ausgab. Sie hatte kaum eigenes auf dieser Reise, keine Ersparnisse; am College lebte sie von nichts, hatte immer einen Job, auch nachdem sie Sohail kennengelernt hatte.

Sie gingen durch eine kleine Gasse, um zum Auto zu gelangen, und als sie dort im Schatten standen, drehte er sich zu ihr um und vergrub sein Gesicht in ihrem Haar. »Es tut mir leid, es tut mir leid.«

Sie tröstete ihn, sein Gesicht war naß.

»Ich kann nicht glauben, daß ich dir diese verdammten Süßigkeiten nicht gekauft habe. Ich weiß, daß ich mich ewig daran erinnern werde, daß ich es nicht getan habe.«

Er wollte weitergehen, doch sie ließ ihn nicht und hielt ihn fest. »Du schenkst mir immer hübsche Dinge. Du hast gut für mich gesorgt.«

Im Lebensmittelgeschäft lachte er etwas, Sonne nach dem Regen. »Sie haben wirklich nicht die gleichen Süßigkeiten.«

Sie saßen eine Weile im Auto. Sie beugte sich ungeschickt zu ihm hinüber und küßte ihn auf den Nacken. Sie küßte ihn auf die Lippen, die Zunge in seinem Mund, sein Gesicht schmeckte nach Salz.

»Ich bin in Ordnung«, sagte er und riß sich zusammen. »Es ist in Ordnung.« Er entfaltete die Karte.

Sie deutete einfach irgendwo darauf. »Laß uns die Nacht da verbringen. Mir gefällt, wie es klingt, Beaugency. Es liegt am Fluß.«

Sie holte den Führer heraus und las ihm etwas über die Stadt vor, als sie durch die Straßen und dann an der Loire entlangfuhren, der Himmel färbte sich dunkler, die Wolken anfangs orange und dann rot.

In der Auberge Maille d'Or in Beaugency, einer alten Poststation zwischen verkniffener Armut und Heruntergekommenheit, wo der Verputz Risse hatte und die Farbe von der eisernen Bettstatt abblätterte, sah ihr Zimmer auf einen gepflasterten Hof hinaus, wo es weiter hinten einen Brunnen gab und im Schatten der Mauer grüne, mit leeren Bierflaschen gefüllte Plastikkisten. Sie waren die einzigen Gäste und hatten angeblich das beste Zimmer, mit großen Fenstern, am Ende einer langen Galerie im zweiten Stock. »Ich liebe heruntergekommene Hotels«, sagte Sohail. Er schaltete den Fernseher ein und fand einen Sender, der Zeichentrickfilme zeigte, mit französischen

Untertiteln. Helen ging in dem großen, kahlen Zimmer umher und räumte ihre Sachen ein, die Toilettenartikel ins Bad, und hängte ihre Kleider auf.

Beim Abendessen bestellten sie eine zweite Flasche Wein. Helen wurde ausgelassen und bat ihn danach, sie am Fluß entlangzufahren, der glitzerte und dann dunkel unter den Bögen einer alten Steinbrücke hindurchfloß. Zurück im Hotel streckte ein pummeliges schwarzes Kätzchen mit weißen Pfoten seine Nase durch die Tür zur Rezeption.

»Schau, hier ist unsere Landkatze«, sagte sie beschwipst und blickte auf das Kätzchen hinunter. Sie wußte, daß sie hübsch aussah, sie hatte den ganzen Abend mit Sohail geflirtet und wollte jetzt das kleine Kätzchen halten, es würde ihr stehen. Das Kätzchen blickte mit großen grünen Augen konzentriert zu ihr auf, mit einem wie eine kleine schwarze Schale erhobenen Gesicht und gespreizten Pfoten. Es drehte sich um und raste mit hochgestelltem plumpem Schwanz durch die Tür und rutschte auf dem Fliesenboden aus.

»*Viens, viens*«, rief sie und ließ das unvertraute Französisch auf der Zunge rollen, sie spielte kleines Mädchen.

Das Kätzchen versteckte sich hinter den Bierkästen und wollte nicht wieder hervorkommen. Der langgestreckte Hof verlor sich in der Dunkelheit, seine Stille nur vom Plätschern des unsichtbaren Brunnens unterbrochen.

Helen hockte auf den Fersen und rief. Das Kätzchen kam ein paar Schritte auf sie zu, doch als sie sich vorbeugte, sauste es mit aufblitzenden weißen Pfoten wieder davon.

Sie richtete sich in der Hocke auf und blickte zu den Sternen hinauf, zum Mond, der von den beschnittenen Ästen eines Limonenbaums eingerahmt wurde, der ohne Blätter nackt wirkte. Dieselben Sterne leuchteten über dem Schneefeld hinter ihrem Haus in Connecticut. Nie wieder würde sie in einem alten Hotel im französischen Loiretal einundzwanzig sein. »Ich kann nicht glauben, daß Paris vorbei ist«, sagte sie sehr leise, weil sie wußte, daß Sohail in der Nähe stand und sie beobachtete. Geschmeidig stand sie auf, machte ein Kußgeräusch in Richtung des Kätzchens und ging zu ihm zurück.

In ihrem Zimmer führte sie ihn auf das Bett und zog ihm die Kleider aus, warf ihre eigenen ab, indem sie die Beine in die Luft streckte, um ihr Höschen loszuwerden, biß ihn, seine Brustwarzen. Die ausgeleierten Sprungfedern gaben langgezogene, rostige Geräusche von sich, wie ein Messer, das bedächtig über einen Schleifstein gezogen wird.

Danach stand sie am Fenster, einen blau-weiß bedruckten Schal wie einen Sarong um ihren Körper gewickelt, und blickte auf den Hof hinaus. Das Kätzchen tollte auf seinen dicken, tapsigen Pfoten auf dem Weg unter ihrem Fenster herum. Sie rief »Hallo, Kätzchen« zu ihm hinunter.

Am Morgen lag Nebel schwer über den winterlichen Feldern. Sie fuhren langsam auf schmalen Landstraßen Richtung Süden, Helen am Steuer. Sie fuhr schnell, nicht geschmeidig, sondern strikt von Punkt A nach Punkt B. Ein Hase schoß aus dem Wald, überquerte die Straße und hoppelte dann über ein gepflügtes Feld. Helen hielt das Auto an, und sie beobachteten, wie er weit über das Feld sprang und auf der anderen Seite im Wald verschwand.

In Chenonceaux begann es leise zu nieseln, als löste der Nebel sich auf. Das braune, bewaldete Ufer des Cher gab den Hintergrund ab zu dem eigenartig schwebenden Schloß, das zu verspielt schien, um ein Haus zu sein, zu phantastisch mit seinen Türmen und seiner Eleganz, seiner Lage direkt am Fluß. Helen schien es, als zöge die Strömung, die kräuselig und weiß unter den Bögen hindurchfloß, das Schloß hinaus aufs Meer. Im Raum des Wärters brannte ein Feuer, und sie stellten sich davor. Durch die Fenster konnten sie unter sich das graue Wasser fließen sehen. Helen entfernte sich von Sohail und ging ein paar Stufen hinauf in ein dunkles Zimmer – ein Schlafzimmer –, das irgendeiner verwitweten Königin gehört hatte. Sie starrte lange Zeit aus dem Fenster, Richtung Westen, und verfolgte den Fluß, der zum Meer strömte. Bald würde sie dorthin zurückkehren, in den Unterricht, zum Schnee in New Haven, zu dem alten, zerbeulten Auto, das sie liebte. Alle paar Wochen fuhr sie aufs Land, um ihre Mutter zu besuchen, die dann zur Feier des Tages eine Flasche Sekt öffnete. *Jetzt,* dachte sie. *Jetzt, jetzt ist die Zeit. Ich kann nicht mehr länger warten.*

Sie fand ihn in Cathérine de Medicis kleinem Studierzimmer, das über dem Wasser schwebt wie ein Flugzeugcockpit, auf drei Seiten verglast. »Ich habe dich gesucht, Baby«, sagte Sohail.

Helen lehnte ihren Körper gegen seinen und legte den Kopf auf seine Schulter. »Laß uns nach Hause fahren«, sagte sie.

»Meinst du den Gasthof in Montrésor?«

»Nein, ich meine Paris.«

»Was ist mit Neujahr?«

»Laß uns in Paris sein. Ich muß dorthin, ich muß wirklich. Wir werden an der Seine entlangspazieren. Es sind nur drei Stunden.«

Er fragte nicht, warum. Als sie zum Auto zurückgingen, bestand Sohail darauf, den Irrgarten zu sehen. Die Hecken standen nur hüfthoch, und so beobachtete sie, wie er sich dazwischen hindurcharbeitete. Es war nicht lustig, sie wußte, daß es für ihn nicht lustig war, und doch mußte er es tun und so tun, als spielte er. Er sah so schön aus im Regen.

Er blickte merkwürdig entschlossen, und es dauerte lange, bis er hindurchfand, doch dann hatte er es geschafft, und er stand auf der kleinen Plattform in der Mitte. »Schau, ich habe es geschafft«, flüsterte er, gerade hörbar.

Beinahe mit Entsetzen beobachtete sie, wie er auf sie zukam

und dann vor ihr stand und ihr ins Gesicht sah; sie verhärtete sich, um ihm gegenüberzutreten, sah mit verhangenem Blick durch ihn hindurch und zwang sich, an die Jahrhunderte zu denken, an die Könige und Königinnen, die hier gegangen waren, diesen Fluß gesehen hatten, diesen nassen Wald – und deren Liebe, deren Schmerz heute verweht waren.

Lily

Teil I: Islamabad

Lily war die ganze Woche, den ganzen Monat lang auf Partys gewesen, endlos, hatte getrunken, selten zu Abend gegessen. Als sie mit einem Glas Champagner von der Bar über den Rasen ging, blieb sie stehen, um alles in sich aufzunehmen, die beginnende Party, den DJ, der seinen Stand aufbaute, die Kellner in weißen Jacken, und hatte das Gefühl, Schauspielerin in einem Wandertheater zu sein und auch an diesem Abend wieder die immer gleichen Empfindungen zu durchlaufen, die immer gleiche Trunkenheit. Für diesen Abend unter dem Motto »Nacht des Tsunami« hatten die Bediensteten ihres Freundes Mino Lastwagenladungen voller Sand herangekarrt, um neben seinem neu errichteten Wochenendhaus in Simly Dam einen künstlichen Strand anzulegen – auf dem Mino saß und Hof hielt, lässig am Wasser auf einen *dhurrie* gefläzt, ein Kissen im Rücken. Sie fand Mino ermüdend, obwohl er vielleicht ihr bester Freund war, fand ihre ganze Truppe seicht und falsch – sich selbst schloß sie ein –, die von Party zu Party driftete, nach Isloo flog, wie sie es nannten, nach Karachi, nach Lahore, ein Kreislauf während der Frühjahrssaison, Jet-getrieben.

Draußen in Simly Dam, von Islamabad über schlechte Straßen eine Stunde entfernt, gab es nur eine Handvoll Häuser, und alle waren leer, unbeleuchtet, außer diesem einen. Der Ort wirkte unfertig, die Landschaft bestand nur aus Findlingen, roten Lehmhügeln, Felswänden, die zum See abfielen.

»O mein *Gott*, diese Leute!« Mino wedelte abschätzig in Richtung eines Paares, das unsicher auf die Bar zusteuerte, nachdem es hallo gesagt hatte. »Hast du die beiden gesehen? Daddy-O und sein kleines Mädchen. Man bräuchte Dynamit, um ihn von ihr wegzubringen.« Mino hatte sich einen bestickten Kaschmirschal über den fleischigen Arm drapiert, seine Aufmachung wurde vervollständigt durch einen extravaganten Diamantohrstecker – *wie in dem Ohr des Mohren ein Rubin*, sagte er, wenn er darauf angesprochen wurde.

Leila, oder Lily, wie ihre Freunde sie nannten, kauerte auf einem Hocker, die nackten Arme um die schlanken Beine geschlungen, das Kinn auf die Knie gelegt, und schaute aufs Wasser. Sie war noch nicht dreißig und ungewöhnlich hübsch, ihre Hände und Füße und ihre kleine Stupsnase – ihre hohen Wangenknochen, ihre Lippen – waren scharf geschnitten und wirkten dennoch weich, als wären sie mit einer feinen Schere aus weichem braunen Samt ausgeschnitten worden. Ihr Haar, lang und mit Stirnfransen, und ihre Haut, die in der Sonne eine rotbraune Farbe angenommen hatte, ließen sie geschmeidig erscheinen, und sie wirkte wie eine wählerische Katze mit gelassen um sich gelegtem Schwanz, unabhängig.

»Im Ernst, Mino«, sagte sie und schnippte den Zigarettenstummel weit auf das Wasser hinaus. »Du hast ein paar echte Gewinner auf deiner Gästeliste. Sie ist ungefähr sechzehn, und er sieht aus, als würde er beruflich Kniescheiben zertrümmern.«

»Oh, chill dich. Nicht daß ich sie eingeladen hätte, er ist wahrscheinlich irgend so ein Filmproduzent, und sie ist auf dem Weg zum Star. Soll das Kind sich amüsieren.«

»Das ist deine Lösung für alles, mein Lieber. Du sagst ständig: Chill doch mal.«

Die Sonne war gerade hinter der fernen Linie des Damms verschwunden und hatte am Horizont einen rosa Streifen hinterlassen. Licht blitzte von den Wellen auf, die von einer leichten Brise aufgefächelt wurden, Splitter Splitter Splitter, Silber. Das Licht schien vertraut, wann war sie schon einmal hier gewesen, in einer Nacht wie dieser? – und dann fiel es ihr ein, eine Erinnerung an einen ganz anderen Ort. Als Mädchen hatte ihr Vater sie einmal mit in die Berge genommen, an den Kaghan, wo er mit einem pensionierten englischen Brigadier, einem alten Kolonialoffizier, Forellen gefischt hatte. Sie erinnerte sich an die trockene Würze der Nadelbäume in der Luft, an die Talwände, die senkrecht zum Fluß abfielen, an die flache Biegung des Stroms, einen Strudel, aus dem in der Dämmerung Forellen aufstiegen, Pockennarben auf dem stillen Wasser.

In jenem Winter war sie in London auf einer Hochzeit gewesen, nicht der von nahen Freunden, sondern der Hochzeit der Saison, die Tochter irgendeines Bürokraten, der auf krummen Wegen einen Haufen Geld verdient hatte mit der Privatisierung eines Stahlunternehmens und nicht nach Pakistan zurückkehren konnte, da am Nationalen Rechnungshof Klagen gegen ihn anhängig waren – er hatte »sich etwas geschnappt«, wie sie es nannten, beinahe eine Auszeichnung. Spätnachts, nach dem *mehndi*, als sie in irgend jemandes verrücktem Wagen durch London gebraust war, war sie in einen schlimmen Unfall verwickelt worden. Sie erwachte in der Morgendämmerung im Krankenhaus mit einer schweren Gehirnerschütterung und beobachtete von ihrem Bett aus den außergewöhnlichen Schneefall, eine dünne Verwehung auf dem Fenstersims, die zusehends wuchs, während die dicken Flocken aus dem ersten grauen Licht fielen, gegen die Fensterscheibe. Anfangs konnte sie sich an nichts erinnern, nicht wo sie war und warum sie da war, und schlief den ganzen Tag, bis allmählich alles zurückkehrte, jedoch verändert, als Erfahrung einer anderen Person.

Sie hatte einen Traum. Sie flog allein in einem Flugzeug, hoch über den Wolken durch einen eisblauen Himmel, die Tragfläche fing Feuer, ein orangefarbenes Flackern. Metall flog Stück um Stück davon, die Maschine fiel auseinander. Über ihr öffnete sich ein Stück der Verkleidung, fiel zerknittert in sich zusammen und schleuderte sie hinaus in den Jetstrom, ihr Fallschirm schüttelte sich auf wie Haar, das offen herabfällt, fließende Linien, dann ein Baldachin über ihr. Das Flugzeug trudelte unter ihr in die Tiefe, bis es nur noch ein Fleck war und mit einer Stichflamme auf dem Boden aufschlug, während sie allein an einem unermeßlich weiten Himmel schwebte. Sie erwachte in dem kleinen Krankenzimmer, als es dunkel wurde; draußen fiel immer noch leise der Schnee, während der Himmel im Fenster sich verdunkelte, so kalt draußen, so warm drinnen.

Zum ersten Mal stand Lily unter Schmerzen aus dem Bett auf und ging hinüber ans Fenster, ohne daß das lächerliche Krankenhaushemd ihre Nacktheit verbarg. Ein Besucher hatte Kerzen mitgebracht, und jetzt zündete sie eine an und schaltete das Licht aus. Ihr schien, als sei der abstürzende Jet ihre Vergangenheit und ihr sei vergeben worden, und sie glaubte daran mit der ganzen Intensität des Traums, es war wie die Intensität und Reinheit von Liebe im Traum. Sie würde sich selbst vergeben, das Unrecht, das sie getan hatte, und das Unrecht, das ihr angetan worden war, den Schmerz, den sie ihren Eltern zugefügt hatte, die mit der Burma-Shell-Rente ihres Vaters an ihrer Art zu leben festhielten, sie vergab sich das Geld, das sie hinausgeworfen hatte, die Männer, mit denen sie geschlafen und denen sie Intimität verweigert hatte in der Annahme, es gäbe keinen Preis zu zahlen. Ein paar andere wiesen ihr Schuld zu, Freunde, die sie verlassen oder beiläufig verraten hatte, Freunde, die sie fallengelassen, und Bekannte, die sie grausam behandelt hatte. Sie hätte den Autounfall möglicherweise nicht überlebt. Nur ihr nacktes Ich war davongekommen, und eine Zeitlang glaubte sie fest daran, daß sie befreit worden war.

Sie lag im Zwielicht in diesem Krankenhausbett, nachdem es einen ganzen Tag lang geschneit hatte, und ließ zu, daß eine Veränderung über sie kam, als erteilte sie sich die Absolution.

Das war vor zwei Monaten gewesen. Seither hatte sie einem völlig Fremden einen geblasen, nachdem sie auf einer Party Ecstasy genommen hatte – ein paar Jahre zuvor war eine Welle von Ecstasy über Islamabad hinweggeschwappt und noch immer nicht ganz verebbt –, und bei anderer Gelegenheit hatte sie ganz zärtlich mit einem früheren Liebhaber geschlafen, der, aus seiner neuen Heimat Mississippi, ausgerechnet, zu Besuch gekommen war. Doch ein klein wenig hielt sie an diesem geläuterten Ich fest, an den Abenden, wenn sie zu Hause blieb, obwohl es Orte gab, wo sie hätte hingehen können, und in der Kühle einer Winternacht vor dem Kamin saß und in die glühenden orangefarbenen Flammen starrte, die ihr auf Wangen und Gesicht brannten, und darin Berge sah und Täler, Stürme, Pferde, riesige Ansammlungen von Männern. Ganz langsam hatte sie angefangen, sich von ihren Freunden abzuwenden, sie, ihre Unterhaltung, ihre Scherze mit einer gewissen Distanziertheit zu betrachten.

Ihre Eltern ließen sie in Ruhe, wie sie es ihnen rigoros beigebracht hatte, obwohl sie in einem Cottage wohnte, das man in dem großen Garten hinter dem Elternhaus gebaut hatte. Sie hatten fast kein Geld – machten sich Sorgen um Strom und Gas, wegen eines Autos, das den Geist aufgeben könnte, und hielten nur einen Koch und einen Träger –, doch ihr Vater hatte in den 1960er Jahren dieses große Grundstück in Islamabad gekauft, als solche Grundstücke für beinahe nichts zu haben gewesen waren. Heute war es achtzig oder neunzig Millionen Rupien wert, an der Margalla Avenue gelegen, der elegantesten Straße, an der man wohnen konnte; dieses Grundstück erlaubte ihnen, an ihrer Position in der Welt ihrer Herkunft festzuhalten, als eine der alten feudalen Familien Lahores, deren gesamter Grundbesitz allerdings von der vorhergehenden Generation verkauft worden war.

Jetzt, auf dieser Party, während eine Brise vom See her in Richtung Osten die Hänge der Hügel herabwehte, stand sie auf und nahm ihren Umhang. Der alte Barmann, ein ehemaliger Diener aus der Offiziersmesse der Probyn's Horse, der bei allen Partys die Drinks servierte und dessen ledriges, melancholisches Gesicht ihn aussehen ließ wie in Gin eingelegt, goß ihr unaufgefordert ein Glas Champagner ein aus dem Bestand, der für den inneren Zirkel bestimmt war.

»Für Madam.«

Ein wenig anmaßend fügte er hinzu: »So viele neue Leute hier, kleine Leute. Sie stehlen Mobiltelefone und Kameras und machen Ärger.«

»Das habe ich gehört, Khan jee. Früher einmal waren wir die Neuen.« Sie nahm die Flasche, die er auf den Tisch gestellt hatte, goß ein Glas ein und reichte es ihm. »Hier, trink darauf, wie wir einmal waren, alter Mann.«

Sie ging hinauf zum Swimmingpool, der abseits des Hauses auf einer Landzunge angelegt worden war, mit Aussicht auf das Wasser und die tiefer gelegenen Rasenflächen. Sie konnte einen Augenblick allein sein und das Gesicht aufsetzen, mit dem sie dem Abend gegenübertreten wollte. Noch ein paar Gläser Champagner, und es ginge ihr gut, das wußte sie, sie würde es genießen, die Menschen, Persönlichkeiten, die in ihr Blickfeld drifteten und wieder verschwanden, die Typen – und dann das Tanzen. Sie setzte sich am anderen Ende des Pools auf eine Chaiselongue und zündete sich eine Zigarette an. Weiter unten, in einem Pavillon neben der Bar, spielte Musik, noch nicht laut, Cesária Évora mit ihrer lockenden Stimme, der Beginn.

Sie hörte Schritte hinter sich, und aus der Dunkelheit einer Veranda tauchte ein Mann auf.

»Entschuldigen Sie bitte, haben Sie ein Zündholz?«

Sie blickte in sein Gesicht, dessen eine Hälfte in dem blauen Leuchten der Unterwasserspots sichtbar war. Zierlich gebaut, mit schmalen Lippen und einer feinen Nase mit einem deutlichen Höcker, als wäre sie gebrochen und nicht ganz gerade wieder gerichtet worden, ein Bruch, der den femininen Mund betonte.

»Sagen Sie mir, daß das keine Anmache ist.« Sie zog ein Feuerzeug aus ihrem kleinen, perlenbesetzten Handtäschchen und hielt es ihm hin.

Er lächelte, ein Lächeln, das er kurz zurückhielt und das sich dann auf seinem ganzen Gesicht ausbreitete. »Nein, ich brauche tatsächlich eins. Sie erinnern sich nicht, aber wir sind uns schon einmal begegnet – bei Bugoo Moono. Ich bin Murad Talwan.«

»O Gott, nicht bei Bugoo. Sie müssen der Sohn von Makhdoom Talwan sein. Aus Multan.«

»Sein Neffe. Und aus Muzaffargarh. Sie waren nahe dran.«

»Das ist überhaupt nicht nahe dran.«

»Für ein Mädchen aus Islamabad schon. Ich nehme an, unsere berühmte Punjabi-Landschaft fällt Ihnen nur dann auf, wenn Sie darüber hinwegfliegen.«

Sie lachte und hob eine Augenbraue. »Was wissen Sie denn über mich? Vielleicht verbringe ich den Großteil meiner Zeit damit, Dorfkindern Poliotropfen zu verabreichen.«

Mit einem Blick auf die ganze Szenerie, die flackernden Lichter unter ihnen, den beleuchteten Stand des DJ weit unten am Wasser, fragte sie: »Dann sagen Sie mir doch, Mr. Murad Talwan, Neffe des großen Makhdoom Talwan, Freund des weniger großen Bugoo Moono – was tun Sie, wenn Sie sich nicht gerade an einem Swimmingpool herumtreiben auf der Suche nach einem Feuerzeug? Sind Sie unmäßig reich?«

Der Mann setzte sich, legte seine Zigarette in einen Aschenbecher, der neben ihm auf dem Tisch stand, und rieb sich die Hände. »Nein, das wäre dann mein böser Onkel, der berühmte Makhdoom Talwan, wie Sie ihn nennen. Ich bin eigentlich so etwas wie ein Geschäftsmann. Ich habe ein wenig Land und errichte Gewächshäuser, um Gemüse zu ziehen. Es gibt in ganz Pakistan nur noch einen, der das auch tut.«

»Sie sind also der Unternehmertyp. Ein flottes Mundwerk und ein Haufen neuer Ideen.«

»Ich weiß nicht. Wahrscheinlich gibt es einen Grund, weshalb ich nur einen Konkurrenten habe.«

»Ich meinte es ernst. Ich mag Menschen, die tatsächlich etwas Nützliches tun, obwohl ich ihnen nicht allzu oft zu begegnen scheine.« Sie registrierte, daß er die erste Hürde genommen hatte. »Aber wie dem auch sei, erzählen Sie mir etwas anderes, etwas Interessantes.«

»Zunächst, kann ich Ihnen noch einen Drink holen? Und auch einen für mich.«

Kurz davor, sich eine Ausrede einfallen zu lassen, sah sie ihn an, seine feinen, hochmütigen Züge, als sei er mit einem silbernen Löffel im Mund geboren, etwas, das sie früher einmal an reichen jungen pakistanischen Männern bewundert hatte, eine Bewunderung, der sie schon lange entwachsen war – und dann, im Kontrast dazu, Kraft und Vitalität, die sich in seiner Haltung zeigten, während er so entspannt dasaß und freundlich in die Nacht hinausblickte.

»In Ordnung. Champagner. Sagen Sie dem Barkeeper, daß es für mich ist, sonst wird er Ihnen sagen, er habe keinen mehr.«

Er unternahm keinen Annäherungsversuch – in der Stimmung jenes Abends hätte sie ihm einem eiskalten Guß verpaßt –, und als sie sich über eine halbe Stunde lang ganz unangestrengt miteinander unterhalten hatten, bis ihr auffiel, daß sie lachte, gab sie ihm aus einer Laune heraus ihre Mobilnummer.

»Und jetzt lassen Sie uns tanzen gehen«, sagte sie und stellte ihr Glas ab, das schon lange leer war.

»Ich tanze nicht. Ich habe damit aufgehört, als ein Mädchen zu mir sagte, ich sähe aus wie ein Huhn, das durch geschmolzenen Teer watet.«

Sie lachte. »Nun, das ist traurig, denn das ist so ziemlich das *einzige*, was ich tue. Auf Wiedersehen dann.« Und sie ging davon, die Treppe hinunter, und mischte sich unter die Menge, unter die Party.

Sie erwartete vage, daß er sie am nächsten oder übernächsten Tag anrufen würde – ihre Unterhaltung war substantieller gewesen als bei solchen Begegnungen üblich, und sie hatte ihm von sich aus ihre Telefonnummer gegeben –, doch als er es nicht tat, tat sie es mit einem Achselzucken ab und meinte: »*Tant pis.*«

Es ergab sich, daß das Telefon an einem ihrer einsamen Abende klingelte, als sie am Feuer saß, eine Tasse Tee neben sich, und las – nichts Besonderes, Kinderkram, etwas Leichtes.

»Hallo, ich bin es«, fing er an, und sie rollte die Augen und nahm gleichzeitig eine Strähne ihrer langen, glatten Haare und wickelte sie sich um den Zeigefinger. Als sie nicht reagierte, fügte er hinzu: »Ich wollte sagen, hier ist Murad.«

»Tatsächlich habe ich Sie an Ihrer Stimme erkannt.«

»Damit bin ich aus dem Schneider, nehme ich an.« Dann, nach einer Pause: »Sind Sie beschäftigt?«

»Eigentlich nicht. Ich sitze vor dem Feuer und lese ein ausgesprochen schlechtes Buch.«

»Das überrascht mich, als Sie drangegangen sind, rechnete ich damit, im Hintergrund stampfende Musik zu hören.«

»Heute abend nicht. Ich bin allein, trinke Tee und übe mich ganz allgemein in einem Dasein als alte Jungfer.«

»Schauen Sie, es kommt vielleicht ein bißchen plötzlich, aber erinnern Sie sich, daß Sie mir erzählt haben, wie Sie mit Ihrem Vater an den Kaghan gefahren sind? Nun, ich fahre möglicherweise nach Attock und picknicke am Indus. Es ist richtig interessant dort, denn an dieser Stelle mündet der Kabul in den Indus, und der ist braun und fließt eine weite Strecke getrennt vom blauen Indus weiter, sie fließen also nebeneinander, wie zwei Streifen. Und genau dort, wo wir hinfahren wollen, beginnen sie sich zu vermischen.«

»Eine Metapher, nehme ich an.« Sie sagte dies ruhiger und weniger ironisch, als sie beabsichtigt hatte. Als sie auf der Party am See am Pool saßen, hatte sie ihm davon erzählt, wie sie als Mädchen am Kaghan fischen gegangen war – es war ihr in den Sinn gekommen, und so weit hatte sie sich gehenlassen.

»Sie kennen mich nicht sehr gut. Aber ich kann von meiner Großmutter die Bescheinigung eines moralisch einwandfreien Charakters vorlegen, wenn das eine Hilfe ist ...«

»Das ist gut, mir genügt Ihr Wort. Ich würde gerne mitkommen. Wann?«

»Wie wäre es mit diesem Samstag?«

»Wie wäre es mit dem nächsten?«

»Um acht. Oder, nein, Sie sind dann wahrscheinlich noch nicht auf. Um zehn. Ich hole Sie ab. Ich weiß, wo das Haus Ihrer Eltern liegt.«

Und er legte abrupt auf, gerade als sie sagen wollte: »Das klingt ein bißchen unheimlich.«

Als sie das Telefon weglegte, wand sie sich bei dem Gedanken an ihre Altjungfernbemerkung, die sich nach Selbstmitleid, wenn nicht Schlimmerem anhörte, so als säße sie alleine herum und träumte von Ehe.

»Das ist ein ziemlich schickes Fahrzeug – für den armen Neffen des reichen Makhdoom.«

Sie fuhren über die Grand Trunk Road, unter den Eukalyptusbäumen hindurch, die von irgendeiner Regierung während einer kurzlebigen energischen Phase dort gepflanzt worden waren.

»Ich käme ohne es nicht aus. Ich wohne in diesem Ding.«

»Es sieht ganz neu aus.«

»Es ist zehn Jahre alt. Mein Fahrer pflegt es hervorragend. Wir fahren hin und her, zu meiner Farm – ich bleibe ein paar Wochen dort, und dann werde ich langsam verrückt und kehre zurück nach Islamabad zu Entspannung und Erholung. Zehn Stunden über schlechte Straßen.«

»Ah, das berühmte Gemüse.«

Er blickte sie von der Seite an, wechselte geschmeidig die Gänge und fuhr sehr präzise durch das chaotische Verkehrsgewühl, vorbei an schwankenden Bussen, deren Passagiere auf dem Dach hockten und in Trauben aus den Türen hingen, an entsetzlich überladenen, schnaufenden Lastwagen, die mit kunstvollen Szenen von Bergparadiesen, wie aus einer Kinderzeichnung entlehnten schneebedeckten Gipfeln, einem Shangri-la oder mit Kampfflugzeugen, Kleinkindern, überlebensgroßen Filmschauspielerinnen bemalt waren.

»Genau, das berühmte Gemüse.«

Sie hatte sich für westliche Kleidung entschieden, weiße Leinenhosen mit ausgestellten Beinen, eine schmalgeschnittene smaragdgrüne Bluse, die zu ihrem Teint und ihren schwarzen Haaren paßte, und Sandalen statt etwas Praktischerem – wie ein Mädchen aus einer Bacardi-Rum-Reklame, sagte sie sich, als sie in ihrem Ankleidezimmer vor dem Spiegel stand. Nun legte sie einen Fuß auf das Armaturenbrett und ließ ihn eine geraume Weile dort, glänzender roter Nagellack, ein hoher Spann. Sie kurbelte ihr Fenster hinunter und hielt den nackten Arm in die weiche Brise, die nach Eukalyptusblüten duftete, bis zum Horizont blühende gelbe Senffelder, dann der Beginn des rauhen Landes, des Grenzgebiets.

»Laden Sie eigentlich häufig böse Mädchen zu einem Picknick am Indus ein?«

»Gar nicht. Sie sind tatsächlich das erste böse Mädchen, das ich gut genug kenne, um es zu fragen.«

»Sehr komisch. Wissen Sie, ich habe Nachforschungen angestellt. Sie waren in Princeton auf dem College, wo Sie in einem Porsche herumfuhren. Ihre Mutter starb vor zwei Jahren. Ihr Vater und ihr Onkel haben seit Jahren nicht mehr miteinander gesprochen, Ihr Onkel sitzt im Parlament – und Ihr Vater ist bettlägerig.«

»Unschuldig, was den Porsche anbetrifft. Sogar wenn ich das Geld gehabt hätte, bin ich nicht ganz so ein Idiot.« »Und Sie sind entweder verstockt oder schüchtern – ich habe beide Versionen gehört.«

»Oder vielleicht einfach schizophren, so daß beides möglich ist.«

»Nicht dem Bericht nach zu urteilen. Obwohl es in Ihrer Familie vorkommt.«

»Mein Gott! Ist so etwas im Web verfügbar, oder was? Pakidesiman.com.«

Sie verschränkte die Arme, schüttelte den Kopf und sagte mit kätzchenhaft verspielter Stimme: »Das war's. Ich bin fertig. Eine vollständige Beschreibung dieses Exemplars.« Und nachdem sie geschickt den Boden bereitet hatte: »Ich werde nicht fragen, was Sie über mich herausgefunden haben.«

»Nun, daß Sie einen schlimmen Unfall hatten und daß er Sie verändert hat.«

»Was für ein Gentleman. Es gibt ohnehin genug Leute, die Ihnen Lügen über mich auftischen. Und Wahrheiten außerdem. Ich hoffe, Sie glauben nicht, daß ich herumgelaufen bin und mit meiner Nahtod-Erfahrung angegeben habe.«

Er fuhr von der Grand Trunk Road ab, unter der Brücke hindurch, die nach Peshawar führte, durch ein kleines Dorf. Die Passanten drehten sich um und starrten sie an, den großen grauen Jeep und das hübsche Mädchen mit der riesigen, weißgerahmten Sonnenbrille und einen Mann in westlicher Kleidung. Sie bogen ab auf eine tiefer liegende Strecke, die nach einem Flußbett aussah, Murad fuhr konzentriert und steuerte den Wagen umsichtig über schwierige Abschnitte, er setzte zurück und versuchte es mit einer anderen Route. Der Geruch nach Staub erfüllte den Jeep, und rasch bedeckte eine dünne weiße Schicht den Kunststoff des Armaturenbretts. Als sie weiterfuhren, einer mehr oder minder brauchbaren Spur folgend, kamen sie auf einer Sandbank von der Breite eines Footballfelds heraus, die in einer Biegung des Indus angeschwemmt worden war. Murad fuhr ein Stück weit und stellte den Motor ab, den Blick in Richtung Wasser.

»Hier ist es.«

»Es ist unglaublich. Wie haben Sie das gefunden? Es ist wie ein geheimes, verwunschenes Tal.«

Er war aus dem Jeep ausgestiegen, hatte ein Fernglas vom Rücksitz genommen und betrachtete prüfend die umliegenden Hügel. Sie bemerkte das abgegriffene Lederfutteral des Fernglases, zuvor hatte sie in einem gepunzten Lederholster die Pistole bemerkt, die versteckt zwischen den Sitzen lag. Sie mochte es, daß er benutzte, solide Dinge besaß, diesen Wagen, die Pistole und das Fernglas, und ihr gefiel, daß er eine Pistole hatte, ohne damit anzugeben. Im Notfall wäre auf ihn Verlaß, würde er das Problem klären.

»Ein Freund beim Militär hat es mit dem Hubschrauber überflogen und mir davon erzählt. Ich habe einen ganzen Tag gebraucht, um einen Weg nach hier unten zu finden, ich bin den ausgetrockneten Wasserläufen gefolgt. Nicht einmal Ziegen finden hier viel zu fressen.«

Als sie auf den Sand hinaustrat, zog sie ihre Sandalen aus und nahm sie in die Hand. Der Ort wirkte gewaltig und leer, eine riesige Felsenschale, von dem kühlen Fluß durchströmt, in dem der blaue und der braune Streifen der beiden Flüsse sich langsam zu vermischen begannen, ein Verschmelzen in der Mitte des Stroms. Vom Wasser her wehte eine Brise, die die Einsamkeit verstärkte und einen winzigen Sandwirbel antrieb, der sich leise raschelnd vor ihr schlängelte.

Sie blickte sich um, schaute auf die kahlen Hügel ringsum, auf den geparkten Jeep, der zu schimmern schien, winzig vor diesem Hintergrund. »Wissen Sie, das Ungeheuerliche ist, daß wir hier tatsächlich allein sind. Das kommt nie vor in Pakistan.«

»Ich bin mir ziemlich sicher, daß wir allein sind. Das war's, was ich mit dem Fernglas überprüft habe.«

Sie ließ sich in den weichen Sand fallen, rutschte hin und her, um es sich bequem zu machen, und sagte mit einem Lachen: »Sie sind wirklich ein vorsichtiger Mensch.«

Er holte eine Decke und einen Korb aus dem Wagen, breitete die Decke sorgfältig auf dem Sand aus, dann goß er jedem von ihnen ein Glas Weißwein ein.

Sie tranken, blickten auf den Fluß hinaus und schwiegen.

Sie nahm Sand in die Hand, ließ ihn zwischen ihren Fingern hindurchrieseln, so daß er vom Wind davongeweht wurde.

»Ich bin wirklich gerührt. Danke, daß Sie mich hergebracht haben.«

»Ich hatte Angst, daß es Ihnen vielleicht nicht gefallen würde. Wahrscheinlich verlassen Sie die Stadt nicht so oft.«

»Nein, aber ich wünschte, ich täte es. Ich würde gerne auf dem Land leben. Manchmal denke ich, ich würde gerne allein auf einer Insel leben.«

Er öffnete den Picknickkorb, hatte sich offensichtlich große Mühe gegeben, ein Baguette aus der Französischen Bäckerei, teure Käsesorten, Trauben, Schokolade, Nüsse, kleine Sandwiches mit Huhn, und dann, in Behältern, pakistanisches Essen, mehr, als sie würden verzehren können.

Nach dem Mittagessen ging er hinter den Jeep und kam in Shorts und mit einem Handtuch zurück, sein Körper war schlank und braun, mit muskulösen Beinen, einer dünnen Haarlinie unterhalb des Bauchnabels. Sein Kopf saß gut auf den Schultern, die Schultern waren straff. Er ging weit stromaufwärts und verschwand hinter einem Haufen riesiger Felsblöcke, während sie in Gedanken versunken dasaß, die Sonne warm auf dem Rücken.

Lautlos und sehr rasch kam er draußen in der Flußmitte in Sicht, sein Kopf klein und schwarz über dem dunkelgrünen Wasser, in einer wirbelnden Strömung gefangen. Sie schirmte mit der Hand ihre Augen ab und beobachtete ihn – in dem Bewußtsein, daß sie nichts würde tun können, um ihn zu retten, und sie empfand eine Mischung aus Ärger und Bedauern über dieses plötzliche Sinken ihrer schwachen, schmetterlingsleichten Hoffnungen, so ein dummes Ende, ein Schlamassel. Als sie aufsprang, um in Panik über den Sand zu rennen, winkte er ihr zu, ließ sich einen Moment lang auf dem Rücken treiben, drehte sich um und begann, mit präzisen Zügen ans Ufer zu schwimmen, bei jedem zweiten Zug hob er den Kopf aus dem Wasser, um Luft zu holen. Er schwamm in einem klug berechneten Winkel gegen die Strömung an, die ihn abtrieb, und am entferntesten Punkt, am Ende der bogenförmigen Bucht, kam er platschend ans Ufer.

Er kam auf dem härteren Sand am Rand des Wassers auf sie zugelaufen, dann ragte er über ihr auf, beinahe trocken, in der Sonne glänzend. »Das war verdammt noch mal kalt«, sagte er. »Das muß ich zugeben!«

Sie warf ihm das Handtuch zu und blinzelte zu seinem Gesicht hinauf, das vor dem Hintergrund der Sonne schwarz wirkte. »Sie haben mir Angst eingejagt. Ich dachte, Sie würden ertrinken.«

»Dieses Mal nicht. Es gibt ein persisches Gedicht, aus dem mein Vater gerne zitiert: *Stehend am Ufer / Was weißt Du von meinen Bemühungen, / Während ich mitten im Strom kämpfe.«*

Er setzte sich, fast von ihr abgewandt. »Sie müssen zugeben, das ist ein ziemlich passendes Zitat.«

»Sehr eindrucksvoll. Aber vielleicht ein bißchen zu wörtlich, wenn ich pedantisch sein will.« Einen Augenblick später sagte sie: »Ich werde nicht mit Ihnen schlafen, wissen Sie. Ich habe das entschieden, während Sie schwimmen waren oder am Ertrinken, oder was immer Sie da getrieben haben.«

»Ich muß sagen, für ein Mädchen aus einer guten Punjabi-Familie sagen Sie die erstaunlichsten Dinge. Lassen Sie mich raten: Sie haben vor Gott geschworen, falls ich überleben sollte, würden Sie sich auf ewig von mir lossagen. Oder vielleicht sollte ich besser sagen, Sie schworen vor einer undefinierbaren höheren Macht.«

»Ich weiß. *Das Ende einer Affäre.* Ich habe den Film gesehen. Aber irgendwie stimmt es. Ich dachte wirklich, es wäre zu Ende mit Ihnen. Und ich bezweifle, ob ich mit Ihrem Auto allein nach Hause käme. Von dem Skandal ganz zu schweigen. Stellen Sie sich vor, Sie müßten erklären, was wir hier zusammen gemacht haben. Ich würde mir nicht einmal die Mühe machen, es zu versuchen, ich würde Ihre Leiche nachts vor dem Tor Ihrer Eltern ablegen.«

Er lachte. »Es freut mich, daß Sie sich auf die wirklich wichtigen Aspekte des Problems konzentriert haben.«

»Ganz und gar nicht. Ich habe Sie nicht in den Fluß gestoßen, es war Angeberei. Sie sind erwachsen.«

»Sehr Laissez-faire. Du machst dein Ding, und ich mache meins.«

»Genau. Gefährten bei einer geselligen Unternehmung.«

»Ich verstehe. Nun, lassen Sie uns noch ein Glas trinken.«

Als sie an ihrem Glas nippte und ihn dabei über den Rand hinweg beobachtete, sagte sie: »Oder jedenfalls noch lange nicht.«

»Sie kommen immer wieder darauf zurück. Und woher wollen Sie wissen, daß ich mit Ihnen schlafen will?«

»Oh, das ist einfach. Es steht Ihnen ins Gesicht geschrieben.«

Er zündete einen Joint an, und sie wünschte, er hätte es nicht getan, sie blickte zu ihm hin, als er ihn ihr gab, und wünschte sich, er würde sich nicht betrinken, nicht rauchen, keine Drogen nehmen. Natürlich, er war in Princeton gewesen, er musste so ungefähr all das hinter sich haben, auf reiche Pakistanis, die in Amerika studierten, traf das fast unweigerlich zu – in ihrem einzigen Jahr an der New York University, wo sie durchgefallen war, nicht einmal die Frühjahresexamen abgelegt hatte, hatte sie selbst eine vollständige Parallelerziehung erhalten, war mit einem iranischen Freund herumgezogen, der drei Jahre älter gewesen war als sie und Tag und Nacht Berge von Koks geschnupft hatte. So wie Murad dasaß, in sich gekehrt, den Blick auf den Fluß gerichtet, in dem leichten Wind, der seine nackten Arme mit einer Gänsehaut überzog, das Handtuch fest um die Schultern geschlungen, empfand sie eine ungeheuere Zärtlichkeit für ihn.

Die Erfahrung dieses Tages setzte sich in ihr fest, eigentümlich, wie durch geriffeltes Glas betrachtet. Der Geruch des rasch fließenden Wassers, das gewaltige Strömen des Indus, das trockene, eintönige Licht, das vom Sand zurückgeworfen wurde – all dies erschien ihr fremd und hart und daher im Einklang mit der Intensität von Murads Annäherung, die nicht in etwas begründet lag, das er sagte, sondern in der Art und Weise, wie er an jedem Punkt ihres Kontakts die Verbindung zu ihr aufrechtzuerhalten, sich für sie zu interessieren und seine Reaktion geplant zu haben schien. Er gab ihr Sicherheit, maß sie an einem Standard, den sie nicht ganz verstand, einem unkonventionellen Standard, provisorisch und ausschließlich zwischen ihnen beiden – und schien zu dem Schluß zu kommen, daß sie diesem Standard genügte. Wenn seine Fixierung auf sie bedrohlich gewirkt hatte – es hatte sie erregt –, so sah sie darin jetzt etwas Gutes und von Herzen Kommendes, einen spontanen Entschluß, den er zu ihren Gunsten gefällt hatte, einen Impuls, zu ihr zu gehören und mit ihr zusammen zu sein. Ihr fiel auf, daß sie am Fluß mit ihm allein gewesen war, kilometerweit kein anderes menschliches Wesen, nachdem sie auf einer Party höchstens eine halbe Stunde mit ihm geplaudert hatte – und doch war sie vollkommen entspannt gewesen. Von wie vielen pakistanischen Männern man das wohl sagen könnte?

Er drängte sie nicht – am Tag nach dem Picknick fuhr er auf seine Farm, wo es kein Telefon gab, kein Mobilfunknetz.

Eine Woche später rief er an. »Ich bin wieder da.«

»Schön. Ich freue mich.«

»Was treibst du?«

»Ich ziehe mich gerade an, irgendein norwegischer Telenor-Typ gibt eine Party. Davor gehe ich zu Mino.«

»So ein Pech.«

Sie merkte, daß sie ihn sehr gerne sehen wollte. »Ich schätze, ich treffe noch jede Menge von diesen Typen, und du kommst frisch vom Land. Komm vorbei, und ich lasse mir für Mino eine Ausrede einfallen.«

»Das ist sehr nett von dir. Ich verspreche dir, ich werde zum Anbeißen sein.«

Sie kleidete sich sorgfältig, aber sehr einfach, kein Make-up, Jeans, ein weißes Oberteil im Zigeunerlook mit langen Ärmeln – sie wollte hübsch aussehen, aber auch natürlich, so wie sie sich fühlte. Als sie sich im Spiegel musterte, gestand sie sich ein, daß sie seinem Bild von ihr entsprechen, nicht nur hübsch sein, sondern ihm eine reinere Seite von sich zeigen wollte. Ein anderer Ton ließ sich hören, eine gewiefte Stimme, die ihr empfahl, einem Plan zu mißtrauen, der von ihr forderte, sich anders anzuziehen, ihre Selbstdarstellung zu verändern – doch dann, war es nicht genau das, was sie sich wünschte, ein neues Leben, und daher auch ein neues Aussehen?

Am Telefon hatte sie ihm gesagt, er solle am Haus ihrer Eltern vorbei nach hinten fahren bis zu ihrem Cottage am Ende des langen Gartens. Nun rief sie ihm von einem Fenster im oberen Stockwerk aus zu, er solle schon einmal eintreten. Als sie ein paar Minuten später barfuß die Treppe herunterkam, stand er bereits in ihrem kleinen Wohnzimmer und sah sich die Bücherregale an.

»Du hast dich gleich zurechtgefunden.«

»Du hast *keine* Ahnung.« Und dann, als sie verwirrt dreinschaute: »Du hast doch *Der König der Löwen* gesehen. Der Welpe sagt zu seinem bösen Onkel: ›Du bist komisch, Onkel Scar‹, und der Onkel sagt: ›Du hast *keiiine* Ahnung.‹ Ich habe versucht, witzig zu sein.«

»Ach so. Ich kenne es eigentlich, ich habe *Der König der Löwen* viel zu oft gesehen.«

»Ein Beweis, daß wir zusammenpassen«, schlug er vor.

»Oder ein Beweis, daß ich ein Sonntagnachmittags-Herumhockerin bin. Und wie steht es mit dir?«

»Gestoppte Entwicklung. Auf der Farm gucke ich manchmal hirnlose Filme, wenn ich anfange, den Verstand zu verlieren.«

Sie hockte auf den Fersen vor dem Kamin, nahm ein Streichholz und zündete zusammengeknülltes Zeitungspapier an. Sie dachte daran, daß sie vor ein paar Wochen das gleiche getan hatte und von einem anderen Mann dabei beobachtet worden war, dessen Blicke auf sich gespürt hatte, die sie bewunderten, ihren

Körper taxierten, den geraden Rücken, die um die schlanke Taille spannende Bluse, an den Abend, der damals vor ihnen lag, Verführung und Tanz, beide ohne Zweifel auf dieses Zusammentreffen vorbereitet – beschwipst hatten sie sich von einer Party davongestohlen. Es quälte sie, daß diese Erinnerung gerade jetzt hochkam, als sie sich umdrehte und aufstand und Murads Kleidung musterte, Slipper mit peinlichen Troddeln, gebügelte Jeans, das weiße Hemd in die Hose gesteckt – irgendwie ähnelte er einem Offizier ohne Uniform, ein Effekt, der sie wirklich rührte, ein Herr, der einer Dame seine Aufwartung machte.

Das Holz fing Feuer, und sie stand auf und ging zu dem Beistelltisch und goß zwei Gläser ein, ohne ihn zu fragen, was er wollte.

»Wir trinken Whiskey«, sagte sie.

»In Ordnung.«

Murad nahm eine gerahmte Radierung von einem Halter auf dem Tisch, die einen in einem Boot liegenden Mann zeigte, unter einem Mantel ausgestreckt, im Bug eine brennende Laterne, das Boot steuerlos stromabwärts treibend.

»Sie ist von Chugthai«, sagte sie. »Es ist mein Lieblingsstück.«

Sie setzte sich dicht neben ihn auf den Boden, ihr Finger zeichnete die Gestalt auf dem Glas nach, und sie fragte: »Warum die Laterne? Seltsam, ich weiß nicht, ob er abgetrieben wurde oder ob er einfach so schläft und das Boot treiben läßt, wohin es will. Ich habe sie beinahe umsonst bekommen. Sie ist an einer Ecke beschädigt, siehst du, sie muß irgendwo abgelegt worden sein und wurde von Termiten angefressen. Deshalb mag ich sie.«

Er stand auf und stellte die Radierung auf den Tisch zurück. »Du bist noch romantischer als ich, und das will was heißen.«

»Versuchst du, dich an mich heranzumachen, Mr. Talwan?«

»Das meine ich ernst.«

»Komm schon, was weißt du von mir?«

Er ließ die Eiswürfel in seinem Glas kreisen und blickte ins Feuer.

»Darf ich dir eine Geschichte erzählen? Über das erste Mal, als ich dich gesehen habe?«

»Will ich sie hören?«

»Ich glaube schon. Erinnerst du dich an die Party letzten Herbst oben in den Bergen, im Haus von Sohail Harouni?«

»Ich erinnere mich. Warst du dort?«

»War ich. Es war eine merkwürdige Zeit für mich. Zwei Monate vorher war ich auf meine Farm gefahren, mir war alles zuviel geworden. Zwei Jahre zuvor war meine Mutter gestorben, mein Vater hatte sich ins Bett zurückgezogen, meine Tanten versuchten, mich mit ›passenden Mädchen‹ zu verheiraten. Es war so gottverdammt langweilig in dem düsteren Haus meines Vaters. Ich ging Verwandte besuchen und saß stundenlang da, ohne etwas zu sagen. Ich mag meine Aitchison-Freunde einfach nicht mehr, sie arbeiten alle bei einer Bank oder machen in Textilien, werden Politiker oder tun nichts, wenn sie es sich leisten können. Ich haßte mich selbst, und ich haßte mein Leben.

Also ging ich auf die Farm meines Vaters und schwor mir, daß ich drei Monate dort bleiben würde, am Stück. Davor war ich manchmal für eine Woche hingefahren oder für zehn Tage und hatte mich dann wieder verzogen. Nun begann ich das Gemüseprojekt, baute Gewächshäuser und lief jeden Tag am Kanal entlang, bis die Dorfbewohner sich sogar daran gewöhnten. Anfangs dachten sie, ich sei völlig verrückt geworden, zu rennen, bis mein Gesicht rot angelaufen war. Nach dem Laufen kam ich nach Hause und legte mich auf den Rasen und sah zu, wie der Tag sich neigte und die Sterne herauskamen. Hast du das mal getan? Geradewegs nach oben geschaut, während der Schweiß dir über das Gesicht läuft und die Moskitos in einer kleinen Formation um dich herumschwirren, und darüber nachgedacht, daß das All sich unendlich ausdehnt und wie wenig du bedeutest und wie unwichtig deine Probleme sind? Echt Popcorn-Philosophie, ich weiß.

Ein Diener kam ins Dorf, aus dem Haus meines Vaters, und überbrachte eine Einladung – zu Sohail Harounis Halloween-Party. Meine drei Monate waren noch nicht um, und die Party war schon in zwei Tagen. Sie brachten mir den Umschlag heraus, als ich auf dem Rasen lag, und ich merkte, wie glücklich ich war, wie lebendig, als ich so in den Himmel schaute. Ich hatte die Farm gut in Schuß, ich hatte Sport getrieben, abends gute Bücher gelesen, jetzt wollte ich Leute, ich wollte Leben. Auf der Stelle sagte ich dem Koch, er solle etwas zu essen einpakken, rief nach meinem Fahrer, rief die leitenden Angestellten aus ihren Häusern zusammen, um ihnen zum Abschied Anweisungen zu geben, und ein paar Stunden später waren wir unterwegs, der Fahrer und ich wechselten uns am Steuer ab. Die Sonne ging auf, und wir waren immer noch unterwegs, rauchten Zigaretten und rollten über die Autobahn, über die Salt Range, nach Islamabad hinein. Ich mag diesen Moment, wenn man an der United Bakery vorbeikommt, an den Juwelieren, an der Old Book Corner, die Straßen voller Diplomatenautos, die Farm und ihre Probleme in weiter Ferne.«

Er hielt sein Glas in die Höhe. »Es tut mir leid, ich habe irgendwie am Anfang angefangen. Ich langweile dich.«

»Nein, ich mag das. Ich wette, mein Auftritt steht kurz bevor.«

Er trat an den Tisch und schenkte ihnen noch einen Drink ein. Das Kinn auf die Knie gestützt, saß sie da und blickte ins Feuer, das jetzt hell aufloderte, und das Zimmer breitete sich weich und dunkel um sie aus – sie hatte alle Lichter gelöscht mit Ausnahme zweier Lampen, Wächter, auf Tischen neben der Tür. Als er ihr das Glas reichte, nahm sie es bedächtig, trank und legte das Kinn wieder auf die Knie.

»Ich fuhr hinauf zu diesem massiven Steinhaus mit seiner beinahe endlosen Aussicht, oberhalb von Rawal Dam. Du erinnerst dich, zweihundert Leute waren dort. Seine Frau Sonya, die Amerikanerin, ist sehr nett, sie war beinahe der einzige Mensch, mit dem ich mich während des ganzen Abends unterhielt. Sie erzählte mir, wie sie Amerika als Braut verlassen hat und plötzlich erwachsen wurde, als sie hierherkam, und dann sagte sie, daß ich ein wenig verloren wirkte – aber so, daß ich mich nicht belästigt fühlte. Ich bin mir nicht sicher, warum, aber die Luft war für mich an diesem Abend wie verzaubert, ich fühlte mich sicher, war vollkommen gelassen, während ich mutterseelenallein auf der Terrasse saß und die Aussicht genoß, fünfundvierzig Kilometer bis nach Islamabad, nach 'Pindi, auf die Lichter der Städte. Wenn einem so zumute, man so bei sich ist, gehen die Leute ohne weiteres davon aus, daß es einem gutgeht, sie reden vielleicht ein paar Worte mit einem, und dann ziehen sie weiter.

Ich bin hinuntergegangen zum Swimmingpool, über Wege, die von den metallenen Feuerschalen schön beleuchtet wurden, und setzte mich in eine dunkle Ecke, auf eine Bank neben dem Pool unter ein paar Morgenländische Platanen. Die Leute spazierten in Richtung Pool, schwenkten aber immer ab zu der großen Rasenfläche, wo der berühmte Nizami Sahib Sitar spielte.«

Lily machte Anstalten, aufzustehen, um noch ein Scheit aufzulegen. Er hielt ihren Arm, berührte sie nur mit den Fingerspitzen.

»Warte, ich bin gleich fertig. Ich saß vielleicht eine halbe Stunde dort und lauschte auf den Wind in den Nadelbäumen. Und dann kam eine Frau herunter, aber statt auf die Musik zuzugehen, ging sie weiter zum Pool. Das warst natürlich du. Du trugst eine lange weiße Tunika und einen hellblauen Schal, die Arme bloß, deine Haare waren kürzer damals. Du knietest dich an den Rand des Pools, erinnerst du dich? Sie hatten Kerzen in Eisblöcke gesteckt und ließen sie auf dem Wasser treiben.«

Und sie sagte: »Ich habe dich nicht gesehen, aber ich erinnere mich, daß ich dort gesessen habe. Ich erinnere mich, daß ich im Wasser verschwinden wollte. Ich konnte die Spiegelung des Mondes darin sehen. Es war gerade etwas passiert, etwas Schlimmes, Demütigendes. Ich wollte sterben, nur diesen einen Moment lang.«

»Sag mir nicht, was es war. Hör noch das Ende. Du hast im Wasser herumgeplätschert, so daß das Spiegelbild des Mondes splitterte und sich wieder zusammenfügte. Du machtest immer weiter, viel länger, als ich gedacht hätte, und sahst so erstaunlich schön aus, blaß wie du warst dort im Mondlicht. Dann näherten sich ein paar Leute, und ich fragte mich, ob du bleiben und dich mit ihnen unterhalten würdest, und ich wünschte mir sehr, daß du es nicht tun würdest. Und du standest rasch auf, sehr anmutig, und ehe sie dich sehen konnten, löstest du dich in Nichts auf wie ein wildes Tier, verschwandest zwischen die Bäume, weg von den Geräuschen der Party. Und einen Augenblick später ging ich nach Hause.«

Keiner sprach, und dann sagte sie: »Das ist die schönste Geschichte, die ich je über mich gehört habe.«

Sie trank mehr als er, auch wenn sie beide nicht sehr viel tranken, und stellte die Flasche und den Eisbehälter neben sich auf den Fußboden. Er erzählte ihr von seiner Farm, von den Menschen, die dort lebten, der Einsamkeit, die er empfand, und auch, daß er sich nur dort als ganzer Mensch und an etwas gebunden fühlte. Er erzählte ihr von seinem Gemüse, ein neues und teures und schwieriges Projekt.

Während einer Pause in der Unterhaltung setzte er sich auf, erhob sich und ging mit einem leisen Lächeln ein paarmal im

Zimmer auf und ab. »Sieh da, jetzt habe ich dir sogar von meinen Gewächshäusern erzählt.«

Sie war träge geworden, schläfrig. »Das hast du, und es hat mir gefallen. Gewöhnlich sind Männer absolut langweilig, wenn sie über Geschäfte reden. Ich würde deine Farm gerne sehen. Die einzigen Farmen, die ich gesehen habe, sind die außerhalb Lahores, wo die Leute Partys geben.«

»Die zählen nicht. Die Leute, denen sie gehören, verlieren dort haufenweise Geld, und es ist ihnen egal. Es ist respektlos gegenüber dem Land und gegenüber den Leuten, die es bewirtschaften.«

»Sei nicht so ernst.« Von einer nahe gelegenen Moschee erschallte der Gebetsruf.

Murad setzte sich wieder. »Es ist beinahe Morgen, ich sollte gehen.«

»Nein, bleib. Sollen wir einen Joint rauchen oder so was?«

»Mir geht es bestens so. Aber ich möchte nicht, daß deine Eltern mein Auto sehen.«

»Sie sind in Lahore. Es sind nur der Wachmann und mein alter Diener Fakiru da. Die beiden haben schon alles gesehen, und sie wissen, wie man den Mund hält.«

Nach einem langen Blick ins Feuer sagte er: »Ich bin müde, aber du hast recht, ich möchte nicht gehen.«

»Warum trägst du mich in diesem Fall nicht nach oben und bringst mich ins Bett?«

Er nahm ein Feuerzeug in die Hand und ließ es auf dem Fußboden kreisen. »Nein, laß uns das jetzt nicht tun, heben wir uns das auf. Bring eine Decke und ein Kissen, und wir schlafen hier am Feuer.«

Sie legten sich vor das Feuer, hielten einander in den Armen und schliefen schließlich ein. Als sie gegen Mittag erwachten, fuhren sie hinaus zum Kausar Market, anstatt einen Diener um das Mittagessen zu bitten, und kauften etwas zu essen, Wein und Käse und all die guten Dinge für ein Picknick, das sie im Laufe des Nachmittags auf einem Teppich in ihrem Garten liegend verzehrten.

Vier Monate später waren sie zur Verwunderung aller Beteiligten verheiratet. Als Lily ihren Eltern ihren Entschluß mitteilte, nahmen sie die Neuigkeit beinahe schweigend auf, und ihr Vater erteilte umgehend seinen Segen. Die Krankheit von Murads Vater und der relativ kurze Zeit zurückliegende Tod seiner Mutter ließen eine kleine Hochzeit akzeptabel und sogar angemessen erscheinen, auf die Familie und nur ein paar enge Freunde beschränkt. Ihre Eltern hatten sich nicht vorstellen können, daß der Tag noch einmal kommen würde, an dem sie sie verheirateten, und sie mochten und akzeptierten Murad sofort. Sie kannten Murads Familie und waren dort bekannt, da sie derselben Gesellschaftsschicht angehörten.

Der arme Murad hingegen mußte eines Nachmittags beim Tee eine mächtige Breitseite seiner beiden furchteinflößenden Tanten über sich ergehen lassen, während er einsam auf einem Sofa saß, das ihm in diesem Moment so groß erschien wie in einem bösen Traum, und er war der kleine Junge, der darin versank. Seine Tanten hatten sich zu beiden Seiten in Ohrensesseln plaziert und feuerten ungeheuerliche, flammende und nicht zu beantwortende Fragen bezüglich seiner Braut auf ihn ab, sie konstatierten unverblümt, daß sie sie für nicht gefestigt und übel beleumundet hielten. Sie waren Schönheiten gewesen und hatten gut geheiratet – und dennoch war ihr Leben nicht positiv verlaufen, ebensowenig wie das seines Vaters. Die eine war in den 1960ern eine Zeitlang morphiumsüchtig gewesen, bis man sie schließlich in ein verschwiegenes Sanatorium außerhalb Lausannes expediert hatte.

Ihre Worte hinterließen keine Spur in Murads Gedanken. Er machte Witze über diese Begegnung und schilderte sie Lily in sämtlichen Einzelheiten. Beide bezogen Kraft aus der Überlegung, daß sie in Neuland aufbrachen, Überlebende, er des Schiffbruchs seiner Familie, sie der Lebensseichtheit, in die sie hineingeraten war. Seine übermächtige Mutter, die aus demselben Holz geschnitzt gewesen war wie seine Tanten, hatte seinen Vater Schritt für Schritt zerstört – eine ihrer Losungen war, daß sie ein ungleich besseres Einverständnis untereinander schaffen würden. Eine andere lautete, daß Lily trotz ihrer Vergangenheit im Herzen häuslich war, tüchtig, eine, die sich der Dinge, auch der Verletzungen, annahm. Sie war immer selbständig gewesen, als Mädchen hatte sie ein Schwesternköfferchen gehabt und die Bediensteten des Hauses verarztet, wenn sie krank waren, und als Erwachsene hatte sie finanziell stets selbst für sich gesorgt und das exklusive kleine Schneideratelier betrieben, das sie mit einer einzigen Näherin und einem alten Schneider im Untergeschoß ihres Elternhauses eingerichtet hatte, wo sie sündhaft teure Hochzeitskleider anfertigte. Das hielt sie geerdet und hatte ihr immer genügend eingebracht, um für ihren Unterhalt aufzukommen, dies und die Mieteinnahmen aus einigen Geschäften in Lahore, die sie als Baby von ihrem Großvater geschenkt bekommen hatte. Sie fand es wichtig, daß sie dies in die Beziehung einbrachte, nicht das Geld, sondern die Haltung, und beide hatten erklärtermaßen die Absicht, sich zum gegenseitigen Schutz zusammenzutun.

Vor der Verlobung waren sie nach Lahore gefahren, um seinen Vater zu besuchen, durch die Salt Range, ab vom Pothohar Plateau und hinunter in die Ebene, über die Flüsse, den Jhelum, den Chenab, den Ravi. Der Vater hatte sein Haus in Islamabad ganz Murad überlassen, nachdem seine Frau gestorben war, da er es zu schmerzlich fand, in einem Schlafzimmer zu leben, in dem sie, vom Krebs ausgezehrt, ihre letzten Wochen und Monate über sich hatte ergehen lassen. Er zog nach Lahore, in ein riesiges, heruntergekommenes Haus, das ihm im Zuge der Aufteilung zwischen den Geschwistern zugefallen war. Die Größe des Hauses beeindruckte Lily ebenso, wie seine Vernachlässigung sie erschreckte; die Rasenfläche vor dem Haus war kahl, und mitten darauf spielten die Kinder der Dienerschaft ganz unbefangen Kricket.

Das Haus war in den Zwanzigern erbaut worden, mit vielen dunklen Gängen, modrigen, ausgefransten Teppichen, riesigen, hier und dort recht unorthodox angeordneten häßlichen Sofas und Sesseln, gerade so, als wären sie aus eigener Willenskraft von einem Möbelfriedhof hereingewatschelt gekommen und hätten sich prustend auf eine lange Wartezeit eingerichtet. Die Tür war mit schwarzem Schmutz verkrustet und schleifte knarzend über den Fußboden. Der alte Kammerdiener begrüßte Murad voller Zuneigung, einer von der alten Schule, korrupt, der den Haushalt nach seinem Profit ausrichtete, vom Koch seinen Schnitt nahm, von den Fahrern, aber dennoch nachsichtigen Stolz zeigte auf den geordneten, ziellosen Tagesablauf seines Herrn, die Hand des Herrn, die sich nie mit Arbeit abgegeben hatte, und dessen Verbindungen zur alten Aristokratie von Lahore.

»Er wartet schon seit gestern nachmittag auf Sie«, sagte der Kammerdiener vertraulich. »Er wird wieder lebendig, Sir, vor Ihren Besuchen. Heute nachmittag hätte er beinahe sein Nikkerchen verpaßt.«

Es ist eine kleine, sterbende Welt, dachte sie, dieser Haushalt, diese Bediensteten, der alte Mann in ihrer Mitte. Sie hatte so etwas schon früher gesehen, bei ihrer eigenen Verwandtschaft, einer ihrer Großtanten, die über neunzig geworden war, sich mit ihren Hausmädchen herumgestritten hatte, in Gebete versunken, übellaunig, angeblich mit kistenweise Bargeld und Gold auf der hohen Kante, obwohl sich nach ihrem Tod nichts davon fand. Sie war dafür bekannt gewesen, kolossal geizig zu sein, und doch hatte die alte Frau, als Lily sich nach einem Besuch von ihr verabschiedete, eine Dienerin angewiesen, ihre gewaltige Handtasche zu holen, und hatte ein überraschend großes Bündel Bargeld hervorgezogen und gesagt: »Also, und denk an mich, wenn ich nicht mehr bin, junge Dame.«

Murads Vater empfing die beiden aufrecht im Bett sitzend, in einem dicken grünen Tennispullover. Die Leintücher auf dem Bett waren frisch gestärkt – der Kammerdiener mußte sie gewechselt haben, als Murad von der Autobahn aus angerufen hatte, um zu sagen, daß sie kurz vor der Stadt seien. Murad küßte ihn voller Zuneigung, dann stellte er Lily vor, die plötzlich das Gefühl hatte, falsch angezogen zu sein, zu modisch, zu hell – in einem Aufzug, der halb westlich war, der *shalvar* eher hosenähnlich, die *kurta* eng geschnitten. Die Armseligkeit des Zimmers erzählte von Stunden, die mit Nichtstun zugebracht wurden, die rissigen Kunstlederpantoffeln, die häßliche, cremeweiße, mit Wasser gefüllte Thermoskanne – und das Arsenal an Medikamenten.

Der Vater war wirklich sehr schwach, mit einem langen weißen Haarkranz und dem lieben Gesichtsausdruck eines Kindes und angestrengt blickenden Augen. Ein freundlicher und korrekter Herr, der nie etwas aus sich gemacht hatte, der sein Leben lang Land verkauft hatte, um den Schein zu wahren, Sohn eines Großgrundbesitzers und bei der Aufteilung des Erbes ein geradezu willfähriges Opfer der Machenschaften seines älteren Bruders. Seine Frau hatte ihn gestützt, solange sie konnte, im Laufe der Jahre hatte sie das zermürbt, bis ihre Liebe sich in Verachtung verwandelt hatte, die schwer zu verbergen war, insbesondere, als der Krebs an ihr zehrte.

Als sie ins Zimmer traten, leuchteten die Augen des Vaters auf, und sein Gesicht belebte sich. Er wandte sich galant an Lily.

»Meine Liebe, Sie sind sogar noch hübscher, als Murad mir erzählt hat. Er ist ein glücklicher junger Mann, Sie sind beide … sehr glücklich …«

Und dann erstarb seine Stimme, und sein Blick wurde starr, aus Resignation, aus Gleichgültigkeit – sie fand dieses Ersterbende verstörend, denn sie hatte Distanz und Entschiedenheit erwartet. Murad hatte sie darauf nicht vorbereitet, auf diese Hilflosigkeit des alten Mannes. Der Vater klopfte auf die Stelle neben seinem Bein, Murad solle sich setzen. Nachdem er Lily ein paar Fragen über ihre Familie gestellt hatte, über ihre Mutter und ihren Vater, ganz offensichtlich ohne ihre Antworten zu registrieren, stellte er Murad mechanisch ein paar Fragen zur Farm, jede Frage ohne Verbindung zur vorangegangenen, als müßte er eine festgesetzte Anzahl von Erkundigungen einziehen. Lily saß ziemlich dicht neben ihm, auf einem Stuhl, den man für sie hingestellt hatte, bevor sie das Zimmer betreten hatten, und während sie dort saß, nahm sie die Gerüche und die Anwesenheit dieses Mannes in sich auf, des Vaters ihres Geliebten, erdig und ranzig, irgendeine Pomade, wie alte Leute sie benutzten, Talkum, saubere, schwere Bettwäsche, verstaubte Vorhänge. Sie bemerkte, dass in all seiner Gleichgültigkeit der alte Mann zärtlich, unbewußt, den Arm seines Sohnes streichelte.

»Entschuldigt mich, ich muß mit den Buchhaltern sprechen«, sagte Murad, wie sie es geplant hatten – er hatte sie gebeten, ein Weilchen mit seinem Vater allein zu bleiben.

Als Murad gegangen war, wurde der Ausdruck des Vaters angestrengt, die Haut um seine Augen spannte. Er schien nicht zu wissen, wohin er den Blick wenden sollte. Gerade als sie eine belanglose Frage stellen wollte, um das Schweigen zu brechen, blickte der alte Mann zu ihr auf.

»Hauptsächlich ähnelt er seiner Mutter, wissen Sie.«

Sie hörte eine Entschuldigung heraus für den Zustand, in dem sie ihn antraf, bettlägerig.

Er griff neben sich nach einer Klingel, die an einer Schnur hing, und läutete nach einem Diener. Dann drehte er sich zu ihr um und sagte listig: »Der Tanz geht weiter, nicht wahr, junge Dame. Er wird ein guter Ehemann sein. Und was Sie anbetrifft, hoffe ich, daß Sie sein Vertrauen nicht enttäuschen. Vielleicht ist es ohnehin egal. Doch ich bin ein alter Mann, und es wäre besser, ihr hättet gewartet, bis ich nicht mehr bin.« Er verfiel wieder in Schweigen, und das Gebiß in seinem Mund verrutschte und machte ein klickendes Geräusch.

Auf einem Foto, das Murad ihr gezeigt hatte, von seinem Vater als jungem Mann in Oxford, schlaksig, mit Murads langem, feingeschnittenem Gesicht, ein angedeutetes Lächeln auf den Lippen, im Mantel, den Schal fest um den Hals geschlungen – hatte er auf der Hut gewirkt, isoliert bereits, ratlos.

Er gähnte wie ein kleiner Junge, mit flachen Augen, wie blicklos, und sie sah, daß seine vom Liegen abstehenden Haare genauso aussahen wie das Federbüschel eines Vogels. Sie verstand seine Feststellung nicht.

Der Kammerdiener kam herein, und dann kehrte Murad zurück. Als sie gingen, nach Islamabad zurückfuhren, zog der alte Mann sie eng an sich, küßte sie auf die Wange und sagte: »Seien Sie gesegnet, junge Dame.«

Auch wenn sie die Worte des alten Mannes zunächst nicht verstand, fixierte sie diese Erfahrung später als ersten Schlag gegen den Glauben, daß die Ehe es ihr ermöglichen würde, sich von Grund auf zu ändern. Dieser alte Mann, dessen Anhänglichkeit an seine furchterregende Ehefrau einer endgültigen Liebe so nahe gekommen war, daß ihr Tod ihn vollständig zerstörte, hatte nichtsdestotrotz eine sehr geringe Meinung davon, was die Ehe, was Lily seinem einzigen Sohn zu bieten haben würde. Vielleicht wußte er von ihrer Vergangenheit, wahrscheinlich wußte er davon – Murad würde ihm einiges erzählt haben, um ihn gegen spätere Enthüllungen von seiten übelwollender Verwandter, der Tanten oder anderer, zu immunisieren.

Sie wußte, daß dieses Gefühl irrational war, doch diese halbherzige Aufnahme in die Familie, auch wenn sie von einem Lebensfluß ausging, der seine Kraft verloren hatte, verletzte sie tief und nachhaltig.

Bis zur letzten Minute beharrte der alte Mann darauf, daß er bei der Hochzeit anwesend sein würde, die in Lilys Elternhaus in Islamabad stattfinden sollte. Es bedeutete Murad viel, das wußte sie, doch sie sprachen nicht darüber. Sie hielt ihn für stark, zielbewußt – wie er es in seinem Werben um sie gewesen war oder wie sie es einmal gesehen hatte, als seine leitenden Angestellten mit der Quartalsabrechnung der Farm nach Islamabad gekommen waren, die respektvolle und gradlinige Art und Weise, in der sie sich an ihn gewandt hatten, die tiefe Achtung, die er ihnen erwies, und ihr strikt geschäftliches Herangehen an die anstehende Arbeit.

Doch wo es um seinen Vater ging, versagte seine Kraft, als griffe die Schwäche seines Vaters auf ihn über und zehrte an ihm. Zwei Tage vor der Hochzeit kam Murad zu ihr und sagte mit gebrochener Stimme: »Er kommt nicht, ich wußte, daß er nicht kommen würde.«

»Es spielt keine Rolle, Liebling. Er ist krank, er wollte hier sein.«

»Das ist es ja«, sagte er wütend. »Nie will er hier sein. Er hat den besten Teil seines Besitzes für nichts verkauft, weil er sich nicht die Mühe machen wollte, den Verkauf zu überwachen. Er ließ zu, daß meine Verwandten sämtliche Läden in der Innenstadt an sich rafften, die wertvollen Grundstücke in der Stadt. Und dann, nachdem er herumgetändelt und den größten Teil seines Lebens gar nichts getan hatte, verzog er sich ins Bett. Ich habe mich immer schutzlos gefühlt, und das ist auch heute noch so. Ich hatte immer das Gefühl, seine Haltung sei: *Après moi, le déluge*. Meine Mutter hat ihm das nie verziehen, nicht einmal, als sie im Sterben lag. Ich war der entführte Prinz, der in einem Stall aufwuchs, während der andere Zweig der Familie sich unter den Nagel riß, was er nur kriegen konnte. Jetzt bin ich zurückgekommen und habe mir einiges von dem genommen, was mir gehört, aber noch immer ist mein Vater da, und noch immer verweigert er sich mir.«

Sie tröstete ihn, berührte sein Gesicht und dachte an den Segen, den der Vater ihr beinahe feindselig erteilt hatte. »Mir geht es genauso, Liebling, deshalb haben wir einander gefunden. Ich bin ebenfalls abgeschnitten. Gemeinsam schaffen wir es. Wir werden unser eigenes, neues, davon getrenntes Leben haben.«

Sie drang nicht weiter in ihn, und der Moment ging bald vorüber. Murad überdeckte seinen Ärger und seine Trauer mit den letzten Vorbereitungen, die getroffen werden mußten.

Ein leitender Angestellter kam am Abend vor der Hochzeit und brachte in einer ledernen Handtasche den alten Familienschmuck, der einmal Murads Mutter gehört hatte, die *tikka*, die Lilys Kopfschmuck sein würde, eingewickelt in ein schwach duftendes Taschentuch, ein goldener, mit Perlen besetzter Cloisonné-Choker und zwei lange Smaragdhalsketten, die größten Steine so groß wie Karamelbonbons.

Lily bestand darauf, daß die beiden wichtigsten Zeremonien, das *shadi* und das *valima*, zu einer zusammengefaßt wurden, so daß es mehr oder weniger nur ein feierliches Abendessen geben würde, zum Ärger sowohl ihrer Familie als auch der seinen, der Cousins und Onkel, der alten Freunde der Familie, der Zaungäste, Nassauer und all der notorischen Hochzeitsgänger – Tanten und Großtanten, die auf der Party herumhumpelten und unter ihren leuchtenden, wenn auch uralten Saris zu hochhakigen Schuhen fleischfarbene Söckchen trugen und sich über das Essen beschwerten; und durchtriebener Cousins und Cousinen zweiten Grades, die der Meinung waren, diese Schrumpfhochzeit sei Lilys letzter und bester Schlag gegen den Anstand, der absolut aus dem Rahmen fallende Abschluß ihrer Laufbahn. Von Murads Seite nahmen aus Rücksicht auf seinen Vater mehrere Persönlichkeiten von Rang daran teil – ein Gouverneur, der seit zwanzig Jahren a. D. war, mehrere gealterte Gesellschaftsdamen, Schönheiten und Schlachtrösser einer früheren Generation. Vor der Hochzeit hatte Lily sich vor alldem gefürchtet, hatte mit Murad immer wieder darüber gewitzelt, daß sie durchbrennen würden, doch dann, am Tag der Feierlichkeiten, machte sie sich Sorgen, daß es eine traurig unzulängliche Angelegenheit würde, weinte in ihrem Badezimmer und häufte weiteres Elend auf, weil sie sich als Waisenkind fühlte, ungeliebt. Im Garten war ein Zelt errichtet worden, mit einer Klimaanlage gegen die Hitze des Septemberabends, und sie hatte befürchtet, daß die Tische, von Mino mit Calla-Lilien geschmückt, die er irgendwie in Karachi aufgetrieben hatte, leer sein würden. Doch die Tische waren voll, ihre Eltern hatten getan, was von ihnen erwartet wurde, ihre engsten Freunde waren eingeflogen. Mädchen, die sie schon gekannt hatte, als sie noch ein Kind gewesen war, drängten sich um sie, und durch sie hatte sie überraschenderweise an dem Anlaß die größte Freude, als wäre sie in jene Zeit zurückversetzt, in die Person, die sie damals gewesen war.

Kurz bevor die Gäste eintrafen, hatte Murad ihr zugeflüstert: »Komm kurz mit«, und sie hatten sich aus dem Haus ihrer Eltern davongestohlen in ihr Cottage. Er trug einen langen, formellen, mit Goldfäden bestickten Mantel, einen *sherwani*, und sie trug ein Gewand aus schwerer, changierender grüner Seide, das sie selbst entworfen hatte, mit fließenden Hosen, und auf der Stirn das *tikka*-Geschmeide seiner Familie. Als sie in ihrem Schlafzimmer vor dem Spiegel standen, sagte er: »Schau uns an.« Da waren sie, sie beide in Hochzeitskleidern. »Wir tun es jetzt«, sagte er, »auf unsere Weise.« Sehr ernst blickte er ihr im Spiegel in die Augen und schwor: »Ich heirate dich, Lily, und bin dein an guten wie an schlechten Tagen, in Gesundheit und Krankheit, in Glück und Unglück, bis daß der Tod uns scheidet.« Sie wiederholte seine Worte, und das war für sie die wirkliche Hochzeit, ihr stiegen dabei die Tränen in die Augen. Er zog einen Ring aus der Tasche, der seiner Mutter gehört hatte, eine Smaragdgemme, in die eine einzelne, gerade aufblühende Iris geschnitten war – so beschrieb er es.

Als er ihr den Ring überreichte, sagte er mit einem schiefen Lächeln: »Ich hoffe, es ist nicht das Falsche, weil er von ihr stammt – der vergiftete Kelch.«

Sie hatten über seine Schwierigkeiten mit seiner Mutter gesprochen, seine Angst, von einer Frau verschlungen zu werden. »Wir haben uns bereits geeinigt«, erwiderte sie tröstend und betrachtete das Thema als erledigt. »Das war in der Vergangenheit.«

Nur eine kleine Schar war geblieben, es war spät, ihre Eltern waren schlafen gegangen, und die Party war in Lilys Cottage weitergezogen, wo auf einer durch Fliegendraht geschützten Veranda mit Blick auf den Garten eine Bar aufgebaut war. Sie ging nach oben in ihr Schlafzimmer und suchte Murad, der irgendwohin verschwunden war, hätte gerne einen Augenblick mit ihm allein gehabt, um ihn zu sehen und zu glauben, daß es wirklich war, daß sie schließlich und vollständig verheiratet waren, für immer. Beim Eintreten sah sie, daß er nicht da war, nur die Kerzen, die sie zuvor angezündet hatten, flackerten und hüteten das Zimmer. Jemand hatte Rosenblüten auf das Bett gestreut – diese kleine, reine Geste rührte sie. Ihre Mutter mußte das getan haben, ein Segen, so leicht erteilt, wie ihr möglich war. Sie öffnete eine große Glastür und trat auf den Balkon.

Die Nacht lag warm und nach Jasmin duftend über der Stadt, die Musik aus dem Zimmer unter ihr drang hinaus in die Dunkelheit, die Beleuchtung des Zelts im Garten war gedämpft. Ein paar Männer standen in einer dunklen Ecke der Auffahrt und rauchten einen Joint. Ohne hinzuhören, einfach während eines ruhigen Moments unter dem nächtlichen Himmel, hörte sie, wie einer von ihnen sehr deutlich sagte: »Mach dir keine Sorgen, sie wird ihm schnell genug das Hemd ausziehen«, und die anderen lachten roh, amüsiert. Sie brauchte eine Sekunde, um zu begreifen, und kniff dann die Augen zusammen und sah zu den Sternen auf.

Eine Flasche Champagner stand gekühlt in einem Eiskübel neben dem Bett. Sie machte sie auf und füllte ein Glas, verschüttete ein wenig, ging nach unten und durch die Seitentür hinaus, um niemandem zu begegnen. Überall waren Menschen, und sie wollte allein sein. Ihr kam der Gedanke, daß im Zelt niemand sein würde. Sie betrat den langen, mit Teppich ausgelegten Raum, an dessen Rändern sich das Gras zeigte. Die Tische waren leergeräumt und die Tischdecken abgenommen, und häßliche Sperrholzplatten mit Metallbeinen waren übriggeblieben. Ein schwerer Geruch nach feuchtem Segeltuch erfüllte den Raum, der von zwei oder drei nackten Glühbirnen erhellt wurde. Gleich würde sie Murad finden und mit ihm zu Bett gehen.

Aus dem Augenwinkel nahm sie eine Bewegung wahr und drehte sich um, um nachzusehen. Wo die Segeltuchwände des Zelts mit dem Dach zusammentrafen, war ein durchsichtiger Plastikstreifen eingenäht. Dort, am hinteren Ende, verschwammen körperlose Gesichter hinter dem Plastik, drei, vier, fünf von ihnen, fixierten sie, verzerrt, mal größer, mal kleiner, je nachdem, ob ein Windhauch das Zelt bewegte. Sie mußten den ganzen Abend lang zugesehen haben, auf der Grundstücksmauer hockend, unsichtbar, solange die Lichter innerhalb des

Zelts hell brannten. Sie mußten aus den Slums sein, Menschen, die illegal an den Rändern eines offenen Abwasserkanals lebten, der aus dem Millionärsviertel kam. Warum sollten sie das reiche Leben der Braut und des Bräutigams nicht verfluchen? Das Märchen von der Hexe, die nicht zum Fest geladen war, fiel ihr ein, der Fluch, den sie ausgesprochen hatte.

Es muß nicht so sein, sagte sie sich. *Auch diese Männer haben von der Hochzeitstafel gegessen.* Die Bediensteten würden das Essen, das von dem Bankett übriggeblieben war, an alle verteilt haben, die am Tor erschienen waren. Auch sie konnten ihr den Segen erteilen, Gestalten der Versöhnung, auch wenn sie wie Krähen auf der Mauer hockten. Sie nahm diesen Augenblick in sich auf, dieses Bild, dann wandte sie sich ab, ohne eine Geste in ihre Richtung zu machen.

Teil II: Jalpana

Und so hatten Lily und Murad geheiratet, und bald darauf zogen sie auf seine Farm, die unter dem Namen Jalpana bekannt war. Es war Lilys Idee, eine Idee, der er sich zunächst widersetzte. Er hatte eine Hochzeitsreise machen wollen, an einen romantischen und üblichen Ort, an die Loire oder nach Venedig, doch sie hatte sich geweigert. »Wir tun das, wenn wir es brauchen, wenn wir es nötig haben, zu verreisen, und wenn wir etwas zu feiern haben. Ich möchte auf der Farm sein. Ich werde sein wie eine altmodische Punjabi-Frau, die jeden Morgen das Mehl und den Zucker wiegt und die Eier zählt. Und alles verriegelt, mit einem gewaltigen Schlüsselring an einem Gürtel um meinen Bauch.«

Sie war weicher geworden, rief Murad ständig an oder schickte ihm Nachrichten, wenn sie voneinander getrennt waren. Als Kind war sie rundlich gewesen, ein in sich gekehrtes kleines

Mädchen, in seiner eigenen Welt versunken, hauptsächlich von ihrer *ayah* großgezogen. Als Teenager und in ihren Zwanzigern hatte sie Erdnußbutter in sich hineingeschlungen, schokoladenüberzogene Maraschinokirschen, dänische Butterkekse, und sich dann erbrochen. Nun verwöhnte sie sich, aß ganze Tüten gesalzener Cashewkerne, wenn sie mit ihm zusammensaß, oder sie fuhren spätnachts zum Basar und kauften Essen an den Ständen, *haleem, dai bhalay, taka tak*. Er liebte es, ihr beim Essen zuzusehen.

Sie schliefen erst wenige Woche vor der Hochzeit zum ersten Mal miteinander, zärtlich, ernst – unbeholfen alle beide, nachdem sie so lange widerstanden hatten. Sie hatte neue Bettlaken gekauft, die hellen Stickereien abgenommen, die an den Wänden ihres Zimmers hingen und die Möbel bedeckten, und hatte es statt dessen mit handgewebter Baumwolle ausgestattet, mit einer neuen Tagesdecke, neuen Bezügen für die Stühle, und in dieser Atmosphäre entkleidete sie sich bei Kerzenlicht und gab sich ihm hin.

»So«, flüsterte sie ihm zu, als sie danach im Bett lagen. »Jetzt wissen wir, daß alle Teile zusammenpassen.«

Vom Flughafen Bahawalpur rasten sie im Zwielicht über schlechte Straßen zur Farm, Lily nickte ein und erwachte in einem Basar, der Jeep stoppte im Verkehrsgewühl neben einem Stand, auf dem sich Zigaretten stapelten, und der Besitzer starrte sie durch das Fenster an wie ein Ausstellungsstück, bis sie ihren Kopf mit einem Schal bedeckte.

Eine Gruppe von Männern stand an der einen halben Kilometer langen Auffahrt, die ins Innere der Farm führte, und grüßte, als das Auto vorüberfuhr, ohne daß der Chauffeur langsamer wurde, und Murad erwiderte winkend die Grüße. Als sie sich der Farm näherten, war er still geworden – sie spürte das Gewicht der Verantwortung, das sich auf ihn legte, und auch sie fühlte dieses Gewicht. Sie bezogen ihr Einkommen von diesem Ort, Hunderte von Männern arbeiteten auf der Farm, die für ihren Lebensunterhalt alle auf Murad blickten und jetzt bis zu einem gewissen Grad auch auf sie angewiesen waren. Die Leute in Islamabad staunten darüber, daß Murad es so lange auf der Farm aushielt; wie würde es wohl ihr ergehen, einem Stadtmädchen durch und durch. Sie würde zu einem großen Teil auf ihn verwiesen sein und noch mehr auf sich selbst, auf ihre eigenen Ressourcen, wie Murad es nannte.

Aus Bambus und Zweigen hatte man eine Reihe von Torbögen errichtet, deren letzter von einem elektronisch gesteuerten Zeichen angestrahlt wurde, das mit aufblitzenden grünen und blauen Lichtern signalisierte, HAPPY MARRAJ SIR WELL-COME MADAM.

»Die Poesie der Ankunft«, scherzte Murad, das Schweigen brechend, nahm ihre Hand und drückte sie.

Sie fuhren durch einen Obstgarten, dann durch ein massives Holztor, das sich hinter ihnen schloß und die Menge draußen hielt. Es war ruhig, die Hausdiener boten ihnen Girlanden dar, Männer, denen sie noch nie zuvor begegnet war und die von nun an Teil ihres Lebens sein würden. Die Einfachheit des Hauses überraschte Lily zunächst, eine einfache Holztür, die vom Parkplatz hineinführte, dann lediglich acht Zimmer, die u-förmig um einen grasbewachsenen Hof herum errichtet waren. Die Rasenfläche lief jedoch am hinteren Ende des Hofs weiter und erstreckte sich ins geradezu Endlose und war mit Hunderten, nein Tausenden von Öllämpchen in kleinen Tonschalen geschmückt, die an den Mauern brannten, in den Bäumen funkelten und entlang der Blumenrabatten geometrische Muster bildeten und sich in der Ferne verloren. Der Garten war der einzige Beitrag seiner Mutter zu der Farm gewesen – ein Vermächtnis für eine Frau, für mich – dachte Lily hoffnungsvoll –, sechs Acres, von einer Mauer umschlossen, mit Rosenbeeten, Gruppen von Jacarandabäumen, Malabar-Lackbäumen, dicken Banyans mit Schößlingen wie wuchernde Elefantenbeine. Ein Seerosenteich, die Seerosenblätter mit einem halben Meter Durchmesser. Seine Mutter war während der Saison gekommen und hatte selbst beim Schneiden der Rosen Hand angelegt, mit Händen, die sonst keinerlei Arbeit verrichteten, wie Murad ihr erzählt hatte.

Zwei wolfsähnliche Hunde der lokalen *bhagariya*-Rasse tänzelten um Murad herum, sprangen hoch, leckten seine Hand, wagten es aber nicht ganz, an ihm hochzuspringen, während er sagte: »Böse Hunde, nein, nein!« – und doch mit ihnen spielte und ihre Pfoten abwehrte.

Ihre Wahrnehmung war vom Schlaf im Auto verschwommen, und sie hätte gern einen Augenblick gehabt, um nachzudenken, sich zu sammeln, Lily wußte, wieviel ihre Reaktion auf das Haus und den Ort Murad bedeutete. Während sie einen der Hunde streichelte, der mit schüchterner Zunge seine Lefzen leckte, die cremegelbe Schnauze mit stacheligen schwarzen Barthaaren, spürte Lily in sich ein Echo dieses Ortes, die fremden, scharfen Gerüche, die dörflich gekleideten Bediensteten, die eilig vorbeirannten und die Taschen trugen, so viele Menschen. Die Lämpchen auf dem Rasen blinkten und flackerten, als eine Brise aufkam.

»Das ist unser Zimmer«, sagte Murad und öffnete eine Tür. Und mit schüchterner Stimme: »Ich habe es für uns herrichten lassen, schau. Es war das Schlafzimmer meines Vaters.«

Der Raum war geschmackvoll renoviert worden, der neu verlegte Boden aus Rosenholz glänzte frisch gebohnert, die Rosenholzläden, Türen, Fenster – »Das Holz stammt von unseren eigenen Bäumen«, erzählte er ihr. Ein blaßblauer Perserteppich ließ das Zimmer kühl wirken und verlieh ihm eine feminine Atmosphäre, ebenso wie die weißen Möbel, die zu formell vor dem Kamin arrangiert waren. Er sagte, sie solle sich auf das Sofa setzen, zur Probe auf dem neuen Bett hüpfen. »Weißt du, ich habe noch keine einzige Nacht in diesem Zimmer geschlafen. Ich wollte nicht, daß mein Vater käme und fände, daß ich in seine Fußstapfen getreten bin. Bis vor einem Monat hingen in den Schränken noch seine Arbeitskleider. Ich habe um seine Erlaubnis gebeten. Jetzt du und ich, Liebling, jetzt sind wir an der Reihe.«

Sie aßen im Schlafzimmer zu Abend und begannen mit der letzten Flasche des ausgezeichneten Hochzeitschampagners, die sie aus Islamabad mitgebracht hatten – Mino hatte ihnen mehrere Kisten geschenkt, die bei den Schwarzhändlern in Islamabad nicht zu bekommen waren, sondern mit einer Barkasse von Dubai nach Karachi geschmuggelt wurden. Lily trat an ihren Koffer, den ein Bediensteter hereingetragen hatte, und entnahm ihm ein Päckchen Teelichter. Sie zündete im ganzen Zimmer welche an, dann knipste sie das Licht aus und legte sich auf das Sofa und spürte, wie ihre Muskeln sich entspannten. Sie würde gleich auspacken, für all ihre Sachen den richtigen Platz finden, für die Schuhe, die Hemden, eine Schublade für ihren Schmuck, die Toilettenartikel ins Badezimmer, das ebenfalls von Grund auf renoviert worden war, mit einem Parkettfußboden und einer königsblau lackierten antiken Badewanne. Sie wollte dieses Zimmer zu ihrem machen, von einem geordneten Zentrum aus beginnen und sich weiter vorarbeiten. Murad saß geduldig da und sah ihr zu, drängte sie nicht, hinauszugehen und das Haus und den Garten in Augenschein zu nehmen, die, wie Lily wußte, so viel von seiner Liebe und Vorstellungskraft verschlungen hatten, als er allein hier gelebt hatte.

Aus der Brise war ein Wind geworden, und die Bediensteten gingen überall herum und schlossen mit einem klappernden, nach Holz klingenden Geräusch im ganzen Haus die Fensterläden.

»Es ist ein Sandsturm«, sagte er, als sie ihre Sachen fertig eingeräumt hatte. »Komm, ich zeige dir etwas, was du noch nie gesehen hast.«

Als sie aus dem Zimmer traten, die Tür aufdrückten und über eine Wendeltreppe auf das Dach stiegen, überfiel sie der Wind, so daß sie sich dagegenstemmen mußten, und riß die Worte weg, die sie rief. Der Sand fegte über sie hinweg, fein, aber hart, prasselnd, in einer flüssigen Bewegung. Ehe sie hinaufgegangen waren, hatte Murad beider Köpfe mit Tüchern umwickelt, die lediglich einen Schlitz für die Augen frei ließen und ihre Stimmen dämpften.

Als sie auf dem Dach waren, über den Baumkronen, schaltete er einen starken Suchscheinwerfer an und stellte ihn auf den Boden, dann führte er sie weiter.

»Schau«, rief er.

Zuerst sah sie nichts, nur die Sandkörner, die im Lichtschein vorüberströmten, wie Schnee vor den Scheinwerfern eines Autos, das durch einen Schneesturm rast. Dann, vor ihr, wurde ihr Schatten zwanzig Meter hoch auf den Staub projiziert und flog horizontal durch die Luft. Sie schwenkte die Arme, der Schatten ahmte sie hoch oben nach, ausgefranst, langgliedrig. Sie lief vor bis dicht an die Dachkante und stemmte sich gegen den Wind und sah zu, wie ihr Schatten schrumpfte, undeutlich wurde, armlos und beinlos. Eine Reihe Eukalyptusbäume dicht am Haus bog sich im Wind und wurde wild hin und her gepeitscht, Blätter wurden abgerissen, Laub von den Bäumen weit hinten im Garten wirbelte vorbei, und sie dachte frohlockend: *Das ist Leben, das ist wirklich ganz da. Das gehört uns.*

Das Gesicht im Wind, nahm sie das Tuch ab, ließ es einen Augenblick lang wie einen Wimpel flattern und gab es dann frei, ließ es davonsegeln, kleiner werdend, weiß, ein Aufblitzen in der Dunkelheit.

»Sei vorsichtig«, rief Murad ihr ins Ohr, kam heran und hielt sie am Ellbogen. »Fall nicht!«

»Tanz mit mir«, sagte sie. An diesen Sandsturm würde sie sich immer erinnern, an dieses geisterhaft gelbe Licht. Sie nahm seinen Arm, legte ihn sich um die Taille und hielt ihn eng umschlungen, das Gesicht an seinem Hals vergraben, die Augen geschlossen, und der Wind sang und verebbte.

Jeder verwöhnte sie, jeder lächelte der hübschen jungen Braut zu. Ein Monat verging, sechs Wochen. Die Bediensteten beobachteten sie neugierig und fragten sich, welche Rolle sie im Haushalt spielen würde, sie kochten anspruchsvolle Gerichte, Wachtel-Pilaw, Kalbfleisch in dickem braunem Curry, gegrilltes Lamm, Möhren-*halva*. Der Verwalter der Obstplantage schickte die ersten Guaven, rosafleischig und süß, dann eine riesige Bienenwabe, die immer noch an dem Ast hing, an dem sie sich gebildet hatte, mitsamt der triefenden Wabe wurde er auf einem breiten Brett zu ihr getragen. Wie die Hühner von der Farm, die Eier, war auch der Honig unerhört wohlschmeckend, scharf gewürzt durch den Klee, auf dem die Bienen sammelten. In jenen Wochen schlief sie, als müßte sie Monate und Jahre aufholen, wachte morgens auf, küßte Murad, der auf die Felder ging, und schlief dann wieder ein. Ihr Gewebe lockerte sich, ihre Gedanken paßten sich der Gangart der Farm an.

Murad und Lily frühstückten nun immer auf dem Rasen, in der weichen, von Vogelstimmen erfüllten Luft, es waren Säbler, Kleine Loris, Bülbüls, Drosseln, Wiedehopfe, der Wechselkuckuck und von der Obstplantage her der dröhnende Ruf des Spornkuckucks – Murad kannte alle Namen der Pflanzen und Vögel. Manchmal spielten auf der Straße Mungos, wenn sie durch die Felder streiften, durch Gassen im Zuckerrohr, oder in der Obstplantage, die jetzt geflutet war, so daß die frisch gepflügte fette schwarze Erde glänzte und einen satten Duft verströmte.

»Weißt du, warum sie dir den Honig geschickt haben?« fragte er beim Frühstück, als sie mit raschen kleinen Bissen den zweiten knusprigen Toast hinunterschlang und sich die Finger ableckte.

»Weil sie glauben, ich sei zu dünn?«

»Weil sie glauben, daß er dir hilft, schwanger zu werden.«

Er sagte dies mit einer kleinen Schnute, denn er wußte, daß dieses Thema sie verstimmte. Aber vielleicht wäre es wirklich besser, sich in diesem ersten Schwung der Ehe in eine Schwangerschaft zu stürzen, das neue Leben mit einem neuen Leben neben sich zu beginnen. Sie versuchte, sich vorzustellen, wie sie ein Kind liebte, konnte jedoch nur an den Schmerz denken, an ihren geschundenen, überdehnten Körper, diesen Körper, der ihr so wichtig war, für den sie gelebt hatte, für seine Vergnügungen, Wein und Trunkenheit, dafür, sich anzuziehen, sich vor dem Spiegel über sich selbst zu freuen, sich vor Männern zu entkleiden, in erwartungsvollem Schweigen. Um dann Geisel eines Kindes zu werden, sich gegen es zu behaupten, sich schließlich mit einem Seufzer der Erleichterung von Apfelkompott und Füttern vereinnahmen zu lassen, die kleinen Füßchen und Händchen zu bewundern und mit Häschen und Enten bedruckte Kleider zu kaufen. Murad wünschte sich bestimmt, daß sie Mutter wurde, daß sie ein kleines Wesen bemutterte, selbst wenn es auf Kosten ihres Interesses für Mode und ihr Aussehen ginge, daß sie in Babysprache redete und sich über den ersten Zahn ihres Kindes freute und über seine ersten Worte.

Vor der Heirat hatten sie in Plänen geschwelgt, auf Partys, wo sie die anderen Gäste ignorierten, bei langen Picknicks, hatten Listen angelegt mit den Dingen, die sie kaufen wollten, hatten Aufgaben verteilt, Entschlüsse gefaßt. Sie merkte jetzt, daß diese Pläne neu verhandelt, neu gestaltet werden mußten. Sie hatte geglaubt, ihre Persönlichkeit würde in ihrer größeren Persönlichkeit als Paar aufgehen, indem der eine im anderen lebte, doch schon jetzt nutzte sich die Fremdheit des ursprünglichen Bündnisses ab, und sie wurde wieder – haargenau – sie selbst. Ein kleiner Spalt öffnete sich, als dränge durch die Grundstücksmauer von Jalpana ein giftiger Geruch wie von einer sehr starken Blumenessenz, überwältigend, überreif, moschusduftend, und dringe in ihr gemeinsames Leben ein – der Sog ihres alten Lebens, anderer Leben. Warum mußte er so langsam sprechen, so akribisch die Mechanik der Sprinkler in den Gewächshäusern erklären?

Schon jetzt, drei Monate, nachdem sie zum ersten Mal miteinander geschlafen hatten, stellte sie fest, daß sie sich zurückzog, wenn er Anstalten machte, sie zu berühren. Er machte es in der immer gleichen Weise, auf ihr, und wurde befangen, wenn sie durch ihre Bewegungen, nicht einmal mit Worten, vorschlug, daß sie andere Positionen ausprobieren sollten. Seine anhaltende Schüchternheit, die ihrer körperlichen Intimität Grenzen setzte, hatte sie enttäuscht – als sie sich kennengelernt hatten, hatte sie ihn für freibeuterisch und dominant gehalten und sich vorgestellt, dass diese Haltung, wenn sie einander nähergekommen und in ihrem Umgang miteinander freier geworden wären, sich Bahn brechen würde, eine, wenn auch spielerisch, sie bezwingende Kraft. Eine Freundin hatte ihr zum Junggesellinnenabschied als Mitbringsel aus Amerika Strümpfe und einen Strumpfhalter geschenkt. Als Überraschung, mit der Idee, die Routine ihres Liebesspiels zu durchbrechen, hatte sie diese eines Abends angezogen, bevor Murad von den Feldern nach Hause gekommen war, und hatte sich ansonsten nackt bei Kerzenlicht aufs Bett gelegt. Er sagte: »So trägt man die also!« und hatte dann, anstatt sich zu ihr ins Bett zu legen, eine Nagelschere aus dem Badezimmer geholt und einen gebrochenen

Fingernagel abgeschnitten, dabei hatte er auf dem Fensterbrett gesessen und über ein Problem auf der Farm gesprochen, über eine Frau aus dem Dorf, die von ihrem Mann geschlagen wurde und die zu Lily gekommen war und um Schutz gebeten hatte. Mit rotem Kopf, gekränkt, hatte sie die Decke bis unters Kinn gezogen, um sich zu bedecken, und als er das Zimmer verließ, hatte sie die Strümpfe wütend ins Feuer geworfen. An Reiz und Leidenschaft gewöhnt, an erste Male, wurde ihr die Liebe mit Murad zu einer Pflicht, etwas, das sie wollte, das aber Anstrengung und Planung erforderte.

Sie waren zu lange auf der Farm, einen Monat, dann eineinhalb Monate, dann zweieinhalb, doch keiner von beiden hatte bisher das Thema einer Rückkehr nach Islamabad angeschnitten. Keiner konnte es ertragen, die Farm zu verlassen, solange die Dinge standen, wie sie jetzt standen – Lily wußte es von sich selbst, erkannte es in Murad. Sie lag auf dem Bett und träumte von Essen, von einem Steak Tartare im Ecotex, einem Restaurant in Islamabad, das von einem jungen Spanier in dessen eigenem Haus betrieben wurde, oder von Foie gras und Entenrillettes, die Mino sich von einem Laden in Paris schicken ließ. Die beiden hatten es auf gebuttertem Toast hinuntergeschlungen, um den Magen auszukleiden, bevor sie zu einer Party aufbrachen. Sie vermißte Mino, vermißte das Leben in der Stadt.

Eines Abends saßen Lily und Murad im Wohnzimmer, wo sie inzwischen gewöhnlich zu Abend aßen und beim Essen lasen oder sich Lilys Fernsehshows ansahen – sie machten Witze darüber, daß sie sich benähmen wie ein altes Ehepaar. Ruhelos stapelte Lily mehr und mehr Holz in den Kamin, stocherte darin herum und schob die Scheite hin und her. Ihre Farbstifte lagen verstreut auf dem Tisch, sie hatte unrealisierbare, kunstvolle Designs für Kleider entworfen, Phantasiegebilde. Nun setzte sie sich wieder hin und begann zu kritzeln. Sie hatten den ganzen Abend über miteinander geflirtet, Murad war ernsthaft beschäftigt und las ein Buch über Gewächshausanbau, und Lily erfand immer neue Ausreden, um ihn zu stören. Aus Langeweile wollte sie ihn erschrecken, bedrückt von der Hitze im Zimmer und seinem konzentrierten Studium, und schrieb in großen roten Buchstaben auf ein Blatt Papier *Anal Sex at Noon Taxes Lana*, malte rundherum Herzen darauf, faltete das Papier zu einem Flieger und schoß ihn auf Murad ab.

»Laß mich raten«, sagte er, als er es las, sein Buch weglegte und ihr zulächelte. »Du langweilst dich.«

»Es ist ein Palindrom. Mino hat es mir beigebracht. Es ergibt vorwärts und rückwärts gelesen dasselbe. Verstehst du? Anal Sex? Geht in beide Richtungen?«

»Sehr witzig. Du hast wirklich von der Gesellschaft dieses Jungen profitiert.«

Sie setzte sich neben ihn auf das Sofa, schleuderte ihre bestickten Pantöffelchen von den Füßen, daß sie nur so durch die Luft flogen, jedes in eine andere Ecke des Zimmers, und legte ihren Kopf in seinen Schoß. »Aber mir ist langweilig, das stimmt«, sagte sie quengelnd.

»Du klingst, als wärst du acht Jahre alt. Warum liest du nicht dein Buch, mein Liebes?«

»Lang-weilig! Sag es nicht – du wirst gleich sagen, gelangweilt sein bedeute, keine inneren Ressourcen zu haben.«

Er schaute auf ihr Gesicht hinunter und streichelte ihr übers Haar. »Ich wollte tatsächlich so etwas Ähnliches sagen. Zufällig stimmt es.«

Sie setzte sich wieder auf, ging zum Feuer hinüber und legte ein neues Scheit auf, dann nahm sie die Zange und stocherte zwischen den brennenden Brocken herum, daß die Funken stoben und knallten.

»Vielleicht habe ich eben keine inneren Ressourcen.« Sie wühlte weiter im Feuer herum. »Murad? Ich habe mir etwas überlegt. Laß uns für das Wochenende ein paar Leute einladen. Wäre das nicht lustig? Wir lassen die Gärtner überall auf dem Rasen *diyas* anzünden, wenn sie kommen. Es wäre eine Hauseinweihungsparty. So ist es am besten – statt nach Islamabad zu gehen. Sie werden sicher kommen, diese Typen lieben es, sich von einem Augenblick zum anderen für etwas zu entscheiden.«

»Ich schätze, du hast recht. Es ist schwierig, zusammen allein zu sein. Du hast frischen Wind nötig – ich bin an dieses Leben gewöhnt, und ich habe die Farm.«

Sie empfand dies als Vorwurf, seinen kummervollen Ton, als wären die Gäste nur für sie.

»Wie du es sagst, klingt es, als wäre ich ein Baby, das sein Fläschchen braucht. Wir sind frisch verheiratet. Wir sind jung. Wir sollten spielen.«

Ohne seine Antwort abzuwarten, setzte sie sich an den Tisch und begann, aus Buntpapier etwas auszuschneiden. »Nun komm schon, Mr. Einsamer Wolf. Ich werde eine lustige Einladung entwerfen, und jemand kann morgen mit dem Tagesbus nach Islamabad fahren und sie zustellen.«

Er stand auf und beobachtete sie einen Moment, die Hände in den Taschen seiner Khakihosen vergraben, dann ging er zu ihr hin und nahm ihr Gesicht zwischen seine Hände und küßte sie auf die Lippen. »Also gut, das ist dann entschieden, einschließlich der Zustellung! Ich freue mich, wirklich!« Sie schrieb an Mino und lud ihn für das Wochenende auf die Farm ein – er hatte bei der Hochzeit versprochen, bald zu Besuch zu kommen – und bat ihn, ein paar amüsante Leute mitzubringen. Auf der Karte bezeichnete sie sich ausgelassen als »Châtelaine von Jalpana«, die nur in Gesellschaft ihres Mannes und der Kamele lebe, und witzelte über ihren Kampf gegen Skorpione von der Größe eines Cockerspaniels. Eine Illustration auf der Vorderseite der Karte zeigte sie, Murad und ein

Kamel, in Liegestühle gefläzt und Martinis schlürfend, alle drei in T-Shirts, auf denen in purpurfarbenen Lettern stand: *Das Heim-Team!*

Sie kamen hereingeschneit, Mino und die notorische Zora Fancy, eine von den Bombay-Fancys, die bei ihrer Familie in Karachi zu Besuch war, nachdem sie irgend etwas Ungeheuerliches angestellt hatte, derart ungeheuerlich, daß man in Indien nicht damit zurechtkam. Das Sicherheitspersonal am Flughafen von Bahalwapur, daran gewöhnt, die immer gleichen feisten Politiker und öligen Geschäftsleute passieren zu lassen, wußte nicht, was es von dieser bunten Truppe halten sollte, von Minos Ohrstecker und Zoras hautengen schwarzen Jeans und ihrer impertinenten Zigarette. Zu der Gruppe gehörte auch ein schlanker und stummer und sehr hübscher Junge, ein Schmuckdesigner, der sich unter Minos Fittiche geflüchtet hatte, ein neuer Protegé und auch als solcher vorgestellt.

Als letzter der Gruppe, mit leiser Stimme, groß und ein wenig zerzaust, folgte Shehryar Salauddin, bekannt als Bumpy. Er und Lily hatten eine gemeinsame Geschichte, obwohl sie ihm nie ihre ultimative Gunst gewährt hatte, wie Mino es auszudrücken pflegte. Lily stellte fest, daß sie sich Mino ausgeliefert hatte, daß er den Ton ihrer Einladung durchschaut hatte und vermutete, daß nicht alles in Jalpana zum besten stand, und daß er Bumpy mitgebracht hatte, um ein paar Erkundigungen einzuziehen.

Auf der Fahrt zur Farm saß Bumpy neben Lily und vermied es beinahe zu beharrlich, mit seinem Arm den ihren zu berühren, wenn der Jeep schwankte. Der kleine Schmuckdesigner, der ganz hinten auf einem Notsitz saß, schaute düster aus dem Fenster in die mondhelle Nacht. Murad fuhr, und Mino lümmelte neben ihm, er genoß dieses Abenteuer, er reklamierte die ländliche Umgebung für sich, strich die Anerkennung für die nächtliche Luft ebenso ein wie für die Kanäle und den Staub, den die mit riesigen Ladungen Zuckerrohr vollgepackten Anhänger der Traktoren aufwirbelten, die auf dem Weg zur Mühle an ihnen vorbeifuhren.

Am nächsten Morgen wanderte Lily durch das Haus, noch ein wenig benommen vom Rauch der letzten Nacht, und bereitete sich auf den Tag vor, sie arrangierte Blumen, die ein Gärtner ihr gebracht hatte, ging dann ins Wohnzimmer, wo die Bediensteten bereits die Gläser und Flaschen, die Pfützen und Zigaretten beseitigt hatten. Sonnenlicht flutete durch die Fenster und durch die hohen Türen, die zum Swimmingpool führten. Sie hatte die Gärtner angewiesen, den Pool zu füllen, trotz des spätherbstlichen Wetters, denn sie dachte, daß sie irgendwann genug getrunken haben würden, um nackt zu schwimmen, tief in der Nacht.

Sie rief den obersten Bediensteten zu sich und sagte ihm, er solle mehrere Krüge Orangensaft bereitstellen und Weißwein kühlen für Mimosas – Murad hatte einen Wagen nach Islamabad geschickt, um bei seinem Schwarzhändler Alkohol zu besorgen, Kisten über Kisten.

»Laß es uns richtig machen«, hatte Lily gesagt. »Die große Oper. Auf diese Weise machen wir uns einen Namen mit unserer Gastfreundschaft. Man braucht eine Unmenge Alkohol, wenn man die Leute irgendwo hinter Bahawalpur ins Nirgendwo lockt. Als nächstes werden wir Weihnachten feiern und die Leute dazu bringen, bis über Neujahr zu bleiben.«

Seit der vergangenen Nacht hatte Lily eine Art Klarheit über jedermann gewonnen, über Mino, die anderen, ihren Mann. Sie war ausgesprochen hochgestimmt, ihre Wahrnehmung geschärft wie vor einem Fieberschub – reizbar und tiefblikkend. Sie alle waren besondere Typen, hatten alle ihre kleinen Motive, der Schmuckdesigner, der es nicht schaffte, sich

Minos Persönlichkeit zu entziehen, den Freiheiten, die er sich herausnahm, dessen ausschweifender Welt, dessen Geld. Zora Fancy, eine ungehobelte, stark aussehende Frau mit einem maskulinen Haarschnitt und verwirrenden grünen Augen, brüsk bis zur Grobheit, die sich ganz offensichtlich der Exkursion angeschlossen hatte, um Bumpy ihrer Liste von Liebhabern hinzuzufügen. Trotz ihrer Unattraktivität sagten die Leute über sie: »Zora kriegt immer ihren Mann.«

Was Bumpy anbetraf, ging Lily durch den Kopf, daß er und Mino die zwei Seiten ein und derselben Medaille waren. Während Mino das Beobachten liebte, gefiel Bumpy sich als Protagonist, als das, was Mino in den kleinen Dramen, die sich um ihn herum abspielten, »das Untier« nannte. Da er zu den Typen gehörte, die bei Frauen beinahe unfreiwillig Erfolg haben und von ihnen verwöhnt werden, ließ Bumpy es sich gutgehen, er genoß ein erfüllteres Leben als die meisten, ein Leben, das eine private Seite hatte, und verbrachte mehrere Monate am Stück in Paris, wo er eine Mansardenwohnung besaß und angeblich lange Arbeitstage damit zubrachte, den großen pakistanischen Roman zu schreiben – obwohl niemand je hatte etwas lesen dürfen. Lily erkannte, daß Mino wie auch Bumpy sie auf eine Weise verstanden, wie Murad es nicht tat. Sie waren feminin in ihren Wahrnehmungen, vermochten ihren verschlungenen Impulsen und Wünschen zu folgen. Murad war durch und durch maskulin und fand Lilys Unentschiedenheit, ihren Instinkt, bei einer Wahl, vor zwei Möglichkeiten gestellt, nach beiden zu greifen, rätselhaft.

Murad, der Glas für Glas mit Mino mitgehalten hatte, bis sie alle ins Bett gestolpert waren, war dennoch früh aufgewacht und hinausgeschlüpft und hatte auf dem Nachttisch eine Notiz hinterlassen, die erklärte, daß er nach Multan gerufen worden sei und den ganzen Tag fort sein werde. Als sie die Notiz überflog, stellte Lily fest, daß er eifersüchtig war und sich dem Schauplatz entzog, um sein Vertrauen zu demonstrieren, vielleicht gar nicht so sehr ihr gegenüber, als vor sich selbst. Am Abend zuvor hatte Lily sich plötzlich in ein kleines, flirtendes Scharmützel mit Bumpy verwickelt gesehen. Er bemühte sich um sie, doch leicht, unsichtbar, und wenn sie etwas sagte, hörte er zu, reagierte, schloß sich ihrer Position an. Wenn darin irgendeine Boshaftigkeit gegenüber den anderen gesteckt hätte, hätte Lily sich zurückgezogen – aus Loyalität gegenüber ihrem Mann, gegenüber Mino –, doch unter dem Schutz von Bumpys fröhlichem Naturell wurde sie zur Anstifterin, führte ihn von den anderen weg, streifte ihn, ließ sich auf ihn ein und ging auf seine drolligen, witzigen Kommentare ein.

Murad hatte diesen Flirt natürlich beobachtet. Als sie am Abend allein gewesen waren und sich ausgezogen hatten, hatte er, betrunken, aber immer noch bei klarem Verstand, zu Lily gesagt: »Dieser Bumpy ist ganz schön gewieft«, und sie hatte arglos geantwortet: »Er ist harmlos. Es ist nur ein Spiel, er kann nicht anders.«

Als Murad schließlich aus Multan zurückkehrte, waren sie alle aufgekratzt, im Wohnzimmer stand der Zigarettenrauch, Mino war in Hochform. Murad kam ins Zimmer, als Mino gerade eine Geschichte zu Ende brachte.

»O mein Gott, und da stand sie, das Baby auf die Hüfte gestemmt, und kochte diesen Eintopf, rührte mit einem riesigen Löffel darin herum, und ihre Brüste hingen ihr bis zur Taille, sie war sturzbetrunken. Sie sah aus wie eine lasterhafte Mutter Erde.«

Alle brachen in kehliges Wodka-Tonic-Gelächter aus.

Mino stand auf und sagte: »Komm schon, Murad, wenn du bleiben willst, mußt du vorher ein paar Gläser trinken. Zur Buße.«

Er sagte dies ohne besonderen Nachdruck, und Murad erwiderte: »Nein, ich gehe ins Bett. Ihr Leute macht weiter.«

»Wir fahren morgen früh, wir haben den Flug um zehn gebucht. Ich hoffe, es macht dir nichts aus, ich habe einen deiner leitenden Angestellten losgeschickt, daß er die Tickets besorgt. Zora sagt, sie muß zurück.«

»Nun, wenn es sein muß. Ihr werdet um sechs losfahren müssen. Schafft ihr es, so früh aufzustehen?«

»Wir bleiben auf. Aber wir haben nicht viel von dir gesehen, Mr. Talwan. Es ist in eurer Ehe zu früh dafür, daß deine Frau den Mann im Haus spielt.«

»Oh, darüber mache ich mir keine Sorgen«, erwiderte Murad, ohne auf ihn einzugehen. »Ich sehe euch dann morgen früh. Als Farmer stehe ich früh auf.« Mit einem allgemeinen Auf Wiedersehen an die anderen ging er hinaus.

»Ich bin gleich zurück«, sagte Lily ein paar Minuten darauf.

»Die ergebene Ehefrau!« rief Mino ihr nach. »Vergiß uns nicht!«

Sie fand Murad in ihrem Zimmer, wo er in sein Tagebuch schrieb, wie häufig vor dem Schlafengehen, mit einem Drink auf dem Tisch neben sich.

Sie war befangen, als hätte sie etwas Unrechtes getan. Sie stand hinter ihm und legte ihm die Hand auf die Schulter. »Ist alles in Ordnung? Warum kommst du nicht und setzt dich zu uns, wenn du doch einen Whiskey trinkst?«

Er rieb seine Wange an ihrer Hand, doch sie merkte, daß er es bewußt tat, um ihr zu zeigen, daß er nicht verärgert war. »Nein, es ist in Ordnung, es ist gut. Du hast Gäste. Es macht keinen Spaß, wenn alle anderen viel betrunkener sind.«

»Möchtest du, daß ich bei dir bleibe?«

»Wenn du es möchtest, würde es mir gefallen, natürlich. Du könntest ein Glas mit mir trinken.«

»Ja, gut.« Sie ging ins Badezimmer, pinkelte und fühlte sich gefangen, weil sie mit Murad in aller Ruhe am Feuer sitzen sollte, während die anderen ausgelassen weiterfeierten. Wenn es spät wurde, hielt sie immer mit den Typen mit.

Als sie herauskam, sagte sie in neutralem Ton: »Es ist allerdings ein wenig unhöflich. Es ist ihr letzter Abend.«

»Das stimmt.« Er ließ sie gehen, stand auf und küßte sie. »Geh nur. Ich bin in ein paar Minuten sowieso im Bett.«

Sehr spät am Abend, als Zora mit einem Schal zugedeckt auf dem Sofa schlief und Mino und der Junge sich neben dem heruntergebrannten Feuer leise unterhielten, und er selbst ebenfalls kurz vor dem Einschlafen war, sagte Bumpy zu Lily: »Komm schon, irgend jemand *muß* in den Pool springen, bevor alles vorbei ist. Komm mit.«

Sie gingen über den Rasen zum Pool, standen am Rand, das Wasser wurde von den Unterwasserspots beleuchtet und war sehr blau. Einer der Hunde kam aus der Dunkelheit und wakkelte nicht nur mit dem Schwanz, sondern mit dem ganzen Hinterteil, schnüffelte an Bumpys Beinen und ging dann am flachen Ende über die Treppe hinein und watete ein Stück ins Wasser, schlabberte und stand dann da und beobachtete sie. Bumpys Kleider fielen sauber von ihm ab, als hätte eine unsichtbare Hand die Knöpfe abgeschnitten. Lily zog ihre Bluse über den Kopf, öffnete den Reißverschluß ihrer Jeans und stützte beim Ausziehen eine Hand auf Bumpys nackte Schulter. Sie spürte, wie ihre Haut sich in der kalten Novembernacht zusammenzog, sie zitterte in Erwartung des Wassers und wollte nicht hineingehen, und dieses Zittern ging in die Erwartung dessen über, was als nächstes kommen mußte, während ihre Hand noch immer auf seiner Schulter ruhte. Er stand still, ein gut trainiertes Pferd, wenn der Reiter seinen Fuß in den Steigbügel setzt, und sein Stillstehen ermutigte sie. Ohne Hemmungen empfand Lily die schockierende Intimität ihrer beider sich vollständig berührenden Körper, als sein Gesicht sich zu ihrem beugte. Sie legten sich auf eine weiche, leinenbezogene Chaiselongue. Er drängte sie nicht – falls überhaupt, wandte sie sich ihm zu. Nach nur kurzem Zögern gab sie nach. Sie führte ihn sogar in sich ein, das Eindringen und die Bewegung waren zufriedenstellend, sie öffnete die Augen und blickte hinauf zu den Sternen zwischen den Ästen, bis er fertig war, schneller, als sie es sich gewünscht hätte.

Sie hielt ihn in sich fest, die Beine um seine Taille geschlungen, und dann war das Gefühl vorüber, das Verlangen restlos ausgepreßt. Sie schob ihn von sich, ärgerlich über ihn, über sein Gewicht auf ihr, über die Kälte, und flüsterte: »Komm schon, steh auf, wir müssen schnell zurück.«

Sie hielten sich an den Händen, als sie vom Pool weggingen – sie ließ es zu, als würde die romantische Geste die Banalität ihrer Vereinigung mildern –, bis sie zur Vorderseite des Hauses kamen, und dann, ohne ihn eines Blickes zu würdigen, entzog sie ihm ihre Hand und ging in Richtung ihres Zimmers. »Sag Mino und den anderen auf Wiedersehen. Ich sehe sie dann in Islamabad. Ich muß schlafen.«

Er flüsterte: »Hey, warte. Geht es dir gut?«

»Vergiß es.«

Sie ging ins Bad, an ihrem schlafenden Mann vorbei, und wusch sich, so gut sie konnte, falls er in der Nacht nach ihr greifen würde. Sie hockte auf der Toilette und versuchte zu pinkeln, als sie der Schock dessen, was sie getan hatte, traf. Gerade drei Monate verheiratet, mit einem Mann, der sie liebte, den sie liebte, hatte sie mit einem Mann gevögelt, den sie kaum kannte und der ihr vollkommen gleichgültig war. *Ich habe Murad nicht gekannt, als ich ihn geheiratet habe,* sagte sie sich. *Er kannte mich nicht. Wir lernen noch.*

Warum bedeutete es dann so viel?

Lily zwang sich immer wieder zum Weiterschlafen, den ganzen Morgen hindurch, bis nach Mittag, und erwartete, daß Murad kommen würde, um zu fragen, ob es ihr gutging. Schließlich sagte sie den Bediensteten über die Haussprechanlage, man solle ihr Tee und Obst bringen. Als der Diener anklopfte, fragte sie, wohin Murad gegangen sei, und erfuhr, daß er wieder in Multan war und spät nach Hause kommen würde. Das Gemüse würde gerade gepflanzt, erklärte der Diener, und sie hätten Schwierigkeiten, das richtige Pflanzgut zu bekommen.

Sie erinnerte sich, daß er am Abend in sein Tagebuch geschrieben hatte, und gegen die Last ihrer Befürchtungen und ihrer Scham brauchte sie eine Bestätigung, daß alles in Ordnung war, zumindest bevor er zu Bett gegangen war. Als sie frisch auf die Farm gekommen waren, hatte er ihr gezeigt, wo er sein Tagebuch aufbewahrte. »Du würdest das nicht tun, ich weiß, aber ich sage es dir trotzdem. Lies es nicht. Ich brauche einen Ort, wo ich festhalten kann, was immer mir durch den Kopf geht, auch Dinge, die ich gar nicht so meine.« Und sie hatte es versprochen.

Jetzt trat sie an die Schublade, nahm das schwarze Notizbuch heraus und las den letzten Eintrag, seine präzise Handschrift war bestens lesbar. Er sprach einige Zeilen lang über seine Sorgen wegen der Farm, dann wandte er sich den Besuchern zu und notierte ihr Benehmen mit Geringschätzung. Schließlich:

Am schlimmsten ist, ich habe das Gefühl, das Haus sei beschmutzt und Lily sei beschmutzt und unsere Liebe sei beschmutzt. Ihr schrilles Gelächter zu Minos boshaften Scherzen und die affektierte Art, in der sie ihre Zigarette hält, betrunken, und ständig klopft sie irgendwie die Asche ab, alles beschleunigt – und ich stehe da wie der langweilige Gastgeber, mit dem man sich arrangieren muß –, denn es ist sein Whiskey, den man trinkt. Das ist nicht das Abkommen, das ich mit ihr getroffen habe. Ich werde es nie wieder soweit kommen lassen, daß ich aus meinem eigenen Haus wegrenne. Wir haben abgesprochen, daß wir in Anstand und Ehre und Frieden leben wollen. Sie sagt, sie will das alles, aber ich glaube nicht, daß sie weiß, wie – in Frieden leben. Für sie sind Chaos und Mutwillen das gleiche wie Unabhängigkeit, der Weg zu einem lebhaften Leben. Und dann – gib es zu! – gibt es in meiner Haltung ihr gegenüber zu viele Kniefälle. Vielleicht kann ich nicht anders, aber mit Gottes und meines starken rechten Armes Hilfe werde ich es verdammt noch mal versuchen. Ich muß das jetzt gleich in Ordnung bringen, am Anfang.

Sie legte das Tagebuch unter diverse Papiere zurück in die Schublade, als würde das schnelle Wegräumen die Schuld ihres Spionierens mindern. Zorn blitzte in ihr auf – das also hat er gedacht und verborgen gehalten – doch schließlich standen ihr die guten Absichten ihres Mannes und seine Intelligenz, die kühler war als ihre, wieder klar vor Augen. Sie dachte an die Geschichte, die er ihr zu Beginn ihrer Beziehung erzählt hatte, als er sie auf der Party in den Bergen am Swimmingpool zum ersten Mal gesehen und erkannt hatte. Es tat weh, daß sie zugeben mußte, wie zutreffend seine Einschätzung war, wie genau er ihre Sehnsucht nach Anstand und Ehre und Frieden erkannt hatte. Sie dachte an Mino und seine Welt, eine Party am See mit einem Sandstrand, der von einem Lastwagenkonvoi herangekarrt wurde und beim nächsten Unwetter weggespült und in den Tiefen des Sees versinken würde. Und was war mit ihrem Erlebnis in dem Londoner Krankenzimmer, der Absolution, die ihr gewährt worden war, während es den ganzen Tag über stetig geschneit hatte? Das zumindest war falsch, es gab ihn nicht, diesen Moment der Absolution, es gab keine Erneuerung, nur immer ein Neuaushandeln, das nie endgültig war.

Lily wartete an diesem Abend auf dem Dach und trank ihren zweiten Wodka Tonic, als Murad die Treppe heraufgerannt kam. Sie hatte dagesessen, einen Knoten im Magen, voller Furcht vor seinen ersten Worten, die ihr mitteilen würden, wie die Dinge standen. Als er kam, stand sie nicht von dem Liegestuhl auf, auf dem sie sich in Sweatpants und einem ausgebeulten Pullover ausgestreckt hatte.

»Was für ein gottverdammt mieser Tag. Ich mußte schließlich zu Sipahis Farm fahren und die Typen dazu zwingen, das Saatgut in meinen Jeep zu laden. Ich schwöre dir, es ist unmöglich, in diesem Land etwas erledigt zu bekommen. Wir sitzen nur herum, kratzen unsere Flohbisse und lügen uns etwas vor. Die Briten sollten zurückkommen.«

»Tut mir leid, Baby.« Erleichtert ging sie zu ihm und küßte ihn auf die Stirn, legte den Arm um ihn.

Der Gebetsruf bei Sonnenuntergang, der *azaan*, war gerade scheppernd von den Zwillingsminaretten der Jalpana-Moschee, die in ein paar hundert Metern Entfernung hinter den Bäumen verborgen über dem Dorf aufragte, verhallt. Weiter entfernt, auf dem flachen Land, waren andere *maulvis* mitten in ihrem Ruf – sie begannen in jedem der umliegenden Dörfer zu einem anderen Zeitpunkt und bildeten einen Chor, bis der letzte verklungen war und die Nacht hereinbrach.

Sie setzte sich wieder und nahm einen unangezündeten Joint von dem Tisch neben sich und warf ihn ihm zu. Sie zündete sich selbst einen an und sagte, eine Rauchwolke ausstoßend, mit heller Stimme: »Hier. Das ist mein Spezial-Joint, ein *Zeppelin.*«

Er fing den Joint geschickt auf und legte ihn auf einen Beistelltisch.

»Nicht für mich, liebe Freundin. Ich muß morgen früh um sechs den alten Mian Kachelu treffen, um über das verschwundene Dashti-Mädchen zu sprechen.«

»Dann nimm wenigstens einen Drink.« Immer wenn er sie *liebe Freundin* nannte, signalisierte das Ärger oder Mißbilligung. »Ich nehme auch noch einen.«

»Einverstanden. Aber nur einen.«

Als sie wieder nach oben kam, nachdem sie per Haussprechanlage in ihrem Schlafzimmer die Drinks bestellt hatte, begann er: »Liebling, ich weiß, wir haben bereits darüber gesprochen …«

»Laß mich raten.« Sie ließ ihre Stimme tiefer klingen und ahmte ihn nach. »Wir müssen darüber nachdenken, was wir wollen, darüber nachdenken, eine Familie zu gründen. Müssen über die Arbeit nachdenken. Über Partys.« Sie hatte entschieden, dass sie die direkte Konfrontation mit ihm suchen würde, sie fühlte sich kämpferisch, er wußte nichts von Bumpy. Jetzt war nicht der Zeitpunkt für Geständnisse, außerdem mußte sie zuerst ihre eigenen Absichten klären.

Über ihnen auf den hochgewachsenen Eukalyptusbäumen an der Grundstücksmauer ließen sich nach und nach die Krähen nieder, zankten, richteten sich ein, dann stiegen sie paarweise auf und ordneten sich neu.

Er kniff die Augen zusammen. »Stimmt. Aber ehrlich, ich meine es ernst. Beim wievielten Drink bist du, dem dritten? Vierten? Laß uns ein paar Tage Pause machen. Es war in Ordnung, solange die Gäste hier waren.«

»Du kannst tun, was du willst. Ich möchte nicht.«

»Komm schon, Lily. Was hast du getan, seit du hierhergekommen bist? Was ist daraus geworden, aus dem Lesen und der Haushaltsführung? Oder mit den Frauen aus dem Dorf dein Kollektiv zu gründen? Erinnerst du dich noch daran? Ich bin auf deiner Seite. Aber so wirst du verrückt, du mußt dich engagieren.«

»Du magst mich, wenn ich mit einem rosa Band um den Hals festgebunden bin wie ein Kätzchen. Ich bin nicht der pflichtbewußte Typ. Ich bin schlampig und mutwillig und selbstzerstörerisch. Du wußtest das, bevor du mich geheiratet hast. So habe ich mein Leben gelebt, das wußtest du.«

Er sagte es kalt. »Ja, das habe ich.«

»Was fällt dir ein! Entweder du kommst darüber hinweg, oder sag mir, daß es nicht geht.«

»Ich meinte deine Kleider, dein Geschäft. Deine Freunde.« Und dann: »Erinnerst du dich, wir haben einander versprochen, im Streit niemals etwas Unverzeihliches zu sagen.«

Sie saßen lange in unangenehmem Schweigen da, und Lily kämpfte gegen die Wut, die in ihr aufstieg, im Mund einen bitteren Geschmack vom Wodka.

Schließlich blickte er auf und sah sie an, ein sanftes Lächeln auf dem Gesicht. Sie konnte diesen Blick monatelang nicht vergessen, ernst, gewichtig, eindringlich, liebevoll, durchdringend.

»Kennst du das Sprichwort? Zu Beginn und am Ende einer Liebesaffäre halten die Liebenden es nicht aus, miteinander allein zu sein.«

Es traf sie wie ein Peitschenknall, so daß ihre Antwort als Keuchen herauskam. »Und du warnst *mich* davor, etwas Unverzeihliches zu sagen?«

»Ich habe einen Witz gemacht, Liebling. Laß es gut sein. Dies ist eine Ehe, keine Liebesaffäre, das ist ein Unterschied. Die Ehe ist ein Prozeß. Die Liebe bekommt ein paar Kratzer ab.«

»Nein, ich lasse es nicht gut sein. Ich kann so nicht leben.« Sie fühlte sich von ihm verletzt, weil er ihre Probleme noch verschärfte – trotzig, denn sie wußte, daß die Schuld bei ihr lag. Sie brach in Tränen aus, stand auf und ging rasch nach unten. Sie nahm beide Drinks von dem Tablett, das von einem entsetzten Diener an ihr vorbeigetragen wurde, der alarmiert zurückzuckte, als sie auf ihn zustürmte, dann leerte sie beide Gläser, eins nach dem anderen, und ging ins Wohnzimmer und nahm eine Flasche Whiskey aus dem Schrank. Sie überquerte den kleinen rückwärtigen Rasen, um das ummauerte Gelände zu verlassen, verließ es durch eine Tür, die direkt auf die Felder führte.

Sie war noch nie nach Einbruch der Dunkelheit außerhalb der Mauern, noch nie allein draußen gewesen, und jetzt stand sie in der Mangoplantage, die das Haus umgab, jeder Baum in Reihe, während der Mond dichte Schatten warf. Wasser floß neben ihr in einem betonierten Kanal und machte leise glucksende Geräusche, und an der Grenze ihres Blickfelds verschwamm der Obstgarten mit der Schwärze. Keine anderen Geräusche, keine Schritte, keine Verfolgung. Murad mußte glauben, daß sie einfach in ihr Schlafzimmer gegangen war. Sie wollte, daß er ihr nachlief, und doch wußte sie, daß er in aller Ruhe auf dem Dach saß und ihr ihren Willen ließ. Er erwartete immer, daß sie sich schließlich seiner Art, die Dinge zu sehen, anschloß; und gewöhnlich tat sie das auch, denn es war sein Leben ebensosehr wie er selbst, woran sie sich gebunden hatte.

Hinter ihr erstreckte sich offenes Gelände – dort könnte man sie sehen und ohne weiteres finden –, doch vor ihr lag die Obstplantage, Hunderte von Acres. Sie fürchtete sich davor, unter den Mangobäumen durch das Alfalfa zu gehen. Murad hatte sie vor Schlangen gewarnt, vor Kraits, Vipern, insbesondere Kobras, die angreifen, statt sich zurückzuziehen wie andere Schlangenarten. Ein paar Tage nach ihrer Ankunft in Jalpana hatte ein Gärtner weit hinten im Garten eine Kobra getötet und sie mitgebracht, um sie Murad zu zeigen und eine Belohnung einzuheimsen, die Schlange war stumpf-schwarz gewesen, kleiner, als sie erwartet hatte, ihre Haube im Tod gefaltet, ein kleiner Tupfer Blut, rot wie Nagellack, um das Maul verschmiert.

Dennoch verschwand sie zwischen den Mangos. Ein Stück weiter entfernt, in der Nähe des Kanals, der das Grundstück durchfloß, hörte sie Stimmen, einen Mann, der einem anderen etwas zurief, und dann Gemurmel, als die beiden weitergingen. Sie ging auf einen der Bäume zu, senkte den Kopf und tauchte unter das Blätterdach. Sie kletterte auf einen dicken Ast parallel zum Boden und machte es sich bequem, gegen den Stamm gelehnt, nahm mehrere Schlucke von dem Whiskey und atmete danach heftig aus, um die Übelkeit zu unterdrücken. Die Flasche zwischen den Schenkeln, blickte sie in das dunkle Astgewirr hinauf und ließ ihre Gedanken wandern, dachte an die Geräusche um sie herum, ein Traktor, der auf einem Feld zugange war – es mußte einer ihres Mannes sein –, die Arbeiter beeilten sich, den Weizen auszubringen, wie er ihr gesagt hatte, um zu erklären, warum er so spät abends nach Hause kam. Das Land erstreckte sich weitläufig um sie herum, die Dörfer, die Weizenfelder und die Baumreihen an den Feldrändern, die Traktoren, die über die Straßen holperten, das Wasser, das die ganze Nacht durch die Kanäle floß. Nichts davon hatte Bezug zu ihr, sie kontrollierte gar nichts hier.

An diesem Nachmittag hatte sie lange forschend in den Spiegel gesehen, sie wusste, wie hübsch sie aussah, ihre Haut schimmerte dank ihres gesunden Lebens, des frühen Schlafens, des gemäßigten Alkoholkonsums, des regelmäßigen Essens. Niemand sah sie, und bald würde sie alt sein, ihr Haar grau, und sie hätte so wenig erlebt. Die Welt fand anderswo statt. Sie empfand sich als undankbar, wußte, daß sie Murad Unrecht tat – daß sie ihn furchtbar betrogen hatte, indem sie mit Bumpy schlief –, und doch hatten ihre Anspannung aus der Vergangenheit und ihr Gefühl der Wertlosigkeit sich aufgelöst. Seine ständigen kleinen Aufmerksamkeiten gingen ihr auf die Nerven, seine Achtsamkeit. Sie hatte sich über den Tee auf der Farm beschwert, und er hatte jemanden bis nach Islamabad geschickt, um bei Esajee's, dem teuren Lebensmittelhändler, bei dem die Diplomatenfrauen einkauften, Earl Grey zu besorgen.

Ich kann es nicht, ich will nicht, ich will einfach nicht, sagte sie vor sich hin und wußte, daß es dafür zu spät war. Sie hatte in jener Nacht nichts bewiesen, keineswegs ihre Unabhängigkeit gefestigt; falls überhaupt, hatte sie ihre Verpflichtung Murad gegenüber vertieft. Wohin konnte sie gehen, außer zu ihm?

Sie baumelte mit den Beinen und war im Begriff, hinunterzuklettern, als sie ein Geräusch wahrnahm, eine Bewegung im trockenen Laub unter dem Baum. Ein leises Knistern, dann mehr, ein Gewicht, das sich leichthin bewegte und durch die trockenen braunen Blätter glitt, schwer und schweigend. Sich entfernte. Sie saß stockstill da, lauschte, ihre Haut prickelte. Es war die ganze Zeit über dagewesen. Sie stellte sich eine schwarze Gestalt vor, die aus dem Schatten auf sie zusprang, ihr an die Gurgel, keine Schlange, sondern ein Mann, mit Haaren auf dem Gesicht. Das Geräusch bewegte sich dorthin, wo die Blätter eines Asts den Boden berührten, und dort glaubte sie für einen kurzen Moment, im Gras etwas Schwarzes kriechen zu sehen. Wie ein Blitz überkam es sie, eine flüsternde Stimme. *Versuch es.* Sie glitt geschickt von ihrem Sitz zu der Stelle, wo sie die Bewegung wahrgenommen hatte, und erwartete, auf der Stelle getroffen zu werden, erwartete einen Schlag, wie mit einem geknoteten Tuch, das hart gegen ihre Beine schlug. Sie wartete mit geschlossenen Augen, bereit, niederzusinken, zu schmelzen – doch vollkommen entschlossen. Nichts geschah. Zehn und dann zwanzig Herzschläge. Sie atmete heftig aus und horchte, wie die Nacht weiterging, sich ausbreitete wie ausgeflossene Tinte, zuerst in ihrer Nähe, um ihren Kopf, eine Brise in den Blättern, dann fernere Geräusche, Hunde, die in fernen Dörfern bellten, ein Geräusch, das weit über die flache Landschaft trug.

Ernüchtert machte sie die Augen auf und blickte auf das Fleckchen Erde, von Bäumen umschlossen, deren äußerste Äste vom Mondlicht in Silber getaucht waren. Welch ein kleiner, unschuldiger Ort, eine Bühne. *Ist es das?* fragte sie. Sie nahm noch einen Schluck Whiskey und schleuderte die Flasche dann von sich und antwortete – *Das ist der Punkt. Man geht Risiken ein, und eigentlich ändert sich nichts*. Sie dachte an den Ton, in dem Murad ihr den Aphorismus über den Anfang und das Ende der Liebe aufgesagt hatte – ungeschützt, verhärtet, ironisch –, ein Ton, wie Paare ihn anschlagen, wenn sie gescheitert sind, uneins miteinander und dennoch aneinandergekettet; und dagegen sein Tagebuch, sein guter Wille, eine Veränderung zu erzwingen.

Unter den Zukunftsmöglichkeiten erkannte Lily jetzt die wahrscheinliche, die, die sie verhindern mußte. Murad würde reich und mächtig werden, das war ihr klar, nachdem sie ihn hier auf der Farm bei der Arbeit gesehen hatte. Er war klug, die Männer vertrauten ihm, manchmal würde er warm und kameradschaftlich zu ihr sein, doch letztendlich kalt bleiben, untadelig. Und während des Ertrinkens würde sie diejenige sein, die die Schuld auf sich zu nehmen hätte, ihn zu verletzen, blind oder durch Vernachlässigung, und eine dieser dünnen, scharfkantigen urbanen Frauen werden, die ihren Alkohol vertragen, aber davon austrocknen, die gut gekleidet sind, ohne Freude daran zu haben, sich häufig in London aufhalten, gelangweilt sind – doch am Ende, hoffte sie, würde sie sich darauf verlassen können, alt und weise zu werden und sich zu vergeben.

Ein verwöhnter Mann

Dort stand er, am steinernen Eingangstor zum Wochenendhaus der Harounis oberhalb von Islamabad, ein kleines, krummbeiniges Männchen mit einem schiefen, von tiefen Furchen durchzogenen Gesicht. Als der Wagen der amerikanischen Ehefrau näherkam und von der Murree Road abbog, salutierte Rezak, den Blick geradeaus gerichtet, ohne sie anzusehen. Sie saß im Fond und lächelte ihm aus der milchigen Dunkelheit des Wageninneren zu. Was für ein seltsamer kleiner Mann! Einmal war er zufällig gerade vorbeigegangen, als sie durch das Tor chauffiert worden war, und sie hatte ihm zugewinkt. In den paar Wochen, die seitdem vergangen waren, hatte er stundenlang auf ihr Wiedererkennen gewartet, freitags, wenn die Familie kam, sonntags, wenn sie das Anwesen verließ. Er hatte Zeit im Überfluß.

Der Wagen fuhr weiter die gewundene, mit Steinplatten belegte Auffahrt hinauf und verschwand zwischen den Reihen der Jacaranda-Bäume, die jetzt, Ende April, purpurrot blühten. Weiter unten lag an der Straße die Stadt Kalapani, wo die Geräusche des Basars vom durchdringenden Hupen der Busse durchschnitten wurden, die die Fahrgäste aufsammelten; darüber ragten diese Mauern auf, die zehn Acres abschüssiges Gelände umschlossen, das mit Apfelbäumen, Kiefern, Jasmin, Rosen und Lilien bepflanzt war, die die Ehefrau aus Amerika mitgebracht hatte. Der Wind fuhr mit einem Rascheln durch die Kiefernäste und kämmte das frische grüne Gras, das nach den Winterregenfällen überall auf dem Hügel sproß.

Er machte sich nützlich. Im Mai wurden aus den Gärtnereien, die unten in der Ebene die Stadt umgaben, Pick-up-Ladungen voller Sommerblüher heraufgebracht. Als der erste Pick-up ankam, stand er am Tor und sah zu, wie die Gärtner die Töpfe abluden, indem sie sie in einer Kette weiterreichten und dann zum Haus hinauftrugen – der Pick-up schaffte es mit der vollen Ladung nicht die steile Zufahrt hinauf. Ohne zu fragen ging er durch das Tor, etwas, das er noch nie getan hatte, nahm einen der Tontöpfe in den Arm und ging damit den Hügel hinauf, mit leicht schaukelndem Gang wegen seiner abgelaufenen Absätze.

»Hey, alter Mann, laß es lieber, bevor du umkippst«, rief ihm der Gärtner zu, der auf der Ladefläche des Pick-ups stand.

»Ich komme aus den Bergen, Bruder«, erwiderte Rezak. »Ich kann dich auf meinem Rücken hinauftragen und noch so einen in jeder Hand dazu.«

Der Fahrer des Pick-ups, der daneben stand und eine Zigarette rauchte, grinste.

Der alte Majordomus, Ghulam Rasool, kam herangeschlendert, um sich das Schauspiel anzusehen, eine schmerbäuchige Gestalt mit einer hohen Lammfellmütze, die ein wenig schräg auf einem Kranz weißer Haare saß. Er schickte einen der Gärtner, seine Hookah zu holen, und machte es sich im Stuhl des Wachmanns neben dem Tor bequem und blickte auf das Tal hinunter. Um die Mittagszeit sagte er zu Rezak: »Dann komm und brich das Brot mit uns.«

Rezak sah auf seine Füße. »Ich müßte mir wie ein Huhn Steine in den Magen laden, um das reichhaltige Essen zu verdauen, das ihr guten Leute eßt.«

Der Majordomus versuchte, ihn zu überreden, und auch die Gärtner drängten ihn, doch Rezak blieb stur. »Ihr habt nicht um Hilfe gebeten, ihr schuldet mir nichts.«

»Dann mach, was du willst«, sagte Ghulam Rasool schließlich. Die Gärtner gingen schwatzend die Auffahrt hinauf, und Rezak stand da und sah ihnen nach und wünschte sich, er hätte die Einladung angenommen. Er war jetzt allein. In der Ferne konnte er einen Swimmingpool erkennen, mit geschwungenen Seiten, von Morgenländischen Platanen und Weiden überhangen. Melancholie überkam ihn und auch Friede, mit dem Sirren der Zikaden, die sich zwischen den Felsen eingenistet hatten, die an vielen Stellen das Gelände des Anwesens sprenkelten. Er zog eine Tüte aus seiner Hosentasche, löste das Gummiband und steckte sich einen Priem in den Mund, feingeschnittenen grünen *naswar*.

Im Basar von Kalapani aß er in seinem gewohnten Teehaus in Milch eingeweichtes, einen Tag altes Brot, wie es ihm ein Quacksalber gegen die Fistel verordnet hatte, die ihn seit vielen Jahren plagte. Der Kellner brachte das triefende Brot, und als die Menge sich verlaufen hatte, kam er zu ihm und unterhielt sich ein wenig mit ihm, über den Strom der Touristen hinauf nach Murree, jedes Jahr mehr, und dieses Jahr hatte die Saison sehr früh angefangen. Einsam, wie er war, war Rezak auf das Willkommensein im Teehaus, auf diese Verbindung angewiesen. Wenn in den Geflügelställen, wo er arbeitete, die älteren Hühner geschlachtet wurden, brachte Rezak einen der gesünderen Vögel mit herunter und bat im Teehaus darum, daß man ihn zubereite, als Abwechslung in seiner Brotdiät. Er teilte mit wem auch immer, der gerade da war, ließ nicht locker und zwang seinen Freund, den Kellner, davon zu essen.

»Da, schau, ich habe mir ein bißchen genommen«, sagte der Kellner dann und riß einen Flügel ab. Selbst er, abgehärtet von einem Speiseplan, der aus abgestandenen Küchenresten bestand, hatte seine Zweifel bei diesem Huhn jenseits des Verfallsdatums.

»Nein, du mußt richtig essen.« Einmal war Rezak sogar wütend geworden und hatte unvermittelt das Lokal verlassen, das Huhn noch auf dem Tisch.

Nachdem er sein Mittagessen beendet hatte, ging Rezak durch den staatlichen Kiefernwald zu den Geflügelställen. Der Eigentümer hatte die Aufseher bestochen, damit sie ein Auge zudrückten, als die Bauten in den Wald hinein erweitert wurden, und jeden Sommer legten seine Männer Feuer am Fuß von Kiefern, die vor hundert Jahren von den Briten gepflanzt worden waren, um mehr Platz zu schaffen. Rezak erreichte sein Zuhause, nicht die Unterkunft der Arbeiter, die sich an die Ställe anschloß, sondern eine Hütte, die er sich selbst gebaut hatte, ein kleiner hölzerner Würfel, mit Blech verkleidet und auf massiven Stelzen. Vor mehreren Jahrzehnten, in seinen Zwanzigern, hatte er sich mit seinen Stiefbrüdern wegen des gemeinsamen Besitzes oben in den Bergen überworfen, einige Acres Land, auf denen sie Weizen und Kartoffeln angebaut hatten, eingefaßt von Aprikosenbäumen. Ausgebootet, enteignet, war er in die Ebene heruntergekommen und hatte geschworen, seine Familie nie wiederzusehen. Dieser Würfel war sein Zuhause geworden und sein Trost. An jedem Ort, an dem er arbeitete, baute er ihn auf, und dann, wenn er mit den anderen Arbeitern oder dem Boß in Streit geriet, was unweigerlich geschah, nahm er ihn auseinander und karrte ihn irgendwo anders hin – er hatte immer eine gewisse Geldsumme parat, die er unter keinen Umständen anrührte, sie reichte aus, um für den Transport des kleinen Hauses zu bezahlen, dieses Nests, welchen Ort auch immer er als nächsten dafür gefunden hatte. Es war die Garantie für seine Unabhängigkeit.

Er öffnete das schwere Vorhängeschloß, hob den Türriegel an und kletterte hinein, verstaute seine Schuhe in einem hölzernen Kasten, der unter der engen Behausung angenagelt war. Mit Strom, den er von den Hühnerställen abzapfte, erwärmten über die ganze Decke verteilte winzige rote Lämpchen den Raum. Er konnte im Innern sitzen, aber nicht stehen, und hatte den Fußboden mit einer Baumwollmatratze ausgelegt, die einen satten animalischen Geruch verströmte, den er als zutiefst tröstlich empfand. Ein Trichter und ein Stück Rohr dienten als handlicher Spucknapf, ein Spiegel und ein Regalbrett erlaubten ihm, sich zu rasieren, ohne das Bett zu verlassen, ein elektrischer Ventilator verschaffte ihm Kühlung. Fotos von Schauspielerinnen pflasterten Wände und Decke und leisteten ihm Gesellschaft. Launenhaft und wählerisch schob er sie hin und her und hängte sie um, musterte eines aus und nahm es mit kühler Miene von der Wand. Mehrere Monate hatte er eine Schauspielerin aus Pathan favorisiert, die als »Atomhintern« bekannt war – im letzten Jahr war sie hinternwackelnd in einer Reihe erfolgreicher Filme aufgetreten.

Ein paar Tage darauf, als Rezak wieder in der Nähe des Tors zum Anwesen der Harounis herumstrich, beschloß er, hineinzugehen, und trat durch einen schmalen, in die Mauer eingelassenen Eingang. Die Besitzer waren während der Woche in Islamabad, und kurz zuvor hatte er den Wächter unten im Basar gesehen. Indem er den gegenüberliegenden Berghang hinaufgestiegen war, hatte er die Routinevorgänge des Haushalts ausgespäht, die Unterkunft der Bediensteten vermerkt, die Besitzer beobachtet, wenn sie, in leuchtende Farben gekleidet, auf der Terrasse saßen. Aus der Nähe erschien ihm das Haus häßlich, aus großen, grob behauenen Steinen erbaut, mit einer riesigen Glasfront, die das Tal überblickte bis hinunter nach Islamabad, fünfundvierzig Kilometer entfernt. Es hatte keinen äußeren Schmuck – keine Metallblenden, keine Farbe, keine dekorative Beleuchtung, es war schlicht, nur seine Größe sprach für es. Das Haus verschmolz mit der Landschaft, wie einer der Findlinge, die verstreut auf dem Berghang herumlagen.

Er fand den Majordomus, der auf einem Stuhl unter einem Baum die Zeitung las.

»Ah, der Freiwillige«, sagte er freundlich. »Komm, nimm einen Zug von der Hookah.«

Rezak setzte sich auf die Kante des *charpoys* und baumelte mit seinen kurzen Beinen. »Ich bringe mich lieber mit diesem Gift um.« Er spuckte aus und schob sich dann ein Stück grünen Grobschnittabak in die Backe.

»Du arbeitest oben in Ayubs Ställen, nicht wahr?«

»Wenn Ayub mich braucht, arbeite ich. Er bezahlt mich mit altersschwachen Hühnern und Kleingeld.« Er versuchte, es wie einen Scherz klingen zu lassen.

»Das habe ich gehört – Ayub nimmt, was er kriegen kann.«

Rezak lachte freudlos. »Wie es aussieht, werde ich demnächst Gras essen.« Er schwieg einen Augenblick. »Ich habe mir etwas überlegt. Ich kann Holzarbeiten erledigen, ich verstehe mich auf Bäume. Ich kann Lasten tragen, im Garten arbeiten. Gib mir zu essen, und ich arbeite hier und tue, was immer du willst. Du mußt mir nicht einmal eine Unterkunft geben, ich habe einen transportablen Würfel, in dem ich wohne, du kannst mich in irgendeine Ecke stecken.«

Der Eigentümer des Anwesens, Sohail Harouni, Sohn eines Mannes, der mit Zementfabriken und anderen Industrieunternehmen ein Vermögen gemacht hatte, heiratete, als er in Amerika auf der Universität war, eine Amerikanerin namens Sonya. »Nein, mir gefällt es wirklich hier«, sagte sie abwehrend, wenn sie auf einer Party gefragt wurde. »Es ist fremd, es ist wie eine Droge. Ich denke, ich vermisse die Staaten sehr – wirklich –, und dann, nach einem Monat dort, bin ich vollkommen gelangweilt. Pakistan läßt alles andere neben sich verblassen. Hier ist jetzt mein Zuhause. Ich tue nicht genug, aber ich habe das Gefühl, daß ich hier doch ein wenig Gutes tun kann.« Sie fügte sich besser ein als die meisten Ausländerinnen, sie lernte Urdu, bis sie sich recht gut verständigen konnte, und bemühte sich, auch Pakistanis außerhalb des Zirkels in Islamabad kennenzulernen. Sogar Sohails boshafte Tanten gaben zu, daß sie eine der wenigen Ausländerinnen war, die pakistanische Kleidung tragen konnte, ohne wie eine Amazone oder wie ein Weihnachtsbaum auszusehen.

Und dennoch, obwohl sie darauf bestand, Pakistan zu lieben, wurde ihr manchmal alles zuviel. »Ich hasse es, jeder ist ein Gauner, nichts funktioniert hier!« schluchzte sie dann und stritt sich mit ihrem Mann. Dann stürmte sie hinaus zu ihrem Auto und zog sich in das Haus in Kalapani zurück, vierzig Minuten entfernt, kam dort unangekündigt an, verkroch sich in düsterer Stimmung in das große Schlafzimmer, während die Bediensteten sich überschlugen, um ihr eine Mahlzeit zuzubereiten. Am Abend wanderte sie durch das große steinerne Haus, beruhigte sich allmählich und sprach am Telefon mit ihren Freunden. Ihr Mann kam, um die Nacht mit ihr zu verbringen, und brachte als Unterpfand ihrer Liebe ihren kleinen Sohn mit, und sie schlossen Frieden.

Zufällig ergab es sich, daß Sonya, kurz nachdem Rezak gegenüber Ghulam Rasool seine Bitte geäußert hatte, mit ihrem Mann einen Riesenkrach hatte und nach Kalapani floh. Am nächsten Morgen saß sie, Kaffee trinkend, auf der sonnenbeschienenen Terrasse, von der aus man über den Staatsforst blikken konnte, der inzwischen von Eindringlingen kräftig gelichtet worden war, bis hinunter nach Islamabad und Rawalpindi. Die Belastung durch den Streit hatte einem Bedürfnis nach Einfachheit und Ordnung Platz gemacht, einer beinahe angenehmen Weinerlichkeit.

Ghulam Rasool kam vom Garten herauf und hüstelte, damit sie nicht erschrak. Von allen Bediensteten war er derjenige, dem sie ihren Sohn am ehesten anvertraute. Sie hatte ihn selbst gerne um sich mit seiner sanften, stoischen Art, mit seinen Gebeten und seinem Aberglauben.

Ihr blondes Haar wurde von einem schwarzen Samtband zurückgehalten, sie trug eine schlichte weiße Bluse und eine weiße Hose und lag auf einem Diwan, makellos, einen schmalen Gedichtband in der Hand – sie hatte einen Abschluß in Englisch und wandte sich zur Stärkung einer Handvoll vertrauter Bücher zu, Yeats oder Rilke, Keats, je nach Bedarf.

»Verzeihen Sie, Begum Sahib. Ich wollte fragen, es ist Zeit, an die Rosen zu denken.«

Sie wußte, daß er sie ihrem Mann gegenüber milder stimmen wollte. Wie dem auch sei, ihr gefiel, daß er kam und mit ihr sprach, und als Vorwand benutzten sie seine Aufsicht über den Garten, obwohl er immer Hausdiener gewesen war und über Blumen und Bäume kaum Bescheid wußte. Sie legte ihr Buch zur Seite, und sie sprachen über die Rosen und wo die Einjährigen hingepflanzt werden sollten.

»Verzeihen Sie, die Einheimischen treiben ihre Ziegen in den Ali-Khan-Obstgarten, und sie nagen die Schößlinge an, die Sie aus Amerika mitgebracht haben. Es gibt einen alten Mann, er kann keine schwere Arbeit verrichten, aber er ist verläßlich. Seine Familie hat ihn im Stich gelassen. Er hat sogar eine eigene transportable Hütte – er würde sie dorthin mitnehmen und als Wächter dort leben. Sie müssen ihm keinen Lohn zahlen. Nur Essen und ein paar Rupien Taschengeld.«

Doch sie wollte dem alten Mann das gleiche geben wie allen anderen. Der Gedanke, ihn in seinem Alter zu verwöhnen, machte sie glücklich.

Frisch eingestellt, zog Rezak auf das Ali-Khan-Gelände, ein ummauertes, vier oder fünf Acres großes Stück Land gleich oberhalb des Hauses an der Straße. Wie die anderen Bediensteten und die Gärtner erhielt er einen Lohn von neuntausend Rupien monatlich, mehr, als er je in seinem Leben verdient hatte. Die Gärtner aus dem großen Haus transportierten Stück um Stück seinen Würfel, dann halfen sie ihm, ihn neben einer Hütte wieder aufzurichten, die es bereits dort gab und die aus einem einzigen, aus Steinen gefügten Raum mit einer offenen Herdstelle bestand und von Rezak als Lagerraum und Küche benutzt werden konnte. Das Gelände hatte keinen Stromanschluß, deshalb kaufte er Öllampen, die nachts ein angenehmes Licht gaben, wenn er seinen Verrichtungen nachging, seiner Routine aus Abendessen und Schlafengehen.

Die heiße Jahreszeit setzte ein, als Rezak sein neues Heim bezog, und die grünen Früchte an den aus Amerika importierten Apfel- und Pfirsich- und Birnbäumen nahmen Farbe an. Er hängte sein ganzes dankbares Herz an den kleinen Obstgarten, wässerte die Obstbäume mit einem Eimer aus dem Bach, der das Gelände durchfloß, und grub mit dem Spaten Mist unter die Erde. Er nahm den Bus nach Islamabad und kaufte von seinem eigenen Geld drei Weinstöcke, brachte sie, in Stroh verpackt, nach Hause und ließ sie an den Stelzen seines kleinen, blechverkleideten Würfels emporranken. Er pflanzte Radieschen, Mais, Blumenkohl, Zwiebeln, Erbsen, mehr als er selbst essen konnte, so daß er, wenn das Gemüse reif wurde, Körbe voll davon zum großen Haus hinaufbringen konnte. Von seinem zweiten Lohn kaufte er sich eine Ziege wegen der Milch – zuvor, an seinen früheren Arbeitsstellen, hätte ihn das die Ersparnisse vieler Monate gekostet.

Eines Tages kamen der Herr und seine Frau mit ein paar Gästen zu einem Picknick auf das Ali-Khan-Gelände. Morgens brachten Bedienstete Teppiche und Diwans, Wannen mit Eis für den Wein, Grillroste für das Fleisch, Feuerholz, falls die Party bis in die Nacht dauern würde. Rezak verbrachte Stunden damit, Kisten und Stühle und Teppiche von der Hauptstraße bis zur Picknickstelle zu schleppen, er übernahm die größten

Lasten, drängte sich vor und beanspruchte auf seinem Grundstück den Vortritt.

Die Gäste kamen, Pakistanis und Ausländer, ungefähr ein Dutzend, und räkelten sich bald auf den Teppichen, tranken Wein in mehreren Grüppchen. Rasch und trittsicher auf dem steilen Pfad, in der Hand einen gelben Schlapphut gegen die Sonne, dessen Band über den Boden schleifte, hatte Sonya im Vorbeigehen zu Rezak gesagt: »*Salaam*, Baba.« Sein Herz, seine Seele waren geschmolzen, als hätte eine Königin zu einem Fußsoldaten gesprochen. Sie hatte ihm die Sorge für den Garten anvertraut, für die Bäume, die sie in ihrer Heimat gekauft hatte, und jetzt sah sie zum ersten Mal die Ergebnisse seiner Landwirtschaft.

Alle anderen Bediensteten wußten, was sie zu tun hatten – Ghulam Rasool goß den Wein ein und ließ die Hors d'œuvres herumgehen, ein Koch bereitete das Feuer vor und steckte Kebabs auf Metallspieße, die Gärtner verteilten sich als eine Art Feldwache, um zu verhindern, daß jemand über die Mauer spähte. Rezaks Schüchternheit und sein mangelndes Selbstvertrauen standen im Widerstreit zu seinem Wunsch, teilzuhaben, all die Arbeit vorzuzeigen, die er im Obstgarten geleistet hatte. Er hockte unter einem Apfelbaum und versuchte, nicht zu den Sahibs hinzusehen, zupfte Grashalme aus und flocht sie zu Figuren und Knoten und hoffte, gerufen zu werden. Ruhelos kniete er sich neben den Koch und übernahm die Aufgabe, sich um das Feuer zu kümmern, und stieß den schlaksigen Jungen beiseite, der als Gehilfe des Kochs fungierte.

Sohail Harouni war ein gutaussehender, fröhlicher Mann ohne eine einzige Sorge im Leben, der es mehr als alles andere genoß, Partys zu geben. Nach ein paar Gläsern Wein rief er einen jungen Hausdiener und beauftragte ihn, die Stereoanlage aus dem Haus herzubringen und anzuschließen. Ein Fahrer raste nach Murree, zehn Kilometer hinauf in die Berge, und kaufte eine Rolle schweres Kabel. Das Glas in der Hand, halfen die Gäste und sogar der Gastgeber enthusiastisch mit, das Kabel durch die Bäume zu einem an der Straße gelegenen Laden zu ziehen.

Als die Party weit fortgeschritten war, als Harouni und seine Gäste im Kreis herumstanden, mit Drinks in den Händen, und sich mit ausholenden Gesten lautstark unterhielten, entfernte Sonya sich von der Gruppe. Als sie ins Tal hinunterschaute, fiel ihr Blick auf Rezaks Hütte, die mehrere Terrassen unterhalb des Picknickplatzes stand. Sie fand den Pfad, der zu ihr hinführte, und Rezak, der sie beobachtet hatte, folgte ihr eilig und sprang den steilen Abhang hinunter, damit er sie mit einem Gruß bei seiner kleinen Hütte empfangen konnte.

»Das ist *wunderbar*!« rief Sonya und umrundete den Würfel, und Rezak folgte ihr dicht auf den Fersen. »Hallo, ihr alle«, rief sie den Gästen von einer Stelle aus zu, von der sie gehört werden konnte. »Kommt her und schaut euch das an.«

Der kleine, krummbeinige Rezak eilte geschäftig hin und her und führte die Armaturen und Schikanen vor – das Rohr, das als Abfluß für den Spucknapf im Inneren diente, die Schränke und Schubladen an den Außenwänden für Werkzeuge und Kleidung und Ausrüstungsgegenstände, Fenster, die man aufstellen oder ganz herausnehmen konnte, ein Oberlicht aus rotem Glas, dicke Binsenmatten auf dem Dach, um das Innere warm oder kühl zu halten, eine an der Wand befestigte Gummiblase, aus der, wenn er drückte, durch ein Rohr Wasser auf die Binsen floß und sie näßte – Kühlung durch Verdunstung. Sonya steckte den Kopf in das enge, düstere Gelaß und betrachtete die Fotografien der Filmsternchen, die an den Wänden klebten. Die Gäste sahen sich um, inspizierten dieses Nest, seine Tür und die angelehnten Fenster, wie ein Auto auf dem Hof eines Autohändlers, dessen Kofferraum und Motorhaube offenstanden.

»Wenn Strom da ist, ist es wirklich etwas«, sagte Rezak eifrig und zeigte grinsend sämtliche Zähne, umringt von den Sahibs und den Memsahibs. »Früher hatte ich innen bunte Lichter. Es gibt noch einiges zu tun, das stimmt. Es ist kaputt vom Hin- und Hertransportieren.« In seiner Beflissenheit zog er an einer Schranktür, die sich nicht öffnen wollte, bis sie zerbrach. Sogar dies versetzte ihm keinen Dämpfer. »Sehen Sie, das ist eine Art, es auseinanderzunehmen!«

»Hier haben wir das ganze Leben eines Mannes in einer Nußschale, nicht wahr?« bemerkte der australische Botschafter, ein hochgewachsener Mann mit entsprechend hoher Stirn und rotem Haar.

Als sie zu ihrem Picknick zurückkehrten, sagte Sonya zu ihrem Mann: »Der arme Mann sollte Strom haben für ein Radio und Licht. Er lebt hier ganz allein, stell dir vor, wie sehr er sich langweilt.«

»Machst du Witze?« fragte Harouni. »Diese Typen langweilen sich nicht.«

Doch das Kabel, das provisorisch verlegt worden war, um für Musik zu sorgen, blieb nach der Party an Ort und Stelle – für die nächste Party. Rezak schlang wie eine Hochzeitsdekoration eine Lichterkette außen um seinen Würfel und hängte in der Steinhütte, in der er kochte, eine Glühbirne auf. Er kaufte sich ein Radio, und schließlich kaufte er sich einen billigen Fernseher, etwas, von dem er nie auch nur gedacht hätte, es könnte ihm fehlen. Er lag dann bei schwach schimmernden roten Lichtern in seinem Kokon, die Lautstärke des Fernsehers voll aufgedreht, trank Tasse für Tasse seinen Tee, den er in einer Vakuumthermoskanne heiß hielt, eine Raffinesse, die ihn vor Freude schmatzen ließ.

Als er eines Morgens in Kalapani im Teehaus saß, begegnete Rezak einem jungen Mann, der hoch in den Bergen in der Nähe jenes Ortes lebte, an dem er seine Kindheit verbracht hatte.

»Die Regierung hat die Straße bis nach Koti hinauf ausgebaut«, erzählte ihm der Mann. »Der Bus fährt ab Kowar. Das hat die Dinge verändert, da kannst du Gift drauf nehmen.«

Von den Orten zu hören, die er sein ganzes Leben lang gekannt hatte, machte Rezak unruhig. Er hatte sein Zuhause mit dem Entschluß verlassen, niemals wieder zurückzukehren. Nun fragte er sich, was seine Stiefbrüder den Nachbarn über sein Verschwinden erzählt hatten. Er wollte, daß seine Familie von seinem Erfolg erfuhr.

»Du und ich haben in unserer Jugend aus denselben Bächen getrunken und dieselbe Luft geatmet. Du mußt meine Gastfreundschaft annehmen, jetzt, wo wir uns kennengelernt haben. Ich bitte dich. Komm zu einer Tasse Tee, und dann begleite ich dich wieder zurück.« Er packte den Arm des Mannes und zerrte ihn beinahe aus dem Teestand.

Er schleppte eilig ein *charpoy* auf die Terrasse vor der steinernen Kochhütte, legte ein Kissen darauf, rannte hinein und zündete im Herd ein Feuer an, dann brachte er einen Tisch heraus und wischte ihn mit einem Lappen ab. Glücklicherweise hatte er eine Packung Kekse da und arrangierte sie auf einem Teller und trug sie mit dem Tee zusammen hinaus.

Der Mann kannte Rezaks Familie, hatte aber wenig Neues über sie zu berichten. Rezak vergaß seine Bitterkeit und das Unrecht, das sie ihm angetan hatten, und begann von seinen Stiefbrüdern und seinen Neffen zu erzählen, von ihrem fruchtbaren Land, von der Quelle in der Nähe ihrer Felder.

»Gott ist gut zu mir gewesen, besser, als ich es verdiene. Ich habe nur einen Wunsch, daß Er mir eigene Söhne geschenkt hätte, wie meinen Brüdern.« Er fuhr sich mit den Händen über das Gesicht.

Rezak hatte der Versuchung nicht widerstehen können, mit seinem Lohn anzugeben.

Der Mann überlegte einen Augenblick, und seine Augen

leuchteten auf, als er im Innern der Kochhütte eine verschlossene Kiste sah, in der Kleider und wer wußte, was sonst noch, sein mußte. Er betrachtete den ordentlichen Gemüsegarten und die beiden Ziegen – Rezak hatte noch eine zweite gekauft, als das Futter im Wald knapp und sie billig zu haben gewesen war. Dem Mann war der seltsame kleine, mit einem Radio und sogar einem Fernseher ausgestattete Würfel vorgeführt worden.

»Schau, mein Cousin hat eine Tochter. Irgend etwas ist bei ihrer Geburt schiefgegangen, und sie ist ein wenig einfach. Aber sie kann kochen und nähen und deine Ziegen auf die Weide treiben. Sie ist sogar ziemlich hübsch. Sie ist jung genug, um dir einen Sohn zu gebären. Ihr Vater kann kaum für seine anderen Kinder aufkommen. Warum läßt du mich nicht eine Heirat arrangieren?«

»Du machst dich über einen alten Mann lustig«, antwortete Rezak. Aber Hoffnung und Begehren nagten an seinem Herzen, wenn er daran dachte. Eine Frau in seinem Haus, wenn auch eine, die nicht ganz richtig war im Kopf! Und sie könnte ihm einen Sohn gebären, das wäre ohnehin jeden Preis wert. Jetzt, da Rezak Geld hatte, würde der Junge zur Schule gehen, er würde Lesen und Schreiben lernen, etwas werden – Rezak konnte sich nicht einmal vorstellen, was. Der Sohn eines alten Dieners aus dem großen Haus war Arzt geworden und forderte seinen Vater jetzt immer wieder auf, er solle sich zur Ruhe setzen und zu ihm ziehen. Nach so etwas würde Rezak glücklich sterben.

Sie diskutierten den ganzen Nachmittag lang hin und her. Am Ende kamen sie überein, daß das Mädchen nicht nur keine Mitgift bekommen würde, sondern daß Rezak eine substantielle Summe für sie zu bezahlen hätte, die die Familie in Raten erhalten würde.

Ein paar Tage später lieferte der Vater das schwachsinnige Mädchen ab. Die Familie des Mädchens war nicht mitgekommen, und die beiden Männer feierten die Eheschließung nicht, sondern holten in aller Stille den *maulvi*, damit er die *nikah* zelebrierte. Als der Vater ging, folgte ihm das Mädchen und weinte, bis sie schließlich gezwungen waren, sie in der Hütte einzusperren.

Nachdem er ihren Vater zum Bus begleitet hatte, schlenderte Rezak weiter zum Basar und blieb kurz stehen, um sich mit dem Mann zu unterhalten, der *samosas* verkaufte, ohne seine Hochzeit zu erwähnen, er behielt es für sich. Er fühlte sich diesen Menschen nun eher ebenbürtig, den Ladenbesitzern, Passanten, Familien. Auch auf ihn wartete jemand, das Haus, in das er zurückkehrte, war nicht leer.

Das arme Mädchen muß sich fürchten, dachte er, und zog heimwärts. Unterwegs hielt er irgendwo an, um eine Drei-Kilo-Schachtel mit Süßigkeiten zu kaufen, fette gelbe *ludhoos*, *ghulab jaman*, *barfi*, *shahi tukrah*.

Er rasselte mit der Kette, als er das Schloß öffnete, damit sie nicht erschrak. Sie trug Make-up, verschmierten Lippenstift, Rouge, das ihre Wangen beinahe pink aussehen ließ, neue Kleider aus schimmerndem weißen Stoff – wenigstens so viel war getan worden, um ihren Hochzeitstag zu feiern. Es gefiel ihm, daß sie ihre *dupatta* nahm und sie sich über den Kopf legte – schüchtern vor ihm, ihrem Ehemann.

Er setzte sich ihr gegenüber. Sie hielt den Blick gesenkt.

Er öffnete die Schachtel mit den Süßigkeiten, indem er sorgfältig die Schnur aufknotete, nahm ein *ludhoo* heraus und hielt es ihr auf der ausgestreckten Handfläche hin und flüsterte: »Nimm das, alles ist gut, hab keine Angst.« Er hielt es eine Weile so. Und nach kurzer Zeit streckte sie, ohne aufzublicken, die Hand aus und nahm es.

Schrittweise gewöhnte sie sich daran, mit ihm zusammenzuleben. Er ließ sie umherstreifen, wie sie wollte, nachdem er gesehen hatte, daß sie nicht davonlaufen würde. Das Mädchen, ein winziges Ding von neunzehn oder zwanzig, war behindert und sprach nicht in Sätzen, sondern vielmehr in aneinandergereihten Lauten, indem sie gurrte oder Wörter wiederholte – ihr Zustand war tatsächlich schlimmer, als Rezak erwartet hatte –, doch als sie sich eingelebt hatte, stellte er fest, daß sie mehr oder weniger kochen konnte.

Er ließ sie in der Steinhütte schlafen, bis sie eines Abends, als er in seinem Würfel fernsah, vorsichtig die Türklappe anhob und einen Augenblick dastand und das rot ausgeleuchtete Gelaß in sich aufnahm, ehe sie behende hineinsprang, den Blick starr auf den Fernseher gerichtet. Danach schlief sie immer bei ihm.

Als Heranwachsender war Rezak verheiratet gewesen, es war so lange her, daß er sich nicht mehr erinnern konnte, wie seine Braut ausgesehen hatte. Sie war weniger als ein Jahr nach der Hochzeit im Kindbett gestorben, und auch das Kind war gestorben. Jetzt, nach so vielen Jahren, hatte Rezak in seinem Heim wieder eine Gefährtin. Leben und Hoffnung, die Flamme der Individualität, die sich in nichts aufgelöst hatte, in Rauch, flackerte wieder in ihm auf. Wenn er abends mit etwas Besonderem vom Basar nach Hause kam, späten Mangos oder ein wenig Fleisch, oder mittags seine Arbeit im Obstgarten unterbrach, um sein Mittagessen einzunehmen, das das Mädchen aufwärmte und ihm mit heißen *chapatis* servierte, freute er sich auf ihr Geschnatter. Sie hatte eine niedliche, beinahe tierähnliche Art, sich neben ihn zu hocken und ihm beim Essen zuzusehen, und wenn er fertig war, brachte sie ihm ein Glas Wasser aus dem Tongefäß. Abends, bevor er nach Hause kam, kochte sie Tee, und wenn er stöhnte, weil ihm die Beine weh taten, massierte sie ihn. Allmählich gelang es ihm, sich mit ihr zu verständigen, und, noch wichtiger, sie verständigte sich mit ihm, zeigte Freude, wenn er abends nach Hause kam, kümmerte sich um ihn, wenn er krank oder traurig war. Sie gebar ihm jedoch kein Kind.

Jetzt, da seine Frau für ihn kochte und die Ziegen auf die Weide führte, hatte Rezak weniger zu tun, insbesondere seit die Bäume ihre Blätter verloren hatten und die Arbeit im Obstgarten ruhte. Seine Frau saß in der dunklen, verrauchten Hütte und gurrte vor sich hin. Er ging häufig hinunter ins Teehaus im Basar von Kalapani und saß stundenlang dort, sah zu, wie die Busse sich füllten und überladen in die Berge in Richtung Murree oder Kaschmir fuhren oder wie sie mit quietschenden Bremsen durch die Kurven in die Städte hinunterrasten und mit ihrem Gchupe die Passagiere herbeiriefen. Er flanierte mit einer neuen wollenen Weste und einem Spazierstock durch den Basar; oder er ging zum großen Haus und setzte sich mit Ghulam Rasool zusammen, um eine Hookah zu rauchen.

Als er nach einem dieser Ausflüge in der Dämmerung in seine Hütte zurückkehrte, stellte er fest, daß das Feuer niedergebrannt und seine Frau verschwunden war. Auch die Ziegen fehlten, die sie sonst um diese Zeit längst zurückgebracht hatte. Er saß in dem kalten Raum und starrte auf den Kalender, der an einem Nagel an der Wand hing, auf dem eine kunstvoll gearbeitete chinesische Pagode zu sehen war. Er rieb die Hände gegeneinander und versuchte, seine Wut im Zaum zu halten. Schon zweimal hatte er sie, als sie bei Einbruch der Dunkelheit verschwunden gewesen war, tief unten im Tal, hinter ein paar Felsen kauernd, gefunden. Als er sich ihr genähert hatte, hatte sie sich gefürchtet und das Gesicht mit den Händen bedeckt.

Als es dunkel wurde, war sie noch immer nicht zurück. Rezak nahm eine Laterne, zündete die winzige Flamme an und ging hinaus; die beiden Ziegen stürmten meckernd herein, als er das Holztor öffnete, das ins Tal hinunterführte.

Einer der Nachbarn rief: »He, Rezak, kann das nicht bis morgen warten?«

»Was soll ich sagen. Meine arme Frau ist schon wieder verschwunden.«

Der Nachbar schickte einen kleinen Jungen, damit er bei der Suche half.

Rezak ging überall herum und rief und rief. Er kehrte nach Hause zurück in der Hoffnung, daß sie ihn dort erwarten würde, aber in der Kochhütte war kein Lichtschimmer zu sehen. Als er in der Kälte saß, klang das Knacken der brechenden Zweige, mit denen er das Feuer anfachte, besonders laut. Das Feuer flammte knisternd auf und wärmte langsam den Raum. Mechanisch warf er eine Handvoll Teeblätter in den Kessel, kochte das Wasser und goß den Tee mechanisch in die Tasse. Es entsprach nicht seinem Wesen, jetzt wütend zu werden. Ohne zu Abend zu essen, ohne den Fernseher einzuschalten, wie er es sonst jeden Abend tat, lag er allein in der dunklen Hütte und fragte sich, was wohl aus ihr geworden war. Was, wenn sie verletzt irgendwo im Wald lag?

Morgens erwachte er vor Tagesanbruch, schlüpfte hastig in seine Kleider und ging hinaus. Er wußte nicht, wo er suchen sollte, in welche Richtung er sich wenden sollte. Da er seit Jahren allein lebte, hatte er gelernt, nicht um Hilfe zu bitten. Nachbarn taten zweimal oder fünfmal, was in ihrer Macht stand, doch am Ende verhielten sie sich kühl und ärgerten sich. Er ging die Wege ab, die sie möglicherweise gegangen war, dann tief in den Wald hinein zu den Stellen, wo sie Gras schnitt. Einmal sah er ein Stück Stoff, von dem er meinte, es könnte sich um ihren Schal handeln, doch als er näher kam, sah er, daß es bereits darauf geregnet hatte und daß es schon seit mehreren Tagen dort liegen mußte.

Schließlich wandte er sich an die Diener der Harounis um Hilfe. Als er in den Aufenthaltsraum kam, begegnete er Ghulam Rasool, der friedlich auf einem *charpoy* ruhte, seine kalte

Hookah neben sich. Der Kamin war verstopft wie immer und erfüllte den niedrigen Raum mit Schwaden scharf riechenden Kiefernqualms.

Beim Betreten des vertrauten Raums verlor Rezak zum ersten Mal die Fassung. Seine Arme baumelten lose an den Seiten herab, als er auf das Bett zuschlurfte und mit verzerrtem Gesicht davorstand.

»Meine Frau ist verschwunden«, brach es aus ihm heraus, bevor er auch nur *Salaam* gesagt hatte. »Ich kann sie nirgendwo finden. Sie ist weg.« Dicke Tränen rannen ihm aus den verklebten Augen und verschwanden in den Furchen seines Gesichts. Er besann sich, bückte sich und schüttelte Ghulam Rasool respektvoll die Hand.

»Wie, verschwunden?« fragte Ghulam Rasool erschrocken. Er drückte Rezaks Arm, um ihn zum Sitzen zu bewegen, und rief durch die Tür: »He, ihr Jungen, komm mal einer her.«

Vier Gärtner reagierten auf den Ruf, und nachdem sie ein paar Fragen gestellt hatten, beachteten sie Rezak nicht weiter. Sie steckten die Köpfe zusammen und entwarfen einen Plan, eifrig wie ein Rudel Jagdhunde, dann brachen sie auf, und ihre Holzstöcke klapperten eilig, als sie auf verschiedenen Wegen davonmarschierten.

Spätnachts kehrten sie wieder zurück, einer nach dem anderen, ohne eine Spur der Frau gefunden zu haben. Frühmorgens marschierten sie wieder los, entschlossen, sie zu finden. Sie suchten in den Bergen, auf den entferntesten Terrassenfeldern, gingen in die umliegenden Dörfer. Am darauffolgenden Tag suchten sie von Sonnenaufgang bis Sonnenuntergang und auch am nächsten, jedoch mit weniger und weniger Entschlossenheit. Einer zog an jeder Bushaltestelle zwischen Murree und Rawalpindi Erkundigungen ein. Ein anderer legte den ganzen Weg bis zur Heimat des Mädchens oben in den Bergen nahe Kaschmirs zurück, doch dort hatte man sie nicht gesehen – sie hätte die lange Strecke ohnehin unmöglich alleine bewältigen können.

Schließlich suchte nur noch Rezak weiter. Er vergaß sogar, wo er schon gewesen war, und kehrte zu denselben Orten zurück, als ob er sie dieses Mal dort finden könnte.

Eines Morgens, als er sich bereit machte, aufzubrechen und weiterzusuchen, setzte er sich wieder hin, zog den Mantel aus und legte sich auf das Bett. Schwachsinnig, voller Geplapper – doch sie war verschwunden, tot oder gestohlen, in die Bordelle von 'Pindi oder Karachi verschleppt. Er bereitete sich darauf vor, die Einsamkeit aufs neue zu ertragen.

Jedes Jahr zu Weihnachten gaben die Harounis in Kalapani eine große Party mit Gänsebraten, einem sechs Meter hohen Baum in der Eingangshalle und einem polternden Nikolaus für die Kinder. Lastwagen transportierten von der Farm der Harounis in der Ebene Baumstämme heran für das große Feuer vor dem Haus, damit die Bediensteten für die schweren Trinker spätnachts auf der Glut scharfe, fettige Kebabs grillen konnten und große Kessel mit Gewürzpunsch erhitzen für den Rest. Die Gäste kamen von Islamabad heraufgefahren, einzeln oder in langen Autoschlangen, und schneiten herein mit verpackten Geschenken und Weinflaschen und Champagner, die Ghulam Rasool auf einem langen Tisch aufbaute, der in der Halle stand.

Vor dem Abendessen ging die Hausherrin in die Küche. Der Koch stand da und wischte sich die Hände an der Schürze ab, in seinem eigenen Reich beiseite gedrängt, wenn sie die große Schüssel in den Arm nahm und mit dem großen Kochlöffel im Kartoffelbrei herumrührte, den der Koch bereits zu cremiger Konsistenz aufgeschlagen hatte.

Ghulam Rasool war ihr auf ihrer Inspektion mit unbewegter Miene gefolgt.

»Entschuldigen Sie, Begum Sahib, darf ich Sie mit einer kleinen Bitte belästigen?«

»Natürlich«, sagte sie und berührte ihn leicht an der Schulter. Er hatte sich inzwischen daran gewöhnt, obwohl es ihn anfangs gestört hatte.

Er erklärte ihr kurz, daß Rezaks Frau verschwunden war.

»Aber Ghulam Rasool, das hättest du mir sofort sagen sollen. Was kann ich tun?«

Ghulam Rasool verfügte über ein enzyklopädisches Wissen, was die Freunde seines Herrn, ihre Macht und ihren Reichtum betraf, und war sehr stolz auf diese Verbindungen. Als er Omar Bukhari, den Sohn des Polizeipräsidenten, zur Party kommen sah, hatte er einen Gärtner losgeschickt, um Rezak zu holen, und ihn angewiesen, in der Küche zu warten.

»Wenn Bukhari Sahib mit der Polizei in Murree sprechen würde …«

Sie ging ins Wohnzimmer und fand Bukhari bei einer jungen Französin, die mit einem anderen gekommen war, wie er darauf bestand, daß sie ihm erlauben müsse, eine Fahrt in die Stammesgebiete an der Grenze zu arrangieren, die für Ausländer Sperrgebiet waren.

»Wirklich, Delphine, Sie sollten hinfahren, es ist unglaublich, und anders haben Sie keine Chance«, sagte die Gastgeberin. »Omar, kann ich Sie einen Augenblick unter vier Augen sprechen?«

Omar folgte ihr in das von Kerzen erleuchtete Eßzimmer. »Also Ghulam Rasool, was ist los?« Die Freunde der Harounis kannten alle Ghulam Rasool und scherzten, daß er mehr Macht hätte als viele Bundesminister.

Ghulam Rasool erklärte es und strich die Attraktivität des Mädchens heraus, um es wie eine Entführung durch eine der Banden erscheinen zu lassen, die Frauen zu Prostitutionszwekken kidnappten oder kauften – ein Szenario, bei dem die Polizei helfen konnte, da diese Dinge im allgemeinen unter ihrem Schutz passierten und die Polizisten ihren Schnitt dabei machten.

»Wir brechen den Scheißkerlen die Beine, wenn wir sie erwischen«, sagte Bukhari, der ziemlich ausführlich dem Alkohol zugesprochen hatte. »Geh und hol den Ehemann.«

Rezak kam zitternd herein und konnte sich nicht erklären, sondern stand mit von Trauer gezeichnetem Gesicht erwartungsvoll da, als könnte seine Frau durch die Macht dieses wichtigen Sahibs auf der Stelle wieder auftauchen.

Bukhari war schon mit vielen Fällen vermißter Frauen befaßt gewesen und wußte, daß fast immer die Familie darin verwikkelt war. Er nahm Rezak scharf ins Visier. »Wer hat sie mitgenommen? Der Vater? Hat die Familie sie zurückgeholt?«

»Nur Gott in seiner Gnade weiß es, Sir – ich bin eines Abends nach Hause gekommen, und sie war verschwunden, ich konnte sie nicht finden, Sir. Ich bin ein alter Mann, ich bin nichts.«

Wegen der Anwesenheit seiner Gastgeberin lenkte Bukhari ein. Er klappte sein winziges Mobiltelefon auf und tippte eine Nummer ein.

»Gib mir den stellvertretenden Polizeichef in Murree.« Und als sich einen Augenblick später eine Stimme meldete: »Hallo, Qazmi, wie geht's? Hier ist Omar Bukhari. Ja, alles in Ordnung. Ich bin in Kalapani, im Haus von Mr. Sohail Harouni. Die Frau eines seiner Diener ist entführt worden. Ich will sie morgen abend zurück haben … ja … nein, komm morgen früh zum Haus und nimm die Einzelheiten auf. Ich will, daß du dich persönlich darum kümmerst.« Ohne sich zu verabschieden, klappte er das Telefon zu.

Er lächelte Sonya an. »Erledigt.«

Rezak, der nichts von der Unterhaltung verstanden hatte, die auf englisch geführt worden war, kauerte sich nieder und berührte mit beiden Händen Bukharis Knie, setzte an, etwas zu sagen und verstummte wieder, mit gesenktem Kopf. Ghulam Rasool nahm ihn beim Arm und führte ihn weg.

Am Morgen erschien der stellvertretende Polizeichef höchstpersönlich in seinem offiziellen Jeep mit flatternder Polizeistandarte im Haus, eskortiert von einem Pick-up voller Polizisten mit ramponierten Gewehren. Unglücklicherweise waren die Harounis und alle ihre Gäste bereits nach Islamabad abgereist. Der stellvertretende Polizeichef saß auf einem Stuhl, den man mitten in der Eingangshalle aufgestellt hatte, die bebende Dienerschaft vor sich aufgereiht.

»Wo ist der Ehemann?«

Ghulam Rasool, der einzige, der sich von diesem Polizisten mit den Sternen auf den Schulterstücken nicht einschüchtern ließ, erklärte, daß Rezak auf einem anderen Grundstück ein Stück weit die Straße hinauf wohne.

»Hol ihn her.«

Rezak kam außer Atem herein, von einem Polizisten geführt.

»Also, alter Mann«, stellte der stellvertretende Polizeipräsident fest, »man sagt mir, deine Frau sei weggelaufen.« Er begann, mit leiser Stimme Fragen zu stellen. Obwohl er anfangs freundlich klang, wurde sein Ton bald ärgerlich.

»Was du sagst, ist, daß ihre Eltern sie dir verkauft haben. Woher hattest du soviel Geld?«

Ghulam Rasool mischte sich ein. »Sir, sie ist nicht ganz richtig im Kopf, dieser Mann hat sie mehr aus Freundlichkeit aufgenommen denn aus anderen Gründen. Und dann ist unser Sahib sehr gut zu uns, er gibt uns alles, was wir brauchen, und noch mehr.«

»Frauen fliegen nicht einfach so davon. Entweder dieser Mann weiß etwas darüber, oder sie ist mittlerweile in Karachi. Das Beste für ihn ist, wenn er sich ruhig verhält.«

Der stellvertretende Polizeichef sah Rezak einen Moment lang aufmerksam an, faltete die Hände über dem Bauch und erhob sich dann.

»Bitte richte Harouni Sahib meine Grüße aus«, wandte er sich höflich und beinahe förmlich an Ghulam Rasool. »Ich stehe stets zu seinen Diensten.« Das Angebot einer Tasse Tee lehnte er mit der Behauptung ab, er habe eine Verabredung.

Während er den davonfahrenden Polizisten und seiner Eskorte nachblickte, sagte Ghulam Rasool zu Rezak: »Besser, du bleibst dem Basar ein paar Tage fern. Er scheint ein ziemlich grober Mensch zu sein.«

Gleich nach Einbruch der Dämmerung holten vier Polizisten in einem nicht gekennzeichneten Auto Rezak in seinem Obstgarten ab und brachten ihn auf den Polizeiposten nach Tret, zwanzig Kilometer die Straße hinunter.

»Habt ihr sie gefunden?« hatte er sie gefragt, als sie zu seinem Würfel gekommen waren.

Der jüngste Polizist, der einzige in Uniform, antwortete: »Ja, ja, mach dir keine Sorgen.«

Doch er packte Rezak an der Schulter, nahm seine Arme und legte ihm Handschellen an. Rezak sagte nichts mehr und ließ zu, daß sie mit ihm machten, was sie wollten.

Erst als sie ihn auf den Rücksitz des Autos verfrachteten, wollte Rezak wissen: »Aber was habe ich getan? Wohin bringt ihr mich?«

»Halt den Mund, Baba«, sagte der Polizist, der bis dahin recht freundlich gewesen war.

Sie führten ihn in einen fensterlosen Raum in der Polizeistation und hängten ihn mit Hilfe der Handschellen an einen Haken, so daß seine Füße den Boden nur berührten, wenn er sich auf Zehenspitzen stellte.

Er hing den ganzen Abend an der Wand, weit länger, als es

möglich schien, die qualvollen Schmerzen in Schultern und Rücken zu ertragen. Im Nachbarzimmer kamen und gingen die Polizisten, doch er nahm sie nicht mehr wahr.

Zu einem bestimmten Zeitpunkt fragte ein Polizist, der gerade von draußen hereingekommen war: »Wer ist das?«

»Keine Ahnung. Die Männer des stellvertretenden Polizeichefs haben ihn hergeschickt. Ablaugen, polieren und streichen, nehme ich an.«

»Aha«, sagte der Neuankömmling. Singend ging er aus dem Zimmer: »The night is made for lovers ...«

Nach Mitternacht betrat ein großer Mann in Zivil den Raum. Zwei uniformierte Polizisten folgten ihm und machten die Tür zu.

»Also, dann laßt mal sehen«, sagte der große Mann. »Wie heißt du, alter Mann?«

»Mohammed Rezak, Sir.« Er fing an zu weinen und zu plärren. »Ich bitte Sie, ich habe nichts getan, ich bin unschuldig, und jetzt haben Sie mich hier aufgehängt. Ich bitte Sie, bedenken Sie, über uns gibt es einen Gott, der über alles richtet ...«

Der große Mann wurde plötzlich wütend. »Ich verstehe«, sagte er drohend zwischen zusammengebissenen Zähnen. »Ich bin derjenige, über den gerichtet wird? Es ist mein Fehler, nicht wahr, ich bin derjenige, der schuldig ist?« Er schlug Rezak mit voller Kraft. »Wo ist deine Frau, du Scheißkerl? Ich weiß alles darüber. Niemand hat sie mitgenommen – du hast sie auf der Straße verkauft, du Zuhälter, und jetzt sagst du mir, an wen und wann und für wieviel.« Er ging zur gegenüberliegenden Wand, dann kam er zurück und sah Rezak direkt ins Gesicht. »Oder vielleicht hast du sie umgebracht? Sie hatte keine Kinder? Du hast eine taube Nuß gekauft? Bereit für eine Neue, Geldscheißer?«

Er schlug Rezak erneut und verletzte ihn an der Lippe. »Hör mir zu, du, ich kann dich so weit bringen, deine eigene Tochter zu ficken, wenn ich das will, du fickst sie die ganze Nacht wie ein Hund eine Hündin.«

»Um Gottes willen, bei Gottes Gnade, ich habe keine Tochter, Sir ...«

»Du versuchst wirklich, mich auf die Palme zu bringen, nicht wahr?« Und dann, zu einem der Männer: »Hol ihn runter.«

Die beiden uniformierten Polizisten nahmen Rezak vom Haken und warfen ihn auf den Boden. Sich die Hände reibend, blickte der große Mann wohlgefällig auf Rezak hinunter, als erwäge er seinen nächsten Zug.

»Streckt ihn aus und gebt mir den Riemen.«

Sie zogen ihm den *shalvar* herunter, trugen ihn zu einer Bank und streckten ihn darauf aus, der eine zog an den Armen, der andere an den Beinen. Die *kurta* hatten sie ihm ausgezogen, als sie ihn an die Wand gehängt hatten.

Der große Mann schwenkte etwas, das aussah wie die Sohle eines riesigen Schuhs, auf der einen Seite schwarz beschriftet. »Siehst du, was hier steht? Es heißt, ›Liebste, wo hast du gestern Nacht geschlafen?‹ Verstehst du?«

Ohne Vorwarnung holte er aus.

Rezak kreischte, ein entsetzter, hoher Ton. Noch nie hatte er solche Schmerzen verspürt, flackernd fuhren sie ihm durch den ganzen Körper.

Ein anderer Polizist kam in den Raum, als Rezak schrie, und stand an der Tür und schaute zu, ein Grinsen auf dem Gesicht.

»Komm her«, sagte der große Mann. »Du machst das, wo du dich doch so sehr dafür interessierst. Außerdem brauchst du sowieso Übung.«

Natürlich konnte er ihnen nichts sagen. »Ich weiß es nicht«, schluchzte er. »Sie ist verschwunden, ich weiß nichts.« Nach ein paar Schlägen verfiel er in einen Rhythmus, schrie auf, wenn sie ihn trafen, und wenn sie aufhörten, stöhnte er: »O mein Gott, o mein Gott, o mein Gott …«

Nachdem sie Rezak fünf oder sechs Minuten lang geschlagen hatten, warfen sie ihn in einen Lagerraum.

Der stellvertretende Polizeichef hielt auf dem Weg von Murree nach Islamabad bei dem Posten in Tret. Der große Mann stand auf und salutierte lässig, als der Offizier hereinkam. Sie schüttelten einander die Hand.

»Was ist los? Irgend etwas Neues?«

»Anruf von Awaz Khan Sahib. Er fragt immer wieder, warum wir die beiden Clowns aus Mariani nicht mitgenommen haben.«

Sie diskutierten darüber, irgend etwas wegen eines Straßenbauunternehmers, Dorfbewohner, die die Trasse einer neuen Straße blockierten – man mußte ihnen den Stock zeigen.

Schon im Aufbruch, erkundigte sich der stellvertretende Polizeichef: »Was ist mit dem vermißten Mädchen?«

»Jemand muß sie im Vorbeifahren gesehen und mitgenommen haben. Die Chandias sagen, sie waren es nicht.«

Nur die Chandias, der mächtigste Gangsterclan in der Gegend, hätten sich angemaßt, eine Frau zu entführen, ohne die Polizei zu beteiligen.

»Und wir haben den Ehemann hereingeholt und bearbeitet. Er ist sauber.«

Der stellvertretende Polizeichef verzog das Gesicht. »Das habt ihr nicht! Er ist der Lieblingsdiener irgendeiner Amerikanerin! Sag mir, daß du nichts Ernstes mit ihm angestellt hast.«

»Er ist in Ordnung, er ist in Ordnung. Willst du ihn sehen?«

»Nein. Du bist dir sicher, ja?«

»Ich bin mir absolut sicher.«

»Keine Spuren?«

»Nun, Sir, keine sichtbaren Spuren. Irgendwo muß ich schließlich ansetzen.«

Der stellvertretende Polizeipräsident lachte. »Ich schätze, das mußt du.«

Nach kurzer Überlegung sagte er: »Ich werde zu Bukhari Sahib gehen und ihm erklären müssen, daß sie wie vom Erdboden verschwunden ist. Es ist ohnehin eine gute Idee, mich dort mal wieder blicken zu lassen.«

»Und was ist mit dem alten Mann?«

»Lade ihn zu Hause ab und sag ihm, er soll besser den Mund halten.«

Kurz vor Tagesanbruch, beinahe zärtlich jetzt, schafften sie Rezak in dasselbe nicht gekennzeichnete Auto und brachten ihn heimlich zurück in seine Hütte.

»Du hast jetzt einen Vorgeschmack bekommen. Bring uns nicht soweit, daß wir dir noch eine weitere Dosis verabreichen müssen. Kein Wort zu niemandem – hast du verstanden?«

Rezak starrte auf seine Füße. Schließlich nickte er mit dem Kopf.

Er lag den ganzen Tag schlaflos da, bis in die Dämmerung hinein, in die Dunkelheit. Seine Hinterbacken waren angeschwollen, aufgedunsen und weiß wie Brotteig, so daß er auf dem Bauch liegen mußte. In seinem Kopf wirbelten die Gedanken durcheinander – ohne länger als einen Augenblick bei einem Gedanken zu verweilen, an die Frau, die er geheiratet hatte, als er beinahe noch ein Junge gewesen war und die vor so vielen Jahren gestorben war, dann an seine zweite Frau, das kleine, geistesgestörte Mädchen. An seine Stiefbrüder, die ihm sein Land weggenommen hatten, die Obstbäume dort in dem Garten in Kaschmir, und die Obstbäume hier, die aus Amerika kamen. An seine Sachen, seinen Fernseher, den Tag, an dem er in den Laden gegangen war und den leuchtend roten Plastikfernseher gekauft hatte.

Warum sollte ich mich beklagen? Die Polizisten haben getan, was sie immer tun. Der Fehler liegt bei mir, der ich im Alter geheiratet habe, mit einem Fuß schon im Grab. Gott hat mir so viel mehr gegeben, als ich verdient habe, obwohl ich überhaupt nichts erwartet habe.

Er würde über das Geschehene absolutes Stillschweigen bewahren.

Nachdem er sich erholt hatte, blieb ihm ein letzter Wunsch. In Rezaks Gedankenwelt waren Glück und Segen miteinander verwoben, so daß die Verbindungen der Familie Harouni und ihr Reichtum nicht nur die Macht des Haushalts ausmachten, sondern auch seine Tugend. Ghulam Rasool hatte den Harounis über fünfzig Jahre gedient, und einige der anderen Bediensteten beinahe ebenso lange. Er würde es mit diesen Dienstjahren niemals aufnehmen können. Dennoch hatte die Familie ihn aufgenommen, während er sonst auf der Straße gebettelt hätte. Sie gaben ihm Geld genug, um über seine Verhältnisse zu leben, sie ließen ihn hoffen – auf zuviel. Und als er das Mädchen verloren hatte, straften ihre Werkzeuge ihn dafür, daß er so hoch gegriffen hatte, danach, etwas zu besitzen, das Neid erregte und ihn den Schlägen und der Polizei auslieferte. Jetzt gehörte er den Harounis. Das war es, was er unter Gerechtigkeit verstand.

Er sagte zu Ghulam Rasool: »Ich bitte dich, bitte unseren Herrn darum, mich hier auf diesem Land zu begraben, in einer Ecke, wo immer es ihm gefällt.«

Dies wurde sein Traum und sein Trost. Er lebte noch ein weiteres Jahr, dann noch sechs Monate, holte seinen Lohn ab, verbrauchte nie eine Rupie mehr, als nötig war, um seinen Körper warmzuhalten. Er verkaufte den Fernseher, verkaufte die

Ziegen. Nach Ablauf der achtzehn Monate ging er hinauf nach Murree zum Steinmetz und sagte, er wolle den allerbesten Grabstein, den er im Laden habe, und behauenen Marmor, um den Rest des Grabes einzufassen.

Nach der Nacht auf der Polizeistation ging Rezak vorsichtig und stieß dabei leise Grunzlaute aus – jedermann fiel auf, wie sehr er sich verändert hatte, nachdem seine Frau verschwunden war. Der Steinmetz dachte beim Anblick dieser gebeugten, zitternden Gestalt: *Dieser alte Vogel weiß nicht, was guter Marmor kostet.*

Aber Rezak zog eine Rolle Banknoten hervor, die in ein fettiges Taschentuch eingeschlagen war, das er unter seinem Hemd hervorholte. Blaue Scheine, Tausender.

»Nun, das ist etwas anderes«, sagte der Steinmetz, nahm Rezak bei der Hand und führte ihn in den hinteren Raum. »Jetzt schau dir dieses Stück an. Schau dir die Farbe an, die Maserung. Schau dir die Größe an. Ich schwöre vor Gott, den habe ich für meine eigene Mutter aufgehoben.«

Seit mehreren Tagen hatte niemand den alten Mann gesehen, und der Gärtner, der geschickt wurde, um nachzusehen, rüttelte an der Tür und klopfte und fand ihn dann tot in seinem kleinen Würfel. Ghulam Rasool ließ die Gärtner an der Grundstücksmauer ein Grab ausheben, und sie beerdigten ihn am selben Abend, lediglich ein paar Menschen nahmen an der *janaza* teil, die Bediensteten aus dem großen Haus, ein paar Männer aus dem Basar und aus den Häusern auf dem Hügel neben dem Ali-Khan-Gelände. Ein armer Mann aus der Nachbarschaft wurde dafür bezahlt, daß er die Leiche wusch, der *maulvi* aus der Moschee im Basar sprach das Gebet.

Am darauffolgenden Freitag kam Sonya vor Einbruch der Nacht aus Islamabad herauf und brachte nur ihren kleinen Sohn und dessen *ayah* mit. Ghulam Rasool ließ eine Süßstofftablette in eine Teetasse fallen und sagte: »Ich bitte um Verzeihung, Madam. Der alte Mann, Rezak, dem Sie so freundlich die Sorge um den Ali-Khan-Obstgarten übertragen haben, ist verstorben.«

Der Strom war ausgefallen, wie es auf dem Berg häufig der Fall war. In der Dämmerung, bei Kerzenlicht, wirkten die hohen Räume des aus Steinen errichteten Hauses feierlich und kühl, wie eine leere Kirche oder eine Schule, wenn die Kinder nicht mehr da sind.

»Armes, armes Ding. Ganz allein, und seine Frau verschwunden.«

Manchmal, wie jetzt, fühlte sie sich Ghulam Rasool näher als irgend jemandem sonst in Pakistan, seinem großen, dunklen, mitfühlenden Gesicht, seinem schweren Körper, seiner gewieften und dennoch gewichtigen Art, seinem orthodoxen, unerschütterlichen Glauben.

Er schwieg einen Augenblick, dann fuhr er fort: »Bitte verzeihen Sie mir, aber ich habe mir die Freiheit genommen, ihn im Ali-Khan-Obstgarten beerdigen zu lassen. Er bat mich, mit Ihnen darüber zu sprechen.«

Immer noch ohne ihren Tee anzurühren, blickte sie zu ihm auf, wie er da stand, die Hände vor dem Bauch gefaltet, und sagte sanft: »Ich bin so froh, daß du das getan hast, Ghulam Rasool. Natürlich hätten Mian Sahib und ich das so gewollt.«

Der alte Diener hatte es mit seinem Wissen um Wesen und Gewohnheiten seiner Herren weit gebracht. Ohne mehr zu sagen, zog er sich leise zurück und ließ Sonya in den Gedanken versunken, daß sie für einen einsamen alten Mann das Richtige, ein klein wenig Gutes getan hatte, am Feuer zurück.

Am nächsten Morgen nahm Sonya beim Verlassen des Hauses Ghulam Rasool und einen einzigen Gärtner mit und ging zu Fuß zum Ali Khan-Gelände hinauf. Die Winzigkeit des Grabes überraschte sie, der Grabhügel, der in Erwartung ihres Besuchs mit Lametta geschmückt worden war, der Marmor, den er gekauft hatte, daneben aufgeschichtet. Ghulam Rasool und der Gärtner sprachen die *fatiya*, indem sie die schalenförmig geöffneten Hände vor sich hielten und schweigend ein Gebet sprachen, und auch Sonya stand mit nach oben geöffneten Handflächen und geschlossenen Augen da und dachte zuerst an den alten Mann, an ein Leben, das mit so wenig Pomp zu Ende gegangen war, und dann an ihre eigenen Toten, an ihren Vater und ihre Mutter, die auf einem Friedhof in Wisconsin unter dem Schnee lagen.

Als sie fertig waren, ging sie durch den Garten und betrachtete die Obstbäume, deren Blätter sich verfärbt hatten und mit dem Fortschreiten des Herbstes abfielen.

»Was sollen wir damit tun?« fragte Ghulam Rasool und führte sie zu der Hütte, aus der eine Fernsehantenne und primitive Plastikblumen mit Blütenblättern dick wie Zungen ragten, die Rezak kurz nach seiner Hochzeit gekauft und eines Tages am Dach festgenagelt hatte, um das unschuldige Herz seiner Frau zu erfreuen. »Der alte Mann wollte nicht, daß seine Familie etwas von ihm bekommt.«

Die Hütte erschien ihr sehr lebendig, eine reglose, struppige Präsenz, die Antenne, die Blumen, die vier massiven Stelzen, das Rohr, das den Spucknapf im Innern entleerte und sich im Gras verlief, als bezöge es Nahrung daraus.

Sie wies sie an, sie zum großen Anwesen hinaufzubringen und sie irgendwo in einer Ecke diskret wieder aufzustellen, zum Andenken. Ihr Mann, ein Geschichtenerzähler, konnte sie seinen Gästen zeigen und ihnen von Rezak erzählen, dem alten Mann, der seinen Dienst antrat, indem er sein eigenes Haus mitbrachte.

Zunächst stand die Hütte, verschlossen, unversehrt unterhalb des Swimmingpools, Rezaks Sachen befanden sich noch in den Schränken und Schubladen. Sonya ging einmal hin, um sie sich anzusehen, dann nie wieder, ihre Aufmerksamkeit wandte sich anderen Dingen zu. Allmählich, wie Blätter fallen, wurden die Schlösser aufgebrochen, der eine nahm die Thermoskanne, ein anderer die Holzwerkzeuge – Feilen und einen Hammer, einen Hobel, eine Wasserwaage. Die Kleider verschwanden, der letzte Schrank wurde geleert, sogar die schmutzige Matratze wurde herausgezogen und weiterverwendet, vom Aufwischer mitgenommen, der im großen Haus die Toiletten saubermachte. Die Tür zu der kleinen Hütte stand offen, Wind und Wetter schrubbten sie sauber.

Glossar

Acre	Flächenmaß, 4046,8 qm
As-salaam uleikum	islamische Grußformel, Antwort: Va leikum assalaam (Kurzform: Salaam)
ayah	Kinderfrau
azaan	islamischer Gebetsruf
bhagariya	Hunderasse
bhang	traditionelle Zubereitung aus den Blättern der weiblichen Hanfpflanze, Gewürzen, Milch und Honig, findet u. a. bei hinduistischen Religionsritualen Verwendung
bibi jee	(kleines) Mädchen, Anrede
chapati	indisches Fladenbrot
charpoy	einfaches indisches Bett
dera	Verwaltungszentrum einer großen Farm mit Verpflegungs- und Unterkunftsmöglichkeiten, Lagerräumen
dhurrie	grob gewebter indischer Woll- oder Baumwollteppich
diya	schlichte Öllampe aus Ton, häufig wird ghee verbrannt
dupatta	hauptsächlich von Frauen getragener langer, breiter Schal, der beide Schultern bedeckt
fatiya	Segensgebet
ghee	Butterreinfett
hajj	islamische Pilgerfahrt, traditionell nach Mekka

haleem	Schmorgericht aus Fleisch, Linsen und Gewürzen
halva	gebackene Mandel-Gries-Schnitte
hookah	Wasserpfeife
janaza	islamisches Totengebet vor der Bestattung
kurta	traditionelles knielanges, kragenloses Hemd mit Seitenschlitzen
maghreb	islamischer Gebetsruf bei Sonnenuntergang
maulvi	islamischer Religionsgelehrter, Ehrentitel
mehndi	ornamentale Körperbemalung mit Henna, hauptsächlich an Händen und Füßen einer Braut
merla	Flächenmaß
naswar	Kautabak aus frischen Tabakblättern, gebranntem Kalk und Holzasche
nikah	islamischer Ehevertrag
paratha	blätterteigartiges indisches Fladenbrot
pilau	Reisgericht in verschiedenen Zubereitungen mit Fleisch oder Gemüse und Gewürzen
purdah	islamische Verschleierung der Frau; auch ein für Frauen abgeteilter Bereich eines Hauses
samosa	Teigtasche mit diversen Füllungen aus Fleisch oder Gemüse
shadi	Heiratsvermittlung
shalvar	locker sitzende, oben weit, unten schmal geschnittene Hose
sherwani	langes, mantelartiges Kleidungsstück aus festem Stoff, hauptsächlich bei formalen Anlässen von Männern getragen
taka tak	Gericht aus indischem Käse, Tomaten und Gewürzen

tikka	Stirnmal, bei Frauen auch »bindi«; hier: festliches Stirngeschmeide
tonga	zweirädriger Pferdekarren
valima	Hochzeitsbankett
ludhoo, ghulab, jaman, barfi, shahi tukrah	indische Süßigkeiten

Inhalt